奇幻基地出版

最後理論

FINAL THEORY

馬克・艾伯特 著
張元翰 審定　張兵一 譯

Mark Alpert

BEST 嚴選

緣起

在繁花似錦的奇幻文學花園裡，你或許還在門外徘徊，不知該如何抉擇進入的途徑；也或許你已經置身其中，卻因種類繁多，或曾經讀過不合口味的作品，而卻步、遲疑。

BEST嚴選，正如其名，我們期許能透過奇幻基地對奇幻文學的瞭解，以及對讀者的理解，站在出版者與讀者的雙重角度，為您精選好作家與好作品。

他們是名家，您不可不讀：幻想文學裡的巨擘，領域裡的耀眼新星。

它們最暢銷，您怎可錯過：銷售量驚人的大作，排行榜上的常勝軍。

這些是經典，您務必一讀：百聞不如一見的作品，極具代表的佳作。

奇幻嚴選，嚴選奇幻。請相信我們的眼光，跟隨我們的腳步，文學的盛宴、幻想世界的冒險，就要展開。

excellent bestseller classic

獻給麗莎。正是她使我的宇宙充滿了奇蹟。

原子釋放出的能量已經改變了一切，卻沒有改變我們的思維方式，我們因此滑向前所未有的災難。

——阿伯特．愛因斯坦

第一章

當代最傑出的物理學家之一——漢斯．瓦爾特．克萊曼，即將溺斃在自家的浴缸裡。有個陌生人，正用一雙強壯的手臂，把他的雙肩牢牢的按在陶瓷浴缸底。

雖然水深不過三十公分，但是，漢斯卻無法掙脫那雙手把頭抬起來。他用力抓扯陌生人的手，企圖擺脫他的控制。但這人是個不懷好意又年輕力壯的惡徒，而漢斯已經七十六歲，還患有關節炎和心臟病。漢斯慌亂中揮動著雙臂，兩腳徒然踢打著浴缸，把水濺得到處都是。他無法看清楚攻擊者的臉，那影像在水面上不停晃動、模糊不清。這個混帳一定是從公寓外牆的防火梯爬上來，再從敞開的窗戶鑽進屋裡，當他發現漢斯正在沖澡後，便直接闖進了浴室。

漢斯一面掙扎，一面感到肺部的壓力越來越大，從胸骨後的中心部位迅速的擴散到整個胸腔。這是一種負壓，從四面八方由外向裡擠，無情的壓迫著他的肺。短短幾秒鐘的時間，這份壓迫感就蔓延到頸部，變得灼熱、窒息、僵硬，使漢斯不得不張開了嘴。浴缸裡的溫水嗆進漢斯的喉嚨，他在極度恐懼中扭曲著身軀，像一頭垂死掙扎的野獸，開始臨死前的最後抽搐。不、不、不！不久，他就一動也不動的躺在浴缸裡，大腦中的視覺影像漸漸消失，只看見上方幾公分處的水面，一顆顆落下的水珠泛起一圈圈漣漪，這使他想起了「傅立葉級數」

（注），多麼美妙啊！

然而，這一切並未就此結束。還沒有。此刻，漢斯又面部朝下，躺在冰涼的瓷磚地板上，漸漸的恢復知覺，灌進胃裡的水也開始咳了出來。他感到眼睛疼痛、胃部痙攣，每個呼吸都是痛苦的喘息。確切的說，從死亡邊緣掙扎回來，比走向死亡更加令人痛苦不堪。就在這時，他的後背受到重重一擊，正好打在兩扇肩胛骨的正中心。有個聲音愉快的對他說：「該醒醒了！」

陌生人抓住漢斯的手臂，把他翻過來仰躺，使他的後腦勺又重重的撞上濕淋淋的地磚。漢斯急促喘息著，睜開眼睛往上看，襲擊他的人正跪在浴缸邊的防滑腳踏墊上，那人的身形高大，體重至少在一百公斤以上。他穿著黑色T恤，肩上發達的肌肉從衣服下鼓起，下身穿迷彩褲，褲腳收在一雙黑色的皮靴裡。頭頂光禿，臉頰布滿鬍渣，下巴有一道灰色的疤痕；和碩大的身體相比，他的頭小得不成比例。漢斯猜想：這人很可能是個毒蟲，殺了我之後就會翻箱倒櫃搜找值錢的東西，到時候這個傻瓜就會發現，我連一分該死的錢也沒有！

這個惡棍咧著薄薄的嘴唇，微笑著說：「現在，讓我們來談一談，如何？你願意的話，可以叫我賽門。」

他的口音很特別，漢斯一時難以判斷他到底是什麼地方的人。他有著一雙棕色的小眼睛，鷹勾鼻，灰色的皮膚就像一堵飽經風霜的磚牆。醜陋的五官並沒有明顯的地域特徵，可能是西班牙人，也可能是俄國人或土耳其人，反正任何國家都有可能。漢斯試著開口問「你要什麼？」但是一張口卻又哽住了。

賽門的臉上露出愉悅的表情。「是、是，對於目前這個狀況我很抱歉，但我必須讓你知道我不是鬧著玩的。做事最好開門見山的來，不是嗎？」

奇怪的是，漢斯現在並不害怕了，他已經接受現實，等著這個陌生人殺死自己。讓他不安的是這人厚顏無恥的態度：自己赤身裸體的躺在地板上，而他卻不停笑著！很顯然，接下來他會命令自己說出提款卡的密碼。同樣的事情也曾發生在漢斯的鄰居身上：一個八十二歲的老婦人在自己的公寓裡遭到襲擊，她被無情的毆打，不得不說出金融卡的密碼。別做夢了，漢斯不再害怕——他憤怒了！一陣咳嗽後，漢斯終於吐完了肚子裡的水，用手肘撐起上身說：「你這個無賴，這次你找錯對象了。我沒有錢，甚至連提款卡也沒有。」

「我不要錢，克萊曼教授。我感興趣的是物理學，不是錢。如果我沒有猜錯的話，你應該對這門科學非常熟悉，對吧？」

漢斯變得更加憤怒。這混帳想尋我開心嗎？他以爲自己很了不起嗎？過了一會，他才察覺一個讓人更擔憂的問題：這人怎麼會知道我的名字？又知道我是物理學家？

賽門猜到漢斯的心思，於是他說：「教授，這沒什麼好奇怪的。別看我長得醜，我可不是一無所知的笨蛋，雖然書讀得不多，但是我學得很快。」

漢斯這才意識到，眼前的人並不是什麼缺錢的毒蟲。他問：「那麼你是誰？跑到這裡做什麼？」

賽門笑得更開心了，回答說：「你就把這個問題當成是一個研究題目吧。一個非常有挑戰

注　即三角級數，一八〇七年由法國數學暨物理學家傅立葉創立。

性、神祕感的課題。我得承認，這個課題裡某些方程式不太好懂。但是，我有一些朋友，他們可以解釋。」

「你的朋友？你說的『朋友』是誰？」

「這個嘛，可能是我用詞不當，也許用『客户』這個名詞會更精準一點。我有一些學識淵博又非常富有的客戶，他們僱用我來這裡拿一些資料。」

「你在胡說什麼？你是什麼間諜嗎？」

賽門咯咯笑起來：「不不不，沒有那麼可怕，我只是個獨立工作者。好了，這個話題就說到這裡。」

漢斯迅速思考著，這個惡棍肯定是間諜，否則就可能是恐怖分子，他屬於哪個組織還不清楚——伊朗？北韓？還是蓋達組織？不過這並不重要，反正他們要的都是一樣的東西。漢斯想不透的是，在這麼多可以選擇的目標裡，這些混蛋為什麼偏偏選中了他。他和同時代大多數的核子物理學家一樣，在一九五〇至六〇年代曾經為國防部做過一些高度機密的工作。但是他的專長是放射性研究，從來沒有涉足過炸彈的設計或製造；他的職業生涯幾乎全部傾注在非軍事理論的研究領域。於是漢斯說：「無論你的客戶是什麼人，我都愛莫能助。他們找錯物理學家了。」

賽門搖搖頭說：「不，我想他們沒錯。」

「你認為我可以給你什麼資料？濃縮鈾？我對那一無所知！更別說什麼核彈的設計了。我的研究領域是粒子物理學，而不是核子工程。我所有的研究論文在網路上都查得到，沒有任何祕密！」

陌生人聳聳肩，不爲所動。他說：「你不必急著下結論，我不在乎什麼核彈，也不在乎你那些狗屁論文。我感興趣的是別人的成果，不是你的。」

「那你跑到我家來做什麼？搞錯地址了嗎？」

賽門沉下臉，一把將漢斯推倒在地，再俯身向前，把整個身體的重量透過手掌全部壓在漢斯的胸口，接著說：「很巧，這個人你剛好認識。還記得五十年前在普林斯頓大學的那位教授嗎？就是那位來自德國巴伐利亞的猶太人，那位寫出著名的狹義相對論的人。你一定沒忘記他吧？」

在這人強而有力的壓迫下，漢斯漸漸感到呼吸困難。他想著：上帝啊，這是不可能發生的事。

賽門把身體更往前傾一些，臉也湊到漢斯的眼前，鼻孔中的黑毛清晰可見。他又說：「克萊曼教授，當年他很欣賞你的才華，認爲你是他的助手中最有前途的科學家。在他生命的最後幾年裡，你們一直十分密切的共事，對嗎？」

即使漢斯願意回答，也無能爲力，因爲賽門如此用力壓著他，他感覺到自己的脊椎骨，已經硬生生平貼在冰冷而堅硬的地面上。

「沒錯，他相當欣賞你。不過更重要的是，他信任你。那幾年，他所研究的一切問題幾乎都會找你商量，甚至包括他的『統一場論』。」

就在這時，咔啦一聲，漢斯的某根肋骨斷裂了，就在左肋外側承受最大壓力的地方。劇痛像一把尖刀，直刺入漢斯的胸膛，他本能的張開嘴大叫，卻因爲無法吸入足夠的空氣而叫不出聲。哦，上帝，我的上帝啊！就在這一瞬間，他的理性防線徹底崩潰，他害怕了、恐懼了！他終於知道陌生人要的是什麼，也知道自己將不得不乖乖就範。

賽門總算停止施壓，抽回了手。漢斯深深的吸入一口氣，湧進胸腔的氣流卻像另一把刀子，刮得他的左胸一陣劇痛。他的胸膜已經撕裂，這意味著左肺葉組織很快就會敗壞。痛楚使他開始哭泣，整個身體隨著每一次呼吸而抽搐。賽門對自己的傑作很滿意，雙手又在後腰上，帶著得意的微笑居高臨下看著漢斯：「現在，你我都很瞭解彼此了吧？你已經知道我在找什麼，是不是？」

漢斯點點頭，然後閉上眼睛，在心中默想著：對不起，博士先生，我要背叛你了。他的腦海裡彷彿又出現博士先生的身影，很清晰；那個偉人就站在漢斯的浴室裡。但是，博士的模樣和人們熟悉的照片上的樣子迥然不同，不再是那個長著蓬亂白髮、不修邊幅的天才，而是他生命最後幾個月的樣子：乾癟的臉頰、深陷的雙眼，衰弱而潦倒、痛苦。這就是那個窺見了眞理，但卻爲了全世界不得不沉默的人。

這時，漢斯的腰又被賽門狠狠踢了一腳，正好踢到折斷的肋骨下方，疼痛迅速擴散到漢斯全身，他雙眼外凸、睜大。賽門接著抬起一隻腳，用皮靴踩在漢斯的髖骨上說：「你沒有時間睡覺，我們還有事要做。我去拿紙和筆，你把所有的東西都寫下來。」說完，他轉身走出浴室，一面走一面繼續說：「如果有我不明白的地方，你要解釋清楚，就像在學術研討會上那樣，明白嗎？說不定你會樂在其中，誰知道呢。」

賽門沿著走廊進入漢斯的臥室。接著，漢斯聽到翻箱倒櫃的聲音。陌生人不在眼前，漢斯的恐懼開始減弱，至少在那個混蛋再次回到他身邊之前，他又可以思考了。可是，他腦子裡浮現的卻是惡棍腳上那雙又黑又亮、和納粹衝鋒隊穿的一模一樣的皮靴。這傢伙企圖裝扮成納粹的模樣，讓漢斯感到一陣噁心。在本質上，這個人和納粹是同等貨色。和當年身著褐色制服、齊步走在法蘭克福大街上的納粹暴徒沒有什麼不同，他早在七歲時就親眼目睹過。但是，賽門那些不知名的「客戶」是誰？如果他們不是納粹的話，又是什麼人？

賽門在此時回到浴室，一手拿著一枝鋼珠筆，另一手拿著一疊標準信紙，對漢斯下令：「好了，現在從頭開始寫。我要你寫出修正後的場方程式。」他彎下腰，把筆和信紙遞給漢斯，但是漢斯沒有伸手去接，他的肺葉組織正在衰壞，每一次呼吸對他而言都是痛苦的折磨。他已經打定主意，即使如此也絕不幫助這個納粹。他尖叫著說：「下地獄吧！」

賽門以略帶責備的眼光看了他一眼，那神情就像大人看著一個淘氣的五歲小孩。他說：「克萊曼博士，你知道我在想什麼嗎？我認為你需要再洗個澡。」

他迅速一把拎起漢斯，再次把他的頭按進浴池中。漢斯又開始拚命掙扎，企圖把頭抬出水面；他的雙手抓扯著惡棍的手臂，身體在浴缸旁不斷碰撞。這次的折磨比起第一次要來得恐怖得多，因為漢斯清楚了解即將接踵而來的那一連串痛苦——肺部劇烈的收縮、身體瘋狂的抽搐、意識漸漸消失，直到跌入一片無底的黑暗。

這一次，漢斯陷入了更深的昏迷。當他從黑暗深淵中掙脫出來的時候，已經耗盡全部的體力。甚至在他睜開眼睛之後，仍然覺得自己並沒有完全清醒。出現在他眼前的一切影像都模糊不清，他的呼吸也已經十分微弱。

「克萊曼博士？清醒了沒？聽見我說話嗎？」

漢斯聽到的聲音模糊不清，說話的人像是被蒙住了嘴。他向上看去，再次看到了那個惡棍的身影，但是，這次他全身似乎正被無數震盪的粒子所構成的半影圍繞著。

「克萊曼博士，我眞希望你能表現得更理智點。你看看自己的處境，用邏輯思考一下，這樣死守著不說簡直荒謬至極，像這麼重要的東西怎麼可能永遠隱藏呢？」

漢斯集中注意力，仔細看著圍繞著那個人的半影，卻發現那些粒子並不是在震盪，而是不斷的出現和消失，粒子和反粒子（注1）成雙成對的從量子眞空中驚奇的突然出現，接著又同樣迅速的消失。漢斯不禁想，眼前的景象是多麼神奇啊，只可惜身邊沒有相機！

賽門接著說：「就算你不幫我們，我的客戶照樣能得到他們想要的東西。或許你還不知道，你的教授當年把這個祕密同時告訴了好幾個人，他認爲最明智的做法就是把這個資料分散隱藏起來。我們已經聯絡過其他幾位老先生，他們都非常樂意提供協助。總之，我們想要的東西一定會到手，你又何必跟自己過不去？」

漢斯睜大雙眼，盯著那些轉瞬即逝的粒子，它們似乎變得越來越大；等他定睛再看時，他又發現它們顯然根本不是粒子，而是連接著一個個簾幕狀空間的極其細微的弦絲，空間簾不斷翻滾卷繞成管狀、圓錐和流形（注2），細弦在其間顫動著。這一切精緻無比的舞蹈，竟然和博士先生所描述的情景完全一樣！

「克萊曼博士，很抱歉，但我的忍耐已經到達極限。我本來不想這麼做，都怪你逼得我別無選擇。」

說完，賽門對著漢斯的左胸連續猛踢了三腳，但此時的漢斯已經沒有任何知覺。他看得很清楚，無數透明的空間簾幕已經覆蓋住他整個身體，它們就像吹玻璃時那些彎曲的片狀玻璃一樣炫目、離奇，十分柔軟。但是，他身邊的那個人顯然無法看到它們。再說，這個人是誰？他穿著一雙黑色皮靴站在那裡，看上去就像個小丑。漢斯輕輕的開口：「它們就在你的眼前，難道你沒看見嗎？」

那人歎了口氣。「我看，你需要更強力的說服手段。」他退到走廊上，打開了衣櫥的門。「讓我看看這裡頭有什麼。」一會過後，他拿著一只裝有外用酒精的塑膠瓶和一個蒸汽熨斗回到浴室，對著漢斯說：「克萊曼博士，請告訴我最近的插座在哪裡？」

此刻的漢斯早已將這個人拋在腦後，他的眼裡只看見層層疊疊的宇宙，它們像一塊輕柔無比的毯子，溫暖的包裹住他。

注1 粒子爲物質的最小單位。其下可分爲夸克和輕子兩大類基本粒子，由不同數量的基本粒子，各自組合成不同的粒子。例：質子、強子、介子、離子、微中子……。反粒子與粒子質量相同，但電荷相反，正反粒子相遇，會互相湮滅而變成能量。

注2 流形（manifolds）：幾何學上的名詞，代表一般性的空間。一個流形在局部上近似於歐氏空間（歐基里德空間），但整體上則可能不同。例如，地球表面在局部上近似於一個二維平面，但整體上是一個球面，並非二維的平面，所以地球表面是一個二維的流形。

第二章

大衛．史威夫和他七歲的兒子約拿，剛在中央公園度過一個愉快的下午，所以心情非常好。為了讓這一天圓滿結束，大衛在第七十二街的冰淇淋小攤上，幫自己和兒子各買了一支蛋捲冰淇淋。現在是六月，父子倆頂著黃昏的悶熱，朝大衛前妻的公寓走去。約拿也很開心，因為他左手拿著蛋捲冰淇淋，右手揮舞著一枝嶄新的三段式「超級噴水槍」。他一面走一面隨意的把這枝高科技噴水槍瞄準周圍不同的目標——窗戶、信箱和一群群鴿子。在離開公園前，大衛已經倒光了儲水槽中的水，所以他並不擔心約拿會在人行道上惹事。

約拿不斷擺出舉槍射擊的姿勢，同時還不忘舔一舔手中的冰淇淋。他問大衛：「你再說一次，這枝槍為什麼會噴水呢？裡面的水為什麼這麼快就可以噴出來？」

之前大衛已經解釋過兩次了，不過他很願意再講一次。他非常喜歡和兒子進行這樣的對話：「當你反覆推動那個紅色的東西——應該叫幫浦把手吧——就把水從大儲水槽注入了小儲水槽。」

「等等，小儲水槽在哪裡？」

大衛用手指指水槍的後部：「就在這裡。小儲水槽裡有空氣，當你把水打進去以後，空氣所占的空間被壓縮，空氣分子緊緊的擠在一起，於是對水形成一種擠壓的力量。」

「我還是不懂，它們爲什麼要擠壓水呢？」

「因爲空氣分子總是不停的跳躍，懂嗎？當你把它們和水擠在一起之後，它們的跳躍就會對水產生更大的壓力。」

「我可以把槍帶到學校去『展示和解說』嗎？」

「呃，我不知道……」

「爲什麼不行？這也是科學，不是嗎？」

「我想學校不會准許你帶水槍上學的。但你說得沒錯，這東西裡面肯定有科學。發明『超級噴水槍』的人一定是科學家，可能還是美國太空總署的核子工程師。」

一輛巴士從他們身邊沿著哥倫布大街駛過，約拿舉起水槍追蹤瞄準它。他好像對「超級噴水槍」的物理原理沒有興趣了，反而突然問父親：「爸爸，你怎麼沒有當科學家？」

大衛在回答前停了幾秒，才說：「並不是所有人都能當科學家的。但是，我寫書介紹科學的歷史，這也很有趣。我必須研究有名科學家的生平，例如牛頓和愛因斯坦，還要在課堂上講他們的故事給學生聽。」

「我不想這樣，我想當個眞正的科學家。我要發明一種太空船，五秒內就可以飛到冥王星。」

本來冥王星飛船會是個非常有趣的話題，但是大衛現在心裡不太舒服，他必須立刻改善自己在兒子心目中的地位。於是他說：「很久以前，當我還在研究所讀書時，我確實學習過眞正的科學，而且是關於宇宙的科學。」

聽到這個，約拿立刻把眼光從街上轉回父親身上，急切的追問：「你學的是太空船嗎？就是那種一秒鐘可以飛十億公里的飛船？」

「不是，我學的是關於宇宙的形態。如果宇宙只有兩個維度，而不是三個維度的話，它看起來會是什麼樣子。」

「我聽不懂。什麼是維度？」

「兩個維度的宇宙就只有長度和寬度，而沒有深度，就像一張巨大的薄片。」大衛伸出雙手，手掌向下比劃著，像是要撫平一張無邊無際的紙。「我的老師是克萊曼教授，他是世界上最聰明的科學家之一，我們還一起寫過一篇論文。」

「一篇論文？」約拿臉上的興奮神情立刻消失得無影無蹤。

「是啊，這就是科學家的工作，他們寫論文把自己的發現告訴別人，好讓他們的同行知道他們做了些什麼研究。」

約拿轉過頭去，繼續看著來來往往的車流。他覺得很沒意思，所以連什麼是「同行」也懶得問了。他說：「我要去問媽媽，看我可不可以把『超級噴水槍』帶去學校『展示與解說』。」

一分鐘後，他們走進約拿和母親居住的公寓。兩年前，在大衛和凱倫離婚之前，他也一直住在這裡。現在，大衛獨自住在郊區一間小公寓裡，離他工作的哥倫比亞大學更近。每星期一到星期五下午三點，他都會到學校接約拿下課，相處四小時之後，再把他送回他母親的住處。這樣的安排可以節省聘用保姆的大筆開銷。但是，每當大衛走入這幢公寓的門廳，走進那部反應遲緩的電梯時，心情總會十分低落，覺得自己就像個流放在外的囚犯。

他們終於到達了十四樓，大衛看見凱倫正站在公寓門口。她沒有換下工作服，仍然穿著黑色淺口便鞋和灰色套裝，一身企業律師的標準打扮。她雙手交叉在胸前，上下打量著自己的前夫，眼睛裡明顯流露不滿。大衛滿臉鬍鬚，牛仔褲上沾著泥土，T恤上印著他所屬壘球隊的名字——「無安打歷史學家隊」。接著，她把眼光盯在「超級噴水槍」上。約拿感到不妙，立刻把水槍遞給爸爸，然後叫了一聲「我要尿尿！」，就從媽媽身邊溜進公寓，跑進了廁所。

凱倫看著水槍，頗為不滿的搖了搖頭，一綹金色頭髮在左頰上飄動。大衛心想：她仍然那麼漂亮！但那是一種冷冷的美，冰冷而固執。她抬起一隻手把金髮撥到一邊，開口說：「你到底在想什麼？」

大衛對此早有準備。「別急，我已經和約拿約法三章，不能用水槍射人。我們去了公園，只向石頭和樹噴噴水，玩得很開心。」

「難道你認為一個七歲小孩很適合拿機關槍？」

「這不是機關槍，明白嗎？外盒上清清楚楚寫著：『適合七歲及七歲以上兒童使用』。」

凱倫瞇起雙眼，撅起嘴唇。這是她想吵架時的典型表情，大衛一直很討厭她這個模樣。她質問：「你知不知道那些小孩用『超級噴水槍』做了什麼？昨天晚上的新聞就有這麼一條，史坦頓島上的一群孩子灌進水槍裡的不是水而是汽油，就把水槍變成了噴火槍！他們幾乎把整個社區燒掉了！」

大衛深深的吸了口氣。他再也不想和凱倫爭吵了，他們過去總是當著約拿的面大吵大鬧，這就是他們不得不分手的原因。因此，繼續吵下去毫無意義，於是他說：「好吧，好吧，冷靜一點。妳只需要告訴我現在該怎麼做。」

「你把槍帶回去吧。在你陪著他的時候可以讓他玩，但是我家不要這種東西。」

大衛還來不及回答，公寓裡的電話就響了，接著他聽到約拿喊著：「我來接！」凱倫轉過頭往後看，本想要衝進屋裡接電話，但後來只是側耳聽著屋裡的動靜。大衛猜測，那通電話可能是她的新男友打來的，因爲她已經開始和另一個律師約會。那是個道貌岸然的傢伙，滿頭灰髮、個性急切，結過兩次婚，還有花不完的錢。大衛對這個人並沒有嫉妒的情緒，因爲他對凱倫的感情早就不存在了，只是一想到這個虛情假意的傢伙經常和約拿廝混在一起，就覺得很難忍受。

約拿拿著無線話筒來到公寓門口，看到父母臉上都流露出關切的表情，一時愣住了，接著才舉起話筒對大衛說：「爸爸，是找你的。」

凱倫的臉立刻再沉下來，好像自己被人出賣。她問：「奇怪，什麼人會打電話到這裡找你？他們難道沒有你現在的號碼嗎？」

約拿聳聳肩說：「打電話的人說他是警察局。」

大衛坐在計程車後座，風馳電掣的向北邊的聖盧克醫院趕去。天色漸漸黑了，在阿姆斯特丹大道上的各式餐館和酒吧前，週四晚上常見的熱絡情侶們已經排起長龍。計程車在湧動的車流中穿梭前行，把一輛輛緩慢移動的巴士和送貨車甩在身後。大衛不時向車窗外張望，餐館上方霓虹燈招牌發出的耀眼橘紅色光芒，一一從他眼前飛掠而過。

剛才的電話是警察局的一位警探打來的，告訴他漢斯·克萊曼教授在一二七街的自家公寓裡受到襲擊，目前正在聖盧克醫院的急診室搶救，情況很危急。教授不停的說他要找大衛．史威夫，並且在護理人員耳邊輕聲說出了大衛的電話號碼。警探催促大衛說：「你最好立刻就來。」大衛焦急的問：「他怎麼了？到底出了什麼事？」警探只是回答：「你盡快趕到就是了。」

大衛心中感到十分內疚，他已經三年沒有見過克萊曼教授了。老人從哥倫比亞大學物理系退休以後，漸漸變成了一位隱士，獨自居住在西哈林區邊緣一間很小的公寓裡，而且把畢生的積蓄都捐給以色列。他沒有妻子，也沒有孩子，他把全部的生命都獻給了物理學。

二十年前大衛讀研究所的時候，克萊曼教授就是他的導師。他這個人既不冷漠也不嚴厲，大衛從一開始就喜歡他。他講授量子理論的時候總是喜歡摻雜著許多意第緒語（注1）。大衛每星期到克萊曼的辦公室一次，聽他講授神祕莫測的波函數和虛粒子（注2）。遺憾的是，無論教授如何耐心細膩的講解還是無濟於事，兩年後大衛不得不承認自己仍然一竅不通，根本就不具備成為一名物理學家的聰明智慧。因此，他放棄了研究所的課程，轉攻科學史的博士學位，這才是他真正

注1 Yiddish，猶太人使用的國際語。

注2 波函數（Wave function）：量子物理中粒子也同時具備波的性質，而由一個波函數來描述該粒子的行為。虛粒子（Virtual particle）：基於量子物理的測不準原理，空間可以短暫的違反能量守恆而產生虛粒子，這些虛粒子不能被直接偵測到，短時間內即消失，因此稱為「虛」。

的長項。

克萊曼對此感到非常遺憾，但同時也表示理解。雖然大衛在物理學上徹底失敗，但是老人家已經喜歡上他了。在那之後的十年裡，兩人一直保持聯繫。當大衛著手寫書收集資料時，克萊曼慷慨的提供了他個人的回憶。那是一本描述愛因斯坦和他的所有助手們合作共事的書，當時人們都親切的稱他爲「博士先生」。《站在巨人的肩膀上》順利完成，出版後大獲好評，爲大衛贏得了不小的名聲，他現在已經是哥倫比亞大學科學史的正式教授。但大衛心裡很清楚，這算不上什麼成就，和克萊曼的天才相較之下，他仍然一事無成。

計程車在聖盧克醫院急診室門前猛然剎車，輪胎發出了刺耳的磨擦聲。大衛付了車費，迅速衝過急診室的自動玻璃門。他立刻看到服務台旁邊站著三位紐約市警局的警員，其中兩個穿著制服，一個是警官，中年人，挺著啤酒肚；另一個又高又瘦，是個新手，看上去就像個連高中都還沒畢業的孩子。第三位是個身著便裝的警探，英俊的西班牙裔男人，身上的西裝十分整潔。大衛猜測，他就是打電話來的人。他還記得他的名字叫羅佐奎。

大衛懷著忐忑不安的心情走上前說：「我是大衛．史威夫。請問，你是羅佐奎警探嗎？」

警探表情沉重的點點頭，但兩位警察臉上卻露出了開心的表情，啤酒肚警官笑著對大衛說：「嘿，你有那玩意兒的持槍證照嗎？」

他用手指了指大衛手裡的「超級噴水槍」。大衛滿腦子想著教授的事，完全忘了他手裡還拿著約拿的水槍。

羅佐奎皺著眉頭瞪了警官一眼，表現出職業的嚴肅態度。他說：「謝謝你趕過來，史威夫先生。你是克萊曼教授的親戚嗎？」

「不是，只是他的朋友。事實上，我曾經是他的學生。」

警探感到有些疑惑：「他以前是你的老師？」

「是的，哥倫比亞大學的老師。他怎麼了？傷勢很嚴重嗎？」

羅佐奎把一隻手放到大衛的肩膀上，說：「請跟我們來。他的神智仍然很清醒，只是一直拒絕回答我們的問題。他堅持只跟你談。」

警探帶著大衛沿著走廊步行，兩個巡警緊隨其後。他們從兩位護士身邊走過，她們都用憂鬱的眼神看著他們。這可不是好兆頭。大衛問：「到底發生了什麼事？你在電話裡說他被人襲擊？」

羅佐奎平靜的回答：「我們接到民眾報警有人入室搶劫。有個人從消防逃生梯鑽進了那棟公寓的某個房間，正好被對街的一位民眾看見了。後面那兩位警官到達現場後，在浴室裡發現被打成重傷的教授。到目前爲止，我們只知道這麼多。」

「你說『重傷』？到底有多嚴重？」

警探兩眼平視著前方，開口說：「無論是誰做的，這個人肯定是個變態的瘋子。克萊曼教授的臉上、胸部和生殖器都有三度燒傷，一邊的肺葉組織已經衰壞，其他器官也受到不同程度的傷害。醫生說，他的心臟正在衰竭。我非常遺憾，史威夫先生。」

大衛感到喉部一陣緊縮，「不能動手術嗎？」

羅佐奎搖搖頭，「他已經無法承受了。」

大衛低低咒了一聲「可惡!」,心中的憤怒遠遠超過了悲痛。一想到漢斯．瓦爾特．克萊曼教授,那位和藹可親又才華洋溢的老人,被一個有虐待狂的街頭混混肆意毆打的情景,他不自覺的握緊了拳頭。

他們來到了一個標示著「創傷中心」的房間外。大衛向門裡看去,兩位穿著綠色手術服的護士站在一張病床旁,病床四周擺滿了醫療儀器——心搏監視器、急救式手推車、心臟去顫器和一個靜脈輸液架。但是,他從走廊裡看不出躺在病床上的人是誰。他正要走進去時,羅佐奎警探一把抓住了他的手臂。

「史威夫先生,我知道這很困難,但是我們需要你的幫助。我要你問問克萊曼先生有關這次被人襲擊的情況,任何他記得的細節。醫護人員跟我說,他在救護車裡一直重複提到兩個人的名字。」羅佐奎回頭看著那位新手警員問道:「你再說一遍,那兩個名字叫什麼?」

娃娃臉警員拿出紀錄本翻看,「稍等,我記得都是德國人的名字……找到了,在這兒:『艾因哈德．里金和費爾特．特里』。」

羅佐奎專注的看著大衛:「你認識這兩人或其中任一個嗎?他們是不是克萊曼先生的朋友?」

大衛默默的重複著這兩個名字:「艾因哈德．里金和費爾特．特里。」即使在德國人之中,這兩個名字也是很少見的。突然間,他恍然大悟。

他說:「這些不是人的名字,而是兩個德文單詞,就是『*Einheitliche Feldtheorie*』。」

「什麼意思?」

「統一場論。」

羅佐奎疑惑的盯著大衛問：「這是什麼東西？」

大衛決定用對約拿的說話方式來解釋這個問題：「這是一個理想中的理論，可以用來解釋所有的自然力，例如重力、電力以及核力等等任何一切，它的地位相當於物理學的聖杯。研究人員已經研究了幾十年，但是至今為止，仍沒有人真正研究出來。」

啤酒肚警官咯咯笑道：「哈哈！統一場論，它就是罪犯。要我發出全面通緝令嗎？」

羅佐奎皺起眉頭，再次瞪了他一眼，然後轉身對大衛說：「你只需要問問克萊曼先生他還記得哪些事情。任何細節對我們都可能有幫助。」

「好吧，我試試看。」但是，大衛現在感到很茫然，克萊曼教授為什麼要不斷的提到這兩個詞呢？「統一場論」(注1)已經是個有些過時的用語了，現在絕大多數物理學家傾向於稱它為「弦論」、「M理論」(注2)或者「量子重力」，這些才是這個研究的最新理論。再者，克萊曼教授對這些理論並沒有絲毫熱情，他曾經說過，在這個領域裡，物理學家們的研究方向全都錯了，他

注1 原指把電磁場和重力場統一起來的物理學理論（亦有稱統一理論，Unified theory；也指萬有理論，The theory of everything）。愛因斯坦在完成了狹義相對論和廣義相對論之後，便致力於建立重力場與電磁場相互統一的理論，並為此幾乎付出了他的整個後半生而未能如願。現在的統一場論已經不僅僅包括電磁場和重力場，而是囊括了目前已經發現的自然界的四種力，即磁力、重力、強核力和弱核力。

注2 弦論：String theory；M理論：M theory。

們不去瞭解宇宙運行的原理，而是忙於建立一大堆華而不實的數學公式。

羅佐奎不耐煩的看了大衛一眼，一把從他手中拿走了噴水槍。「你快進去吧，他的時間可能不多了。」他一面說，一面用手肘把他往「創傷中心」的門裡推。

大衛點點頭，走了進去。當他靠近病床時，兩位護士識相的退到一旁，但仍然目不轉睛的注視著心搏監視器上每一個細微的變化。

首先進入大衛眼裡的，是克萊曼教授全身綑滿的繃帶，他的右臉貼著厚厚的紗布墊，整個胸部纏滿已經染血的紗布。教授的身體幾乎從上到下都被敷料所包裹，儘管如此，卻仍沒有完全遮蓋身上所有傷痕。大衛看見老人家白髮下已經凝結的血塊和雙肩上青瘀的手印，最糟糕的是皮膚上所呈現出的深藍色跡象。大衛的生理學常識使他清楚意識到，教授的心臟已經沒有能力把含氧的血液從肺部輸送到身體的各個部位。醫生已經讓他戴上氧氣面罩，並讓他保持坐姿，以便血液從肺部流向其他部位。但是，這些措施都沒有產生太大的效果。大衛一面注視著克萊曼教授，一面感覺到自己胸口中的陣陣鬱悶。看起來，這位老人已經像是一具沒有生命的屍體。

幾秒鐘過後，「屍體」開始動了起來。克萊曼教授睜開了眼睛，慢慢把左手抬到臉上，用彎曲的手指，敲打著扣在他口鼻之上的透明塑膠面罩。大衛向教授俯下身去，問道：「克萊曼教授？我是大衛。您聽得見我說話嗎？」

教授的雙眼雖然充滿淚水、目光呆滯，但它們卻緊緊盯著大衛。克萊曼再次敲打自己的氧氣面罩，然後伸手去抓吊在面罩下的乙烯充氣袋，這個氣袋就像第三個肺葉一樣，一伸一縮把氧氣壓進他的肺裡。摸索一陣之後，他終於抓住了它並開始往下拉。

大衛開始緊張起來。「什麼事？是不是氧氣進不去？」克萊曼教授更加使勁拉扯，充氣袋在他手中已經被擰成了一團；他的嘴唇在塑膠面罩下不停顫動。大衛更進一步壓低身體問道：「怎麼了？哪裡不舒服？」

老人吃力的搖搖頭，一顆汗珠從眉毛上流了下來。「你沒有看見嗎？」面罩下傳來克萊曼微弱的聲音。「看不見嗎？」

「看見什麼？」

克萊曼放開了抓在手裡的氣袋，把手舉向空中，慢慢的轉著圈，像是在向人展示一件剛剛獲得的寶物，嘴裡輕聲的說：「太美了！」

教授的胸部傳出了液體流動的聲音，大衛知道這是一些液體回流進他的肺裡。「教授，您知道自己現在在哪裡嗎？您在醫院裡。」

克萊曼仍然凝視著手中的神奇事物，或者更準確的說，是看著他手掌裡半握著的無形空氣。他粗嗄的自言自語著：「是的……是的。」

「有人在您的公寓裡襲擊了您。警察們想知道，您還記得什麼事？」

老人開始咳嗽，咳出的淡紅色液體布滿了氧氣面罩的內壁。儘管如此，他的兩隻眼睛仍然目不轉睛的望著手裡那個看不見的寶物。「他是對的。天哪，他是對的！」

大衛傷心的咬住自己的嘴唇，他現在已經非常清楚明白教授即將死亡。十年前他曾經目睹過同樣的瀕死掙扎。那次是在他父親的病床前，大衛眼睜睜的看著患有肝癌的父親，痛苦的離開人世。他的父親叫約翰．史威夫，是一個公車司機，年輕時當過拳擊手。他拋棄家庭，最終因酗酒無度斷送了生命。臨終前，他已經認不出自己的兒子，卻一直在被單下揮舞著拳頭，嘴裡不停咒罵著三十年前一些赫赫有名的次重量級拳擊手，因爲那些人曾經多次把他打得昏死過去。

大衛握住克萊曼教授的手，感覺到它是那麼的柔弱、無力，那麼的冰涼！他說：「教授，請您聽我說，這件事很重要。」

老人的目光回到了大衛身上，看上去似乎只有這雙眼睛還存在著生命的跡象。他微弱喘息著，斷斷續續的對大衛說：「人們都以爲……他失敗了，其實他成……成功了。但是，他不……不能公開。博士先生看到了……危險，比原子彈……更可怕。世界的……毀滅者。」

大衛驚訝的看著眼前這位老人，博士先生？世界的毀滅者？他緊緊握著教授的手說：「盡量保持清醒，好嗎？您得告訴我襲擊您的人是誰。還記得他的長相嗎？」

汗水使教授的臉呈現出微微的光亮。他回答：「那個惡棍就是爲……爲這個而來的，就是爲這個……才折磨我。」

「折磨您？」大衛的心繃了起來。

「是的，他折磨我。他逼著我把它……寫出來。但是，我沒寫。我絕不寫。」

「把什麼寫出來？他要的是什麼？」

克萊曼面罩下的嘴露出了得意的微笑，輕聲說：「統一場論。博士先生最……最後的遺贈。」

大衛徹底的困惑了。教授產生了幻覺，襲擊造成的創傷啓動他記憶中半個世紀以前的往事，這是最顯而易見的原因。當時的漢斯．克萊曼還是普林斯頓高等研究院的年輕物理學家，受僱爲具有傳奇色彩、又疾病纏身的愛因斯坦擔任助手。大衛在他的書裡寫過這段故事：愛因斯坦在辦公室的黑板上寫滿了計算公式，他一直在尋找一個能夠把重力和電磁力合而爲一的場方程式，但是卻無疾而終。克萊曼教授在重傷心智不清的情況下回想起往日的事情，完全是有可能的。然而，老人目前的情況卻似乎並不像精神錯亂，儘管他的胸部隨著粗嗄的喘息急促起伏，臉上也已經大汗淋漓，但他的表情卻相當平靜。

老人艱難的說：「大衛，對不起。很抱歉，我……一直沒有告訴過你。博士先生看……到了危險。所以，他不能……不能……」克萊曼開始咳嗽，整個身軀也隨之抖動。「他又不忍心燒掉……他的筆記。這個理論眞的是……太完美了。」他再次猛烈咳嗽，接著突然痛苦的彎下身。

一個護士立刻跑到克萊曼病床的另一邊，抓住他滿是瘀傷的肩膀，在他身後塞好枕頭，再輕輕扶著他坐直身體。大衛仍然握著克萊曼的手，他看到氧氣面罩裡已經布滿了粉紅色唾沫。

護士立刻取下面罩，擦去裡面的唾液。她正要把面罩重新戴上，克萊曼卻搖著頭拒絕了。她用一隻手攫住教授的後頸，想強迫他戴上，但是他又用手擋開了面罩，粗聲叫著：「不！住手，我受夠了！」

護士驚恐的看了他一眼，然後轉過頭，對仍然注視著心搏監視器的搭檔命令：「快去叫住院醫師，我們必須爲他插管。」

克萊曼將身體靠在大衛身上，大衛伸出手臂摟著他的肩膀，以免他倒下。教授的胸腔發出的咕嚕聲越來越大，眼神也開始游離不定。他說：「我要死了。時間已經……不多了。」

大衛的雙眼一陣酸澀，安慰道：「別擔心，教授，您會好——」

克萊曼抬起手，抓住了大衛襯衫的衣領說：「聽著……大衛，你必須……聽仔細了。還記得……你寫的那篇……論文嗎？就是我們一起……完成的那一篇，記得嗎？」

大衛想了想，終於記起教授所說的那件事：「您是說在研究所的時候？那篇叫《二維時空的廣義相對論》的論文嗎？」

他點點頭說：「對、對……你已經接近……很接近……眞理了。我死後……他們很可能會來找你。」

大衛突然感到胃部一陣異樣的緊縮，問道：「您說的到底是誰？」

克萊曼抓緊了大衛的衣領，說：「博士先生給了我……這個禮物。現在，我把它……交給你。我有一個……密鑰。你要保證它的……安全，絕不能讓他……他們得到它。你明白嗎？絕對不能！」

「密鑰？那是什……」

「沒有時間……沒有時間了，你好好聽著。」克萊曼一把將大衛拉到自己眼前，力量之大讓大衛十分驚訝。老人濕潤的嘴唇在大衛的耳朵上摩擦著，說道：「記住……這些數字：4、0……2、6……3、6……7、9……5、6……4、4……7、8、0、0。」

剛說完最後一個數字，教授的手就從大衛的衣領上無力滑落，上身癱倒在大衛胸前。他命令著說：「現在，重複……一遍數字序列。」

儘管大衛仍然不明所以，但還是遵從了教授的命令。他彎下腰緊貼著克萊曼的耳朵，一字不差的把整個序列重複了一遍。雖然大衛從來沒有眞正掌握住量子物理學的方程式，但他卻具有記憶長串數字的能力。他背完以後，老人滿意的點了點頭。

他趴在大衛的襯衫上，以十分微弱的聲音對他說：「好孩子……好孩子。」

護士站在急救式手推車旁，正準備爲克萊曼做插管。大衛看著她拿起了一個鐮刀形狀的銀白色器具和一根長長的塑膠管，管體上印有黑色的刻度線。大衛猜測，這就是他們將要插進教授喉嚨裡的東西。就在這個時候，大衛突然感覺到腹部上有一股暖流，低頭一看，一道粉紅色的黏稠液體，正從克萊曼口中溢出，沿著下巴一直流到大衛的襯衫上。老人已經閉上了雙眼，胸腔裡也沒有了咕嚕作響的聲音。

急診室的住院醫師終於趕到，他把大衛轟出創傷中心，並呼叫更多的人趕來支援。不一會，已經有四、五位醫生和護士圍繞在克萊曼的病床周圍，竭盡全力搶救教授的生命。大衛心裡很清楚，這一切已經無濟於事。漢斯．克萊曼已經撒手人寰。

大衛步履蹣跚的沿著走廊走去，羅佐奎和兩位巡警迎上前攔住他。那個手裡拿著「超級噴水槍」的警員同情的看著他，默默把水槍遞給了大衛，然後問：「史威夫先生，結果怎樣？他說了什麼？」

大衛搖搖頭，回答：「很遺憾，他一直處於時而昏迷時而清醒的狀態，沒說出什麼有用的資訊。」

「那他說了什麼？是搶劫嗎？」

「不。他說那個傢伙一直折磨他。」

「折磨？爲什麼要折磨他？」

大衛正要回答，遠在走廊另一頭的一個人高聲叫道：「喂，你們！站住別動！」來人身材高大，臉色紅潤，脖子又粗又壯，留著小平頭，穿著灰西裝。他兩側各跟著一個人，都有著魁梧的橄欖球中後衛的體魄，身上穿著相同的行頭。三個人沿著走廊快步走來，到警探面前後，走在中間的人從口袋裡摸出證件和徽章說：「我是霍雷，聯邦調查局探員。」他晃動著手裡的徽章高聲再說：「你們是負責克萊曼一案的警員嗎？」

啤酒肚和娃娃臉巡警同時上前幾步，和羅佐奎警探並肩站在一起。他們對這些聯邦探員的到來，不約而同表現出不屑一顧的譏諷神情。羅佐奎回說：「沒錯，這是我們的案子。」

霍雷探員向一個同伴打了個手勢，那人立刻朝「創傷中心」走去。緊接著，霍雷又把手伸進口袋裡，掏出了一封折疊的信，並且宣布：「現在開始，這個案子由我們接管。」一面說著一面把信遞給羅佐奎。「這是聯邦檢查官辦公室簽發的授權書。」

羅佐奎打開信，一邊看一邊皺起了眉頭，隨即抗議：「實在太離譜了！你們在這裡沒有執法權。」

霍雷面無表情的回道：「如果你有意見，可以直接向聯邦檢查官投訴。」

大衛上下打量這位霍雷探員，只見他板著臉左顧右盼，環視著整個走廊的情況。從口音判斷，他肯定不是紐約人，聽上去像是在奧克拉荷馬州某個農場長大的孩子，而說話的腔調顯然是從海軍陸戰隊裡學來的。大衛立刻想到了一個問題：這位嚴肅的聯邦調查局探員，爲什麼會對一個退休物理學家的凶殺案如此感興趣？他再次感覺到胃部的收縮。

這時，霍雷彷彿注意到大衛的不安，指著他向羅佐奎問：「這傢伙是誰？他在這裡做什麼？」

警探聳聳肩說：「克萊曼要見他。他叫大衛．史威夫。他們剛剛談完，他……」

「你這個狗娘養的！竟然讓這個傢伙跟克萊曼交談？」

大衛厭惡的皺起了眉頭。這個探員是一個徹底的混蛋。他對探員正色說：「我是在盡力提供幫助。你只要稍微閉上嘴，這位警探就會向你解釋得很清楚。」

霍雷猛然從羅佐奎轉向大衛，瞇著眼睛上前一步說：「你是物理學家嗎，史威夫先生？」

儘管霍雷由上往下瞪著他，大衛仍然保持平靜的語調回答：「我不是物理學家。我是歷史學家。如果你不介意，請叫我史威夫博士。」

就在霍雷企圖用嚴厲的眼神嚇倒大衛的時候，剛才進入「創傷中心」的探員走回來，他側身走到霍雷身邊，悄悄說了些耳語。在這一瞬間，霍雷緊閉雙唇，露出了一臉懊惱的表情，但是很快又恢復了毫無表情的冷酷面孔，說：「史威夫先生，克萊曼過世了。也就是說，你必須跟我們走。」

他的話還沒有說完，第三個探員已經走到了大衛身後，突然把他的雙手扭到背上，迅速的替他戴上手銬。大衛的「超級噴水槍」脫手掉落地面，發出一陣咔嗒的聲響。

大衛大聲叫道：「你們到底想做什麼？我被逮捕了嗎？」

霍雷根本不屑回答他的問題，抓起大衛的手一把轉過去。將他戴上手銬的探員彎腰撿起「超級噴水槍」，像拿一把眞槍那樣平臂端著。三位聯邦調查局探員簇擁著大衛大步離開，一旁的醫生和護士個個目瞪口呆。大衛回過頭，期待的看了看羅佐奎警探和兩位警員，但是他們都站在那裡一動也不動。

其中一位探員快走兩步趕到他們前面，用手拉開通向樓梯的一扇門。大衛洩氣了，不敢再反抗。他們迅速走下通往緊急出口的樓梯。就在這時，他的腦子裡突然想起了克萊曼教授幾分鐘前對他說過的話。那句話引自另一位和愛因斯坦共事過的偉大物理學家J・羅伯特・歐本海默。那是他第一次目睹原子彈實驗時，最先出現在腦海中的句子：

「我是死神，世界的毀滅者。」

第三章

賽門坐在賓士車的駕駛座，玩著「俄羅斯方塊」。他用一隻眼睛看著手機螢幕上的電子遊戲，另一隻眼睛則盯著聖盧克醫院的入口。他認爲，在目前的情況下，「俄羅斯方塊」是最理想的遊戲，它既可以發揮娛樂的功能，又不至於讓自己從工作上分心。賽門一面監視來到急診室門口的各種車輛，一面飛快按著手機的按鍵，輕鬆的把一個個俄羅斯方塊引導到恰當的位置上。他既從容又仔細觀察著一切動靜，漸漸的，阿姆斯特丹大道上行駛的車輛都變成了一個個特大號的俄羅斯方塊——正方形的、T形的、Z形的和L形的——沿著越來越黑暗的街道飛馳而過。

賽門在心裡思忖著，玩遊戲的關鍵在於靈活性。無論你玩的是什麼遊戲，都必須保持警覺，不斷調整戰略。就拿今天晚上漢斯·克萊曼的案子來說吧，起初這工作似乎易如反掌，誰想得到他還沒有從克萊曼口中問出任何有用的資訊，老傢伙就昏死過去了。緊接著，事情變得越來越糟糕，兩輛警車突然開到教授的公寓門口。賽門雖然大吃一驚卻並不恐慌——只是及時調整自己的戰略而已。首先，他沿著消防梯爬上了樓頂，以便躲開員警，接著再從公寓樓頂跳到鄰棟一座倉庫的屋頂上。然後，他鑽進自己的賓士車，尾隨載著克萊曼的救護車來到了聖盧克醫院。他已經擬了一個全新的計畫：靜靜等候員警們離開急診室，然後再次設法撬開克萊曼的嘴，得到「統一場論」——當然了，如果那時教授還活著的話。

事實上，賽門打從心裡對這位教授感到敬意，因爲他確實是個頑強的老混蛋。他讓賽門想起了阿列克塞．拉蒂波夫上校，那是他在俄羅斯特種部隊的老指揮官。阿列克塞在俄羅斯特種部隊待了幾乎三十年。他的動作敏捷、頭腦精明又殘酷無情；在他的領導下，賽門所屬的部隊熬過了車臣戰爭裡最腥風血雨的歲月。他教會他們如何以智慧取勝，如何在戰鬥中打敗那些窮凶惡極的叛匪。後來，在襲擊一個車臣叛匪營地的戰鬥中，對方的狙擊手一槍打碎了上校的腦袋。這雖然是件可怕的事，但並非在意料之外。賽門想起了這位前指揮官說過的一句話：「生活就是一堆狗屎，接下來還會更糟糕。」

手機螢幕上，俄羅斯方塊已經高高堆起了懸崖峭壁，並在最左邊留下了一道深深的溝；就在這個時候，一根筆直的長條落了下來，賽門立刻把它調動到左邊，隨著一聲過關歡樂音樂響起，最下面的四層方塊整個消失了。眞過癮，就像拿把匕首戳刺一樣！

過了一會兒，賽門發現一輛深色玻璃車窗的雪弗蘭「巨無霸」正沿著阿姆斯特丹大道駛來，接近聖盧克醫院時開始減速，最後在貨物裝卸區旁停了下來。三個身材魁梧、穿著相同灰色西裝的男人從汽車裡跳出來，並排向醫院後勤出入口大步走去，邊走邊掏出他們的徽章，朝露出驚訝神情的警衛晃了一晃。雖然距離大約三十公尺左右，但是那軍人般的步態讓賽門明白，他們是從基層調到總部工作的前海軍陸戰隊隊員和騎警，很有可能是聯邦調查局的人。看來，美國情報單位也對克萊曼教授相當感興趣，這說明了剛才員警如此迅速到達教授公寓的原因。聯邦探員肯定在克萊曼的家安裝了竊聽器，有可能已經錄下剛才賽門和教授的談話。

三個探員走進醫院裡，他們大概是要趕在克萊曼死亡前對他進行盤問。事情發展至此，不免使賽門感到懊惱，但是他並沒有驚慌失措。儘管這些探員訓練有素且紀律嚴明，賽門相當佩服他們，但是他相信，要解決這三個人不是太大的難題。他有殺手鐧：單獨行動，以及更爲敏銳的直覺，這是獨立工作者最大的兩個優勢。

此外，他有錢，這是另一個優勢。自從離開俄羅斯特種部隊以後，賽門工作一天所賺的錢比俄羅斯一整個傘兵排一年賺的還要多。訣竅就是如何找到那些既富有又身陷困境的客戶，這一類的客戶不僅限於個人，還有許多公司及政府，需求之大令人驚訝。在這些人中間，有些急於要權，有些急於要尊嚴；有迫切需要導彈的，也有迫切需要鈽元素的。無論他們的目標是什麼，賽門都不會感到不安，因爲對他來說都一樣，是生意。

他一面靜靜等候著聯邦調查局探員離開醫院，一面思考是否有必要跟這筆生意的客戶聯繫。他的客戶通常都希望他即時通報過程中的重大變化，而這次行動已經大大有別於他原來的計畫。最後，他覺得沒有這個必要。這個客戶第一次打電話來時，賽門以爲是一個惡作劇，因爲這個人爲了一個區區的科學理論文件，竟然願意付給他一大筆錢。看來，他比過去跟自己打交道的其他客戶更沒耐心。但是，隨著賽門對這筆生意的瞭解越來越深入，他開始明白這個理論背後有巨大的潛在應用範圍，不僅可用於軍事領域，同樣也可以用於其他的領域。並且他逐漸恍悟：和一般的金錢比起來，這項特殊的任務，顯然極有可能爲他帶來更爲巨大的好處。

就在此時，三名聯邦調查局探員突然從醫院的緊急出口出現，他們折回的如此迅速，賽門感到有點意外。此外，他們還帶著一個人。這個人比聯邦調查局的幾個人稍矮，但身材勻稱修長；

上身穿著美國人喜歡的某支棒球隊的T恤，下身是牛仔褲，穿著運動鞋。他的雙手銬在身後，被兩個探員推拉著，像一隻驚恐萬分的小鳥一樣左右顧盼，一行人向「巨無霸」走去；而第三個探員的手裡竟然拿著一枝色彩鮮豔的玩具槍！賽門忍不住咯咯笑起來——難道聯邦調查局正在做噴水槍的實地測驗嗎？整個情況顯得非常荒唐可笑。賽門一時難以確定，這個被捕的人是否跟克萊曼有關。他很可能只是一個精神失常的紐約客，在醫院裡用噴水槍恐嚇醫生。但是，就在探員們將囚犯扔進汽車之前，他們把一個黑色的面罩套到囚犯頭上，並且拉出袋口的繩子繫在他的下巴。賽門心想，很好，這個囚犯並不是一個無足輕重的瘋子，而是探員們必須帶回去審問的重要人物。

開車的探員打開車燈，駕駛著「巨無霸」從路邊疾駛而去。為了避免探員們經過時看到自己，賽門在車裡俯下身體。他準備讓他們先走一兩條街，然後再尾隨其後。很顯然，在醫院門口繼續等下去已經沒有意義，因為探員們離開醫院時並沒有帶走克萊曼，這說明老頭已經死了。不過，他的運氣不錯，看來教授已經把某些祕密告訴這個人。

賽門退出「俄羅斯方塊」，同時按下手機的「關機」鍵。就在關機前的那一剎那，一張照片從螢幕上一閃而過。這是他的特別設定，每次開關機的時候，這張照片都會在螢幕上閃現。儘管在做生意用的手機上，保存這樣一張私人照片是相當愚蠢的作法，但是他仍然這樣做了，因為他不願意忘記他們可愛的面容。照片上的謝爾蓋有著玉米穗顏色的頭髮和一雙明亮的藍眼睛，而拉麗莎則有著一頭鬈曲的金髮，再幾個星期，就是她四歲的生日了。

螢幕上一片黑暗，賽門把手機放進口袋裡。然後他發動了賓士，排到前進檔。

「好了，霍雷，你可以把那玩意拿下來了。」這是一個女人的聲音，帶有濃厚的南方口音。摘掉面罩以後，大衛吐了一大口氣，那個黑布面罩已經被汗水濕透，長時間戴著它呼吸讓他感到噁心。在刺眼的日光燈照耀下，他的眼睛一時難以適應，不得不歪著頭、瞇起雙眼。

這是一間沒有窗戶、空蕩蕩的房間，他們讓他坐在一張灰色的桌子前，霍雷探員就站在他身邊。他把黑色面罩捲成一團，然後塞進口袋裡。他的兩個同伴正在檢查那把「超級噴水槍」，他們逐一卸下兩個儲水槽，然後透過進出水口仔細向裡面窺視。坐在桌子對面的是一個他沒有見過的女人，肩膀很寬、小腹很大，大約六十歲左右。「史威夫先生，你還好嗎？」她問他。「你看上去有點狼狽。」

大衛的感覺很不好，他的雙手仍然被銬在身後，又不知道自己身在何處，心中充滿了恐懼。而眼前出現的這個女人，完全把他弄糊塗了：她穿著一件鮮紅色的夾克，裡面是件白色的女用襯衫，看上去根本不像一個聯邦調查局的探員，倒像是一個經過精心打扮、準備參加賓果遊戲的老太太。他忍不住問：「妳是誰？」

「我叫露西爾，親愛的。露西爾．派克。你可以叫我『露西』，他們都這麼叫我。」她伸手拿起桌上的冷水瓶和兩個紙杯。「霍雷，把史威夫先生的手銬取下來。」

霍雷不太情願的打開了手銬。大衛一面揉了揉酸痛的手腕，一面打量正往紙杯裡倒水的露西爾。她的嘴唇塗著和夾克同樣鮮豔的口紅；臉上布滿皺紋，而眼角上的笑紋更多，看上去讓人感到很親切。脖子上用珠狀鏈條吊著一副老花眼鏡，但左耳後面同樣也戴著一條盤狀耳機線，這是政府探員們通用的無線通訊設備。「我是不是被逮捕了？」大衛問她。「如果是，我要跟律師說話。」

露西爾微笑道：「不，你並沒有被逮捕。如果是我們讓你造成了這種錯覺，我在此表示歉意。」

「錯覺？妳的探員把我銬起來，還套了一個該死的袋子在我頭上！」

「親愛的，讓我解釋一下。這是一棟我們叫做『安全設施』的房子，要把任何人帶進來，我們都有一套標準的程序。因爲我們不能洩露這裡的位置，所以不得不用頭罩。」

大衛站起身來說：「那好。既然我沒有被捕，我就可以自由離開，對嗎？」

霍雷探員抓住了大衛的肩膀。露西爾仍然微笑著，遺憾的搖搖頭說：「恐怕沒有那麼簡單。」她把一個紙杯推到他面前。「坐下，史威夫先生。先喝點水。」

抓住大衛肩膀的手開始往下壓，他順從的坐下來，接著說：「是史威夫『博士』。再說，我不渴。」

「也許，你想喝一點更刺激的？」她朝他擠擠眼，這種調情的神態讓大衛感到不安。接著，她伸手從夾克裡的口袋摸出一個銀製的小酒壺。「這是純正的德州威士忌，酒精濃度百分之九十。我有一個朋友在樂波市，他有自己的釀酒廠。他有ATF（美國菸酒火器爆破物品局）頒發的執照，是合法經營的。要來一杯嗎？」

「不，謝了！」

「對了，我怎麼忘了。」她吧酒壺放回口袋裡。「你從來不碰這東西，是嗎？因爲你父親？」

聽到這裡，大衛不由得緊張起來。在他的朋友和同事之間，是有一些人知道他很早以前就決心戒酒了，但是只有他的前妻和幾個老朋友才明白他戒酒的原因。但現在，露西爾隨口就說了出來，他立刻質問：「這到底是怎麼回事？」

「別急，親愛的。這些都寫在你的檔案裡。」她從掛在椅子後面一個鼓鼓的手提包裡，抽出一薄一厚兩個文件夾，戴上老花眼鏡，打開了薄的文件夾。「我們來看看你的家族史。父親，名叫約翰．史威夫，職業拳擊手，從業時間是一九六八年至一九七四年。綽號叫『恐怖雙拳』。呵，這名字挺不賴的。」

大衛沒有理會她。在拳擊台上，他父親的表現從來都不如他的綽號來得威風，唯一確實會感到恐怖的只有他自己的家人。

露西爾的眼光跳到了那一頁的頁末：「戰績紀錄：四勝，十六負。一九七五年起受僱於紐約市運輸局，擔任公車司機。一九七九年曾因酒後駕駛被捕，僱傭關係因此終止。一九八一年，在紐約奧辛寧鎮因毆人罪被判刑監禁三年。」她合上文件夾，看著大衛的眼睛說：「我很遺憾。這樣的經歷太可怕了。」

大衛心想，眞是個聰明的傢伙。這也可能是聯邦調查局在探員學校裡所教的標準手段，首先讓犯罪嫌疑人明白你知道他的祕密，然後再步步緊逼，迫使他屈服。「妳這裡的調查部門滿有效率的。」大衛譏諷道，「在短短的半個小時裡，就挖到這麼多東西？」

「不是的，幾天前我們就開始建立你的檔案了。我們收集了跟克萊曼一起工作過的所有人的資料，你是因爲身爲他的『合著者』，而被列入其中的。」說著，她有拿起那個厚的檔案夾。

「這是已故克萊曼教授的檔案。」她打開文件夾，一面翻閱一面搖搖頭說：「跟你說實話，這些物理學的東西有些還眞難懂。我是說，這個『克萊曼—古普塔效應』到底是什麼？檔案裡有六七處涉及這個問題，但是，我還是搞不懂。」

大衛仔細的觀察她，一時無法判斷她是眞的不懂還是裝傻，想誘使他說下去。

「這是當某些粒子衰變時出現的一種罕見現象，是克萊曼博士和他的同事阿米爾在一九六五年發現的。」

「這就是輻射的來源，對嗎？當粒子開始衰變時？」

大衛皺起眉頭說：「聽著，我很樂意爲妳介紹更多內容，但不是在這裡。帶我回我的辦公室，然後我們可以繼續聊。」

露西爾摘掉老花眼鏡說：「史威夫先生，我看得出來你有點不耐煩了，不過還是要請你再忍耐一下。是這樣的，克萊曼教授曾經接觸過機密資訊，我們懷疑有洩密的可能。」

大衛看著她，心裡並不相信她的話。「妳到底在說什麼？他爲政府工作已經是四十年前的事情了。當他完成輻射的研究題目以後，就完全停止了任何跟軍事有關的研究。」

「這種事情他是不會到處張揚的。克萊曼從哥倫比亞大學退休以後，還參與了一個國防部的祕密計畫。」

「所以，妳認爲他是因爲這個計畫而被人襲擊的？」

「我只能告訴你，克萊曼擁有某些高度敏感的資料，我們必須找到它。如果你在他的病房裡聽他說過什麼，你必須告訴我們。」

露西爾雙肘撐在桌子上，身體向大衛前傾。她臉上的笑容一掃而光，也不再叫他「親愛的」，表情變得十分嚴肅。現在，大衛已經完全相信她確實是聯邦調查局的探員，但是他仍然不相信她編出來的那套故事。「很抱歉，這個說法恐怕有問題，聽上去不像克萊曼博士的作風。他對於從事軍事方面的工作一直感到後悔，他說過，那是不道德的。」

「也許你對他的瞭解，並不像你想像的那樣透徹。」

大衛不可置信的搖了搖頭。「不可能，這根本不合情理。他在哥倫比亞大學裡還曾經組織過抗議活動，並且說服所有物理學家共同簽署了一則聲明——反對研究和製造核武。」

「我從來沒說他研究過武器。『九一一』事件之後，他曾經找到國防部，主動要求為反恐工作提供幫助。」

大衛思忖著這種可能性是否存在，雖然有點牽強，但也並非毫無道理。克萊曼教授的專長是輻射衰變方面，特別是核彈使用的鈾原子的專家，他的知識無疑可以應用到反恐怖主義的行動之中。「那麼，他具體的工作內容是什麼？」大衛問道。「一種新型的輻射探測器嗎？」

「我無權透露。但我可以讓你看看這個。」她又拿起有關克萊曼的文件夾，尋找她說的那些資料。她很快就找到並把它抽出來，然後遞給大衛。這是一份久遠的學術研究論文影本，大約有十頁，頁面已經有些發黃。「你可以看看這個，這是他的檔案中少數不屬於機密資料之一。」

這篇論文發表在一九七五年的《物理學評論》期刊上，題目叫《ρ介子量的測量》(注)，作

注　ρ介子是質量約為電子的一千五百倍的粒子，生命期極短，在高能粒子碰撞中產生，日常生活中並不存在。

者是H．W．克萊曼。大衛以前從未看過這篇論文。論文題目相當含糊，他在研究所唸書時竟然沒有學過這論文。更糟糕的是，文章中還包括了許多令人費解的複雜方程式。

「史威夫先生，這就是我們把你帶到這裡來的原因。反恐工作的第一要務，就是要確保不讓恐怖主義者瞭解我們正在進行的工作。所以，現在我們必須弄清楚克萊曼可能告訴他們的所有資訊。」

大衛開始迅速瀏覽論文，盡量去理解文中所闡述的理論。很顯然的，克萊曼發現，當我們把一束射線指向鈾原子的時候，就可以激發出大量的ρ介子。全文雖然都沒有涉及這項研究成果的實際應用問題，但是其中的含義卻是顯而易見的——儘管濃縮鈾裝置外面包裹著鉛防護層，運用這項技術卻仍可以偵測到核彈內的濃縮鈾。大衛再次思索他跟克萊曼最後談話的內容，開始懷疑自己是不是誤解了教授臨終前所說的話。教授告訴他要警惕「世界的毀滅者」，他所指的是不是一顆偷偷運進美國本土的核子彈？

「他是不是正在研究一種放射性掃描系統？」大衛試探詢問。「就是那種可以探測出隱藏在貨箱或者卡車上的核彈的儀器。」

「我不能肯定也不能否定你的推測。」露西爾回答說。「但是我認為，你現在已經明白我們為什麼要如此慎重。」

大衛正要抬起頭來，論文最後一頁的某些東西引起他的注意。那是一個表格，裡面逐一列出ρ介子及其近親ω和ϕ介子屬性，而引起他注意的是，表格的最後一行所標示出這些粒子的生命期（注）。他盯著那些數字看了許久。

「那麼，史威夫先生，克萊曼說了什麼？他到底告訴了你什麼？」露西爾急切的看著他，再次表現出一位溺愛孩子的老祖母的神情。但是，這已經不能再迷惑大衛了。

「妳撒謊。」他對她說。「克萊曼博士沒有研究什麼探測器，他根本沒有爲政府工作。」

露西爾張大嘴，露出一副受到傷害、又難以置信的表情說：「什麼？你是不是以……」

大衛用手指敲打著克萊曼論文的最後一頁說：「一個 ρ 介子的生命期是 10^{-23} 秒。」

「哦？那又如何？」

「那就是說，妳的研究部門搞砸了，他們編造的這個故事根本就不能自圓其說。即使一個 ρ 介子以光的速度運行，它也只能前進一兆分之一英寸，然後就衰變了。妳根本不可能探測到從一顆核彈中散發出來的那些粒子，所以要以這篇論文爲依據來造出一個掃描系統，根本是不可能的。」

露西爾還是那副受傷害的表情，大衛一時間以爲她還要繼續扮演無辜的角色。但是她隨即緊閉了嘴，兩片唇緊抿在一起，眼角的皺紋也加深了，再也不是剛才的笑紋。露西爾被激怒了。

於是，大衛接著說：「這樣吧，我們從頭來。妳何不告訴我，你們對克萊曼博士感興趣的眞正原因？就是一種武器，對嗎？一種妳半個字也不能透露，而且要花掉幾十億美元的祕密武器？」

她沒有回答，而是脫去夾克，把它搭在椅子的靠背上，露出了緊貼在襯衣上的肩掛式手槍皮

注 生命期，Lifetime：有時也稱半衰期，是粒子產生後到衰變間的時間。

套，和裡面那把烏黑漆亮的手槍。

當大衛兩眼直盯著手槍看時，露西爾轉身對兩個仍在玩噴水槍的探員說：「你們兩個，玩那破東西玩夠了嗎？」

一個探員趕緊走上前，把水槍放在桌子上，報告說：「長官，槍裡沒什麼東西。」

「放心了？立刻聯繫後勤部門，告訴他們我們需要交通工具，十分鐘後到機場。」

那個探員立刻退回到一個角落，對著藏在袖口裡的微型麥克風輕聲呼叫。與此同時，露西爾在椅子上扭動著身子，再次把手伸進衣服口袋裡。這次她摸出了一盒萬寶路香菸，和一個上面裝飾有德州孤星標誌的芝寶打火機。她一面看著大衛，一面從菸盒裡搖出一枝香菸。「知道嗎？你真是個討厭鬼。」她又轉向仍站在大衛椅子邊的霍雷，問道：「這傢伙很討人厭，霍雷，你說呢？」

「超級討人厭。」他附和。

露西爾把香菸叼在嘴邊，說：「你看他，恐怕也不抽菸，心裡大概正在想：我們想抽就該滾到外面去。」接著，她手腕一抖，打開打火機，點燃香菸，然後把吸入口中的第一口菸直接噴到大衛臉上。「好吧，史威夫，告訴你一個消息。我們想做什麼，就可以做什麼。」她蓋上打火機，熟練的把它放回口袋裡。「你懂嗎？」

大衛正想著他該如何回答，露西爾朝霍雷探員點了點頭。緊接著，霍雷甩了大衛一巴掌，吼道：「你耳聾了？派克探員正在問你問題！」

大衛咬緊牙關。這一巴掌打得不輕，他的腦袋嗡嗡直響。但是，在這種情況下，皮肉傷算不了什麼，真正難以忍受的是對他的侮辱。他抬起頭，倔強的雙眼直視著霍雷，感受到一肚子翻騰的怒火。如果不是探員們都帶著武器，他早就從椅子上跳起來反擊了。

露西爾得意的微笑著對他說：「我再告訴你一個消息。還記得克萊曼病房裡那位護士嗎？這麼說吧，我們有一位探員跟她談過了。」她深吸一口菸，再緩緩的吐出來，「她說，教授對著你悄悄說過一些數字。」

大衛不禁在心裡罵道：那個可惡的護士！

「她說得很清楚，那是一長串數字。當然啦，她記不住。不過我敢打賭，你記得住。」

大衛的腦海裡浮現了教授告訴他的數列。這就是他記憶長串數字或複雜公式的方法：讓它們在腦海裡浮現出來，就像在空氣中浮現在他眼前一樣。這些一一浮現在他「眼前」的數字不僅一字不差，而且完全按照教授所說的順序排列。

「你現在馬上把那些數字告訴我們。」露西爾一邊說，一邊挽起左手的袖子，露出手腕上一只早就過時的銀白色手錶，「我給你三十秒。」

說完後，露西爾把身體向後靠在椅背上，霍雷探員則伸手從口袋裡再度拿出那個黑色頭罩。一見到這個東西，大衛就感到喉頭緊澀。天哪，怎麼會有這種事情？這些探員似乎認爲自己有天大的權力，可以隨意爲他戴上頭罩，把他打成一坨肉泥。事到如今，唯一明智的選擇，就是忘了克萊曼博士的警告，告訴他們那些數字。反正到目前爲止，就大衛所知，這個數列沒有任何實質意義。再說，就算這些數字不是隨機的亂數，哪怕它們確實是某種恐怖武器的密碼，他又爲什麼非要承擔保守祕密的責任？這件事不是他主動想要知道的，他不過是寫了一篇有關相對論的研究論文而已。

他抓住桌子的邊緣，穩住自己。他還有五秒鐘，也許十秒鐘。露西爾的眼睛正盯著她的手錶，而霍雷整理著頭罩，躍躍欲試。但是，就在大衛恐懼的看著他們的時候，他突然意識到，即使把數字和盤托出，他們也不會放過自己的，因爲只要數字還在他的腦子裡，他就是一個隱憂。他唯一的希望是和他們做個協議，但不是跟派克或霍雷這樣的探員，而是跟更高層的人物。「我必須得到某種保證，否則我絕不會告訴你們任何一個字。」他開口說，「我要跟你們的上級談。」

露西爾皺起眉頭說：「你以爲這裡是百貨公司嗎？服務不周就可以隨便把經理叫來抱怨一頓？」

「我必須對你們想要這些數字的原因有所瞭解，如果你們不能告訴我，那就帶我去找能告訴我的人。」

露西爾長長的歎了一口氣，從嘴裡拿下香菸，扔進一個紙杯裡。然後，她把椅子往後一推，慢慢站起來，但在完全站立起來之前顯得有些遲疑。「那好吧，史威夫先生，你會如願以償的。我們這就帶你去一個地方，在那裡，有好多人可以跟你談。」

「到哪裡？華盛頓嗎？」

她咯咯笑起來，才說：「不，在南邊稍遠的一個地方，名字叫『關塔那摩灣』（注）。」

大衛體內腎上腺素立刻開始大量分泌，大叫道：「等等！我是合法的公民，你們不能——」

「根據《愛國者法案》的相關條款，現在我主張你是敵方的間諜。」接著，她轉向霍雷命令道：「讓他重新戴上手銬，上了車之後再幫他戴上腳鐐。」

霍雷抓住他的手臂，大聲吼著：「站起來！」儘管大衛已經嚇得心驚膽跳，兩條腿也不停顫抖，但是他仍然坐在椅子上一動也不動。霍雷提高嗓門再次大叫：「我說，站起來！」他正準備將大衛拎起來的時候，另一個探員在他肩上拍了一下，是剛才用無線電呼叫後勤人員的探員，他的臉色有些蒼白。「長官。」他耳語道，「我們恐怕有麻煩了。」

露西爾聽到他的話，立刻走到霍雷和他同伴之間，問道：「怎麼了？有什麼問題？」

臉色發白的探員顯得十分慌張，過了好幾秒才回過神來，「我聯繫不上後勤部的人，所有頻道都試過了，就是沒有反應，只有靜電干擾的聲音。」

露西爾帶著懷疑的眼光看著他，「一定是你的無線電有問題。」她伸手摸到別在自己襯衫領子上的微型麥克風，按下通話鍵呼叫：「『黑一』呼叫『後勤』。『後勤』，聽到嗎？」

她沒有等到任何答覆，一聲沉悶的爆炸聲隨即響起，四周的牆壁都在這股衝擊波的震撼之下，搖晃了起來。

黑色「巨無霸」最後開進了一座車庫裡。賽門一邊向車庫走去，一邊想，如果他想換個職業，肯定可以毫不費力的找到一份安全顧問的工作。說到要如何保衛一個政府部門或是公司總

注 Guantanamo Bay，美國在古巴東南端設立的軍事基地與監獄，用來羈押恐怖分子等國際重大罪犯。

部，除了像他這樣專門擅長闖入這些機構的人，誰還能提供更高明的防護措施呢？

比如聯邦調查局，他就肯定可以向他們提供一些相當實用的高招。又比如這個車庫，入口處有一個警衛室，警衛室裡只有一個探員。而這個年輕人顯然只是打雜的，長得又矮又壯；身上穿著一件橘黃色的風衣，頭上戴著一頂紐約洋基隊的帽子，極力裝出一副普通車庫服務員的模樣，卻又裝得根本不像。賽門認爲，在警衛室裡必須安排兩個警衛而不是只有一個，他們犯了一個相當沒水準的錯誤。要做周邊防禦絕不能吝惜人力，而晚班的執勤人員更是一個都少不得。

賽門現在已經換上了一套時髦的西裝，手裡提著一只公事包。他來到警衛室前，用手敲了敲窗戶上的防彈玻璃。警衛室裡的探員上下打量了他一下，然後把門拉開一道縫，開口問：「什麼事？」

賽門對他說：「抱歉，打擾一下。我想知道，如果把車停放在這裡一個月，大概要多少錢？」

「我們不……」

就在這個時候，賽門猛然撞開門，緊接著用肩膀撞向探員的腹部，把他仰面朝天撞到地上。警衛室裡只有一個監視器，而它的可視範圍又遠在地面以上——另一個錯誤。賽門撲到探員身上，將一把鋒利的戰鬥用匕首插進他的胸膛，同時一直牢牢的按住他，直到他停止掙扎。賽門覺得，這其實不是這個探員的錯，是制度上的漏洞。

賽門從屍體上站起身來，迅速換上探員的風衣和洋基隊的帽子，然後從他的公事包裡拿出烏茲衝鋒槍和彈藥。他把衝鋒槍藏在風衣裡面，走出警衛室，沿著車庫長長的坡道走進去。

到處都有攝影監視器在監視著他，所以他一直低著頭。轉過一個牆角，他看見一扇沒有任何標誌的門，門的旁邊停著五六輛「巨無霸」。當他走近到離門只有十公尺遠的時候，門開了，一個身著灰西裝、神情緊張的男人探出頭來。他厲聲叫道：「安德森！你他媽在……」

賽門突然抬起頭，同時拿起烏茲衝鋒槍扣下扳機。那個探員立刻倒地，屍體正好擋住應該自動關閉的門。賽門一個箭步衝到門口，及時撂倒趕來救援的另一個探員。賽門想，這也太殘忍了，他們竟然讓我如此輕易的得手。

在這扇門的後面就是指揮控制室，那兩個倒楣的探員就是被安排在這裡值勤的人員。賽門首先搗毀了無線電收發器，然後掃視了各個監視螢幕上的情況。他發現在一個標有「底3A」的螢幕上，顯示出地下室的一間審訊室。過去這些年來，他已經在美國情報部門中建立起幾個情報來源，沒花多少錢就得到有關這些部門如何運作的大量資訊，而對這幢建築的內部分布情況，他早已瞭若指掌。

現在，只剩下唯一一個障礙，那就是位於指揮控制室盡頭的第二扇鋼門。這扇門的控鎖裝置是一個由字母和數字相結合的鍵盤。賽門有些後悔，他不該太快殺掉兩個探員，至少要留下一個活口，強迫他說出開門的密碼以後再做掉他。但是他立刻發現，聯邦調查局又犯下了另一個愚蠢的錯誤，他們在門上安裝的不是非常堅固的四面閉鎖裝置，而是只有一個鎖門的插鎖。他的運氣真是太好了！

賽門從彈藥包中取出半公斤C4炸藥，將它沿著鎖門四周捏好、黏牢，再將引爆管插到炸藥上，最後把引爆線一直牽到控制室的另一頭。他只用了八十三秒鐘就做完一切準備工作，然後弓起身體躲在一根直立柱後面，輕輕歡呼一聲：「*Nazdorovya!*（注）」接著，他引爆了炸藥。

一聽到爆炸聲，露西爾、霍雷和其他兩個探員立刻拔出隨身配戴的克拉克手槍。雖然眼前並沒有出現任何敵人，但是他們都已拔槍，並同時將槍口指向審訊室關閉的門。有生以來，這是大衛第一次希望自己手裡也有一把槍。

霍雷大聲叫道：「媽的！這到底是怎麼回事？」

露西爾表現得較冷靜，她舉起食指和中指向探員們做了一個手勢，三個探員慢慢移向門口。接著，霍雷抓住門把猛然拉開了門，兩個同伴迅速衝到走廊上。緊張的一秒鐘過後，兩人同時喊道：「淨空！」

露西爾放心的吐了一口氣，說：「好啦，都聽著。霍雷留在這裡負責囚犯的安全，其他人跟我走，查明危險所在，恢復通訊聯絡。」她抄起桌上的文件夾在腋下，然後轉向大衛命令道：「史威夫先生，你給我老實坐著，不准出聲。霍雷探員就站在門外，如果你敢發出一丁點聲音，他就會衝進來給你一槍。明白了嗎？」

她沒有等他回答，反正答案也一樣，大衛已經驚恐得無法言語。她從霍雷身旁擦身而過，衝進走廊。霍雷還站在門口，一隻手仍然握著門把，他急忙問：「長官，怎麼撤退？我要是守不住的時候怎麼辦？」

「如果出現那樣的情況，你有權採取必要的手段。」

霍雷進入走廊裡，順手關上身後的門。大衛聽見霍雷鎖上門，房間裡頓時一片死寂，他可以清楚聽到頭頂上方的螢光燈發出的滋滋聲響。

「必要的手段」？這意思再明白不過。大衛仍然一動不動的坐著，他已經十分清楚知道，不管因為什麼原因，總之，他掌握著聯邦調查局認為有價值的情報。聯邦調查局決心不顧一切，確保這個情報不至落入不該得到它的人手中，其重要價值不言而喻。無論如何，他們寧可毀掉這個情報，也不能讓他人得到它，即便這意味著毀掉他的生命也毫不猶豫。在他的腦海裡，他已經預見霍雷探員再次走進來舉起槍，對準他的腦袋。

大衛害怕得跳了起來，他不能這樣呆坐著，必須要逃出去！他環顧房間四周，企圖找出一條逃生的通道，比如一塊可以撬開的天花板，或者可以爬出去的通風管道。但是，整個房間的天花板和牆壁都是鋼筋水泥建造，一片平整，除了幾張椅子和那張灰色的桌子，竟然再也沒有任何其他的東西，桌子上只擺著水罐、幾個紙杯和那把被人徹底檢查過的「超級噴水槍」。

突然，他注意到某個物品，那是露西爾慌忙中遺留在椅背上的橘紅色夾克。夾克口袋裡還裝著她的打火機和酒瓶。大衛想起他的前妻不久前說過的話：「超級噴水槍」是一個非常危險的東西。

注 俄國人喝酒時的傳統用語，意思是「請盡情享用吧！」相當於「乾杯」。

針對聯邦調查局這幢建築物的安全系統，賽門覺得還是有一件事是値得稱讚的，那就是電路遮斷器。至少他們沒有像指揮控制室那樣，把它擺在顯而易見的地方，所以他不得不沿著彎彎曲曲、裸露在外的電纜，尋找配電室的確切位置。然而，當他終於找到了配電室，卻又發現它沒有上鎖的時候，心中的讚賞之情頃刻間化爲烏有。他遺憾的搖搖頭，走進了配電室的小房間，找到配電板。他還在想：這眞是讓人難以置信。如果我是一個美國納稅人，一定會覺得義憤塡膺的。

他輕輕按下開關，整棟建築立刻沉浸在一片黑暗之中。然後，賽門得意的從衣服口袋裡拿出一副紅外線熱感應鏡，就好像拿出了一個新玩具。他打開這個雙筒眼鏡上的開關，將它戴到頭上，然後調整好頭帶，使它緊緊的固定在眼部的位置。這種眼鏡比美國陸軍使用的夜視鏡還要好，技術上更加優越。夜視鏡透過增強微弱的可見光來達到可視效果，沒有光則什麼也看不見，而熱感應眼鏡能夠顯示出任何發熱的東西，因此能夠在完全黑暗的環境中使用。在他的眼鏡裡，房間裡發熱的電腦和監視器明亮的呈現出來，而冰涼的鋼製門卻是漆黑一片。他很輕易的找到通向樓梯的路，因爲剛剛熄滅的日光燈仍然散發出微弱的熱量，他只需跟著它們走。賽門在黑暗中微笑起來——他太喜歡新科技了。現在，他已經準備好獵捕他的獵物，那個讓他覺得好像一隻受驚的小鳥一樣，身材勻稱修長的囚犯。

他剛剛走下兩段樓梯，就聽到了腳步聲。於是，他無聲無息的返回到樓梯的平台上，居高臨下，把烏茲對準了下面的樓梯入口。幾秒鐘後，他看到三束手電筒的光芒沿著走廊而來。嚴格來說，這也不能怪探員們的大失策，在漆黑一片的建築物裡，不用手電筒，他們還能用什麼？但是無論用不用，結果都是一樣的。在賽門的紅外線螢幕上，可以清楚的看到一隻發熱的手，和這隻手裡握著的一個明亮圓柱體，而那張鬼一般的模糊臉孔，就像在發光油漆裡浸透過一般閃閃發亮。手電筒的光柱還沒有照到賽門的身上，他已經將兩發子彈射進了這個探員的腦袋。

一個粗啞的聲音大聲叫道：「關掉手電筒！」兩束光芒立刻消失。賽門不聲不響溜下樓梯，跨過死亡探員的屍體，伸出頭向走廊裡看去。兩個身影蜷縮在一個角落裡，一個大約在十公尺外，另一個在其身後稍遠一點的地方。離他較近的探員擺出了射擊的姿勢，雙手握著手槍迅速的左右晃動，在黑暗中尋找隨時可能出現的目標。紅外線感應的圖像十分清晰，賽門甚至清楚的看到探員煞白的臉上流下的汗水，由於汗水溫度較低，呈現出一條條灰色的痕跡。賽門一槍打中這個可憐傢伙的前額，但是還沒等他解決第三個探員，一顆子彈就從他的右耳旁呼嘯而過。

賽門立刻縮進轉角，躲過了接踵而來的第二顆子彈。第三名探員不停的朝他所在的方向盲目射擊。賽門想，這傢伙還不錯，至少有點勇氣。他等待了幾秒鐘，然後探出頭向走廊那頭窺視，希望確定敵人的位置。那個探員已經側身站到走廊邊緣，這樣可以縮小自己的目標。賽門從紅外線顯示出的圖像上看到了一個強健的身軀、兩條柱子般的腿和一對碩大的乳房。他正準備舉槍時又猶豫了——這是一個老太婆！年紀大得可以當他奶奶！就在他猶豫不決的這一剎那，那個女人又接連向他射出了三發子彈。

他立刻緊貼在牆壁上。耶穌基督，差一點就被射中了！他舉起槍準備還擊，但是老太婆卻轉身消失在走廊轉角的後面。

這麼一來，賽門惱火了。這老女人羞辱了他，他必須追上她！他沿著走廊輕輕向前走去，可是還沒有走出多遠，就聽到身後某個地方傳來模糊的叫喊聲。他立刻停住腳步，轉過身去，又聽到了另一聲叫喊。聲音雖然比較遠，但是清晰可辨，是一個男人在大聲呼喊，聲音透過牆壁在整個大樓裡迴響：「霍雷，我知道你聽得見！打開這該死的門！」

賽門極不情願的放棄了他想追殺的那個女人。以後再收拾她吧。目前，他得先工作。

大衛剛把手伸進露西爾的夾克，所有的燈便熄滅了，他就像一個被人當場抓住的扒手般愣住。站在門外看守的霍雷探員也對突如其來的黑暗感到吃驚，大衛清楚聽見他罵了一聲「狗娘養……」又突然閉上嘴，不再發出任何聲音。

大衛深吸一口氣，心中想著：好吧，這也無所謂，不管有沒有燈光，我都必須從這裡出去。他從露西爾衣服口袋裡拿出那個銀製的酒瓶，將它輕輕放到桌上。千萬不能弄出一點聲響。接著，他伸手繼續向口袋底部摸去，掏出了露西爾的打火機。他正要點燃打火機爲自己照明，突然想到霍雷很可能從門下縫隙發現透出的光亮。不行，大衛不得不在黑暗中完成他想做的事情。他把打火機也放到桌子上，牢牢記住自己擺放的位置，然後伸出手，摸到「超級噴水槍」。

他爲自己感到慶幸，因爲他現在已經能夠相當熟練操作這把水槍。幾小時前跟約拿一起玩耍時，他至少在這枝水槍的儲水倉裡灌過十幾次水，現在他可以僅憑手的感覺輕易找到儲水槽的蓋子。一想起下午跟約拿在一起的情景，他的胃不禁一陣抽搐，不知道是不是還能夠再見到兒子。這樣不行，他默默告誡自己，絕不能分心，必須全心全意繼續做下去。

他拿起銀酒瓶，轉開蓋子，感覺到裡面可能還剩下二百多毫升酒，而且正如露西爾所說，這幾乎就是純酒精，因爲當他往「超級噴水槍」裡倒酒的時候，他的眼睛已經明顯的感覺到酒精揮發的刺激。但是，這點酒精夠用嗎？要讓水槍的第二個儲水槽獲得足夠的壓力，他至少也需要四百毫升液體。可惡！

儘管房間裡伸手不見五指，他還是閉上眼睛，以便清晰的思考。在桌子上應該還有兩個紙杯，如果把酒精稀釋到百分之五十的濃度，它仍然可以燃燒。於是，他小心翼翼的在桌子上摸索，找到了其中一個紙杯，把水中的菸頭取出來，再把大約九十毫升的水灌進了儲水槽。接著，他找到第二個紙杯，又灌入了九十毫升左右的水。現在，他可以冒險一試了，他祈禱水槍能夠獲得足夠的壓力。

大衛把儲水槽的蓋子緊緊鎖上，然後開始輕輕打氣。他在黑暗中想像著酒精和水的混合液體正被注入第二個儲水槽，開始擠壓裡頭的空氣分子。當他拚命打足了氣以後，開始旋轉槍口的噴嘴，把它轉到了「噴射」的位置上。只有當酒精成噴霧狀噴出的時候，才最容易燃燒。然後，他又伸出手在記憶中的位置上摸到了打火機。就在他正要抓起打火機的時候，他聽到大樓走廊上傳來兩聲刺耳的聲響，那是槍響的聲音。槍聲的驚嚇使他的手一抖，把打火機掉到桌子底下，帶著與地面磨擦的聲音一同滑進了黑暗深處。

大衛覺得整個房間都要塌了，他好像一個在黑暗的大海深處、掙扎著行將溺斃的可憐蟲。他無奈的盯著打火機滑落的方向，彷彿看著一個無底深淵。他不得不四肢著地，摸索著向前尋找。大衛仔細的從桌子邊緣一直摸到牆角，雙手在冰冷的地面上左右來回摸索，但就是找不到那該死的打火機。

從走廊裡再次傳來更多的槍聲，而且離他越來越近。大衛瘋狂的繼續摸索，甚至把手指伸進每一個角落。上帝！它到底在哪裡？緊接著，他的頭砰的一聲撞到一張椅子。當他最後摸索到桌子底下時，終於摸到那個打火機！

他雙手顫抖著打開打火機的蓋子，撥動打火輪。火苗像一個小精靈似的突然竄起，這眞是上天賜予的一個小小奇蹟！大衛站起身來，抓起「超級噴水槍」並把它指向門口。當他把點燃的打火機舉到水槍塑膠噴嘴前時，再度聽到一輪射擊的聲音，但是這一次他已經不再畏縮了。他朝門外大聲吼道：「霍雷！快開門！你必須讓我出去！」

「閉嘴，混蛋！」門外傳來霍雷盡量壓低聲音的回應。

很顯然，不管在附近射擊的人是誰，霍雷不想引起此人注意。但是，大衛卻明顯感覺到那些人反正是一定要來的。他怒吼道：「霍雷，我知道你聽得見！打開這該死的門！」

幾秒鐘過去了。大衛盤算著，霍雷正準備開門，而自己所站的位置太危險，必須向側面移動幾步，因爲霍雷已經沒有選擇，一旦開門就是爲了殺死自己。

接著，門打開了，大衛立刻扣動水槍的扳機。

賽門來到了走廊上的交叉口，在紅外線螢幕上看到另一個聯邦探員。這個人站在一個房間的門外，一隻散發著熱能的手正抓住門把，另一隻手握著一枝手槍。賽門有些好奇，一面用烏茲衝鋒槍對著他，一面悄悄的移動到離那個人更近的地方。這個探員像一個神經兮兮的求婚者，愣愣的在那裡站了好幾秒鐘，口中不停的碎碎唸著：「狗娘養的，狗娘養的！」像是在努力使自己鎮定下來。然後他打開門，並伸手到衣服口袋裡掏出手電筒。就在這個時候，一股耀眼的火焰突然從門裡噴射而出。

灼熱的火焰在賽門的夜視鏡上擴展開來，迅速填滿了各個角落，把整個矩形螢幕變成一片耀眼的白色，他什麼也看不見了。他立刻扯下夜視鏡，用雙臂保護頭部，蹲下身體縮成一團。那一定是某種噴火裝置，但是聞起來既不像汽油也不像白磷，比較像是私釀的伏特加。

火球在一兩秒內便消失了，地上僅留下點點滴滴的液體還冒著淡藍色火苗。那個倒楣的聯邦調查局探員搖搖晃晃的向後退，接著倒在地上，像一截木頭般狂烈打滾，企圖撲滅外衣上的藍色火焰。

緊接著，賽門聽到一連串橡膠發出的急促唧吱聲。當他意識到那是什麼的時候，聲音已經從他身邊一路響過——是那個囚犯穿的橡膠運動鞋發出的聲音！賽門本能的舉起烏茲槍對準腳步聲迅速遠去的方向，但是他卻不敢開槍，他必須活捉這個人。於是他連忙站起身，開始沿著漆黑的走廊一路追下去。當他距離目標僅有幾步之遙，眼看可以把那個人撲倒在地的時候，突然聽到某個東西咔啦掉到地上，像塑膠和空洞的物體所發出的聲音，接著他便一腳踩在這個東西上，身體猛然失去了平衡。他踉蹌的向後倒，腦子裡同時意識到這就是那枝該死的水槍，然後，他的頭撞上了身後的門框。

賽門躺在黑暗中，腦袋一陣眩暈，直到十秒，也許十五秒鐘後，他才睜開眼睛。看著那個身上仍冒著煙的聯邦探員從他身旁跑過，向逃竄的囚犯追去，賽門不禁想，這人還真是個十足的美國傻瓜，執著而魯莽。他深深吸了一口氣，讓自己的大腦能清醒一些，然後站起身來，把熱感應夜視鏡重新戴上。顯示系統已經自動重新設定，恢復正常功能。他從地上撿起烏茲衝鋒槍，朝走廊大步跑去。

大衛一頭衝進了黑暗之中。他什麼都不想，一心只想逃命。「超級噴水槍」從手中滑落後，他聽見身後有人重重摔倒的聲音，但他沒有回頭看，只是繼續向前奔跑。他一邊跑一邊再次點燃打火機，晃蕩的火苗照亮了身邊一小塊地方。剛開始他只看見走廊兩邊一扇扇緊閉的門，其他什麼也沒有，但接著他發現左手邊有一座電梯，和寫著「出口」的明亮標示牌。他直接向標示牌下的門衝過去，企圖用肩膀撞開門。可恨的是，那扇門居然紋風不動。他試了試門上的把手，根本無法轉動。眞是難以置信！他們怎麼可以鎖上出口？他焦急的站在門前，繼續拚命轉著把手，同時聽到遠處傳來憤怒的吼聲：「你這狗娘養的！」走廊裡再度迴響起霍雷探員急促的腳步聲。

大衛不得不繼續向前跑去，他在第二個交叉口左轉，再沿著另一個走廊，拚命尋找另外的出口。這幢建築的整個底層到處是走廊和房間，肯定還有其他的樓梯出口。但是，這個出口到底他媽的在哪裡？他一面盡力飛奔，一面掃視著走廊兩側，突然，他的腳絆到一堆好像是髒衣服的東西上，撲通一聲摔倒在地。他摸索著，再次點燃熄滅的打火機，卻發現自己的腳下竟然躺著一具屍體。那是霍雷兩個身穿灰色西裝的同伴其中之一，他的前額上有兩個大大的彈孔。大衛還來不及感到恐懼，又意外的發現這具屍體正好躺在一段樓梯的下面。

很快的，霍雷也轉過了牆角，出現在走廊的另一頭。一看到遠處打火機發出的火光，他立刻止步，舉起槍準備射擊。大衛關上打火機，迅速往樓梯上跑去。黑暗中，他抓著扶手拚命往上爬，兩條腿幾次撞到石階，霍雷則在他身後幾尺遠之處緊追不捨。爬上三段樓梯後，他看見一個出口通道，通道上有一扇半開著的門，門內透出淡淡的黃色光線。他不假思索衝進門裡，發現這裡又是一個房間，到處擺滿了已經被砸爛的監視器。他穿過房間，跨過另外兩具屍體，從房間另一頭的一扇門衝出去。一座停車場出現在他的面前。他立刻呼吸到紐約備受污染的空氣，這感覺竟是那麼甜美。他大步跑上通往出口的坡道，朝向遠處燦爛奪目的街燈直奔而去。

他一邊跑一邊回頭張望，發現霍雷已經出現在坡道的下面，被燒得焦黑的臉上露出得意的笑容。大衛離坡道頂端的出口至少還有三十多公尺，整個坡道上又沒有任何可以藏身的地方，他知道這一次是在劫難逃了。霍雷緩緩舉起手中的槍，仔細的瞄準目標。只聽見一聲槍響，霍雷應聲倒在地上。

大衛回頭一看，霍雷弓著身體躺在地上，就像一個蜷縮在母親腹中的胎兒。一瞬間，他以為是有人對自己做了個可怕的惡作劇。他完全被弄糊塗了，根本無法感覺死裡逃生的慶幸；他又太過恐懼而不敢停下腳步。他繼續往上跑，幾秒鐘後終於來到了出口處。頭上矗立著這座讓他九死一生的辦公大樓，眼前是一條空無人跡的街道。他看看轉角處的指示牌，上面寫著「自由街／納蘇街」，他身在下曼哈頓區一帶，紐約證券交易所以北三個街區的地方。就在此時，他聽到了警笛的聲音。還不能停下來。於是他繼續向西，向百老匯大街和哈德遜河方向奔去。

當賽門解決了燒傷的聯邦調查局探員、趕到坡道盡頭時，五六輛警用巡邏車正沿著自由街疾馳而來。他心裡明白是那個該死的女人！一定是她用無線電從紐約市警局調來後援。他隨即躲到一個裝著百葉窗的書報亭後面，警車帶著刺耳的剎車聲在車庫門口停下，員警們紛紛跳下車，向車庫裡跑去。眼看逃犯已經跑到百老匯大街和自由街相交的轉角處，僅僅一個街區之遙，但是賽門不敢冒險從員警的眼皮底下走過去，因爲他的風衣下還藏著烏茲衝鋒槍。於是，他不得不沿著納蘇街溜走，接著向北迅速跑過一個街區，來到少女巷，希望能夠攔截住他的獵物。但是，當他跑到百老匯大街的時候，早已經看不到逃犯的身影。賽門再沿百老匯大街追下去，不時扭頭看看出現在大街兩側的每一條橫巷，但是仍然看不到逃犯的影子。他惱怒的拍了一下大腿，詛咒著：「眞該死！」

不過，他的憤怒情緒並沒有持續多久，他提醒自己：成功的關鍵在於靈活，他只是需要再次調整自己的戰略而已。

賽門站在街角處，一面像一條狗似的不停喘氣，一面思考著這個逃犯的問題：他有許多地方可去，但是這些地方也都是一般人同樣可以料到的。自己要做的第一件事就是確定他的身分，找出他和克萊曼教授之間的聯繫，剩下的事情就簡單了——只需要一一找到跟他有聯繫的人。賽門心裡很清楚，這個穿著一雙橡膠底運動鞋的傢伙，最終一定會把他帶向「統一場論」。

賽門回頭向停放賓士車的地方走去，呼吸漸漸恢復正常。他一邊走一邊抬頭環顧矗立在百老匯大街旁的一幢幢摩天大樓，整個街道都被這些龐然大物陰森籠罩著，但是他相信，很快的，這一切都將不復存在。

第四章

「媽的！到底發生了什麼事，露西？」

在聯邦調查局位於紐約聯邦廣場的辦公大樓一間會議室裡，露西爾正透過保密電話專線和局長通電話。她從自由街那個樓群中撤出來後，已經在調查局紐約總部設立了自己的臨時指揮所，並且把當地所有已經下班的探員全部從睡夢中叫醒，對他們下達了新的命令。現在已經是半夜零時十五分，露西爾正在進行一項痛苦的任務——向自己的老闆報告壞消息。

她坦白的說：「我們遭到了突襲。他們首先殺了我們的後勤人員，使我們通訊中斷，然後又切斷電源，接著便直奔囚犯而去。我們損失了六個人。」露西爾自己也感到驚訝，她居然能夠如此鎮靜的報告所發生的一切。六個探員啊！眞是一場噩夢！「我會承擔全部責任的，長官。」

「媽的！這到底是誰幹的？妳拿到監視錄影了嗎？」

「沒有，長官。遺憾的是，監視系統也全部被破壞了。不過，我們對那些和我們打交道的人多少還是有一些瞭解，他們使用的是烏茲衝鋒槍和C4炸藥，而且很可能還配備有紅外線夜視鏡。」

「妳認爲是蓋達組織？」

「不是，他們沒有如此精良的裝備。很有可能是俄國人，也可能是中國人或者北韓人，甚至可能是以色列人。天知道，他們對這類行動都相當熟練。」

「那麼，那個囚犯又是什麼人？妳認爲他跟那幫人是一夥的嗎？」

露西爾有些疑惑，一下子不知道該如何回答。說實話，她眞的不知道該如何給大衛·史威夫準確定位。她回答說：「最開始的時候，我肯定會說不是，因爲這傢伙不過是一個歷史學教授，沒有犯罪紀錄，沒有服過兵役，沒有不正常的旅行，也沒有值得懷疑的國際電話。但是，他承認克萊曼死前給過他一個數字密鑰，很可能是一個電腦檔的加密代碼。有可能他們當時正要出售這個絕密資訊，結果沒想到交易搞砸了。」

「妳有多大把握把他再抓回來？國防部長對這件事已經急得跳腳了，每半個小時就打電話給我，要求報告最新的消息。」

這個該死的國防部長！露西爾心裡對他十分厭惡。就是他強迫聯邦調查局做這個骯髒的勾當，卻絲毫不透露到底是爲什麼。她說：「告訴他一切都在我們的掌控之中。我們已經派出了紐約員警在各個橋樑和隧道口設置檢查站，他們都帶著專門尋找C4炸藥的防爆警犬。此外，在所有火車站和汽車站都有我們的探員把守。」

「你們有那個囚犯的照片嗎？我們可以用它來確認他的身分。」

「我們從紐約車輛管理所拿到了他駕照上的相片，另外還有一張是從他寫的一本書封面上取得的。那本書的書名是《站在巨人的肩膀上》。我們正在印製傳單，幾個小時之後就可以分發到所有探員的手裡。放心吧，他插翅難逃。」

從聯邦調查局探員們的手中逃脫後，大衛沿著哈德遜河向紐約上城方向一路跑去，腦子裡只有一個念頭：離開自由街上那棟大樓，越遠越好。但是，他既不敢坐計程車也不敢搭地鐵，他害怕半路上突然被一輛巡邏車截住，或者被某個交通警察攔住。因此，他一直沿著河岸邊的自行車車道奔跑，把自己混入那些喜歡深夜運動的狂熱分子之中。這些人很多，他們的衣服上都縫著反光條，有跑步的，有騎自行車的，也有溜輪鞋的。

他一口氣跑到了將近五公里之外的第三十四街，然後才慢慢停下腳步。他氣喘吁吁的靠在一根路燈柱子上，緊閉著雙眼休息了一會兒。他終於回過神來，低聲自語道：天哪，我的上帝啊！怎麼可能發生這樣的事情！他只是聽了一個物理學教授五分鐘的臨終遺言，現在就不得不為了保住自己的性命而倉皇逃竄。克萊曼教授到底說了什麼，竟然如此重要？統一場論，世界的毀滅者。大衛搖搖頭，到底發生了什麼事情？

現在，只有一件事情是確定的：想得到克萊曼的祕密的人，並不僅僅是聯邦調查局的探員，因為另有其人曾經為此折磨過教授，還有人攻擊了自由街上那棟建築。但是，大衛根本不知道那些人是誰。

一想到此，他立刻警覺起來，睜開眼睛掃視著身後的自行車道。他不能在這裡停留，必須想出一個行動計畫。他很清楚，他不能回自己的公寓也不能到凱倫家，這麼做是非常不明智的，現在聯邦調查局很可能已經都監視了這兩個地方。出於同樣的原因，他也不能冒險去找任何朋友或到同事的家。不行，他必須離開紐約。要先弄到一些現金，然後再上路，也許可以想辦法跨過加拿大的邊界。他也不能租車，因爲聯邦探員很快就會發現他使用信用卡，只需要把那輛車的車號通知紐約州東北部各州的員警，他就死定了。不過，如果他走運的話，也許可以悄悄的溜上一列火車或者一輛大卡車而不被人發現。

大衛找到一部自動提款機，分別用銀行卡和信用卡從自己的帳戶中盡可能提取了所有的現金。雖然這麼做一樣會被聯邦調查局發現，但他不得不冒險爲之。然後，他朝著賓州火車站走去。

當他剛剛走進火車站第八大道的入口，就立刻知道自己已經晚了一步。在車站的各個售票窗口前，都擠滿了員警和國民自衛隊士兵，而在通往月台的每一個入口處，員警正逐一檢查旅客的身分證件，專門搜查炸彈的德國牧羊犬，則仔細的嗅著每一個錢包、公事包和人們的褲子。一個小時前，他就該在市中心的某個車站登上火車。大衛一邊咒罵自己的愚蠢一邊向火車站的另一面走去。

大衛接近第七大道上的入口時，突然又有一大批員警湧進了車站大廳，他們迅速散開，在樓梯和電動手扶梯前組成了一道嚴密的人牆。大衛暗暗罵道：噢，他媽的！一個員警拿出了一個擴音器高聲喊道：「各位注意，在樓梯前排好隊，把你們的駕照都拿出來，等我們檢查完你們的身分證明以後，才可以離開。」

大衛盡量裝出一副不慌不忙的樣子，轉過身往回走去，而這時第八大道的出口也站滿了員警。他現在已經暴露無遺，心裡十分恐慌，急於找到一個藏身之處——一個書報亭或者小速食店，任何一個他可以溜進去藏匿幾分鐘、想想辦法的地方。但是，大廳裡的絕大多數商店都已經關門打烊了，只有一家「唐肯甜甜圈」還在營業，裡面除了許多用餐的員警，還有一個叫做「車站小酌」的昏暗酒吧。大衛已經多年沒有見過酒吧是什麼樣子了，一想到要走進「車站小酌」裡面，他就覺得反胃。但是時間緊迫，不容他挑三揀四。

進酒吧後，大衛看到十多個體型粗壯、滿臉鬍鬚的二十多歲年輕人正圍在一張桌子旁飲酒作樂，桌面上已經堆滿了百威啤酒的空罐。他們都穿著統一定做的T恤，上面印著一個豐滿女人的身影，身影上又印著「皮特單身派對」的字樣。由於他們不停大聲嚷嚷，除了皺著眉頭、滿臉不悅的酒保還站在收銀台的後面，其他客人早都離開了酒吧。大衛在吧台前坐下，滿臉笑容，裝出一副普通顧客的模樣對酒保說：「一杯可樂。」

酒保一言不發，默默拿出一個渾濁的杯子，再放進一些冰塊。大衛發現，酒吧的盡頭有兩扇洗手間的門，但是並沒有任何緊急出口。牆上裝了一台電視機，聲音已經被關掉，電視畫面上是一位金髮碧眼的年輕女主持人，表情嚴肅的盯著攝影機的鏡頭，旁邊是幾個醒目的大字：「恐怖警報。」

「嘿，眞他媽迷人的！」一個「皮特單身派對」成員一邊叫著，一邊搖搖晃晃站起身，仔細看著電視上的女主持人。「喔，就這樣！播新聞吧，親愛的！快呀，快播給拉里聽聽！他想知道整個故事的內容，親愛的！」

拉里在朋友們的哄堂大笑中站起來，走到吧台前。他的肚子就像一個充滿的氣球，皮帶繫在突出的肚皮以下；兩眼布滿了血絲，眼神狂放不羈；濃密的鬍鬚上沾滿爆米花的碎屑，渾身散發

著酒氣。大衛不得不屏住呼吸。拉里吼道：「嘿，酒保！『野格』酒一杯多少錢？」(注)

酒保把眉頭皺得更緊了，懶懶的說：「十美元。」

拉里用肥大的拳頭在吧台上狠狠砸了一拳，叫道：「耶穌基督啊！我再也不到該死的城裡來了，這就是原因！」

酒保沒有理睬他的話，把倒好的可樂遞到大衛面前說：「六美元。」

拉里接著轉向大衛說：「你看，我說得沒錯吧？這是他媽的搶劫啊！比紐澤西州整整貴了三倍！」

大衛沉默不語，他不想招惹拉里，他的麻煩已經夠多的了。他遞給酒保一張二十美元的鈔票。

拉里沒完沒了的接著說道：「脫衣舞酒吧也他媽的一樣坑人。我們剛從那個什麼『貓酒吧』過來，是二十一大街吧？那裡的舞孃跳一次膝上舞要五十美元，你相信嗎？五十美元啊！所以我說，去他娘的，我們還是回紐澤西的美特辰鎮去吧。九號公路上有一個俱樂部，是叫『幸運酒吧』吧？那裡的女孩不比紐約的差，跳一次膝上舞只要十美元。」

店外，手裡牽著德國牧羊犬、肩上扛著M16突擊步槍的員警，和自衛隊士兵正逐漸接近「車站小酌」酒吧，他們的身影已經清晰可見，但是，大衛不僅不能專心思考脫身之計，還得聽這個

注 「野格」是一種酒精含量爲百分之三十五的德國苦味甜酒，德語意思是「獵人」。由五十六種草藥和香料融合而成，冰鎮後飲用。「野格」酒的商標上是一隻戴著十字架標誌的公鹿。

來自紐澤西的瘋子嘮叨，眞是恨不得掐死這個喋喋不休的傢伙。他痛苦的搖搖頭對拉里說：「很抱歉，我現在正……」

「嘿，朋友，你叫什麼名字？」拉里熱情的向他伸出了右手。

大衛咬咬牙忍耐著說：「我叫菲爾。聽著，我正……」

「幸會、幸會，菲爾！我叫拉里．納爾遜。」他抓起大衛的手熱情的拍打著。然後，他指著他那幫朋友說：「他們都是我的朋友，美特辰鎮的。看到那邊的皮特了嗎？他這個星期天就要結婚了。」

那個準新郎已經癱倒，他的腦袋幾乎已經淹沒在百威啤酒的空罐堆，閉著眼睛、側著臉趴在桌子上，好像在傾聽火車進站引起的震動。大衛苦笑著想到了自己，這就是他二十年前的樣子，一個常常和朋友們喝得爛醉如泥的蠢小子。唯一的不同之處在於，他甚至不需要找什麼單身聚會這樣的藉口。在研究所的最後幾個月裡，他幾乎一個禮拜七天，天天喝得不省人事。

拉里說：「我們本來是要坐十二點二十分的火車回紐澤西的，結果那幫員警開始查證件，大廳排起了長長的隊伍，害我們誤了火車。現在只好等一點三十五分那班了。」

大衛問：「那麼，如果你們什麼證件也沒有帶怎麼辦？難道他們就不讓你們上火車嗎？」

「是啊，那今天晚上就別想走了。我們剛才就看見一個傢伙，他說他把皮夾放在家裡了，結果員警就把他拉出去帶走了。這都是因爲他媽的恐怖警報，什麼黃色警報、橙色警報，我也不記得是哪一級了。」

大衛感到胃裡一陣痙攣。上帝啊，整個國家都在搜捕我，看來我是走投無路了。

拉里接著說：「不過也好，反正明天上午我不用上班。這個星期我上晚班，下午四點以前到警察局就可以了。」

大衛瞪大了雙眼看著眼前這個人：亂糟糟的落腮鬍，挺著啤酒肚。他問：「你是個警察？」

他自豪的點點頭說：「美特辰警局的派員，兩星期前剛上班的。」

大衛想，這可眞是讓人意外啊，他竟然在一個三州交界的地方碰上了唯一一個不是在搜捕他的警員。一開始，他只覺得這次邂逅多少有些匪夷所思，但是幾秒後他立刻就意識到：機會來了。他極力回想他所學過的那點紐澤西的地理知識，然後對拉里說：「你知道嗎，其實我住的地方離美特辰鎭很近，就在紐布朗斯威克。」

「眞他媽的剛好！」拉里說著轉身對他的朋友們喊道：「嘿，夥計們，都聽好了！這傢伙是紐布朗斯威克的人！」

有幾個人心不在焉舉起啤酒罐向他致意。大衛知道，酒精開始起作用了，他們都需要再喝一點兒提提神。於是他對拉里說：「聽著，拉里，我想向你的朋友皮特表示一下，恭喜他新婚在即。我替每個人買一杯野格怎麼樣？」

拉里興奮的睜大了雙眼，回答說：「嘿！那太好啦！」

大衛站起身，雙手高高舉起，就像橄欖球場上的裁判做出「觸地」的手勢一樣，大聲宣布說：「每個人一杯『野格』！」

單身聚會的所有成員都興奮了起來，爆出一陣歡呼聲。但當大衛轉過身時卻發現，酒保已經露出了滿臉的不快。他對大衛說：「先付錢。一百三十美元。」

大衛從口袋裡掏出厚厚一卷二十美元面額的鈔票放到吧台上，說：「讓他們隨便喝。」

凱倫躺在床上，身旁睡著亞摩利．範．克利夫，他是莫頓．麥金泰爾和範．克利夫公司的執行合夥人。她聽著他鼻孔裡發出的古怪鼾聲，很像吹哨子的聲音。雖然他們約會已經兩個多星期了，但這是她第一次發現這聲音。他的「哨聲」有三種不同的音——吸氣時是比中央C高的F，呼氣時先降到D，然後再降到B（凱倫上法學院之前曾經學過音樂）。這樣排列在一起的三個音聽起來很熟悉，過了一會兒她才意識到它們是〈星條旗永不落〉（注）開頭的三個音。凱倫強忍著不要笑出來，看來她這個新男友內心深處還是個傳統的愛國主義者。

他仰躺在床上，精心修剪過指甲的雙手十指交叉放在胸口。凱倫挪動身體靠他更近一些，仔細查看他那滿頭的灰色頭髮、高貴的鼻子和下巴。對於一個已經年逾花甲的男人，他看上去還真該死的英俊。除了睡覺時鼻子發出的吹哨聲外，他還有其他一些缺點；比如聽力較弱，並且也談不上是世界上最激情的情人。但是跟他的優點比起來，這些都是微不足道的小毛病。亞摩利是個有品味、有禮貌並且性格開朗的男人，而他最大的優點就在於他非常瞭解凱倫的需要，知道哪些事情對她最重要。大衛則不然，他和她談了三年戀愛，結婚後又一起生活了九年，但是似乎永遠也不得要領。

這時，哥倫比亞大道上傳來了一陣警笛的呼嘯聲。今夜好像警笛聲特別多，大概是什麼地方失火或者水管爆裂了。明天早上她要看一下報紙。

當然啦，她也不能把錯都歸罪於大衛，實際上，凱倫也是直到他們婚姻生活的一半才意識到她眞正需要的是什麼。他們第一次相遇時她還是一個剛滿二十三歲的天眞女孩，正在美國茱麗亞音樂學院學鋼琴，身邊都是才華洋溢的競爭對手，讓她快要撐不下去。大衛比她大五歲，當時已經是哥倫比亞大學科學史的知名教授。因爲他不僅風趣、英俊而且聰明，她很快的便與他一起墜入愛河，憧憬著兩人共同創造美好的未來。結婚以後，她放棄了在茱麗亞音樂學院的學業，轉而進入法學院。約拿出生後她曾經耽誤了一年的學業，但是她卻在短短十年的時間裡迅速成長爲莫頓．麥金泰爾與範．克利夫公司的高級助理，賺的錢比自己的丈夫高出一倍還多。不僅如此，這時她已經清楚知道自己眞正需要的東西：她要家人有一個豪華舒適的家，她的兒子要上私立學校，而她自己則要在這座城市的社交圈裡擁有更加顯赫的地位。

大衛不能分享她的願望，她可以諒解，因爲他骨子裡只是一個純粹的科學家，從來不修邊幅。但是，她不能原諒他對她的要求完全視而不見，頑固的堅持他自己那種隨意而邋遢的生活習慣。他總是穿著牛仔褲和運動鞋去學校上課，好幾天都不刮鬍子，而且還自以爲是。毫無疑問，在惡劣環境中長大成人是造成他惡劣生活習慣的部分原因。大衛的父親是一個虐待成性的傢伙，母親經常受到丈夫的打罵卻一直忍氣吞聲。儘管大衛盡了最大的努力，克服兒時留下的心靈創傷，但是並沒有完全成功。最後，他在兒子面前成爲一個了不起的父親，但是在妻子面前卻是一個可憐的丈夫。無論凱倫提出什麼要求，他總是一概否決；凱倫想換一間寬敞的公寓和想送約拿

注〈The Star Spangled Banner〉，美國國歌。

到私立學校上學，他根本完全不考慮。當歷史系給他擔任系主任的機會時，他居然一口拒絕。這個職位可以使他們家每年得到三萬美元的額外收入，足以支付廚房翻新的費用和鄉間別墅的開銷，但是大衛聲稱當主任會「干擾他的研究」，拒不接受學校的一番好意。這件事最終成爲他們離婚的導火線。從那以後，凱倫對他徹底的失望了，她不能跟一個絲毫不肯爲她讓步的男人繼續生活在一起。

算了，她告誡自己不要再想大衛的問題了。現在她身邊已經有了亞摩利，再想過去那些事情又有什麼意義呢？他們已經開始商量在豪華的紐約東區買一間新公寓，比如在公園大道的某幢大樓裡買一層有三間臥室的套房，或者買一幢帶屋頂花園的別墅，那樣的生活該有多麼美好。這一筆開銷肯定不小，不過亞摩利花得起。

凱倫完全沉浸在對夢想公寓的遐想中，根本沒有聽見第一聲門鈴響起。但是她聽見了第二聲，因爲同時有人開始用力的敲門。一個低沉的聲音喊著：「史威夫太太？史威夫太太，妳在嗎？」

她立刻從床上坐了起來，心臟怦怦跳個不停。到底是誰會在深更半夜裡敲她家的門？爲什麼他們還使用兩年前她就已經放棄的史威夫太太的稱呼？她有些害怕，一把抓住亞摩利的肩膀搖晃著小聲說：「亞摩利！快醒醒！門口有人來了！」

亞摩利向來睡得很沉，他搖了搖頭，嘴裡嘟囔著說了一句什麼。

這時，另一個人喊：「開門，史威夫太太。我們是聯邦調查局，有話跟妳說。」

聯邦調查局？這是怎麼一回事，惡作劇嗎？這時，她想起幾小時以前有個警察局的警探也曾經打電話來找大衛，是同一件事嗎？是不是大衛惹上什麼麻煩了？

「快起來！有人來了！他們說是聯邦調查局的人！」

「怎麼了？現在幾點？」

「起來再說，去看看外面到底是誰！」

亞摩利歎了一口氣，不情願的伸手摸到自己的眼鏡，起身下床。他穿著黃顏色的睡衣，又在外面披上了一件栗色的睡袍，再把腰帶綁緊。凱倫迅速穿上一件舊T恤，套上一條運動褲。

接著，門外又傳來了第三個人的吼聲：「史威夫太太，這是妳自己開門的最後機會！如果再不開門，我們就把門撞開！妳聽到了嗎？」

亞摩利趕緊道：「來了，來了，不要撞門！這就來。」

凱倫保持在他身後不遠的地方，跟著他走出了臥室。當亞摩利走向玄關的時候，她本能的站到了約拿臥室的門口。感謝上帝，幸好她兒子也是一向睡得很沉。

亞摩利低下頭，從門鏡裡向外張望，然後隔著門問：「男士們，你們是什麼人？這麼晚了來這裡做什麼？」

「我們說過了，是聯邦調查局的。快開門。」

「抱歉，我必須先看到你們的徽章。」

亞摩利仍然斜眼透過門鏡看著外面的人，凱倫則瞪大雙眼緊緊盯著他的後腦勺。幾秒鐘後，他回過頭從肩膀上方看著她說：「他們是聯邦調查局的探員，沒問題。我來問他們想幹什麼。」

凱倫大叫道：「等等，別——」但是已經太晚了。亞摩利已經取下門閂，轉動了門把。就在這一瞬間，門被猛然撞開，兩個身穿灰色西裝的彪形大漢衝進門裡，迅速抓住亞摩利並把他仰面按倒在地上，讓他動彈不得。另外兩個探員從他身上一躍而過，微微弓著身體站到了凱倫的面前。兩人之中一個是虎臂熊腰的金髮白人，另一個是脖子特別粗壯的黑人。她一時竟然不知所措，過了一秒鐘才意識到他們雙雙都把槍口對準了自己。

「不許動！」金髮男人對她大吼一聲。他的臉色緊張、煞白，令人害怕。他用眼睛緊緊盯著她，同時頭向一旁點了一下，向同伴示意道：「檢查臥室。」

凱倫本能的後退一步，用身體擋在約拿臥室門前，她感到把手已經頂到了她的背。「請別這樣！裡面是我的孩子，他是──」

「我說不許動！」金髮男人揮動著手裡的槍，那槍彷彿也有生命一般的在凱倫眼前晃動著。說著，他大步向她走過來。

透過身後的門，她突然聽到了輕輕的腳步聲，接著傳出了一個微弱而驚恐的聲音：「媽媽，是妳嗎？」但是，探員們似乎什麼也沒有聽見，現在兩個人都高高舉起手中的槍向她逼近，兩雙眼睛盯住她身後的門，好像要看穿門後的一切。金髮探員命令：「讓開！」

凱倫站在原地一動也不動，她已經嚇呆了，甚至連呼吸也停止了。哦，上帝啊，上帝！他們要向她開槍了！這時，她聽到約拿的腳步聲已經來到她的身後，接著又聽到了黃銅把手轉動的咔嚓聲，於是她突然轉過身去，一把推開門，把兒子撲倒在自己的身體下。「不！不！」她聲嘶力竭的叫喊起來。「不許傷害他！」

兩個探員碩大的身軀把門框擠得滿滿的，他們一面低頭看著她，一面把兩枝槍同時對準了她。但是，她已經用自己的身體把約拿整個包住，兒子的頭就躲在她的下巴下，雙肩壓在她的胸口。她可以清楚感覺到他因爲害怕和迷惑而不停發抖，聽見他一聲聲哭喊著「媽媽，媽媽！」。他被牢牢壓在木質地板上，但卻是安全的。

金髮探員持槍站在他們身邊監視著，黑人探員迅速走進臥室，打開衣櫥的門看了看，喊道：「淨空！」接著，他離開約拿的臥室，繼續搜查其他房間。除了身下約拿的哭喊和探員們的叫喊聲外，凱倫還聽到了大廳裡傳來亞摩利憤怒的吼聲。他大聲叫著：「你們在做什麼？沒有搜查證你們不能搜查這個地方！這是明目張膽的犯法行爲！」

幾秒鐘過後，黑人探員回到約拿的臥室裡。金髮探員看起來是他們的隊長，他報告說：「這裡沒有別人。那個老頭也不符合嫌犯的相貌特徵。」

金髮探員從她身邊走開，回到大廳裡跟其他人商量起來，同時把手槍放回槍套裡。凱倫坐起身，把約拿緊緊的抱在胸前，渾身顫抖著鬆了一口氣。亞摩利現在面朝下躺在離她幾尺遠的地方，雙手被某種膠帶綁在背後。他仍然在叫喊：「男士們，我可是聯邦檢察官的好朋友！你們會後悔的！」

金髮探員皺著眉頭對他吼著：「閉上你的嘴，老頭！」說完他轉向凱倫盤問：「史威夫太太，妳前夫在哪裡？」

奇怪的是，凱倫突然再也不害怕了。現在這個探員已經收起了槍，她對他只感到蔑視，並沒有別的感覺。她問道：「你們闖進我的家，就是爲了這個？找大衛？」

「回答我的問題——」

「你這個狗養的畜生！居然拿槍對著一個七歲的孩子！」

凱倫怒不可遏的盯著這個聯邦調查局的傢伙，而這時約拿卻用手抓住了她胸前的襯衣，抬起布滿汗水和污跡的臉哭喊：「爸爸在哪兒？我要爸爸！」

一時之間，金髮探員有些不知所措，他看著坐在門口的凱倫和她緊緊抱在胸前的約拿，脖子上的喉結不停的上下跳動。但是轉瞬間，他又恢復了冷酷無情的表情，惡狠狠的說：「大衛．史威夫是被通緝的謀殺嫌疑犯，我們不得不採取必要的防範措施。」

凱倫不自主的捂住了嘴，她簡直不敢相信自己的耳朵。這不可能，大衛是有很多的缺點，但是絕對沒有暴力問題。她看過大衛最狂暴的舉動，不過是往自己的壘球手套裡狠狠的打了一拳，那也是因爲他所屬的球隊剛輸掉了一場比賽。他從來不會讓自己情緒失控。他從自己的父親身上得到了深刻的教訓，知道暴力會帶來怎樣的惡果。她反駁說：「你撒謊！這是誰說的？」

金髮探員眯起雙眼回答：「史威夫太太，我認識被他殺害的那些人，其中兩人就是我的朋友。」他毫不示弱，冷冷的盯著她看了一會兒。然後舉起一隻手，對著藏在衣服袖子裡的麥克風說：「我是布洛克探員。我們有三個人要帶回去。請聯繫總部，告訴他們其中有一個女人和一個孩子。」

凱倫立刻緊抱著約拿，叫道：「不行！你們不能這麼做！」

金髮探員搖搖頭說：「在找到妳前夫之前，這麼做是爲了妳的安全。」他把手伸進衣服口袋裡，掏出了兩段膠帶。

「敬菲爾一杯！你是眞正的男人，菲爾！眞正他媽的男人！」

在「車站小酌」裡，「皮特單身派對」的成員們圍坐在桌子旁，一起舉起盛滿「野格」的酒杯，朝改變身分的大衛——來自紐布朗斯威克、慷慨大方的菲爾致意。這已經是大衛幫他們買的第三杯酒了，所有人都情緒高漲，興奮不已。拉里兩隻手裡各拿著一個酒杯，有節奏的領頭喊道：「菲爾，菲爾，菲爾！」然後，把兩杯酒接連一飲而盡。就連已經喝得酩酊大醉的準新郎皮特也從桌子上微微抬起頭，喃喃的說：「你……眞正的男人！」大衛熱情的用手臂摟著皮特的肩膀，大聲喊叫著說：「不對，你才是眞正的男人！你這個瘋狂的混蛋才是個眞正的男人！」儘管大衛也像其他人一樣又喊又叫、又笑又鬧，但是他並沒有喝一滴酒。他總是悄悄的把酒杯遞到拉里手裡，而拉里也總是求之不得的一飲而盡。

當「你是眞正的男人」的齊聲叫喊停下來之後，拉里搖搖晃晃的站起來，大叫：「還有，不能忘了維尼！這杯酒敬維尼。他是個怕女人的混蛋，因爲他女朋友認爲我們他媽的會把他給帶壞，所以他今晚沒來！」

所有人都陰陽怪氣的鬼叫：「去他的婊子！」同時，拉里把桌上的一個塑膠袋打開來，拿出一件折疊得很整齊的藍色T恤，就是在場所有人身上穿的那件訂做的T恤，前面印有「皮特單身派對」的字樣。他吼道：「你們看看這件衣服！就因爲維尼沒有來，害得我現在還拿著這件多出來的T恤！」他厭惡的搖搖頭繼續說：「你們知道我要幹什麼嗎？我要讓他那個該死的女朋友掏錢把它買下來！」

所有人又喊叫著「沒錯，讓那個婊子出錢」和其他類似的骯髒語言，但是大衛卻兩眼緊盯著T恤。他想了想，一拳敲到桌面，把人們的注意力吸引到自己身上，大聲宣布說：「拉里，我想買這件T恤！要多少錢？」

拉里吃驚的說：「哦，菲爾，你不必買。你看，你已經買了這麼多酒，而且……」

「不、不，我一定要買！我想買！我想成爲這個他媽的『皮特單身派對』的正式成員！」說著他站起身來，把一張二十美元的鈔票硬塞到拉里的手裡，一把抓起T恤，套在自己身上的壘球隊隊服外面。

人們又是一陣歡呼，喊著：「菲爾！菲爾！菲爾！菲爾！菲爾！」這時，有人突然大聲說：「嘿，已經一點半了，我們又要趕不上那趟該死的火車了！」所有人紛紛搖搖晃晃的從椅子上站起來。拉里命令著：「我們走！我們要在『幸運酒吧』關門前到達那裡！你們誰拉皮特一把！」

當兩個朋友抓起皮特的時候，大衛發現自己的機會來了。他口齒不清的叫了一聲：「等……等等我！」接著一個踉蹌倒在地板上，倒下時巧妙的伸出手掌撐住自己的身體。

拉里彎下腰看著他，嘴裡噴著野格的臭氣說：「嘿，菲爾，你沒事吧？」

「我有點……他媽的迷糊了，」大衛盡量裝出喝醉酒的樣子。「你……拉、拉我一把，好嗎？」

「好！夥計，沒問題！」拉里抓住大衛的手臂把他拉起來，攙扶著他向「車站小酌」門口走去。大衛把頭靠在這個大個子的肩膀上，跌跌撞撞的走出了酒吧。雖然大衛已經將近二十年沒有再喝醉過，但是他仍然可以輕易的模仿醉漢的步態和歪七扭八的體態，那一段刻骨銘心的經歷他永遠也忘不了。

車站空蕩蕩的大廳裡幾乎已經看不到來去匆匆的旅客，但是員警的封鎖線還在，在「單身聚會」的成員們必經的第十月台的入口處，站著六七個員警。當他們接近入口處時，拉里把拳頭高高舉起，叫著：「幹得好，紐約警察局！我們支持你們，老大！把那些混蛋恐怖分子統統抓起來！」

有人接著附和：「說得好，把那些混蛋都抓起來！把他們統統殺光！」

這時，一個面容憔悴的員警舉起一隻手，就像交警指揮行進中的車輛暫停那樣，說道：「好啦，夥計們，安靜一下。把你們的駕照都拿出來吧。」

眼看著其他人紛紛掏出了自己的皮夾，大衛的胃不禁一陣痙攣。他心想，來吧，好戲開始了。爲了引起人們的注意，他使勁的拍打牛仔褲的每個口袋，先拍拍前面的口袋，接著又拍拍後面的口袋，然後大聲叫道：「該死！眞他媽的倒楣！」他四肢著地跪到地上，像一個醉漢那樣笨拙的摸索著地面。

拉里再次彎下腰看著他，問道：「怎麼啦，菲爾？」

大衛抓住拉里的肩膀急促的說：「我的皮夾呢？我找……不到我那該死的皮夾。」

「你是不是把它忘在酒吧裡了？」

大衛搖搖頭：「他媽的……誰知道……哪兒都……有可能。」

那個警官注意到這個突然出現的混亂場面，走上前來問：「發生什麼事？」

拉里回答說：「菲爾的皮夾掉了。」

大衛張著嘴，抬頭仰面看著警官的臉說：「我不……明白……剛才還……還在這兒的……就……就一秒鐘以前。」

員警皺了皺眉，緊閉著嘴唇露出嚴厲的神情，問道：「這麼說，你什麼證件都沒有?」大衛心想，這下完了，碰上了一個頑固不化的混蛋。

拉里急忙解釋：「他叫菲爾，從紐布朗斯威克來的。」他又用手指指大衛身上的「皮特單身派對」T恤說：「我們是一起的。」

警官再次皺起眉頭說：「沒有身分證件不能上火車。」

就在這個時候，廣播喇叭裡傳出了播音前刺耳的提示音，一段事先錄製好的通知開始播送：「各位旅客請注意，這是最後一次廣播通知：搭乘紐澤西州東北線的旅客，請至第十月台上車，前往紐華克、伊莉莎白、拉威、美特辰、紐布朗斯威克和普林斯頓的旅客請至第十月台上車。」

「我們要趕快上車了!」拉里一面大聲說，一面著急的把手伸進褲子口袋裡，拿出自己的皮夾，打開遞到警官面前：「你看，我是美特辰警察局的員警，這是我的警徽。我跟你說，菲爾跟我們是一起的，他是我的朋友。」

警官看看拉里的警徽，還是皺著眉頭，仍然不願意網開一面。此時，大衛聽到了狗吠的聲音，轉頭一看，只見一個自衛隊的士兵牽著一條德國牧羊犬正從「到站／離站口」的標示牌下走過來，離他們大約還有十五公尺遠。那隻警犬急切的拖著皮帶向他們跑過來，士兵不得不後仰著身體拉著它以保持平衡。我的天哪，大衛想，這該死的畜生肯定會從我身上聞出什麼氣味來的。

他絕望的閉上眼睛，胃裡又是一陣痙攣。他已經完全絕望了，他們很快就會逮捕他，把他交給聯邦調查局，再把他重新帶回某個審訊室裡繼續審問。他可以在腦海裡清楚看見將要發生的一切——沒有窗戶的房間，天花板上吊著刺眼的日光燈，身穿灰色西裝的聯邦調查局探員站在金屬桌子的周圍。又一陣痙攣發作了，這一次來得很猛烈，大衛突然痛苦的彎下腰，張嘴乾嘔起來，嘴裡流出一股又細又長的唾液，垂到地上。

拉里立刻警告大家：「當心！菲爾要吐了！」

警官迅速向後退了一步，叫道：「噢，該死的！趕快把他給我弄走！」

大衛抬起頭看看這個警官，他正撅著嘴唇，顯然已經讓步了。大衛索性搖晃著身體向他靠近，嘴裡不停發出作嘔的聲音，彷彿那些黏糊糊的嘔吐物正在他喉嚨裡湧動：「嘔、嘔、嘔！」

警官一把將他擋住，迅速推向拉里，厲聲吼道：「他媽的！快把這傢伙弄走！快走，把他弄到火車上去！」

「是，長官！」拉里一邊回答一邊把大衛夾在自己的腋下，拉著他衝下通向第十月台的樓梯，然後扶著他登上了一點三十五分開往美特辰的火車。

在沃爾多——亞托尼飯店一間價格貴得出奇的套房裡，賽門坐在一張古色古香的書桌前。一個面朝公園大道的悶熱客廳，和一間裝飾得像俄國沙皇時代的妓院一樣的臥室，一晚的價格竟高

達二千美元。對他這樣的成功人士來說，這個價格他完全付得起，但是基於工作原則，他絕不會用自己的錢去支付飯店費用的。他利用網際網路上的漏洞已經盜取了一個信用卡的卡號，一個叫做尼爾．大衛森的俄勒岡（注）人正毫不知情的爲他支付沃爾多飯店的房費，還得加上他叫客房服務得來的烤羊排和紅牌伏特加酒。

賽門脖子一仰，又喝乾了一杯伏特加，然後兩眼緊盯著放在桌上的筆記型電腦螢幕，上面正顯示出哥倫比亞大學物理系的網頁。在物理系的教師名單上，列出了每一個教授、講師和博士後導師的名字，而且名字下面同時還附帶一張本人的彩色照片。賽門慢慢往下瀏覽，仔細辨認著每一張臉。從邏輯上講，可以假設克萊曼的同夥也是一個物理學教授。因爲對一個外行人而言，統一場論無疑過於深奧了。要想看懂修正場方程中的數學辭彙，很可能必須具備相對論和量子力學理論的紮實基礎。但是到目前爲止，賽門查看了物理系的所有網頁，還是沒有找到那個穿膠底運動鞋的男人的資料。於是，他又查看了其他二十所以物理專業聞名的大學教師名單，比如哈佛大學、普林斯頓大學、麻省理工學院、史丹佛大學等等。但是，他看完了所有的圖片，逐一查看了每個科學家笑容可掬的照片，他想尋找的獵物仍然杳無蹤跡。一個小時後，他啪的一聲關上了筆記型電腦，接著把紅牌伏特加的空酒瓶扔進了垃圾桶裡。眞讓人火大，他想要的只是那個男人的名字！

賽門來到窗前，注視著公園大道上明亮的燈光，努力使自己冷靜下來。即使在凌晨二點鐘，街上的計程車仍然來來往往。賽門一面看著不斷搶道行駛的計程車，一面思考著自己是否忽略了什麼東西，比如克萊曼教授一生中某些非常重要的細節，而這些細節可以揭露出他同伴的身分。

也許，那個男人是克萊曼的侄子或者教子，甚至可能是他很久以前跟老情人生下的私生子。賽門走到壁櫃前，打開旅行背包，拿出當時尋找克萊曼時所用過的那本書。這本書很厚，有五百多頁，書中詳細記述了在阿伯特·愛因斯坦生命的最後幾年裡，充當他助手的所有物理學家的寶貴資料。書的名字叫《站在巨人的肩膀上》。

賽門剛剛翻開這本書，一個熟悉的面孔就從他眼前一閃而過。他立刻翻到封底折口處，上面印著美國《圖書館雜誌》充滿溢美之詞的書評，下面醒目的印著本書作者的照片。

賽門得意的笑了起來，大聲說道：「你好啊，大衛·史威夫。眞高興見到你！」

注 州名，位於美國西北海岸。

第五章

大衛謝絕了拉里、皮特和其他單身派對成員的一再邀請，沒有在美特辰和他們一起下車。他說，如果不直接回到紐布朗斯威克的家中，他老婆會要了他的命，不過他保證，一定另找一個晚上與他們在「幸運酒吧」歡聚。這一幫喝得醉醺醺的人一一與他擊掌告別後下了火車，還站在月台上一起有節奏的歡呼著：「菲爾！菲爾！菲爾！菲爾！菲爾！菲爾！」大衛豎起大拇指向他們致意，然後終於癱倒在座位上。他已經完全精疲力竭了。

當火車開出美特辰站後，大衛覺得車廂內的空調溫度低得他無法忍受，開始渾身發抖。他雙臂交叉抱在胸前，好讓自己暖和一點，但是仍然戰慄不已。後來，他終於領悟，這就是所謂的創傷後壓力反應，是他的身體對過去四個小時裡發生的一連串可怕事件的延遲反應。他閉上眼睛，做了幾次深呼吸，在心裡安慰自己：「現在沒事了。你正以極快的速度遠離紐約，已經把他們遠遠的甩在身後。」

當火車駛進紐布朗斯威克站時，他才睜開眼睛，身體也不再發抖，可以比較清醒的思考。他決定繼續留在火車上，等到了特倫頓（注）站再下車。然後，他可以換乘一輛「灰狗」巴士前往加拿大多倫多市。但是，當車門關上，列車繼續西行的時候，大衛才發現這個計畫有不少漏洞。

首先，如果在車站遇到員警檢查身分證怎麼辦？他絕不可能再有機會碰到另一個單身派對。其次，等巴士到達加拿大邊境時，邊防員警很可能已經得到通報，也在搜尋他的行蹤。這行不通，除非他能夠弄到一張僞造的駕照，否則搭巴士太冒險了。然而，他又怎麼可能弄得到僞造的駕照呢？

大衛心裡十分煩躁，坐立不安，只好在幾乎已經空蕩蕩的車廂通道上來回踱步。車廂裡除了他，只剩下三名乘客：兩位穿著短裙的十幾歲女孩和一位穿著菱形花紋毛衣、拿著手機輕聲交談的老人。有一瞬間，大衛也想用手機和凱倫、約拿說說話，但是他十分清楚，一旦開機，就會把信號發送到最近的基地台，聯邦調查局就會知道他目前的位置。而目前更讓他焦慮的問題是他前妻的處境，他有預感那些身穿灰色西裝的傢伙一定會去審問她。

不一會兒，列車服務員開始廣播：「火車即將到達普林斯頓中央站。前往普林斯頓的乘客請換乘『普林斯頓支線』。」服務員的話讓大衛豁然開朗，因爲她連續三次提到「普林斯頓」，這使大衛立刻想起一個可以幫助他的人。雖然他已經快二十年沒有見過這個人，但是他知道她仍然住在普林斯頓，而聯邦調查局在她家裡等他自投羅網的可能性幾乎是零；儘管聯邦調查局顯然已經對他的過去做過一番徹底的調查，但是他不相信他們會發現她與他之間的任何聯繫。除此之外，她還有一個最大的優勢：她是一位物理學家，而且是弦論領域的開拓者之一。大衛認爲，如果不是一位眞正的物理學家，誰都不會眞正懂得發生在他身上的事所蘊含的重大意義。

注 紐澤西州的首府。

列車到站，車門打開。大衛來到月台上，向前往普林斯頓大學的支線月台走去。

一九八九年，大衛還是一位物理系的研究生，他曾經參加在普林斯頓大學召開的一場弦論研討大會。當時，科學家們對這個新理論抱有極大的熱情，因爲它似乎即將解決科學界一個長期懸而未決的難題。雖然愛因斯坦的相對論完美的解釋了什麼是重力，而量子力學又對次原子世界中的各種奇妙行爲做出了解釋，然而，這兩種理論從數學的角度而言，卻是彼此矛盾、無法相容的。愛因斯坦花了三十年的時間，企圖把這兩個體系的物理學定律彼此結合起來，目的是希望創造出一種可以用以解釋自然界所有作用力的萬用理論。然而，愛因斯坦發表的所有解決方案都有缺陷。他去世之後，許多物理學家都得出同樣的結論：他的研究方向有誤。他們認爲，如此複雜的宇宙，根本不可能僅僅用一套方程式來描述它。

但是儘管如此，從一九七〇年代起，一些科學家又重新開始研究統一理論，他們假設所有基本粒子實際上都是一些十分微小的細絲狀能量，即「能量弦線」，其長度不到一兆分之一釐米的一兆分之一。到了一九八〇年代，弦論科學家們重新改良他們的物理模型，聲稱這些弦線在十維空間內抖動，但其中的六個維度，卷曲成小得看不見的流形。儘管這個理論並不明確、完善，且相當難以掌握，但是它重新點燃了全世界科學研究者的希望之火。普林斯頓大學物理系二十四歲的研究生莫妮卡·雷納多就是其中之一。

大衛第一次見到她，就是在這次研討大會的最後一場會議上。會議在物理系的賈德溫廳舉行，莫妮卡站在講台上，正準備作一個關於多維度流形的報告。他首先注意到的是她的身高，比枯瘦的物理系主任高出了整整一個頭。系主任在介紹時，把她稱做「我有幸能夠與之工作的最優秀的青年學生」。這個學生不僅身材高眺而且容貌美麗，因此大衛懷疑，系主任的溢美之詞會不會有些言過其實。她的臉就像古希臘的智慧女神雅典娜，不同的是她頭上戴的不是頭盔，而是由一條條精心梳成的辮子所盤起來的髮冠，膚色就像是加了奶油的卡魯瓦咖啡酒；她穿著一件長長的紅黃相間的「肯特布」（注1）連身裙，兩隻手臂上各戴著幾只金鐲子。在整個賈德溫廳單調枯燥的空間裡，她就像簇射粒子（注2）般熠熠生輝。

在一九八〇年代，女物理學家本來就很少見，而黑人女性的弦論學者更是鳳毛麟角。講堂裡在座的科學家們都以驚愕和懷疑的眼光看著她，他們對任何罕見的事物都會表現出同樣的懷疑心態。但是，當報告一開始，他們就立刻把她納入了自己圈子中的一員，完完全全的接受了她，因為她所使用的全部是他們的語言——深奧的數學語言。她走到黑板前，寫出一長串方程式的數列，每個方程式中都包含著許多代表宇宙各種基本參數的符號，例如：光速、重力常數、電子質量、核力大小等等。接著，她又遊刃有餘的將這些繁雜的符號進行操作和轉換，最後將其濃縮為

注1 非洲加納的一種歷史悠久的布料，完全由手工編織而成，圖案五彩繽紛。曾經是部落貴族的身分象徵。近年來用肯特布料製作的服裝因其古樸時尚的風格倍受人們青睞。

注2 簇射粒子，particle shower：高能粒子經過一般物質時，發生多重碰撞，將其動能轉化而產生許多次級粒子，其結果是有一簇粒子射出，因而稱為簇射。

一個單一的漂亮方程式，用以描述圍繞著一條震盪的弦線的宇宙空間形態，令大衛欽羨不已。

其實，大衛並不理解她的推論的每一個步驟，因爲當他的研究所課程進展到這個階段時，他已經意識到他的數學能力有限。每次他目睹一個像莫妮卡這樣的天才時，通常都會感到強烈的痛苦和嫉妒。但是，當她在黑板上創造出奇蹟，並鎮定自若的回答完科學家們的提問時，大衛完全沒有感到一絲一毫的痛苦；他甚至沒有任何掙扎，便在她的能力面前心悅誠服投降了。她的報告一結束，他就立刻從座位上跳起來，直接奔上講台向她自我介紹。

當莫妮卡聽到大衛的名字時，她揚起眉毛，露出驚訝而高興的神情。她說：「原來是你，我知道你是誰！我才剛讀過你和漢斯．克萊曼發表的那篇論文，《二維時空的廣義相對論》，對嗎？那是一篇相當棒的論文。」

她熱情的握住他的手捏了捏，大衛簡直驚呆了——他難以相信她居然讀過他的論文。他說：「喔，那算不了什麼，眞的。我是說，根本不能與妳的成果相比。妳的報告眞是讓人驚歎不已。」他本來想用一些更有智慧的詞彙充實自己的評論，但是一時又想不出來。「說眞的，我確實感到非常讚歎。」

「哦，天哪，到此爲止吧！」她笑了起來，聲音高亢而愉悅。「你讓我感覺像個電影明星！」接著，她向他靠近一步，像老朋友那樣把手輕輕搭在大衛的前臂上說：「這麼說，你在哥倫比亞大學工作，對嗎？那裡的物理系如何？」

就這樣，他們交談了好幾個小時。他們先在教師休息室裡聊，在那裡還遇到了幾位普林斯頓大學物理系的研究生，然後又去了當地的拉斯蒂－斯卡帕餐廳。兩個年輕人點了瑪格麗特雞尾酒，一面喝一面辯論著手徵和非手徵的弦理論（注）的相對優勢。酒過三巡，大衛向莫妮卡坦白，她報告中的某些部分他並沒有聽懂，於是她十分樂意爲他補課，耐心解釋每一個數學步驟。又喝了幾杯之後，他問她當初怎麼會對物理學產生興趣，她告訴他這一切都是因爲她的父親，雖然本人連九年級都沒有念完，但是他總是向莫妮卡談起各式各樣關於這個世界有趣的理論。到了午夜，餐廳裡只剩下大衛和莫妮卡兩個顧客；凌晨一點，兩人已經在莫妮卡的小公寓長沙發上擁抱在一起。

對大衛來說，這樣的情節發展正是他當時典型的行爲模式。他正處在研究生時期最昏暗的第二年，那時前後整整有六個月的時間，他一直瘋狂的酗酒。每當他和某個女人喝完酒，通常都會設法和她上床。這一天正處在這六個月的中間。雖然莫妮卡比跟他上過床的大多數女人都來得睿智、漂亮，但是她在其他方面卻更特別；她任性、孤獨，總讓人覺得她一直極力掩飾著內心裡的某些痛苦。按理說，他們正一步步順理成章發展，但是當莫妮卡從沙發上起身，拉開「肯特布」連身裙的拉鏈，任其滑落到地板上，形成色彩斑斕的一堆時，事情卻不對勁了。大衛一看到她的裸體，便開始哭了起來。這一切來得十分突然而無法理喻，大衛一時間竟以爲不是他而是莫妮卡在哭。他還納悶，她怎麼哭了起來？是我做錯什麼事嗎？但是不對，她並沒有哭。抽噎的哭聲發自自己的喉嚨，眼淚也正沿著自己的臉流淌下來。他立刻站起來，轉過身去，覺得自己丟盡了

注 手徵，Chiral：基本粒子的性質之一，代表粒子自旋方向和動量方向之間的關係，可分爲左手與右手兩種手徵。手徵弦論代表該理論具有左右手徵對稱。

臉。上帝啊，我到底是怎麼了？

幾秒鐘之後，他感到莫妮卡把手放到了他的肩上，輕聲問：「大衛，你還好嗎？」

他搖搖頭，盡量不讓她看到自己的臉，喃喃回答說：「對不起，我最好先走。」說完，他向門口走去。

但是莫妮卡抓住了他，用雙臂摟著他的腰，把他拉到自己面前溫柔的問道：「到底是什麼問題，親愛的？你可以告訴我。」

她的肌膚柔軟而涼爽。他能感覺到心裡已經認輸了，也立刻明白自己哭泣的原因。和莫妮卡．雷納多相較起來，他一文不值。一週前，他的綜合考試不及格，這意味著哥倫比亞大學物理系很快就會要求他離開研究所，他的學業完蛋了。酗酒無疑是他失敗的原因之一，長期處於宿醉中時，怎麼可能眞正理解像量子場論那樣高深的理論。不過，即使他整個學期都保持著清醒的頭腦，他仍然懷疑自己是否能得到不同的結果。更讓他惱火的是，他的父親早就預見了這一切。兩年前，大衛到醫院探望父親，約翰．史威夫從出獄後就一直住在醫院裡接受治療。在那間骯髒的病房裡，大衛告訴父親他準備成爲一位物理學家，他的父親嘲笑他並且警告：「你不可能成爲科學家。你一定會搞砸的。」

但是，大衛不能把事情的眞相向莫妮卡和盤托出，他把她的雙手從腰間拉開，再次說道：「對不起，我得走了。」

離開莫妮卡的公寓後，他一路哭泣著穿過黑夜籠罩下的普林斯頓大學校園，不斷咒罵自己：白癡！你眞是個可悲的白癡！都是酒精惹的禍，該死的酒精！你再也不可能正常的思考了。來到學院一幢大學部宿舍門口時他停了下來，身體靠在這幢哥德式石材建築的牆上，開始釐清思緒。他告誡自己，再也不喝酒，你剛才已經喝完了人生最後一杯酒。

然而，當他第二天回到紐約後，所做的第一件事就是到百老匯大街上的「西區酒店」買了一杯「捷克丹尼」酒。他並沒有走出自己人生的低谷。直到兩個月後，他被哥倫比亞大學物理系正式踢出了校門，他才眞正意識到自己的墮落。這個打擊實在是太大了，終於迫使他痛改前非，從此徹底戒掉酗酒的毛病。

在那之後的幾年裡，大衛重振自己的生活，開始攻讀歷史學的博士學位。他不時會想要與莫妮卡取得聯繫，向她解釋當時所發生的一切，但是最後都作罷了。二〇〇一年，他在《美國科學人》雜誌上讀到一篇關於她的文章，她不僅還待在普林斯頓大學，而且仍然鍥而不捨的研究弦論。自一九八〇年代以來，這個理論已經有了大幅度的進展，但仍然不明確、不完善，也同樣難以掌握。莫妮卡現在正在研究這樣一種可能性：弦論所預言的額外維度並不是蜷曲在無限小的流形之中，而是處在宇宙的一個屏障之後，因此我們才無法看到它們。不過，大衛對物理學已經不那麼感興趣了，他更關心的是這篇論文最後幾段所披露的莫妮卡生平的細節。原來，莫妮卡是在華盛頓特區最貧窮的安納克斯底亞地區裡長大的。母親吸食海洛因成癮，她兩個月大時父親在一次搶劫中被槍殺。讀到這裡，大衛感到胸中隱隱作痛，因爲她曾經告訴他，是她的父親激發了她成爲一名物理學家的興趣，但是實際上，她對自己的父親根本就一無所知。

大衛的婚姻破裂後，更是常常想到莫妮卡，有好幾次他都拿起了電話，但是最後又放下，轉而坐到電腦前用Google搜尋，輸入她的名字，查看螢幕上顯示出的所有相關網頁。就這樣，他得知她現在已經是一名物理學的全職教授，在網路聊天室參加過一次關於非洲歷史的討論，還參加過紐約馬拉松比賽，成績是三小時五十二分鐘。這個成績對一個已經四十三歲的女人來說，是相當令人欽佩的。不過，他最大的發現是，在普林斯頓校友週刊的網站上看到了莫妮卡的照片，她站在一幢不起眼的兩層樓房前，身後是一個寬大的門廊。大衛立刻就認出這個地方：默謝爾街一一二號，也就是愛因斯坦在他生命中的最後二十年裡所居住的地方。他在遺囑裡強調，他死後這座房子絕不能改建成博物館，所以它才一直保存下來，作爲普林斯頓高等研究所教授的私人住宅。照片下面的圖片說明寫著，雷納多教授最近剛剛搬進這棟房子，原來住在這裡的教授不久前退休了。

現在，這棟房子就是大衛在普林斯頓火車站下車後要去的地方。他再一次從漆黑的校園中穿過。不同的是，這一次他的神智非常清醒；但相同的是，他仍然處於十分絕望的境地，而且他不知道莫妮卡是否還願意見到他。

在聯邦調查局的會議室裡，露西爾正致電特倫頓的探員。國防部長匆忙的跑進來時，她吃驚得差點丟掉手中的話筒。在此之前，她只在白宮舉行的一項新反恐行動計畫發表會上見過他一面，兩人僅僅握了手，說了一些無關痛癢的客套話。而現在，這個大人物就高高的站立在她面前，碩大的四方腦袋挑釁的歪向一邊，無邊眼鏡後的兩隻小眼睛不滿的斜視著她。雖然現在是凌晨三點鐘，但他頭上那幾根稀疏的頭髮仍然梳得一絲不苟，領帶打著無可挑剔的溫莎結，筆直的垂在他胸前。在他身後，緊跟著一位兩顆星的空軍將領，手裡拿著部長的公事包。

「哦，我等一下再打給你。」露西爾趕緊對著話筒說了一聲，立刻掛斷電話，基於責任義務她站起身來。「部長，我……」

「坐下，露西，坐下。」他揮揮手示意她坐回椅子上。「不用著講究形式。我只是想親自過來看看事情的進展。空軍很熱心，用專機把我送來紐約。」

露西爾心裡想，這下好了，爲什麼沒人事先通知我。她馬上報告說：「噢，部長先生，我們得到情報顯示嫌疑犯就在紐澤西，所以看來我們已經掌握他的行蹤了。現在，我們正……」

「妳說什麼？」部長身體前傾、腦袋歪向一邊，好像他的那隻耳朵有毛病，沒聽清楚她的話。「我以爲你們在曼哈頓就已經逮住那個傢伙了。妳那些橋樑和隧道口的檢查站都在做什麼？」

露西爾開始坐立不安。「我們運氣很背。大衛·史威夫的照片沒有能夠及時分發到所有員警的手裡。結果通報剛剛發下去，一位賓州火車站的警官就從照片上認出了他。據他所說，史威夫坐上了凌晨一點半開往紐澤西的火車。」

「他怎麼上火車的？用僞造的證件嗎？」

「不是。這個嫌疑犯顯然混入了一群急著趕火車的酒鬼之中，混亂中警官沒有檢查他的身分證。」

部長皺起眉毛，左邊嘴角像支魚鉤一樣往下彎。「這不能成爲他失職的藉口。如果這件事發生在軍隊裡，這個軍官會被槍斃！今天一大早，他自己的士兵組成的行刑隊早就應該把他處決了！」

露西爾無言以對，她決定乾脆不去理會部長荒唐的評論，於是說：「我剛才與紐澤西的聯邦探員通過電話，他們在特倫頓登上那班列車，但是沒有發現嫌疑犯。目前我們正在調查史威夫是不是有可能與那一幫醉漢一起下了火車。根據賓州火車站的那位警官說，這幫人來自美特辰。」

「聽起來沒什麼用。妳還有其他線索嗎？」

「我們已經監視史威夫在哥倫比亞大學歷史系的同事住所。其中有幾個人就住在紐澤西，他很有可能向其中之一尋求幫助。我們也把史威夫的前妻帶來了，正在樓下接受訊問。除了她，還有她的兒子和她的男朋友，一個名叫亞摩利．範．克利夫的老傢伙。我們準備……」

「等等，妳說他叫什麼名字？」

「亞摩利．範．克利夫，是個律師，莫頓．麥金泰爾和……」

「我的老天啊！」部長頭痛的舉起手拍打自己的前額。「你們難道不知道他是誰嗎？範．克利夫是上次總統大選最主要的贊助人之一。天哪，他為總統選舉募集了二千萬美元！」

露西爾不由自主的坐直，她不喜歡部長說話的語氣。她回答：「部長先生，我只是按照聯邦調查局長的命令行事，是他要我全力以赴追查這個案子，我也正是這麼執行的。」

部長沮喪著臉，摘下眼鏡，用手指捏一捏鼻梁說：「露西，相信我，我也要求妳放手去做，把全部的力量都投入這個案子。因為這是五角大廈最重要的計畫之一，如果這個情報落到伊朗、北韓或者別的什麼國家手裡，後果將不堪設想。」他重新戴好眼鏡，兩眼斜視著露西，就像一個狙擊手的眼神般犀利。「但是，像亞摩利．範．克利夫這樣的人，妳不能用平常的方式來審訊。

他是美國共和黨最頂尖的募款人之一。去年春天總統到紐約的時候，他們還一起打過高爾夫球！」

「那麼，長官您的建議是？」

他回過頭去朝那位空軍將領看了一眼，將領默默打開手裡的公事包，拿出一個檔案夾遞了過去。部長粗略的翻看了一下，對露西爾說：「好吧。這份資料可以證明，這個叫史威夫的傢伙有吸毒的歷史。」

「他只是在二十多歲時曾經有一段酗酒的經歷。」露西爾更正部長的說法。

部長聳聳肩：「只要他曾經是個酒鬼，就永遠是一個酒鬼。我們可以說，他後來開始吸食古柯鹼，而且一直向哥倫比亞大學裡的富家子弟兜售毒品。聯邦調查局追查到他在哈林區的毒窩，正準備逮捕他時，卻遭到他和同夥的突襲，五、六個探員被他們打死。怎麼樣，一個不錯的封面故事，對吧？」

露西爾想盡量回答得婉轉一些：「有幾個問題。首先，聯邦調查局通常並不……」

「我不需要知道其中的細節，妳只需要把這個故事編得更加天衣無縫，然後把它交給範．克利夫和史威夫的前妻。這樣一來，他們就會改變對他的同情態度，告訴我們他藏身之處。同時再把這個故事透露給媒體，我們就可以在國境範圍內展開大搜捕了。」

露西爾難以置信的搖了搖頭。上帝啊，寬恕我吧！隨時向國防部長彙報是一回事，但要聽從他的命令則完全是另一回事。這個頭腦簡單、四肢發達的蠢蛋憑什麼認為他可以展開一項執法行動？她回答說：「我不知道這樣做是否適當。也許，我們應該與聯邦調查局局長取得聯繫，然後……」

「這妳不用操心，局長會同意這個計畫的。我一回到華盛頓就立刻找他談。」他合上檔案夾，重新交還給空軍將領，然後轉過身向會議室外走去，將軍也急忙跟上。

露西爾怒不可遏的霍然起身大聲說：「請等等，部長先生！我認爲您應該重新考慮這個計畫！」

部長大步向門外走去，連頭都沒有回一下，只是舉起一隻手表示道別，同時命令：「露西，沒有時間瞻前顧後了。帶著妳的人，趕快加入戰場吧。」

大衛當初撰寫《站在巨人的肩膀上》時，曾經訪問過愛因斯坦在默謝爾街的故居。由於這棟房子是普林斯頓大學的教授住宅，並沒有向大眾開放，大衛向研究所提出了特別申請，闡明參觀房子的目的，才得到參觀半小時的特別許可。結果，參觀對他的研究工作而言毫無貢獻。他把時間大部分都花在二樓的書房裡，那裡是愛因斯坦在最後幾年裡從事研究工作最主要的地方。書房四面牆中的三面都擺放著高抵天花板的書架，剩下的一面，中間是一扇觀景窗，可以居高臨下看到後花園。大衛面朝室內站在窗戶前，凝視著愛因斯坦的書桌，感到一陣莫名的眩暈——他的思緒回到了半個世紀以前，似乎眞實見到了在書桌前伏案工作的愛因斯坦，他連續數小時工作，手中的鋼筆不停寫著，一張張白紙上很快的寫滿了時空度量和李奇張量（注）。

黑暗之中，大衛一步步接近那所房子。他發現，過去十年中，房子四周的環境經過修飾，已經變得十分整潔。有人在門廊上放置了花台，過去胡亂纏繞在排水管上的藤蔓植物也已經修剪成形。大衛悄無聲息的走上門廊的階梯，來到前門，按下門鈴。鈴聲很大，讓他吃了一驚。他焦急的等待著，屋內一直沒有燈光亮起，讓他很惱火。半分鐘後，他再次按響門鈴，並仔細聽著屋內是否有動靜。媽的！可能沒有人在家，莫妮卡大概是外出度週末了。

正在他感到絕望而準備第三次再按鈴時，他發現一件奇怪的事情：前門的門框最近剛剛修理過，邊框還沒有上漆；門鎖也是新裝的，黑夜中黃銅鎖孔還閃閃發亮。門框的作工粗糙而簡陋，顯然是匆忙之作，與整個前門嚴實而精細的其餘部分極不相稱。他還來不及繼續思考便聽見身後幾步遠處傳來一聲大吼：「喂，混蛋！」

大衛立刻轉過身，看到一個赤腳、裸著上身的年輕男人正大步邁上門廊的階梯。他只穿著一條牛仔褲，一頭金色的長髮，發達的胸肌引人注目，但眞正讓大衛擔心的，是他手裡拿著的那根球棒。「小子，我叫的就是你。」來人強調說，其實沒必要。「你到底想幹什麼？想確定屋裡有沒有人，啊？」

大衛從門口移到旁邊，伸出空無一物的雙手說：「很抱歉，這麼晚打擾你。我叫大衛……」

「抱歉？你說你只是覺得抱歉嗎？不要臉的傢伙，不用一分鐘你就會後悔莫及的！」

注 葛列格里奧．李奇．庫巴斯托羅（一八五三～一九二五），義大利數學家和理論物理學家。張量分析創始人之一。一八九六年提出縮約張量——即李奇張量——的概念。因爲愛因斯坦在廣義相對論中使用了李奇張量理論，張量分析從此受到了廣泛的重視。

男子一踏上門廊，便揮著球棒向大衛打來，棒子從大衛頭上幾公分外劃過，他清楚聽到了球棒呼嘯而過的聲音。「天啊！」他大叫一聲，急忙向後退去。「住手！我是朋友，不是敵人！」

男子繼續向他逼近：「你不是我的朋友。你是混蛋納粹。」說著，他舉起球棒，準備再次發動攻擊。

大衛已經沒有任何時間思考，本能作出反應。他知道該如何打架，小時候父親就教過他一個最基本的原則：不要害怕，要不擇手段。他警惕的保持著與金髮男人之間的距離，當球棒再次從眼前揮過的那一瞬間，他快步向前，一腳狠狠踢中了那人的胯下。男子立刻痛苦彎下了腰，大衛乘機用手臂一推，把他仰面打翻在地。男子赤裸的背脊砰的一聲撞到門廊的地面上，痛苦的粗聲喘氣，大衛順勢從他手中奪走球棒。前後不到三秒鐘，一切就結束了。

大衛俯身向手下敗將說：「好了，我們重頭來。我很抱歉這麼晚打擾你。我叫——」

「住手，你這畜生！」

大衛抬起頭，尋聲看過去，只見莫妮卡站在門口，手裡拿著一把槍正對著他。她雙手緊握著那把短管左輪手槍，一雙漂亮的眼睛放射出憤怒的火光。她穿著一件鮮黃色的襯衫式長睡衣，下擺垂至大腿，在入夜的微風中輕輕飄動。她大聲喝道：「把球棒扔掉，站到旁邊去！」

大衛順從的一鬆手，球棒掉到地上，發出清脆的聲響。接著他向後退了三步，對她說：「莫妮卡，我是大衛。我來……」

「閉上你的狗嘴！」她顯然還沒有認出他，手中的槍仍然直指他的頭。「凱斯，沒事吧？」

赤膊男子用手肘撐起上身說：「還好，我沒事。」不過，他的聲音聽起來有些迷糊。

大衛再次說：「莫妮卡，是我，大衛．史威夫。我們是在一九八七年的弦論研討會上認識的，妳在會上宣讀了那篇關於卡拉比—丘的流形論文。」

她仍然向他吼道：「我叫你閉嘴！」但是大衛看得出來，他已經引起她的注意，她開始皺眉頭。

他繼續解釋：「大衛．史威夫，我當時是哥倫比亞大學的研究生。二維時空的廣義相對論，還記得嗎？」

她的嘴巴微微張開，已經認出他了，不過正像大衛預料中的那樣，她並不開心見到他。現在，她看起來似乎更加憤怒。她放下舉著槍的雙手，關上保險，仍然緊鎖著眉頭說：「這到底是怎麼回事？你為什麼三更半夜跑到這裡來？我差一點轟掉你的腦袋。」

凱斯勉強的從地上站起來，問道：「莫，妳真的認識這個傢伙？」

她點點頭：「我在研究所時認識的。只是知道他而已。」她手腕一甩，打開了手槍的轉動式彈匣，把子彈抖落到手掌裡。

這時，鄰居的房間裡亮起燈光。大衛覺得不妙，如果不立刻安靜下來，肯定會有人馬上報警。他用懇求的目光看著莫妮卡說：「聽著，我需要妳的幫助。如果不是非常重要的事情，我是絕不會來打擾妳的。我們可以進屋談嗎？」

莫妮卡仍然不悅的皺著眉頭。幾秒鐘後，她終於無奈的發出一聲歎息道：「算了。進來吧。反正我也無法再睡了。」

她用手扶著打開的門，讓他進了屋裡。凱斯撿起球棒，大衛一時以為他會再次攻擊自己，不過他只是揮了揮手，然後對他說：「嘿，老大，對不起了。我還以爲你是那些納粹混蛋！他們這段時間一直在騷擾莫。」

「納粹？你是什麼意思？」

「我們進去吧，你會看到的。」

大衛走過門廳，來到一間小起居室。裡頭一面是一座磚砌的壁爐，另一面是一扇八角窗。他記得上次來這裡參觀的時候，壁爐上方的木製壁爐台十分漂亮，但是現在看上去好像被人用斧頭砍過，上過亮光漆的台面上留下了一道道又長又深的凹痕。壁爐也被人蓄意毀壞，至少有十多塊磚被撬掉或敲碎。起居室的每一面牆上都布滿了巨大的深坑，顯然是用長柄鐵錘敲出來的。地上幾處地板被撬走，留下一個個烏黑而凹凸不平的地坑。最可恨的是，室內到處布滿了納粹的卍字標誌，有的刻在壁爐台上，有的刻在其餘的地板上，也有噴漆塗在牆上。甚至在天花板上也噴了一對紅色的納粹卍字標誌，兩個標誌中間赫然寫著：「黑鬼滾回老家去！」

大衛不禁轉向莫妮卡說：「噢，天哪！」她已經把手槍和子彈放到壁爐台上，正望著天花板發呆。

她說：「大概是一些光頭黨的暴徒做的，很可能只是一些中學生。我在公車站附近見過那些人，他們經常穿著皮夾克和馬丁靴在那裡遊蕩。他們可能是在報紙上看到了我的照片，於是就想：嘿，兄弟，我們表現的大好機會來了。世界上最有名的猶太人故居裡住了一個黑鬼婊子。還有比這更絕妙的事嗎？」

大衛感到不寒而慄，問道：「這是什麼時候發生的？」

「上個週末。當時我正在波士頓探望一些朋友。這些傢伙相當機靈，他們等到家裡沒有人才來撬開前門。他們也知道街上過往的行人會發現他們，所以沒有在房子的外牆上亂塗亂畫。」

大衛想起了二樓的書房，於是問：「樓上的房間也被破壞了嗎？」

「是啊，他們幾乎破壞了這棟房子的每一個角落，甚至連後院的草坪也沒有放過。幸好廚房倖免於難，家具的損壞也不算太嚴重。」她一面說，一面用手指了指一座黑色的皮沙發、一張合金咖啡桌和一張鮮紅色的巴賽隆納椅，這些家具顯然都不是愛因斯坦的遺物。

凱斯兩手大拇指分別插在牛仔褲前面的兩個口袋裡，抬腳跨過了地面的一個大坑。大衛這時才注意到，這個二十來歲的小夥子長著一張稚嫩而眞誠的臉，左臂上有一個響尾蛇圖案的刺青。他向大衛解釋說：「我們聽到門鈴響，以爲又是某個納粹來搗亂，先按按門鈴以確定房子裡沒有人。我們猜想如果開燈，這些壞小子肯定會逃之夭夭，所以我從後門悄悄溜出去，準備給他們一個驚喜。」

莫妮卡伸出雙手摟住凱斯的腰，把頭靠在他有刺青的肩頭上，感激的說：「凱斯眞是可愛，這些日子，他每天晚上都陪著我。」

凱斯用手捏了捏莫妮卡的屁股，並親吻她的前額作爲回應，再說：「我還能做什麼呢？妳是我最好的客戶。」他轉過身面對著大衛，稚氣的臉上綻開笑容。「是這麼回事，我在普林斯頓汽車修理廠工作，負責爲莫的車維修保養。她有一輛『雪弗蘭輕型巡洋艦』，不過那輛車的脾氣總是喜怒無常。」

大衛有點困惑，盯著他們看了好一會兒。莫妮卡是一位大名鼎鼎的弦理論家，難道她竟然和自己的汽車修理工約會嗎？這太不可思議了。但是，他立刻強迫自己不要想這件事，他有更嚴重的問題需要考慮。他問：「莫妮卡，我們可以找個地方坐下來談談嗎？我知道，這個時間對妳並不合適，但是我現在遇到了一大堆麻煩，必須理出一個頭緒來。」

她揚起一邊的眉毛，仔細端詳著他，看來她現在才意識到他急切的心情。她回答說：「我們可以到廚房去，雖然那裡也很亂，但是至少沒有納粹的標誌。」

廚房很大，而且相當時尚，是幾年前在原來的房子上新建的，它替代了當年愛因斯坦夫人艾爾莎使用過的那間狹窄的舊式廚房。牆上裝有一排櫥櫃，櫥櫃下面是一個寬大的大理石面流理台。角落裡放著一張圓桌，是平常吃早餐和便餐的地方。即使按照城市裡的標準，這間廚房也夠大了，但是幾乎所有的空間都被塞得滿滿的，有各種盒子、書籍、燈具和裝飾品，都是從其他房間裡替換下來後放到這裡。莫妮卡把大衛帶到早餐桌前，把一張椅子上的一大堆書挪到別處，並解釋說：「抱歉，這裡亂七八糟的。因爲我的書房糟糕透了，再也塞不進任何東西，所以我只好把一些東西搬到這裡來。」

大衛幫忙她收拾桌子和椅子上的雜物。當他抱著一疊書向窗台走去時，立刻認出了其中一本書，那是他的《站在巨人的肩膀上》。

當他們終於坐下來以後，莫妮卡如釋重負的吐了一口氣。接著，她轉向凱斯，輕柔的將一隻手放到他的膝蓋上，說：「寶貝，可以幫我們沖一杯咖啡嗎？我口渴得要命。」

他拍拍她的手說：「當然啦。哥倫比亞咖啡，對嗎？」

她點點頭，一直看著他走到廚房另一端的咖啡機前。當他到達聽力範圍以外之後，她俯身向前對大衛說：「好了，到底是什麼問題？」

賽門在俄羅斯特種部隊服役時，曾經帶領他的部隊參加了鎮壓車臣叛匪的行動。就是在那個時期，他學到如何尋找藏匿起來的敵人的特殊本領。概括起來就是一句話：要找到一個人，就要知道他需要什麼。例如，某個車臣叛匪想襲擊俄羅斯軍人，你就應該到群山中的俄羅斯軍事基地附近去找他。這很簡單。但是在大衛．史威夫的問題上，有一個因素把事情變得複雜了：美國人也在找他。如果認定這個歷史學教授多少有一些常識，他就會遠遠的離開他在公寓和哥倫比亞大學的辦公室，以及其他聯邦調查局可能設下埋伏的地方。也就是說，賽門必須再次隨機應變。現在，他開始借助網際網路調查大衛．史威夫有什麼潛在的需要。

直到凌晨三點，賽門仍然坐在沃爾多．亞托尼飯店的天價套房裡，兩眼緊盯著筆記型電腦的螢幕。他設法入侵了哥倫比亞大學的內部網路，很快便大有收穫：區域網路的管理員一直在監視學校教職員工在網路上的活動，大概是爲了防範有人在工作時間看色情網站。賽門嗤笑了起來——這應該是蘇聯時期的執政者喜歡的勾當。更妙的是，所有活動紀錄居然都沒有加密。他只是輕輕的敲了幾個鍵，就成功下載了大衛過去九個月裡瀏覽過的所有網站網址。

筆記型電腦的螢幕上出現了長長的一串網址，一共有四千七百五十五個。要逐一檢查是不可能，但是有一個辦法可以大大縮短這個清單，那就是只看Google搜尋欄裡搜尋的項目。賽門認爲，只要你搜尋什麼，就代表著你需要什麼。Google眞是爲人類的靈魂打開了一扇嶄新而明亮的窗。

賽門查到了一千二百二十六個搜尋項目，仍然太多。不過他現在可以把重點放在搜尋所使用的關鍵字上。他的電腦中裝有一個程式，可以識別出任何文件中已知的人名。使用這個程式對篩選後的網址進行分析，顯示出大衛．史威夫在其中的一百四十七次搜尋中都使用了人名。現在，螢幕上留下的網址清單已經很少，賽門可以逐一對它們進行核查。然而，史威夫已經幫他把事情大大的簡化了，因爲名單中只有一個人的名字出現了不止一次。九月中不同日期的三天以來，史威夫都搜尋過一個叫做莫妮卡．雷納多的人。當賽門自己輸入「莫妮卡」進行搜尋時，他立刻就明白了其中的原因。

他打了個電話給飯店櫃台，吩咐門房在五分鐘內把他的賓士車開到大門口等待。他要去紐澤西州，拜訪那位來自德國巴伐利亞的流浪猶太人，一生中最後的家。

大衛深吸了一口氣，開始說：「漢斯．克萊曼教授死了。就在今天晚上，被人謀殺。」

莫妮卡好像受到了重重的一擊，整個身體在椅子上向後抽動了一下，怔怔的張著嘴，好像一個大大的字母「O」。她問：「謀殺？怎麼被殺的？誰殺了他？」

「我不知道。警察說是入室搶劫殺人。但是，我認爲此事另有隱情。」他停頓一會。關於教授被害的原因，就連他自己充其量也只有一些模糊的輪廓，要向莫妮卡解釋清楚就更加困難。「克萊曼死前，我還在醫院裡和他說過話。從那個時候起，這場噩夢就開始了。」他本想繼續講述發生在自由街聯邦調查局大樓地下室的事，但是突然又止住。這件事還是以後再說的好，免得現在就把她嚇壞了。

她難以置信的搖搖頭，呆呆的看著餐桌光潔的桌面，低聲說：「我的天啊，這太可怕了！先是雅克．布歐，現在又是克萊曼。」

聽到布歐的名字讓大衛大吃一驚：「布歐？」

「是啊，巴黎大學的雅克．布歐教授。你認識他，對吧？」

大衛對布歐教授十分熟悉。他是法國物理學界德高望重的長者，一位傑出的科學家，歐洲一些最強大的離子加速器的設計都是在他的幫助下完成的。在一九五〇年代初期，他也是愛因斯坦的助手之一。

大衛問：「他怎麼了？」

莫妮卡接著說：「他的妻子今天致電給我們院長，告知布歐於上週去世的消息，還說她希望設立一個捐贈基金作爲紀念。院長很吃驚，因爲他並沒有接到任何布歐去世的訃聞。他妻子表示家人一直沒有對外宣布他的死訊，因爲布歐是自殺身亡。從現場的情況看來，他是在浴缸裡割腕。」

大衛在寫作《站在巨人的肩膀上》時，因爲內容需要，曾經到法國採訪過布歐。在教授位於普羅旺斯的鄉間別墅裡，兩人享用過一頓豐盛的晚餐，然後又一直玩牌直到凌晨三點。他是一個充滿智慧、幽默感並且無憂無慮的老人。他問：「他是不是得了什麼絕症，所以才這樣做？」

「院長什麼也沒有說。但是他說布歐夫人悲痛欲絕，對於丈夫的死，她好像至今仍難以置信。」

大衛的大腦開始迅速的運轉：先是布歇，現在是克萊曼，兩個人都是愛因斯坦的助手，又都在一週內相繼死亡。當然，他們都是高齡的老人了，一個接近八十歲，一個剛過八十。雖然人們對於他們的去世不會感到意外，但是他們的死亡卻不是壽終正寢。

他問莫妮卡：「我能不能借用一下妳的電腦？我要上網查一些東西。」

莫妮卡露出迷惑的神情，用手指了指廚房流理台上緊貼著一個紙盒的黑色筆記型電腦說：「你用我那台蘋果電腦，可以無線上網。你想找什麼？」

大衛把電腦拿到餐桌上，打開以後進入Google主頁。「阿米爾．古普塔，」他一面說一面在搜尋引擎中輸入了這個名字。「一九五〇年代，他也是愛因斯坦的助手之一。」

不到一秒鐘，搜尋結果出現在螢幕上，大衛向下轉動卷軸，快速逐一檢視各個項目。其中絕大多數都是關於古普塔在卡內基美隆大學機器人學研究所的工作情況。在一九八〇年代，古普塔突然放棄從事了三十多年的科學研究生涯，離開物理學界，創辦了一家電腦軟體公司。不到十年的時間，他便為自己賺進了數億美元的財富。他成了一位慈善家，不斷把自己的錢捐贈給各式各樣稀奇古怪的研究項目，但是他的主要興趣一直在人工智慧方面。他向卡內基美隆大學的機器人學研究所捐贈了五千萬美元，並在幾年後成為該研究所的所長。當年大衛採訪他的時候，他一心只想談他的機器人，大衛可是費了不少工夫，才使他勉強回到有關愛因斯坦的話題上。

大衛檢查了至少一百個搜尋結果，終於放下心來：網路上沒有任何關於古普塔的可怕消息。但是，這並不意味著他們就可以完全放心，因為古普塔也有可能已經死亡，只是到目前為止還沒有人發現他的屍體。

大衛仍然兩眼盯著螢幕，凱斯雙手各端著一杯咖啡來到桌前。他遞給大衛一杯並且問：「請喝咖啡。要加糖或奶精嗎？」

大衛接過咖啡，心中非常感激，因爲他的大腦急需咖啡因的刺激。他回答說：「不用了，黑咖啡正好。謝謝！」

凱斯把另一杯咖啡遞給莫妮卡，說道：「莫，我要上樓睡覺去了。明早八點我就得趕到修理廠。」他伸出手放到她肩上，俯身靠近她的臉，關切的問：「妳確定一個人沒問題？」

她捏一捏放在她肩上的手，微笑說：「是的，沒有問題。去休息一下吧，親愛的。」她吻吻他的臉頰，又在他轉身離開時拍拍他的屁股。

大衛一面大口喝著咖啡，一面觀察莫妮卡臉上的表情。不難看出她對他的感情，很顯然她喜歡這個大塊頭。雖然莫妮卡比她這個男朋友大了二十歲，但是從外表來看，她和他一樣的年輕。自從大衛上一次在她那間狹小研究生宿舍的長沙發上見過她之後，她漂亮的臉蛋幾乎沒有任何改變。

幾秒鐘後，莫妮卡發現大衛正注視著她，這使他不免有些尷尬。他把杯子舉到嘴邊，把滾燙的咖啡一口氣喝下了一半。然後，他把杯子放到桌上，轉過頭去繼續看著電腦螢幕。他還要查另外一個人的情況，在搜尋欄中輸入了「阿拉斯泰爾．麥唐納」這個名字。

在愛因斯坦的所有助手中，麥唐納是最不走運的一個。一九五八年，他的精神崩潰，不得不離開了高等研究所，回到蘇格蘭的家，從此再也沒有恢復健康；他的行爲也變得喜怒無常，經常在格拉斯哥大街上向過往的行人大喊大叫。幾年後，他攻擊了一位員警，他的家人不得不把他送進精神病院。一九九五年，大衛就是在那裡採訪他。儘管麥唐納與他握了手，也坐下來接受他的採訪，但是對大衛提問到有關當年與愛因斯坦一起工作的情況，他卻毫無反應，只是呆呆坐在那裡，無神的眼睛直愣的看著前方。

電腦螢幕上出現了長長的一串搜尋結果，但是仔細一看卻都是關於其他人的資訊——蘇格蘭民歌歌唱家阿拉斯泰爾．麥唐納，澳洲員警阿拉斯泰爾．麥唐納等等，根本沒有關於物理學家阿拉斯泰爾．麥唐納的任何資訊。

莫妮卡站起身來，從他身後看了看電腦上的內容，問道：「阿拉斯泰爾．麥唐納？這個人是誰？」

「他是愛因斯坦的另一位助手。看來，他已經徹底人間蒸發了，所以找不到有關他的任何資訊。」

她點點頭說：「哦，對了。你在書中還提到過他，就是那個瘋子科學家，對嗎？」

聽到這話，大衛感到一陣喜悅湧上心頭——她相當仔細的閱讀過《站在巨人的肩膀上》。但他還來不及回答她的問題，卻想起了一件事情。他立刻走到窗台前，拿起莫妮卡的那一本他自己的著作，翻到了關於麥唐納的那一章。他找到了那家醫院的名稱，叫做霍利魯德精神病院。他回到電腦前，彎著腰在搜尋欄中阿拉斯泰爾．麥唐納的後面又加上了醫院的名字。

電腦很快顯示出唯一一筆結果，不過這條訊息是剛剛放到網上的。大衛在網址連結上點一下，《格拉斯哥快報》電子版的某頁立刻出現在螢幕上。這是一條短訊，時間爲六月三日，也就是僅僅九天之前。

霍利魯德醫院接受調查

蘇格蘭衛生署今天宣布，該署將對霍利魯德精神病院發生的一起死亡事故展開調查。星期一清晨，有民衆發現該院的一位八十一歲常住病人阿拉斯泰爾·麥唐納溺斃於醫院的水療室裡。據衛生署官員表示，當天夜裡的某個時間，麥唐納獨自離開他的病房，後來在一個水療池裡，被人發現他的遺體。衛生署此次調查的目的，要確定夜間值班人員是否有怠忽職守的問題，而導致這起悲劇的發生。

看著螢幕上的文字，大衛不禁開始顫抖。麥唐納淹死在水療池裡，布歇在浴缸中割腕自殺。他也清楚的記起了羅佐奎警探在聖盧克醫院告訴他的情況：員警在浴室裡發現克萊曼教授。這三位老物理學家不僅因爲與愛因斯坦一起工作的相同經歷聯繫在一起，現在又以同樣恐怖的死亡方式聯繫在一起。那個把克萊曼折磨致死的畜生，肯定也就是殺害麥唐納和布歇的兇手，他把這幾起謀殺都僞裝成意外事故和自殺。他的目的何在？這一切都是爲了什麼？唯一的線索只有克萊曼臨終前的那句話：「統一場論，世界的毀滅者。」

莫妮卡彎腰靠在大衛身上，以便看清楚那條短訊的內容。讀完後，她的呼吸立刻變得急促，低聲說：「該死！事情太離譜了。」

大衛轉過頭看著她的眼睛，無論他的猜測是否有根據，現在他都必須把它說出來了。他問莫妮卡：「妳對愛因斯坦關於統一場論的那些研究論文知道多少？」

她向後退了一步，不解的問：「你說什麼？愛因斯坦的學術論文？它們與這些事又……」

「請給我一分鐘。我所說的是，愛因斯坦曾經一直致力於研究一個場方程式，它可以把重力理論和電磁學理論二合爲一。妳知道他研究過五維流形和後黎曼幾何學。妳對他這些方面的論文瞭解多少？」

她聳聳肩道：「很少。那些東西早已經是歷史的陳跡，與弦論毫不相干。」

大衛皺起了眉頭。雖然可能性不大，但是他本來確實希望莫妮卡瞭解這個問題的前因後果後，可以幫助他分析眼前這些問題的各種可能性。他說：「妳怎麼會這麼說？它們與弦論絕對是有關聯的。那麼，妳如何看待愛因斯坦與卡魯查的合作？他們是最先提出第五維度存在的人。而妳呢，妳的整個生涯就是研究額外維度的！」

她失望的搖了搖頭，神情就像一位教授爲無知的大學新生，講解物理學基本原理一樣無奈，她怎麼不明白呢！她解釋：「愛因斯坦試圖創造的是一個古典理論，一個有著嚴謹因果關係的理論，而不是什麼怪誕的量子不確定性。而弦論卻是從量子力學中衍生出來的，把重力理論包含在其中的是量子理論，這與愛因斯坦的研究風馬牛不相干。」

大衛爭辯：「但是，他在後期的論文中顯然採用了一種新的途徑，試圖把量子力學整合成一種更爲普遍適用的理論。這樣，量子理論將成爲在一個更大範圍的古典理論架構中的一個特例。」

莫妮卡不以爲然的揮揮手說：「我知道，我知道。但是到頭來有結果嗎？他的那些方法沒有一個成立；他後來的那些學術論文也都是些垃圾。」

大衛已經漲紅了臉，他不喜歡她說話的腔調。也許他確實不是莫妮卡那樣的數學天才，但是他知道在這個問題上他是對的。他堅持說：「愛因斯坦已經發現了一個可行的辦法。只是他故意沒有發表而已。」

她歪著頭，用嘲弄的眼神看了他一眼，嘴角微微翹起，說道：「哦，眞的嗎？是不是有人給了你一份失傳多年的手稿？」

「不，是克萊曼死前告訴我的。他是這麼說的：『博士先生成功了。』而且，他今天晚上被謀殺的原因，就是他們所有人被謀殺的原因。」

莫妮卡聽出了他話中的緊迫性，表情立刻嚴肅起來。她說：「聽著，大衛，你心情煩躁，我可以理解。但是，你所說的事情根本是不可能的。愛因斯坦絕對不可能研究出一個統一場論的公式，他當年所知道的只有重力和電磁力，一直到一九六〇年代，物理學家們才懂得了弱核力，而又過了十年，他們才弄懂了強核力。在這四種最基本的力中，愛因斯坦有兩種不懂，他怎麼可能想得出一個萬能的理論？這就好比玩拼圖遊戲，圖塊少了一半，誰還能拼出完整的圖形！」

大衛想了想她提出的問題，接著說：「但是，設計一個具有普遍意義的理論，他不需要知道所有的細節。與其說像拼圖遊戲，不如說更像塡字遊戲。只要你獲得足夠的線索，就可以猜得出整個模式，然後，就可以逐一塡上每一個空格。」

莫妮卡並沒有被說服，大衛從她的表情可以看得出來，她認爲這種想法簡直是荒唐可笑。她說：「很好，如果他眞的研究出了這樣一個實際存在的理論，爲什麼不發表呢？這難道不是他畢生的夢想嗎？」

他點頭表示同意。「是的，這確實是他的夢想。但是，這一切都發生在廣島原子彈爆炸僅僅幾年之後，雖然愛因斯坦實際與研製原子彈並沒有直接的關係，但是他知道，是他的能量方程式揭示了製造原子彈的可能性；$E = mc^2$（注），此方程式表示極其微小的鈾原子可以釋放出極其巨大的能量。他對此感到非常痛苦。他曾經說過：『如果我早知道他們會做出這樣的事情，我就會去當一個鞋匠。』」

「是啊，是啊，這些事情我以前都聽說過。」

「那麼，請仔細想一想，如果愛因斯坦確實發現了統一場論，他難道不擔心同樣的悲劇會再次發生嗎？他很清楚，他必須事先充分考慮到這個發現的意義所在，考慮到它可能帶來的一切後果。所以，我認爲，他已經預見到這個理論將被用於軍事目的，很可能因此製造出比原子彈更加恐怖的東西。」

「你指的是什麼？什麼東西比原子彈更恐怖？」

大衛無奈的搖搖頭。這正是他整個論證環節中最薄弱的一環，因爲他並不知道什麼是統一場論，更談不上推測出它可以創造些什麼。他回答說：「我不知道，但是肯定是一些十分可怕的東西。因此，愛因斯坦才認爲他不能發表這個理論。但同樣，他又不能放棄它，因爲他相信物理學可以揭示上帝造人造物的眞諦。他不可能簡單的把這個理論抹殺掉，假裝它根本沒有出現過。所以，他把這個理論託付給他的幾個助手，很可能每個人只給這個理論的一部分，並且要求他們保證它的安全。」

「這樣做又有什麼意義呢？如果這個理論眞的如此可怕，他的助手將來也不能把它公諸於世。」

「他把希望寄託於未來。愛因斯坦是一個無可救藥的樂觀主義者，他確實認爲再過幾年，美國人和俄國人就會放下手中的武器，共同組成一個世界政府。到時候，戰爭將被法律所禁止，人人享有和平的生活。那麼，他的助手們只需要等待這一天到來，然後再把這個理論公開。」說到這裡，大衛突然眼睛一酸，幾乎掉下眼淚，他自己也覺得意外。「結果，他們卻苦苦等待了一生。」

莫妮卡同情的看看他，沉默了一會兒，等他的心情平靜下來。但是，她顯然並不相信大衛所說的一切。她說：「大衛，這樣的假設非比尋常。而非比尋常的觀點必須要有非比尋常的證據。」

但大衛卻更加堅定了自己的信念，他說：「今晚我到醫院探望克萊曼教授時，他告訴了我一組數字，並且說這是愛因斯坦交給他的密鑰，現在他把它交給我。」

「哦，這很難……」

「不，這不是證據。證據就是從那一刻起所接連發生的一切事情。」

接著，他詳細講述了他的遭遇：他在聯邦調查局大樓裡如何受到審問，以及緊隨其後的血腥殺戮。一開始，她只是帶著懷疑的目光看著他，但是當他講到燈滅之後走廊裡槍聲大作的時候，

注 能量等於質量乘以光速的平方。

她無意識的抓住睡衣的下擺，在手裡緊緊攥成一團。等他講完了自己的故事，莫妮卡已經飽受驚嚇，那神情就如同他剛剛從自由街的停車場逃出來時一樣的驚恐。她抓住他的肩膀，喃喃低語：「我的天哪！什麼人攻擊了那個地方？是恐怖分子嗎？」

「我一無所知，因爲我根本就沒有親眼看到他們；我只看到了那些被打死的聯邦調查局探員。但是我敢肯定，他們就是殺害克萊曼、布歐和麥唐納的人。」

「你怎麼知道是他們做的？照你所說，聯邦調查局和恐怖分子都在搶奪同一件東西。也許，殺害他們的人正是聯邦調查局自身。」

他搖頭否定她的推測，說：「不對，聯邦調查局只會把他們抓去審問，而不會殺害他們。我認爲事情是這樣的：克萊曼、布歐和麥唐納三人中的某個人可能不愼洩露了祕密，使得恐怖分子首先發現了統一場論的存在。因此，恐怖分子找上了門，逼迫他們交出這個理論，最後把他們折磨致死。但是，隨著他們一個個相繼死亡，美國情報部門才開始意識到一定有重大事件發生。所以，聯邦調查局的探員才會如此迅速的出現在醫院裡。很有可能，他們早就開始監視克萊曼。」

隨著大衛對整個事件概況的分析，他的音調也越來越高，最後幾句話在廚房四壁間迴蕩著。大衛突然停下來，看看莫妮卡有什麼樣的反應。她臉上的表情已經不像開始時那樣充滿懷疑，只是還不能完全相信他的故事。她鬆開抓住他肩膀的手，再次低下頭盯著她的電腦，螢幕上已經自動執行起螢幕保護程式，一個動畫卡拉比—丘流形（注）不斷翻滾著。她堅持道：「這還是難以讓人信服。我的意思是，關於那些殺戮，你的分析可能是對的。恐怖分子找上克萊曼和其他兩個人，可能確實是因爲他們研究的某個祕密專案。但是，我很難相信這個祕密就是愛因斯坦的助手們保存了五十多年的統一場論。這也太不可思議了。」

他點點頭，完全能夠理解她對此事的懷疑態度。這個發現不僅意味著量子理論占了傳統古典理論的上風，而且意味著她一生的付出都將變得毫無意義。大衛提出的觀點，就等於宣判她和她那些研究弦論的科學家同行們在過去二十年中的所有成就、含辛茹苦換來的諸多科學進展、得之不易的一切探究成果和傑出的理論創新，都是不著邊際、白費工夫。一個在他們大多數人還沒有出生之前就已經死去的科學家，早就拿走了他們爲之苦苦奮鬥的最高榮譽——統一場論！這種可能性確實讓人難以接受。

他把臉轉向一邊，思考著如何才能說服莫妮卡。他提出了一個非比尋常的觀點，但是卻沒有非比尋常的證據，甚至，他連最普通的證據也沒有。他凝視著廚房空白的牆壁，心中突然有了一個想法。雖然這個想法並不會讓莫妮卡釋懷，而且可能還會讓她感到更加憎惡。大衛的心臟狂跳著，但是這確實是一個有力的證據。

他轉過臉看著莫妮卡，同時用手指著廚房的牆壁和櫥櫃說：「莫妮卡，看看妳的周圍，看看這間廚房。這裡沒有遭到損壞，沒有塗鴉，也沒有納粹的標誌。」

她的眼睛死盯著他，不明白他想說什麼：「是啊，這又如何？」

他回答：「爲什麼愚蠢的紐澤西光頭黨成員搗毀了這棟房子裡的每一個房間，卻偏偏放過了這間廚房？這不是有點奇怪嗎？」

注 卡拉比和丘成桐所創造的一種特殊空間，近代的弦論認爲弦必須存在於十維的卡拉比—丘空間中。

「這與你的問題沒有……」

「莫妮卡，根本就沒有什麼光頭黨。有人把這個地方搞得天翻地覆，是想找到愛因斯坦的那些筆記。他們搜查了地板下、在後院裡到處挖掘、敲開牆上的石膏裝飾板、查看牆體的內部。然後，他們到處噴上納粹的標誌，使它看起來就像一場蓄意的破壞行爲。他們之所以沒有碰這間廚房，是因爲它是在愛因斯坦去世後才加蓋的，因此他不可能把東西藏在這裡。基於同樣的原因，他們也沒有破壞妳的現代家具。」

莫妮卡不禁抬起手，用她纖細的手指捂住了嘴。

大衛繼續分析說：「我假設，是聯邦調查局搜查了妳的房子。如果是恐怖分子，他們不會耐心等到妳外出度週末時才偷偷溜進來，而會直接在睡夢中把妳殺死。而且，我推測聯邦調查局的探員並沒有找到任何筆記，因爲愛因斯坦是何等聰明的人，他是不會留下任何文字紀錄的。」

莫妮卡的手雖然擋住她臉部的下半，但是大衛仍然可以清楚看出她表情的變化。剛開始，她的眼睛因爲害怕和驚訝而瞪得越來越大，但是幾秒鐘後又瞇起來，眉間出現了一道深深的垂直紋路。她的臉色鐵青，怒火中燒。新納粹的光頭黨分子已經夠可恨了，而聯邦調查局探員居然會爲了掩飾一場祕密行動，把納粹的標誌噴在她的牆上？這可是一種完全不同性質的可惡行徑。

突然，她放下手，再次抓住大衛的肩膀，問道：「克萊曼給你的那一組數字是什麼？」

在林肯隧道入口處的檢查站前，兩位警官命令賽門搖下車窗玻璃，讓一隻專門搜尋炸彈的警犬伸頭進去嗅了嗅。然而，賽門早就在沃爾多．亞斯托里飯店裡沖洗掉皮膚上所有C4炸藥的痕跡，更換了衣服，所以那隻德國牧羊犬只是茫然的看著汽車的方向盤。賽門出示了他的身分證件——偽造得相當逼眞的紐約州駕駛執照。警官們一揮手，賽門就駕車駛進了隧道，可以說，他根本沒有遇到任何麻煩，就順利的跨過了哈德遜河。

五分鐘後，他開上了紐澤西收費高速公路，沿著橫跨在黑暗、潮濕的草地上的寬闊堤道一路駛去。由於現在是凌晨四點，高速公路上幾乎沒有其他車輛，而且州警都被派往各個橋樑和隧道口，協助紐約員警設關卡盤查，所以他可以隨心所欲高速行駛。他以每小時一百四十多公里的速度從紐華克機場旁呼嘯而過，向西朝埃克森煉油廠的大片廠區方向駛去。

這正是夜深人靜的時刻。黑暗中，依稀可見前方高高矗立著煉油廠的蒸餾塔，一根廢氣燃燒管噴著火焰，微弱而搖曳的火光就像一盞領航燈。賽門從錯綜複雜的管道和巨大的儲油罐旁駛過，眼前的路似乎正變得越來越黑暗，他甚至覺得，有那麼幾秒鐘自己就像在幽暗的水底裡前行。他的腦中一片空白，眼前只看見兩張臉，那是他兩個孩子的臉。但是，這兩張臉並不是他儲存在手機裡的那兩張令人欣慰的臉。在腦海的畫面裡，謝爾蓋和拉麗莎都沒有微笑：謝爾蓋緊閉著雙眼躺在爛泥溝裡，手臂上布滿了又長又黑的燒傷，頭髮被鮮血凝結在一起；而拉麗莎卻睜著大大的眼睛，她好像並沒有死，只是正恐怖的注視著已經把她吞沒的巨大火球。

賽門猛然踩下油門，賓士車加速向前駛去。很快的，他來到了九號出口，接著又衝上了南一號公路。再過十五分鐘，他就會到達普林斯頓。

40 26 36 79 56 44 7800

大衛拿起鉛筆，在一張筆記紙上寫下了那組數字。他剛把那張紙遞給莫妮卡，就立刻產生一股強烈的衝動，想把那張紙再搶回來撕得粉碎。這十六個數字讓他不寒而慄，他想毀掉它們、埋葬它們，讓它們徹底消失。但是他知道，他不能那樣做，因爲這是他唯一的線索。

莫妮卡雙手舉著那張紙，仔細審視每一個數字。她的目光從左至右掃視著，企圖從中找出某種特殊的模式、數列或者幾何數列。她臉上的表情，與當年在弦論大會上宣讀那篇有關卡拉比－丘流形的論文時，大衛所看到的表情一樣：專注而凝重，那張臉就像準備戰鬥的女神雅典娜。

她判斷說：「這些數字的排列看來並不是隨機的，其中有三個〇、三個四和三個六，但是出現兩次的數字卻只有一個，就是七。在這種長度的數字組合中，通常不該出現三個相同的數字多於兩個相同數字的情況。」

「這是不是打開某個電腦檔案的密碼？克萊曼用的是『密鑰』這個詞，這樣推斷應該是符合邏輯的。」

她仍然緊盯著手中的數字，回答：「長度是符合的，十六位元，而且每個數字又可以轉換成四位元數位密碼。那就是六十四位元，正好是一個加密密碼的標準長度。但是，這種技術的關鍵在於，數位數列必須是隨機的。」她不解的搖搖頭。「如果是這樣一個非隨機的數列，要破解這個密碼就太容易了。那麼，克萊曼為什麼要選擇這樣一個根本就靠不住的密鑰呢？」

「也許這是一種不同類型的密鑰。也許它更相當於一種標示，用來幫助我們找到那個檔案，而不是用它來打開檔案。」

莫妮卡不置可否。她把紙拿得更近一些，彷彿她沒有看清楚上面的數字，然後說：「你寫下這個數列的方式很奇怪。」

「妳指的是什麼？」

她把手中的紙轉了個方向，讓他自己看，同時解釋說：「某些數字彼此靠得比較近，每兩個數字後的間隔大了一些，而最後幾個數字之間的間隔卻是一樣的。」

他從她手中拿過紙看了看，她說得沒錯，前十二個數字寫成了兩個一組。他剛才並不是有意這麼寫，但結果就是這樣。他嘟囔：「哦，這確實很奇怪。」

「是不是克萊曼在告訴你的時候，強調過這種分組的特點？」

「不，不全然是。」他閉上眼睛開始回憶，腦海中再次出現克萊曼教授當時的情景：他坐在病床上，斷續著吐出最後幾句話。大衛說：「當時，他的肺部正迅速衰竭，所以這些數字是喘息著說出來的，每次兩個數字。所以，我現在才可以從記憶中清楚記得這個數列的模樣：一共是六個兩位元的數字和最後一個四位元的數字。」

「但是，是否有可能他是故意這麼做的？也許，克萊曼就是想讓你意識到這些數字要照這樣分組？」

「是啊，恐怕是這樣。那麼，這樣一來會有什麼不同的結果嗎？」

莫妮卡一把抓過紙來放到廚房餐桌上，然後拿起一枝鉛筆，在前十二個數字的每兩位元之間畫了一條線。

40/26/36/79/56/44/7800

她立刻指出：「如果把它們這樣分開，看上去就更不是隨機的了。現在，我們先不考慮最後的四位元數字，只看這些兩位元的數字。六對中有五對在二十六至六十的範圍以內，只有一對在這個範圍之外，是七十九。這樣一來，這種分組方式相當的緊湊。」

大衛再仔細看了看這些數字，在他看來它們仍然沒有任何規律可言。他說：「我不懂這個。依我看，妳好像是故意選出一些數字，然後再用它們編造出一種模式。」

她不悅的皺眉：「告訴你，大衛，我知道我在幹什麼。我花了很多時間研究從離子物理學實驗中得到的資料，所以只要存在某種模式，我是看得出來的。由於某種原因，這些數字在一個非常狹窄的範圍內進行了分組。」

他再一次盯著這組數字看了看，試著用莫妮卡的觀點去理解它們。他想想，好吧，這些數字這樣分組後看上去確實都小於六十，但是，這會不會僅是一種巧合呢？在他的眼中，這些數字與紐約樂透彩券的中獎號碼一樣難以捉摸。雖然明知道中獎的機率小得可憐，但是他不時也會去碰碰運氣。如果把樂透彩券的中獎號碼按照兩個數位一組分開，大多數也在六十以下，不過那完全是因為可供選擇的最大數字是五十九。

突然，他恍然大悟，這不是很明顯嗎！他說：「是分和秒。」

莫妮卡好像並沒有聽見他說的話，仍然彎著腰研究放在廚房餐桌上的那一串數字。

他稍微提高了嗓門再次對她說：「妳看到的是分和秒，所以它們都不超過六十。」

她抬頭看著他，問道：「你說什麼？你是說這是某種計時範圍嗎？」

「不，不是時間，而是空間範圍。」大衛又看了看那些數字，其含義已經不言自明，它們就像一朵已經完全綻放的花朵，六個花瓣完美的排列在一起。「它們是地理座標，經度和緯度。第一個兩位數指角度，第二個兩位數指弧度的角分，第三個兩位數指弧度的角秒。」

莫妮卡盯著他看了一會兒，然後又回頭看看那些數字，接著臉上露出了微笑。大衛覺得，這是他所見過世界上最美麗的微笑。她調侃：「好吧，史威夫博士。不妨一試。」

她立刻坐到電腦前面，開始敲打鍵盤，同時說：「我現在把這些座標輸入『Google地球』，然後看看那是什麼地方。」她打開的網頁，輸入那些數字。「我推測應該在北緯四十度，而不是南緯。否則，就要跑到太平洋裡去了。至於經度嘛，應該西經七十九度，而不是東經。」

大衛站在她身旁，可以看見筆記型電腦螢幕上出現了第一個圖像，這是一張表面布滿顆粒的衛星照片，上方有一幢呈「H」形的龐大建築，下方是一群較小的建築，形成一個「L」型，另外還有一些符號。這些建築物太大了，不可能是普通住房，但是又不夠高，因此也不可能是一般的辦公大樓。它們的位置並不在某條街道的格局之內，也不靠近任何公路，並且大多數建築圍繞著一個長方形的中庭，庭內有一些縱橫交錯的走道。大衛認為，這很可能是一個校園，一個大學的校園。他問莫妮卡：「這地方在哪裡？」

「等等，我把街區地圖調出來看看。」莫妮卡點一下螢幕上的一個圖示，標明各個建築物和街道名稱的地圖立刻顯示出來。「在匹茲堡。那些座標所指示的地方就是這座建築。」她用手指點了點螢幕上的一個地方，歪著頭讀出那座建築上的標示。「這個地址是福布斯大道五〇〇〇號，叫做紐厄爾—賽門大廳。」

大衛立刻想起這個名字，他曾經參觀過這座建築。他告訴她：「那是卡內基美隆大學的機器人學研究所，也就是阿米爾．古普塔工作的地方。」

莫妮卡再次敲了幾個鍵，找到了學院的網址。然後，她進入了教職員工名單的頁面。「找找電話號碼，」她一面解釋，一面回過頭看看大衛說：「每個人都有一個以七八開頭的四位數分機號碼。」

「古普塔的分機號碼是多少？」

「他個人分機號碼是七八三二。不過，他是學院的院長，對嗎？」

「是的，已經有十年了。」

「看看這個。院長辦公室的分機號碼是七八〇〇。」她大獲全勝的笑著說。「這就是克萊曼數列中的最後四個數字。」

她爲他們的成功而興奮不已，舉起拳頭揮向空中。但是，大衛卻冷靜的繼續盯著電腦螢幕上的教職員工名單。他說：「有問題，這份資料絕對不是訊息的眞正含意。」

莫妮卡難以置信問道：「你說什麼？這絕對是合情合理的。如果愛因斯坦眞的創造出一個統一場論，他很可能也告訴了古普塔。克萊曼是要告訴你，去找古普塔，保住統一理論的安全。這很明顯！」

「這正是問題所在。這個資訊過於明顯。人們都知道古普塔曾經與愛因斯坦一起工作過，聯邦調查局知道、恐怖分子也知道。而在我的書裡，有整整一個章節講的都是這件事。如果克萊曼想說的只是這個，又何必煞費苦心的設計出一個這麼複雜的密碼呢？」

她聳聳肩道：「該死！你問錯人了。我怎麼會知道克萊曼的腦子裡想些什麼。也許，這就是他能夠想出的最好辦法。」

「不對，我不相信。克萊曼並不是一個愚蠢的人。」他從餐桌上一把抓起那張寫著十六個數字的紙說：「這個數列中一定還隱藏著別的資訊，只是我們現在還沒有發現它。」

「很好，找出這個資訊只有一個辦法：我們得與古普塔談談。」

「不能打電話給他。我敢斷定，聯邦調查局現在已經監聽他所有的電話。」

莫妮卡關掉筆記型電腦，合上螢幕。然後對大衛說：「那麼，我們就必須到匹茲堡去，當面問個清楚。」

她把筆記型電腦拿到廚房的流理台上，放進一個攜帶式的皮製手提包中，再把拉鏈拉上。接著，她找出一個小旅行袋，又從廚房的櫥櫃和抽屜裡拿出各式各樣的物品，包括一個充電器、一把「托茨」牌雨傘、一台iPod和一盒「司奈維」餅乾，一一裝進了旅行袋裡。大衛驚恐的看著她收拾行裝，趕忙對她說：「妳瘋了嗎？我們絕不能就這樣直接出現在古普塔家門前！除非他們已經把他送進了關塔那摩灣。」或者說，除非恐怖分子已經把他折磨致死。「否則聯邦調查局探員很有可能已經對他家進行嚴密的監視。無論如何，我們都不可能接近他的身旁。」

莫妮卡拉上旅行袋的拉鏈，自信的回答說：「大衛，我們兩個都是很聰明的人。我們會想出辦法的。」她一隻手提著旅行袋，一隻手拿著筆記型電腦，逕自走出了廚房。

大衛緊跟著她來到客廳裡：「等等！我們不能這麼做！警察正在到處抓我！我能夠從紐約逃出來，已經是個奇蹟了！」

她在毀壞的壁爐前停下腳步，把旅行袋放到地板上。然後從壁爐台上拿起左輪手槍，打開彈匣。眉毛之間又出現了那一道垂直的紋路，緊閉的嘴唇形成了一條堅毅的直線。「你抬頭看看，」她一面說，一面用手槍指著天花板上兩個紅色的納粹標誌和「黑鬼滾回老家去」的字樣。「那些王八蛋闖進了我家。這是我的家！明白嗎？在我的牆上寫下了這些狗屁。你是不是以為我會忍氣吞聲，讓他們逃之夭夭而不受懲罰？」同時，她從壁爐台上抓起子彈，把它們一顆顆地裝到彈匣裡。「門都沒有！我要追查到底，搞清楚到底發生什麼事，最後，我還要讓那些王八蛋為此付出代價。」

大衛緊盯著莫妮卡手中的手槍，坦白說他是不想看到槍的。他說：「妳帶著這把槍也無濟於事，外面有幾百個探員和幾千個員警，不可能靠它殺出一條血路的。」

「這你不用操心，我並不想跟任何人槍戰。我們要做的只是一路偷偷的溜過去，而不是愚蠢的蠻衝。目前，沒有任何人知道你和我在一起，所以聯邦調查局要找的不是我的車。你只要把你這張臉藏起來，我們就會平安無事。」她把最後一顆子彈塞進了彈匣，手腕一抖把彈匣關上。「現在，我要到樓上拿一些衣服。你要不要刮刮鬍子，我可以從凱斯的刮鬍盒裡拿一把刮鬍刀來？」

他點點頭。他根本無法與她繼續爭論下去，她就像一股來自大自然的力量，不屈不撓、無法阻擋，整個時空都在她的掌控之中！他關心的問：「妳怎麼跟凱斯說？」

莫妮卡一隻手抓起兩個袋子，另一隻手拿著手槍，回答：「我會給他留個便條，就說我們必須去參加一個會議什麼的。」她走到門廳旁，開始上樓。「他不會太介意的。凱斯還有另外三個女朋友，不愁無處打發時間。這小子精力充沛得讓人吃驚。」

他又點了點頭。這麼說，她與凱斯的關係並沒有那麼密切。大衛驚訝的發現，這個訊息竟讓他感到如此寬慰。

賽門正沿著亞歷山大路疾駛，離愛因斯坦的故居只有八百公尺遠了。這時，他從後視鏡上看到了連續的車燈閃光，發現一輛來自普林斯頓區藍白相間的巡邏車正示意他停車。他一拳砸在方向盤上並咒了一句：「他媽的！」這要是一分鐘前發生在一號公路上的話，他會猛踩油門疾駛而去。他駕駛的是一輛SLK 32 AMG型賓士車（注），美國車根本追不上他。但是現在，他是在當地街道上行駛，很容易被警察攔截。他沒有選擇，只能靠邊停車。

他在一段廢棄的馬路路肩上停下來，前方五十公尺外是郡立公園的入口。附近沒有任何房屋和商店，街上也沒有其他車輛行駛。巡邏車在他車後十公尺處停了下來，依然開著前燈，靜靜的

注 經賓士公司旗下的AMG公司專業高性能改裝的賓士小型跑車，動力強勁。

停在那裡就再沒有任何動靜，這讓賽門十分惱火。巡邏車裡的員警可能正透過無線電向他的上司報告賽門這輛車的特徵。過了大約半分鐘，一位身穿藍色制服、體格強壯的男人終於從警車裡走下來。賽門調整了一下後視鏡的角度，以便看清楚這個警察的模樣。這個人很年輕，最多二十五歲。手臂和肩膀上的肌肉很發達，但腰腹部已經有點肥胖，大概是因爲値勤的時候總是坐在車裡，專門等著酒後駕車的瘋狂大學生自投羅網。

看到員警已經靠近，賽門搖下賓士車的車窗。年輕的員警把雙手放在駕駛座側的車門上，頭伸進車內說：「先生，你知道剛才你的速度是多少嗎？」

賽門回答：「每小時一百四十三公里，上下差不了多少。」

員警生氣的皺眉：「這不能開玩笑。你這樣會撞死人的。把你的駕照和行照給我。」

「沒問題。」賽門把手伸進口袋裡。他有一本僞造的駕駛執照，但是沒有行車執照，因爲這輛賓士車是他兩天前從康乃迪克州一家汽車經銷商那裡偷來的。因此，他的手沒有去拿皮夾，而是直接拔出了他的烏茲衝鋒槍，頂著員警的前額開了一槍。

員警應聲向後倒下。賽門發動賓士車，呼嘯而去。用不了幾分鐘，某個騎著摩托車路過此地的人就會發現屍體，半小時之內普林斯頓的警察就會開始搜尋他這輛車。不過，那時已經無所謂了，他並不打算在城裡停留太長的時間。

凱斯正在做夢，跟莫妮卡的「輕型巡洋艦」有關。她開車來到修理廠，說是引擎過熱。但

是，當他打開引擎蓋後卻發現，引擎早就不翼而飛，而那個叫大衛·史威夫的傢伙卻彎身躺在原來引擎的位置上。凱斯轉過身，想問問莫妮卡這到底是怎麼回事，但是她頑皮的繞到了他的身後。

他感覺到一隻手放到了他的肩上。這不是夢，而是實實在在的一隻手。這隻手抓住他的肩膀，溫柔的把他面朝上翻過身來。他猜想，一定是莫妮卡終於回來睡覺了，也許還想與他親熱一番。她可是一個做愛好手，而且需求旺盛。他仍然閉著眼睛，嘟囔著說：「哦，莫，我跟妳說過了，明天我必須早起。」

「你不是大衛·史威夫。」

陌生人的聲音使他立刻清醒過來。他睜開眼睛，看見一個禿頂的腦袋和粗壯脖子的輪廓。這時，陌生人的手已經迅速移到他的脖子上並用力往下壓，把他牢牢釘在床上。他問凱斯：「他們在哪裡？他們跑到哪裡去了？」

那人收緊五指，卡住了凱斯的喉嚨。凱斯無助的躺在床上，根本不敢動彈；極度的恐懼使他完全不敢反抗。他哽咽著回答：「樓下！他們就在樓下！」

「不對，樓下沒有人。」

黑暗中，凱斯聽到了衣服發出的沙沙聲響，緊接著眼前迅速閃過一道寒光。那是一片長長的筆直刀刃，黎明微弱的晨曦透過臥室窗戶照進來，在刀鋒上反射出淡藍色的光澤。

「那好吧，朋友。」來人對凱斯說道。「我們現在好好的談談。」

第六章

紐約聯邦廣場，聯邦調查局辦公大樓的一間審訊室裡，凱倫焦躁不安的來回兜著圈子。她先走到那一扇從外面鎖上的鋼製門前，然後再沿著占據了整整一面牆的鏡子前走過。她推測，這很可能就是那種特製的單面鏡，探員們可以從另一面看到室內審訊的情況。最後，又從一個藍黃雙色的標誌前走過。標誌上有一隻鷹的圖案和一行文字：「聯邦調查局——保衛美國」。審訊室的正中間放著一張金屬桌子，四周擺放著幾把椅子。但是，凱倫現在的心情十分煩躁，無法坐下來。她已經繞著這個房間轉了至少五十圈，害怕、憤怒和疲勞已經使她感到頭昏目眩。而且，探員們已經把約拿從她身邊帶走了。

到凌晨五點鐘的時候，她聽到門外的走廊裡傳來腳步聲。接著，一把鑰匙插進了門鎖，不一會兒，那個逮捕她的探員開門走了進來。這個傢伙身材高大，金髮碧眼，渾身上下肌肉發達。他仍然穿著醜陋的灰色西裝，肩背式槍套從外套下突起。她記得他的名字：布洛克探員，就是這個混蛋親手爲一個七歲的孩子戴上了手銬。她立刻向他衝過去質問：「我兒子在哪裡？我要見我的兒子！」

布洛克馬上伸出雙手，像是要抓住她。他瞪著一雙冷酷的藍眼睛，下巴上還留著一道凸起的傷痕，急忙說：「嘿，慢著！妳兒子沒事，正在大廳另一邊的房間裡睡覺。」

凱倫根本不相信他的話。當時幾個探員把約拿從她懷裡拖走時，孩子就像神話中號喪的女妖似的瘋狂號叫。所以她吼道：「帶我去他那兒！我現在就要見到他！」

她試圖繞過布洛克直奔門口，但是他側身一步，擋住了她的去路，並且說：「嘿，我說了慢著！妳馬上就可以見到妳的兒子，但是，我要先問妳幾個問題。」

「你給我聽著，我是律師，明白嗎？我雖然不是刑事訴訟方面的律師，但是我很清楚，你們這樣做是違法的。你們不能提不出任何指控就把我們扣留在這裡。」

布洛克扮了一個鬼臉，顯然根本沒有把律師放在心上。他挖苦：「如果妳需要指控，我們可以隨時準備幾個。妳覺得，『忽視兒童罪』怎麼樣？夠合法了嗎？」

「什麼？你胡說八道？」

「我說的是妳前夫吸毒成癮。他哪來的錢買毒品，不就是向他在哥倫比亞大學的學生兜售海洛因賺來的嗎？大多數的情況下，他都是先到學校裡接妳的兒子，然後再到中央公園從事毒品交易。」

凱倫驚訝不已，直瞪著他看。這是她有生以來聽到過最荒謬的事。她反駁說：「這是胡說！他們在公園裡所做的最壞的事，也不過是玩玩『超級噴水槍』而已！」

「我們有監視錄影帶為證，整個交易過程都在上面。根據我們的情報，史威夫從事這個行為已經有好幾年了。」

「上帝！如果大衛在公園裡賣毒品，我不會不知道！」

布洛克聳聳肩：「妳也許知道，也許不知道。不過，有一件事情是可以肯定的：家事法庭將對妳進行調查，看看妳是不是也參與其中。在此期間，妳的兒子將由他們來監管。」

凱倫搖搖頭，布洛克肯定是在造謠。她是企業律師，靠從事公司合併的談判而生存，所以每當對方要心機的時候，她通常能夠判斷出來。於是她說：「那好，把證據拿出來；把監視錄影帶放給我看。」

布洛克挑釁的向前邁進一步說：「妳放心，在今晚的夜間新聞裡妳就可以看到。事情就是這樣，妳前夫想把他的生意做大些，所以他開始與『拉丁國王幫』合作。我想，妳一定聽說過這個集團吧？」

凱倫怒目斜視著布洛克，說道：「你是說，大衛與那幫西班牙裔的黑鬼混在一起嗎？」

「『拉丁國王幫』控制著上曼哈頓地區的所有毒品生意。就在昨天晚上，他們還殺害了我們的六個探員。其中三個人是扮成毒品販子向史威夫買毒品時被開槍打死的，另外三個人是我們監視小組的成員。」

凱倫厭惡的哼了一聲，任何一個認識大衛的人一聽就可以知道，這樣的故事簡直是荒謬到了極點。然而，問題是聯邦調查局爲什麼要編造出如此齷齪的故事？他們企圖掩蓋的東西到底又是什麼？她轉身離開布洛克，走到金屬桌前，拿過一把椅子坐下來。她說：「好吧，布洛克探員，我相信你的話。那麼，你們想從我這裡知道什麼？」

他從西裝口袋裡掏出一本筆記本和一枝鉛筆說：「我們需要與妳前夫有聯繫的所有人的資料。特別是那些住在紐澤西州的人。」

「紐澤西州？你們是不是認爲大衛現在藏在紐澤西州？」

布洛克的臉立刻沉下來：「由我來發問，可以嗎？我們已經得到他在哥倫比亞大學的同事名單，現在正在蒐集他的朋友、熟人等等情況。」

「我並不是你們最理想的詢問對象。我和大衛已經離婚兩年多了。」

「不，妳是最佳的人選。妳看，史威夫現在是一個逃犯，他很可能正在尋找一個可以幫助他的朋友，一個關係非常親密的朋友。我想，妳明白我的意思。」他歪著頭，眼睛裡流露出心照不宣的神情。「他在紐澤西州有沒有這樣的朋友？」

凱倫再次搖搖頭。心中不禁想到，布洛克居然企圖利用她的嫉妒心，這些人眞是可悲啊！她斷然說：「我對此一無所知。」

「快說吧。妳難道對他的感情生活都不瞭解嗎？」

「我爲什麼要關心這些事情？我們早就不是夫妻了。」

「那麼，離婚以前的情況呢？大衛難道就沒有偶爾和什麼人鬼混過？例如，半夜三更的悄悄跑到華盛頓大橋的那一頭去？」

她看著他的眼睛，回答：「沒有。」

布洛克站在凱倫的椅子前面，一隻手放在桌子邊緣上，彎下腰，把臉湊到離她十幾公分遠的地方，說：「凱倫，妳不太合作啊。妳還想見到妳的兒子嗎？」

她感到胃裡一陣抽搐，憤怒的問：「你威脅我？」

「不、不，我完全沒有這個意思。我只是想提醒妳，別忘了家事法庭的問題。除非我們向他們提供一份對妳有利的報告，否則他們就要指定別人來監護妳的兒子。妳並不想失去他，對吧？」

布洛克的臉近在咫尺，凱倫清晰的聞到他使用的漱口水味道，一種讓人作嘔的荷蘭薄荷氣味。有那麼幾秒鐘，她幾乎就要嘔吐起來。於是，她把椅子往後一推，迅速站起身。她一把將布洛克推到一邊，向審訊室另一頭的單面鏡子衝過去。她想看穿這道玻璃牆，但還是只看到了自己的影像。她對著鏡子大聲喊：「夠了，你們這些不要臉的傢伙！你們到底搞清楚了沒，知道我們是誰嗎？」

她從鏡子中看到布洛克向她走過來，他對她說：「那後面沒有人，凱倫。這裡只有妳和我兩個人。」

她用食指指著鏡子說：「亞摩利．範．克利夫，這個名字難道聽起來不耳熟嗎？司法部裡一半的律師他都認識。只要我告訴他你們對我做的這些好事，他會非常不高興。」

布洛克就在她身後幾步遠的地方。「好了，妳已經鬧夠了。最好還是……」

「把這個混蛋從我面前弄走！」凱倫一面叫喊一面用手指著身後的布洛克，眼睛卻仍然盯著鏡子。「我數到十，如果這個傢伙還待在這兒，亞摩利是不會饒過你們的。聽到我說的話了嗎？他會找司法部的朋友控告你們，讓你們統統進監獄！」

審訊室裡一片寂靜，持續了大約五秒鐘。就連布洛克也閉上了嘴，靜靜的等待著凱倫進一步的威脅。接著，凱倫又聽到了走廊裡傳來的腳步聲。門開了，一個年紀不小的女人走進來。她身穿一件白色的女用襯衫，戴著一副老花鏡，不痛不癢的問：「親愛的，妳還好嗎？我聽到有人大喊大叫，以為……」

凱倫猛的轉過身去，對著她喊：「少說廢話！帶我去見我的兒子！」

大衛睡醒了，此時他正躺在莫妮卡雪弗蘭「輕型巡洋艦」的副駕駛座上，座椅的後背搖下來，成了他的躺椅。他還處於睡意朦朧的狀態中，並不知道他們到了什麼地方。他透過擋風玻璃向外張望，汽車正行駛在一條州際公路上，窗外一片蔥鬱繁茂的景色；地勢起伏不平，在晨曦的照耀下，樹木和草地顯得那麼青翠欲滴；一群棕色的乳牛在一片開闊的山坡草地上悠閒吃草，不遠處是一座鮮紅色的穀倉和一片剛耕耘過的土地，美麗的景色讓人心曠神怡。他靜靜望著那些安詳而似乎靜止不動的牛群，好一會兒都沒有說話。後來，他感覺到腰後有些隱隱作痛。毫無疑問，這是昨晚一夜奔波所造成的。他記起自己為什麼會坐在這輛車裡，在鄉間公路上飛速行駛。

這種圓背座椅讓他覺得很不舒服，於是他挪動了一下身子。莫妮卡兩眼平視前方，一隻手握著方向盤，另一隻手正在一個裝著「司奈維」香草奶油餅乾的紙盒裡摸索。離開家之前，她換上了一身白色的農家女式襯衫和卡其短褲。她戴著一副耳機，腿上放著音樂播放器，頭隨著音樂輕輕的前後搖晃。她並沒有立刻發現大衛已經醒來。他從眼角觀察了她幾秒鐘，欣賞著她漂亮的脖子和可可色的長腿。但是沒過多久，他就覺得自己像是一個偷窺的變態狂，於是打了個哈欠引起她的注意。「輕型巡洋艦」內的空間狹小，他伸出雙臂勉強舒展一下自己的身體。

莫妮卡轉過頭看著他說：「你終於醒了！你睡了整整三個小時。」她取下耳機，大衛聽到了饒舌音樂刺耳的聲音，她隨即關掉了播放器。然後，她把那盒香草奶油餅乾遞到他面前：「想不想吃一點早餐？」

「想，太想了。謝謝！」大衛發現自己確實饑腸轆轆，立刻接過紙盒。他拿出兩塊餅乾塞進嘴裡，緊接著又抓起了三塊，一面嚼一面問：「我們到哪了？」

「美麗的西賓州。我們離匹茲堡只剩不到一小時的路程。」

大衛看看儀錶板上的時間顯示，現在是八點四十七分。開口說：「妳花了不少時間耶。」

她嘲笑：「你瘋了嗎？如果像我平常那樣開車的話，我們早就到達目的地了。我一直保持在每小時一百一十公里以下，就是怕在什麼地方會碰上州警。」

大衛點點頭表示讚賞：「聰明。他們手中很可能已經拿到了我的照片。」說著，他又從盒子裡拿出兩塊餅乾。然後，再轉過頭看著莫妮卡，這才突然發現她的眼睛下面已經有了眼袋。「嘿，妳肯定很累了，要不要換我來開？」

她毫不遲疑回答：「不用，我很好。我不累。」

她用雙手握著方向盤，好像是要證明她所言不虛。很明顯的，她並不想讓他碰她的車。他想，那好吧，我能夠理解。再說，她這輛「輕型巡洋艦」確實也讓人愛不釋手。不過，他還是又一次問：「妳確定嗎？」

「是的，眞的沒事。我喜歡長途駕駛。在路上行駛時，正是我思考問題的最佳時刻。你知道我最近在《物理評論》上發表的那篇論文嗎？〈非緊緻額外維度之重力效應〉。那篇論文，就是我在某個週末開車到華盛頓特區的路上想出來的。」

他記起來，她就是在那裡出生的，在華盛頓特區阿納科斯蒂亞社區。她父親被人槍殺了，母親吸食海洛因成癮。大衛很想問問她，那裡還有沒有她的家人，但是想一想又作罷了。他轉而問：「那麼，妳現在正思考什麼問題？我是說，在我醒來之前妳在想什麼？」

「我在思考隱變數的問題。你也許對這方面還比較熟悉。」

大衛停止進食，把餅乾放到一邊。隱變數是愛因斯坦尋求統一場論過程中非常重要的一環。在一九三〇年代，他相信在次原子粒子奇怪的量子特徵背後，一定存在著一個潛在的規則。微距世界（注）之所以看起來雜亂無章，是因為沒有人能夠看得見隱變數，它們才是宇宙最微小的藍圖。他問道：「這麼說，妳是在思考愛因斯坦是如何創造出統一場論的？」

她皺起眉頭說：「我還是覺得無法想像。量子理論與古典理論體系根本就不相容。這就像非要把方形的木樁塞進一個圓孔裡。這兩個體系的數學方法是完全不同的。」

大衛盡量回憶自己在《站在巨人的肩膀上》一書中是否寫過關於隱變數的問題。他說：「說到數學方面的問題，我就愛莫能助了。但是，愛因斯坦強烈感覺到，量子力學還不完善。他多次在信裡和學術報告中把它比做擲骰子。量子力學無法確切告訴你一個放射性原子什麼時候衰減，也無法精準確定衰變後射出粒子的最終歸屬。量子力學所能告訴你的僅是各種可能性，愛因斯坦認為這是不能接受的。」

注 微距世界：泛指在極小距離下的現象。越小的尺度下，量子效應越明顯，粒子的運動與交互作用都與我們熟知的現象不同。

「是啊，是啊，我知道。他總說『上帝不擲骰子』。」她翻了翻眼睛。「我說，愛因斯坦這麼說是過於自負了。他憑什麼認爲上帝會聽他的？」

「但是，我們以此類推就會發現更深層次的問題。」大衛正好想起了他書中的一段話。「當你擲出兩個骰子以後，從表面上看，所得到的兩個數字是隨機的，但是實際上並非如此。如果你能夠精確控制所有隱變數，例如擲骰子的力度、骰子擲出後的軌跡、房間裡空氣的壓力等等，那麼，你就可以每次都得到七。只要你眞的瞭解整個系統，一切都是可以預料的。所以，愛因斯坦認爲，這同樣適用於基本粒子。如果你能夠找出把量子力學和經典理論連接起來的隱變數，你就能夠眞正瞭解基本粒子了。」

莫妮卡仍然搖頭不同意：「從理論上講，這沒有錯。但是請相信我，絕對沒有那麼簡單。」她的一隻手離開方向盤，指著他們前方的鄉間景色，說道：「看見眼前這些美麗的景色了嗎？這就像一個古典的場理論，例如相對論，美麗而井然有序。漂亮而平滑的山丘和谷地，顯示出時空的曲率。當你看到一頭牛從草地上走過的時候，你可以非常精確的計算出半小時以後這頭牛所在的位置。而量子理論呢？就好像紐約南布朗克斯區那些最污穢、最恐怖的街區一樣，各種意想不到的荒唐事都會平白無故地發生，就像從天上掉下來或者從牆裡鑽出來的一樣。」她用手在空中飛快地畫出許多「之」字形狀，說明量子理論的荒誕不經。「簡單來說，這就是問題的癥結所在：你不可能在一片美麗祥和的玉米田裡神奇的變出南布朗克斯來。」

莫妮卡把手伸進餅乾盒子裡，取出一塊餅乾，一面嚼一面看著前方的路。大衛看得出來，雖然她剛才明確表示這個辦法根本行不通，但是她仍然繼續思考這個問題。他突然意識到，她執意前往匹茲堡是有很多原因的。在此之前，他一直認爲她的主要動機是仇恨，因爲她痛恨聯邦探員闖進她的家。現在，他開始懷疑這並不是驅使她行動的唯一動力，她同樣渴望瞭解統一場論。即使她既不能發表也不能告訴人關於這個理論的任何資訊，但是她仍然渴望瞭解它。

大衛自己也有同樣的渴求。昨晚的某一幕再次浮現在他的腦海，他說：「克萊曼教授昨天晚上還提到了另一件事，就是我在研究所時寫的那篇關於相對論的論文。」

「是你和克萊曼共同撰寫的那篇嗎？」

「就是那篇，〈二維時空的廣義相對論〉。他是在給我那個數列之前提到這件事的。他還說，我已經十分接近眞理了。」

莫妮卡揚起了一邊的眉毛，說：「但是，那篇論文並沒有提出任何具有現實意義的宇宙模型，對嗎？」

「確實沒有。我們當時研究的不過是『平面國』（注），一個只有二維空間的宇宙。由於不涉及三維空間，在數學上就要簡單得多。」

「你們的結論是什麼？我是很久以前看的，已經記不起來了。」

「我們發現，二維空間的物質彼此之間不會產生引力，而它們確實能夠改變周圍空間的形狀。所以，我們提出了一個二維空間的黑洞模型。」

注《平面國》是英國作家愛德溫．亞伯特的著名奇幻小說。在這個國度裡只有長和寬兩個維度，就像一張紙。平面國的人都是一些幾何圖形——圓的、方的、三角形的，有的人就是一條線甚至一個點。

她迷惑的看了他一眼說：「你們怎麼可能做得出來？」

大衛很清楚她困惑的原因。在三維空間中，巨型星球在自身巨大的引力下坍塌，從而形成黑洞。而在二維空間條件下，由於沒有引力，也就不會引起坍塌進而形成黑洞。他解釋：「我們設計出一種模式，讓兩個粒子相撞而形成黑洞。相當複雜，所以我也記不清楚所有的細節。不過，妳可以從網路上找到這篇論文。」

莫妮卡默默的思考了一會兒，一根手指下意識的敲打著方向盤，然後說：「太有意思了。還記得剛才我對古典理論的描述嗎，漂亮而平滑？其實，黑洞是一大例外。關於黑洞的物理學同樣讓人發狂。」

汽車沿著賓州高速公路疾駛，莫妮卡沉默不語。大衛看到路旁的標示牌上寫著：「匹茲堡：六十九公里」。他知道到他們離目的地已經很近了，不禁開始焦慮起來。現在，他們不能再研究愛因斯坦的統一場論，應該好好想想用什麼辦法才能接近阿米爾・古普塔。聯邦調查局可能已經嚴密監視機器人學研究所，任何接近紐厄爾－賽門大廳的人都會被看見。而且，即使大衛和莫妮卡設法穿過了他們的警戒線，下一步又該怎麼做呢？警告古普塔他有危險，然後說服他離開這個國家嗎？或者設法把他偷偷送出國境，送到加拿大或者墨西哥，某個聯邦調查局和恐怖分子都找不到的地方？這麼做難度太高了，大衛甚至沒有勇氣去規劃這樣的計畫。

又過了一會兒，莫妮卡停止了沉思，向他轉過頭來。大衛以為她還要對自己那篇平面國論文提出另一個問題，不料她卻問：「你結婚了，是嗎？」

她本來想維持一種就事論事的語氣，但卻沒有騙過大衛的耳朵。他聽出她的聲音中有一絲猶豫。他反問：「妳怎麼知道的？」

她聳聳肩：「我讀你那本書的時候，看到上面寫著獻給一個叫做凱倫的人。我猜她是你的妻子。」

她看上去沒有任何表情，好像一副絲毫不感興趣的模樣，但大衛還是看穿了她的把戲。記住一本書的扉頁上所寫的獻給某人的名字，分明是不尋常的。很顯然，自從二十年前他們一起度過那個夜晚之後，莫妮卡對他一直抱有一種健康的好奇心。也許，她跟他一樣，也在Google搜尋引擎上多次查找過他的情況。他回答說：「我和凱倫已經離婚。是兩年前離的。」

她點點頭，仍然面無表情。「她知道這件事嗎？我是說，她是否知道你昨天晚上的遭遇？」

「不知道。自從在醫院裡見過克萊曼以後，我就沒有和她說過話。現在又不能打電話給她，因為聯邦調查局一定會追蹤我的電話。」一想到凱倫和約拿，他再次感到焦慮不安。「我只希望該死的聯邦探員不要去騷擾他們。」

「他們？」

「我們有一個兒子，七歲了，名字叫約拿。」

莫妮卡微笑起來，從刻意表現出的漠不關心到微笑，看起來多少有些勉強。然而大衛卻再次驚訝的發現她是那麼的美麗。她說：「多好啊！他是個什麼樣的孩子？」

「這個嘛，他喜歡科學，這很自然。他正在研究一種太空船，據說比光速還要快。不過，他也喜歡棒球和《神奇寶貝》遊戲，還很調皮搗蛋。妳真該看看他昨天在公園裡拿著『超級噴水槍』的……」一想起那把超級噴水槍的遭遇，大衛突然不說話了。

莫妮卡等了幾秒鐘，雖然眼睛仍看著前方的路，但是顯然正期待著他繼續講下去。然後，她轉過臉看看他，臉上也沒了笑意。她問：「怎麼了？」

他深深吸了一口氣，只覺得胸口鬱悶得慌。他低聲說：「上帝啊！我們怎麼樣才能度過這個難關啊？」

她咬住自己的下唇，向大衛俯過身去，一面用眼睛的餘光繼續觀察路面的情況，一面伸出一隻手輕輕放到大衛的膝蓋上，安慰說：「他們會沒事的，大衛。我們一步一步來。第一件事就是找到古普塔，和他好好談談。然後，我們再訂一個確實可行的計畫。」

她一面安慰他，一面用長長的手指敲敲他的膝蓋，並輕輕的捏了他一下，希望他放下心來。然後她回過頭去，重新把注意力放到前方的公路上。雖然她的姿態絲毫不能減輕他的恐懼，但是他心裡卻十分感激。

過了一會兒，莫妮卡指著另一個標示牌給他看，上面寫著：「新斯坦頓休息區，兩公里。」

她說：「我們快沒油了，就在這裡休息一下。」

汽車徐徐駛進休息區，大衛警覺的觀察著是否有州警的身影。謝天謝地，在加油站前並沒有看到巡邏車。莫妮卡把車開到自助加油機前停下，幫她的「輕型巡洋艦」加滿了高級汽油。大衛壓低身體，靜靜坐在副駕駛的位置上。接著，她回到車上，開著車經過一幢大型建築，駛進了休息區的停車場。這幢建築裡有一家漢堡王速食店、一家南森熱狗店和一家星巴克咖啡店。

她對他說：「我並不想把事情弄複雜，但是我得上廁所。你呢？」

大衛掃視了一下停車場，沒有看到警車。但是，會不會有個員警正好被安排到這幢建築物，而且就站在男士洗手間的外面呢？當然，這種機率並不高，但仍有風險。他回說：「我還是留在車上。我可以尿到一個杯子或其他容器裡。」

她盯了他一眼，警告道：「你要小心，千萬別尿到我的汽車座椅上。」

她把車開到停車場角落的一片空地上停下來，離最近的汽車大約九至十公尺遠。大衛遞給她兩張二十美元的鈔票說：「順便幫我買一些吃的東西，好嗎？一些三明治、水和炸薯條什麼的。」

「餅乾你吃膩了？」她笑著打開車門，向速食店走去。

莫妮卡走後，大衛立刻意識到他自己也非常需要小解。他在車內到處尋找可用的容器，把手伸到座椅下摸索，希望找到一個空飲料瓶或者丟棄的咖啡杯。但是，他的運氣不佳，這輛車非常乾淨，沒有丟棄的垃圾物品，儀表板旁邊的小儲物箱也乾乾淨淨。他想，看來只能等莫妮卡買來瓶裝水，喝掉一瓶，再把它拿來盛小便。不過，當著莫妮卡前面往這個瓶子裡撒尿，可不是什麼好主意。無奈之下，他抬頭朝停車場四處張望，發現大約十五公尺外有一塊長滿青草的野餐區，緊臨著一片茂密的樹林。野餐區中的一張桌子旁，有一家人正吃著從漢堡王買來的早餐三明治。不過，看來他們即將離開了。那位年輕的母親正對著孩子們大喊，要他們把丟在地上的垃圾撿起來，父親已經把車鑰匙拿在手裡，不耐煩站在一旁。

幾分鐘後，一家人離開野餐區，向他們的廂型旅行車走去，大衛立即跨出車門。他一面向野餐區走過去，一面不時回頭觀察身後左右兩側的動靜。在他的視野中只有一個老人，正沿著停車場的邊緣遛著一隻臘腸狗。大衛穿過擺放在野餐區裡的桌子，來到樹林裡最大的一棵樹後面，拉開褲子的拉鍊。解手完畢以後，他立即向車子走回去，渾身上下輕鬆許多。但是，就在他走出野餐區的草地、踏上柏油路面的一瞬間，遛狗的老人突然向他衝了過來，同時大聲喊：「喂，就是你！」

大衛受到驚嚇，呆站在那裡不敢動彈。他立刻聯想這是一位便衣員警，但當那人靠近以後，大衛發現他確實是個貨眞價實的老頭。他的嘴唇上沾滿唾沫，粉紅色的臉就像葡萄乾一樣布滿皺紋。他手裡拿著一卷報紙，指著大衛的胸口怒吼：「我看到你做的好事了！你難道不知道那邊有洗手間嗎？」

大衛覺得既好氣又好笑，他衝著老紳士笑笑說：「對不起。你看，只是情況緊急。」

「噁心！眞是噁心死了！你應該……」

突然間，老人停止了喝斥，兩隻眼睛緊盯著大衛，然後略微歪頭斜視著他，接著他迅速打開手中的報紙看了看。老人的臉色突然沉下來，愣愣的站在原地，半張著嘴，露出一口參差不齊的蠟黃牙齒。他突然猛轉過身，拚命拉著那條臘腸狗，一路狂奔而去。

在此同時，大衛聽到了莫妮卡的大聲呼喊：「快回來！」她已經站在車子旁邊，手上提著一個裝滿東西的塑膠袋。他立刻拔腿向莫妮卡跑去，她揚手把袋子扔進車裡，迅速的坐到駕駛座上，發動了汽車。「快！快！快上車！」

大衛剛坐到副駕駛的位置上，車子便啓動了。莫妮卡緊緊踩著油門，引擎發出急促的轟鳴聲，幾秒鐘後他們已經離開休息區，來到進入高速公路的坡道上。她大叫：「我的天啊！你爲什麼要跟那個老頭說話？」

大衛害怕得渾身顫抖。那個老人認出了他。

莫妮卡把油門踩到底，時速表的指標一路攀升到了接近每小時一百四十五公里，車子沿著高速公路疾駛而去。她說：「下一個出口最好不要太遠，我們必須在你那個朋友通知警察之前離開這條路。」

遛狗老人的形象再次出現在大衛的腦海裡，這時他才意識到，是那一卷報紙讓老人認出了他。

莫妮卡好像也感應到他的思緒，把手伸進放在兩人之間的塑膠袋，從裡面抽出了一份《匹茲堡郵報》。她把報紙遞給他說：「我在星巴克旁邊的報攤上看到的。」

大衛在頭版的最上面看到了那篇報導，標題是「紐約緝毒行動，六名探員被殺」，下面的副標題是：「警方搜捕哥倫比亞大學教授」。在大標題上方，赫然登著大衛的黑白照片，正是原來印在《站在巨人的肩膀上》封面折口上的那一張。

賽門站在紐澤西州的華盛頓渡河村州立公園的一個廢棄停車場，身體斜靠在一輛鮮黃色的法拉利跑車上，居高臨下遙望著特拉瓦河靜靜的流水。

這是一輛「法拉利575馬拉內羅」豪華跑車，是他從普林斯頓汽車修理廠的車庫裡偷來的。他在莫妮卡．雷納多家裡抓到了這家修理廠的一個汽車修理工，名叫凱斯，並從他那裡知道了車鑰匙存放的地方。這對他來說眞是莫大的幫助，由於不久前與普林斯頓區警局的那個員警不期而遇，他不得不丟棄原來那輛賓士車。如果凱斯能夠再告訴他大衛・史威夫和莫妮卡・雷納多的去向，那就是錦上添花了。只可惜，從賽門剁掉這個年輕機械師的三根手指直到切開他的肚子，他都堅持說他一無所知。

賽門無奈的搖搖頭。他得到的全部資訊，只有莫妮卡留在廚房流理台上的那張便條。他從衣袋裡摸出那張折疊起來的便條，再次仔細看了看，仍然沒有得到任何線索。

便條上寫著：「凱斯：抱歉，我和大衛必須趕路。他有一些很重要的狀況，我們必須搞清楚。回來後我會給你打電話。又，冰箱裡有柳橙汁，麵包籃子裡有甜甜圈。別忘了鎖門。」

便條的最後幾行字上印著一個大拇指的血印，是他拿起這張便條時留下的。離開之前，他順手帶走了甜甜圈。凱斯已經吃過他最後的晚餐了。

賽門把便條重新放進衣袋裡，看看錶：九點二十五分。已經接近他每天與客戶聯繫的時間了。那個叫亨利・科布的人每天上午九點三十分都會準時打電話來，詢問行動的最新進展。他幾乎可以肯定，「亨利・科布」是一個假名字。賽門從來沒有當面見過此人，他們是用亨利自己設計的各種語言代碼，透過電話敲定這個合約的。但是從他說話的口音判斷，他的眞實名字很可能是阿布杜拉或者穆罕默德。雖然賽門至今仍然無法猜出這個人的國籍，但他的老家肯定在從開羅到卡拉奇之間的某個地方。賽門之所以得出這樣的結論，是因爲他多年來在車臣殺死過許多從那一帶過來的叛亂分子。令他驚奇的是，竟然會有一個這樣的組織僱用他，儘管他對他們並沒有什麼好感。爲了達到他們的目的，這些人根本不會在乎僱用對象對他們的態度，只要能夠找到眞正的高手就行。而車臣叛亂分子可以作證，他的種種紀錄可是非常的輝煌。

無論亨利所屬的組織具有什麼性質、來自哪個國家，有一件事情是明白無疑的：這些人擁有雄厚的財力。爲了幫助賽門完成這次任務，亨利爲他送來了整整一箱關於粒子物理學和廣義相對論的教材，這還不包括幾十期的《物理評論》和《天體物理學雜誌》。更重要的是，亨利已經預先匯給他二十萬美元，做爲這次任務的開銷費用，並且承諾事成之後再支付他一百萬美元的酬金。

諷刺的是，如果賽門從一開始就知道這件事情的來龍去脈，他會十分樂意免費接下這個任務。直到一個星期之前，當賽門闖進雅克・布歇位於普羅旺斯的鄉間別墅後，他才眞正認識亨利所追逐的目標的全部內涵。當時，這位法國物理學家正躺在浴缸裡洗澡，賽門突然出現在他的面前。除了弄得到處是水之外，老人並沒有反抗多久便說出了眞相。不幸的是，布歇所知道的僅僅是統一場論的片段而已，但是，他卻詳細的向賽門介紹了濫用這些公式可能帶來的可怕後果。很顯然，布歇以爲賽門會因此感到恐懼，而就此罷手，徹底放棄這次行動。結果恰恰相反，賽門感到喜不自禁，他這次是走運，沒有想到他的客戶竟然與他本人有著完全相同的需求。他感受到勝利的喜悅在心中激蕩著，於是不停拷問布歇，直到老人失魂落魄、蜷縮在浴缸裡渾身發抖。這時，他才一刀劃開了這位著名物理學家的手腕，眼看著老人的鮮血噴湧而出，在浴缸中形成一個越來越大的紅色雲團。

九點二十九分，賽門伸手拿出他的手機，打開來，等待著亨利的來電。謝爾蓋和拉麗莎再次出現在手機螢幕上，微笑中充滿期盼。賽門輕聲說：孩子們，耐心一點，你們不會等太久了。

九點三十分整，電話鈴聲響了。賽門把電話拿到耳朵旁，說道：「我是喬治・奧斯蒙。」這是他用的假名。

「早安，喬治。又一次和你通話，眞好。」還是帶著同樣中東地區的口音，同樣慢條斯理、字斟句酌。「請告訴我，昨晚的比賽結果如何？」

不知出於什麼原因，亨利使用的大多數代碼皆來自棒球用語。儘管他們這種隱晦的談話有時近乎荒誕，但是賽門不得不承認，謹愼的防範是十分必要的。自從九一一事件以來，任何電話都不再安全；你必須相信政府對所有的電話都進行監聽。他回答：「那場球多少有些讓人失望。到頭來，誰也沒有得分。」

亨利沉默了相當長的時間，顯然很不滿意。他問：「那個投手的表現怎麼樣？」「投手」就是克萊曼的代名詞。

「連上場的機會都沒有。恐怕這一個球季都見不到他了。」

更長時間的沉默。「這到底是怎麼回事？」

「這都是洋基隊插手的結果。你可以看看今天的報紙。其實，那些記者並不瞭解眞實的細節，他們又想把這件事說成是一樁毒品醜聞。」

這一次，沉默足足持續了半分鐘之久。賽門心裡想像著這位客戶現在的模樣：身穿白色阿拉伯長袍，手中憤怒的攥著一串珠子。他終於說：「這很讓我生氣，我一直指望這個投手發揮作用。沒有他，我們如何才能取勝？」

「不用擔心，我手裡掌握著另外一個大有希望的年輕人，很有發展前途。我認爲，他以前一定與這個投手一起打過球。」

「我以前聽說過這個球員嗎？」

「報紙上也提到他了。是一個大學校隊的球員。我相信，他擁有我們所需要的東西。」

「你知道他在哪裡嗎？」

「目前還不知道。昨天晚上，我差一點就與他聯繫上，誰知道他突然出城去了。」

亨利頗爲不滿的咕噥了一聲，很顯然，這是個沒耐心的客戶，但是，像他這類客戶很少如此。他接著說：「這樣的結果是我無法接受的。我給你如此高的薪水，這不是我希望看到的結局。」

賽門不由得怒火中燒，他對自己的專業能力向來非常自豪。他回答：「冷靜，你的錢不會白花的。我知道一個人，他可以幫助我找到這個投手。」

「他是誰？」

「洋基隊方面的經紀人。」

又是長時間的沉默，但是這次有所不同，是在考慮，深沉而仔細的思考。這位客戶問：「洋基隊的人？你在他們那邊有朋友？」

「僅僅是業務關係而已。你看，洋基隊早晚會找到他的。只要他們一得知他的下落，那個經紀人就會把訊息告訴我。」

「我想，他不會毫無條件的付出吧？」

「當然不會。所以，我的預算要相對的大幅度提高。」

「我早就說過了，錢不是問題。只要是需要花的，我都樂意支付。」他的語氣明顯緩和下來，甚至有了一點恭維的味道。「不過，你能確定這個人可靠嗎？」

「我已經與他約好見一次面，這樣就可以確定他的目的。事實上，幾分鐘之後他就要到了。」

「那好吧，我不打擾你了。請務必與我保持聯繫。」

「那當然。」

賽門皺著眉頭把手機關掉，放回衣服口袋裡。他討厭與客戶打交道，這是他的工作中最讓他厭惡的一部分。不過，看來這樣的麻煩不久就要結束了。如果一切都按照他的計畫順利進行，這次任務將是他最後一次受僱當傭兵。

他轉身再次面對著特拉瓦河，看著河對岸那一排挺拔的橡樹。根據河邊一塊標示牌上的文字，這裡就是當年華盛頓將軍率領他的部隊渡河的地方。那是一七七六年十二月二十五日，他帶領著二千四百名革命軍士兵從賓州來到紐澤西，然後向駐守在特倫頓軍營的英國軍隊發動突襲。眼前這條河流，現在是那麼的平靜，很難讓人相信許多人曾在這裡失去生命。但是，賽門心裡是十分清楚的，在陣陣溫柔的漣漪之下，潛藏著死亡的湍流。所有的河流都一樣，無論它在哪個國家。整個宇宙無不充滿了死亡的氣息。

一輛休旅車的引擎打斷了賽門的思緒。他回頭看，一輛黑色雪弗蘭「巨無霸」開進了停車場。他沒有再看到其他任何車輛，這是一個好兆頭。如果這是聯邦調查局設下的埋伏，那麼一定會有多輛汽車跟隨其後。

「巨無霸」在停車場的另一邊停了下來，幾秒鐘後，一個身穿灰色西裝的男人走下車。雖然他戴著墨鏡，而且遠在五十公尺以外，但賽門還是立刻認出他就是自己的線人。這個人縮著肩、弓著背，雙手插在口袋裡，一副無精打采的樣子。他踏著柏油路面向他走來，河風吹拂著他凌亂的頭髮。在上衣下面的肩背式槍套裡，很可能還插著一把半自動手槍，不過這無所謂，賽門也有槍。如果發生槍戰，他倒很願意與他比試比試。

這位探員在離法拉利幾步遠的地方停下了腳步，用手指著賽門的車笑著說：「好車！一定花了你不少錢。」

賽門聳聳肩回答：「這算不了什麼。不過是做我們這行的一件工具而已。」

「只是一件工具，嗯？」他繞著法拉利走了一圈，欣賞著車身流暢的線條。「我要是能得到這麼一件工具，那就太棒了。」

「這完全是有可能的。我的報價依然有效。」

探員用手指輕輕撫摸著法拉利的阻力板。「六萬美元，對嗎？你開的是這個價碼吧？」

賽門點點頭，重申：「現在就可以付給你三萬美元。如果你提供的資訊幫我抓到嫌犯，我再付給你三萬美元。」

「好吧。看來，今天該我走運了。我在來這裡的路上，剛剛收到了一份總部發來的最新情報。」他雙手交叉放到胸前。「你帶錢來了嗎？」

賽門一面用眼睛繼續觀察著探員的一舉一動，一面把一隻手伸進法拉利車裡，從駕駛座上拿出了一個黑色的公事包：「這是第一筆錢，全部是二十美元面值的。」

探員不再欣賞法拉利，把全部的注意力都放在眼前的公事包上。這是個貪得無饜的傢伙，也正是爲了這個原因，賽門才把他培養成自己的線人。他趕緊說：「我們得到報告說，一位市民在一個小時前看見了史威夫。地點在賓州高速公路的一個休息站裡。」

賽門向河對岸看了一眼，那邊就是賓州的地界。「在哪裡？是哪個休息站？」

「新斯坦頓休息區。在匹茲堡以東大約五十公里的地方。州警已經在高速公路上設下路障，但是並沒有發現他的蹤跡。所以，他很可能已經下高速公路。」

聽到這裡，賽門毫不猶豫的把公事包塞到了探員的懷裡。事不宜遲，他必須立刻出發。他說：「至於剩下的那一半報酬，我會與你保持聯繫的。十二個小時之內你就會接到我的電話。」

探員的兩隻手緊緊抓住公事包，看來，他對如此輕而易舉得到的這筆橫財仍然感到意外。他說：「我等著。跟你做生意，眞的很開心。」

賽門迅速坐進法拉利，發動汽車。他回答說：「不，你錯了。開心的是我，布洛克先生。」

大衛所在的位置十分有利，從這裡他可以緊盯約一百公尺以外的紐厄爾－賽門大廳，腦中盡力回憶著阿米爾·古普塔辦公室的確切位置。這裡是卡內基美隆大學校園裡臨近紐厄爾－賽門大廳的一幢建築，屬於普奈爾美術中心，他和莫妮卡就蹲伏在這個中心一間空無一人的教室窗戶後面。這顯然是一間舞台設計課程的教室，課桌之間散亂的擺放著一些平整的木板，上面畫著樹木、房子、汽車和店面的圖案。在大衛和莫妮卡向外張望的那扇窗戶旁邊，立著另外一大塊同樣的木板，上面畫著一家理髮店，上方寫著「史文尼·陶德」（注）幾個大字。教室裡的這些平面圖畫，使人產生一種不知身在何處的感覺，就像走進了一個遊樂園。大衛禁不住想起了那篇關於平面國的論文，那個沒有任何深度的平面宇宙。

現在的時間已經接近正午。從新斯坦頓休息區落荒而逃後，為了躲開警方的巡邏車，順利到達卡內基美隆大學，他們一直不敢在主要道路上行駛，而是在匹茲堡郊區人跡稀少的街道裡穿行，結果花了一個多小時。到這裡以後，莫妮卡把「輕型巡洋艦」藏在大學主要停車場裡的數百輛跑車之中，然後兩人步行穿過校園來到這裡。他們之所以選擇普奈爾美術中心作為偵查地點，是因為它坐落在紐厄爾—賽門大廳旁邊的一個小山丘上，從這裡往下看，位於兩幢建築之間的停車場可以一覽無遺。

首先進入大衛視線的，是那輛名叫「高地人」的機器人汽車。這是一輛訂做的悍馬吉普車，車頂上安放著一個很大的球形天線。他曾經在《美國科學人》雜誌上讀到過關於這輛車的報導，這也是古普塔最得意的成就之一。「高地人」可以不需要駕駛員，獨自行駛數百公里。兩個機器人學研究所的學生正在測試「高地人」的性能，觀察它在停車場內自動穿行的能力。車頂上的球形天線裝有一個雷達掃描器，可以探測到行進路程中的障礙物。其中一個學生手裡拿著一個無線電遙控盒，一旦機器人汽車失去控制，他隨時可以關掉它的引擎。

注 理髮師陶德的故事源於英國一八三〇年代的一部小說，故事講述了一位名叫班傑明．巴克的理髮師的故事。他被無辜陷害並驅逐出英國，多年後以史文尼．陶德的名義回到當地，與餡餅店女老闆一起向社會報復。陶德殺害了許多前來理髮的顧客，並把他們的屍體做成餡餅出售。這個故事曾經多次被搬上銀幕或改編成舞台劇，理髮師陶德也成為嗜血成性的魔鬼代名詞。

緊接著進入大衛視線的是四輛黑色的「巨無霸」休旅車，兩輛停在紐厄爾—賽門大廳入口處的附近，第三輛停在停車場的最裡面。他把三輛「巨無霸」一一指給莫妮卡看：「妳看到那些休旅車了嗎？它們都是政府用車。」

「你怎麼知道？」

「我在紐約聯邦調查局的停車場裡見過許多這樣的車。」接著，他又指了指兩個身著T恤和短褲，正在練習足球傳球的男人。「注意那兩個踢足球的男人。他們爲什麼偏偏要在停車場裡練習傳球呢？」

「是啊。他們看上去也比一般學生的年齡要大。」莫妮卡也注意到了。

「說得沒錯。妳再看看躺在草地上那個光著上身的傢伙。他是我見過皮膚最蒼白的日光浴愛好者。」

「還有兩個人坐在大廳另一邊的草坪上。」

大衛自責的搖搖頭說：「這都是我的錯。當他們在高速公路上發現我們以後，就已經知道我們準備與古普塔接觸，於是加強了對這裡的監視。」

他轉過頭離開窗口，洩氣的背靠著牆坐在地上。這分明是一個陷阱；便衣探員們正等著他自投羅網。但是很奇怪，大衛並沒有感到恐慌，至少在眼前這個時刻他的恐懼感已經消失，取而代之的是滿腔的憤怒。他想起了刊登在《匹茲堡郵報》頭版上的那篇報導，文章蓄意把他描述成一個毒品販子和謀殺犯。他默默呼喊，上帝啊！這些混蛋竟然以爲他們可以胡作非爲而不受到懲罰。

莫妮卡倚著牆站在他的身邊，對他說：「好了，下一步的行動是很明確的：你待在這兒，我進去。」

「妳說什麼？」

「他們要找的並不是我。那些探員沒有人知道我和你在一起。他們所知道的，就是有個老頭在高速公路的那個休息站裡看見了你。」

「如果那個傢伙還記住了妳的車號怎麼辦？」

她斜眼看了他一眼，說：「那個老頭嗎？他一認出你就只顧著逃命，其他的什麼也沒有看見。」

大衛皺起眉頭，他不贊成莫妮卡的計畫。他說：「這麼做太冒險了。那些探員對每一個接近大廳的人都看得非常仔細。妳我都知道，他們已經搜集了這個國家所有物理學家的照片，一旦他們認出了妳是誰，必然會起疑心。妳沒有忘記吧，他們剛剛闖進過妳的家。」

她不由得深深吸了一口氣說：「我也知道有危險，但是，除此之外我們還能做什麼？你有更好的主意嗎？」

不幸的是，他早就沒有了主意。他轉過頭不再看她，眼睛環視著這間教室，希望能從中得到一點靈感。他惴惴問道：「穿一套戲服怎麼樣？這裡是戲劇系的地方，所以附近很可能有一些演出服裝和道具。也許，妳可以戴一個假髮或別的什麼東西。」

「你饒了我吧，大衛。我們從這裡找到的任何東西都只會讓我變得滑稽可笑，結果只能是更加引起別人的注意。」

「這可不一定。例如說——」

大衛剛說到一半，他們就聽見了從教室外的走廊裡傳來的喀啦聲。莫妮卡叫了一聲「該死！」，同時伸手握住別在褲腰上的左輪手槍。大衛一把抓住了她的手腕，不到萬不得已，絕不能用槍。他拉著她躲到那塊畫著史文尼．陶德理髮店的大木板後面。很快的，聲音在門外停止了，接著傳來了一陣翻動鑰匙的聲音。大衛覺得，站在門外的一定是一幫聯邦探員，他們馬上就要衝進教室裡來了。但是，教室的門打開以後，出現在他眼前的不過是一位年輕的清潔女工，她身上穿著淺藍色的工作服，推著一個大帆布垃圾袋。

莫妮卡如釋重負的捏了一下大衛的肩膀，但是，他們誰也沒有從藏身的地方走出去。大衛從史文尼．陶德布景板的邊上偷偷觀察著，清潔女工推著垃圾袋從教室中間穿過，走到了教室的另一頭。那裡放著一個垃圾桶，裡面裝滿了從布景板上鋸下來的木邊角料、一大團浸透了油漆的破布和其他一些丟棄的美術用品。她提起垃圾桶，把垃圾倒進了大帆布垃圾袋裡。她是一個身材高䠷而苗條的黑人婦女，工作服裡面穿著一件T恤、一條斜紋粗布牛仔短褲。雖然看起來年齡不超過二十多歲，但是面容卻是十分憔悴疲憊。她舉著垃圾桶搖晃黏在桶壁上的垃圾，臉上流露出陰沉晦暗的表情。就在這一瞬間，大衛發現，儘管這位清潔工與莫妮卡在年齡上相差很大，但是兩人的外型卻十分相像，同樣有著一雙長長的腿，就連她歪著頭的樣子也像莫妮卡一樣，帶有挑釁的味道。大衛繼續觀察她的一舉一動，看著她把空垃圾桶放回到地上，然後又推著垃圾袋向門口走去。當她剛剛走到門口的時候，大衛突然從藏身處走了出來。莫妮卡想攔住他，但是已經來不及了。

「對不起。」大衛站在清潔女工身後說。

她立刻轉過身來，說道：「我的天哪！你到底……」

「嚇到妳了，很抱歉。我和我的同事正在為今晚演出的布景做最後的準備。」他向莫妮卡招招手，示意她過來。莫妮卡緊咬著牙，無奈的走了出來。大衛把手伸到她的後腰處，推著她向清潔女工走過去，介紹說：「這位是格拉德維爾教授，我是霍吉斯教授。我們都是戲劇系的。」

清潔女工還沒有完全從剛才的驚嚇中恢復過來，她一隻手按著胸口，生氣的上下打量了大衛和莫妮卡一番，說：「你們這些人，差一點就把我嚇死！我還以為這裡一點鐘以前都沒有人。」

大衛微笑著，盡量讓她平靜下來。他說：「通常是如此。只是今天晚上就要演出，我們不得不把握時間收尾把工作做完。今晚是盛大的開幕式，真讓人激動啊。」

清潔女工好像並沒有受到大衛的情緒感染，淡淡問道：「那麼，你們想幹什麼？是不是有什麼垃圾要我扔出去？」

「不、不。實際上，我是在考慮妳身上穿的這件工作服。我們能不能借這身工作服用一下，只要幾個小時？」

她撅起嘴唇，難以置信的看著他們倆。接著，她低頭看看身上的工作服，左胸上釘著一塊布，上頭印有「卡內基美隆大樓行政部」的字樣。她問：「就這玩意？你們要這個幹什麼？」

「我們的演出中正好有一個清潔工的角色，但是我們現在準備的服裝我又不滿意。我想用的正是妳身上穿的這種制服。我只是想借妳的衣服讓我們的服裝設計師看看，好讓她照著做一件。」

清潔女工並不相信他說的話，她眯著眼睛說：「知道嗎，我上班的時候必須穿著工作服。如果我把它借給你們，我就得回到用品補充處再領一件，這一趟來回可不近。」

「我可以為給妳帶來的麻煩做一些補償。」大衛說著把手伸進口袋，拿出一疊面值二十美元的鈔票，從中數出了十張。

她看了看大衛手中的二百美元，心裡仍然懷疑他的真實目的。但是只要真的給錢，她完全可以把心中的疑慮拋到一邊。於是她問：「你真的願意付錢借這件工作服嗎？」

他肯定的點點頭說：「這屬於緊急情況，戲劇系的預算裡包括了類似的支出。」

「你保證用完之後還會歸還？」

「毫無疑問。今天下午妳就可以到這裡來拿。」

她開始脫下工作服，但她的眼睛仍然警惕的看著他們，並且說：「可別告訴大樓行政部的任何人，可以嗎？」

「放心吧，我一個字也不會說。」他突然又想到了另一個問題，接著道：「對了，我們還需要這個垃圾袋做道具。」

她把工作服遞給大衛，說：「這個垃圾袋無所謂。地下室裡還有一個可以用，你拿走吧。」她一把從他手中抓過那二百美元，隨即迅速離開教室，好像很擔心他會反悔。

大衛等了幾秒鐘，然後鎖上教室的門。他手臂上搭著藍色工作服，轉身對莫妮卡說：「好了，我得到妳的戲服了。」

莫妮卡滿臉不悅的盯著他手中的工作服，說道：「一個清潔女工。你可真有創意。」語氣中充滿了苦澀的味道。

「好、好，抱歉。我只是想——」

「好了。我知道你想什麼。」她說著搖搖頭。「讓我扮成一個打掃辦公室的黑人女工，對吧？當聯邦探員看見我推著垃圾袋走進學院大樓，根本就不會再多看我一眼。」

「妳要是不願意——」

「別說了，你是對的。這件事最讓我感到悲哀的地方，就是你的主意完完全全是對的。」她一把從大衛手中抓過工作服，使勁抖開衣服上的褶皺，藍色的工作服在空中劃過，發出啪啪的聲響。「不管你得過多少學位，也不管你發表了多少論文或者得過多少獎，我在他們的眼中仍然不過是一個清潔女工。」

她把手伸進工作服的袖子裡，然後再一一扣上釦子。看起來她快要哭了，但是又緊咬著嘴唇，頑強的忍了過去。大衛心裡感到非常內疚，無論他是不是有意的，他都已經深深傷了她的心。於是，他表示：「莫妮卡，這都是我的錯，我並不——」

「沒錯，這就是你的錯！現在，你給我鑽進去！」

她用手指著裝滿了垃圾的帆布垃圾袋。大衛搞不懂了，他看著她問：「鑽到垃圾袋裡？」

「對！你可以躺在垃圾袋的底下，我再把這些垃圾堆放到你身上。這樣，我們兩個人都可以混進大廳，見到古普塔。」

狗屎！他暗暗叫苦，誰叫他出了這個餿主意！

露西爾．派克乘坐的C21型飛機，是利爾．西格勒公司爲專門美國空軍生產的改良式利爾噴射機。飛機正從賓州西部上空飛過。她透過飛機舷窗向下眺望，高速公路像一條繩索在翠綠的山丘和峽谷間蜿蜒穿行。就在這根繩索某處的一個休息區裡，有人發現了大衛．史威夫，不過露西爾無法從空中找到它的確切位置。他們很有可能已經飛越了那個地點。在飛機前方遠處，她已經看到了一個灰色的斑點，那就是橫跨在莫農加希拉河上的匹茲堡。

飛機剛剛開始下降，聯邦調查局局長透過空軍ARC190高頻電台打來了電話，這種通訊設備能夠確保空中與地面之間的安全通話。露西爾拿起話筒：「『黑一號』。」

局長問候：「妳好，露西。情況怎麼樣了？」

「我將在大約十分鐘之後降落在匹茲堡國際機場，已經有一輛車在機場等候。」

「各個監視點有什麼進展？」

「還沒有發現嫌疑犯的蹤跡，不過現在時間還早。我們在古普塔的學院大樓周圍安排了十名探員，大樓內還安排了另外十個人；接待大廳和各個出入口處還有監視錄影，而且每個樓層都有多個監聽點。」

「妳認爲目前採取的辦法絕對有效嗎？也許，我們現在就該把古普塔抓起來，看看他到底知道些什麼。」

「不行的，局長。一旦古普塔被抓，消息很快就會傳出去，史威夫就再也不會出現在古普塔身邊了。但是，如果我們暗中埋伏，就可以一舉抓到他們兩個人。」

「那好吧，露西，我全仰賴妳了。這件事情要盡快收場，越快越好。國防部長沒完沒了的打電話給我，把我煩死了。」局長深深歎了口氣，接著說：「妳還有別的需要嗎？例如增加探員的人力和更進一步的支援？」

露西爾猶豫了一下，這件事搞不好會讓她的處境變得很尷尬。但是她仍然說：「我需要紐約地區每個聯邦探員的個人檔案。」

「爲什麼？」

「我仔細想了想昨晚發生在自由街的事件，越想就越堅信我們內部出了奸細。攻擊我們的人對於我們的行動非常瞭解，我認爲，他們一定得到了來自我們內部的協助。」

局長再次發出了一聲長歎說：「天啊，爲什麼我們就沒有線人！」

垃圾袋裡既黑暗又難受，那股噁心的氣味更大大超出了大衛的預料。堆在他身上的大多數垃圾都是無害的，像是紙張、石灰板、破布等等，但是有人把早餐吃剩的玉米煎餅倒進了垃圾裡，而垃圾袋的底部到處都是開始腐爛的雞蛋，發出一陣陣令人作嘔的酸臭味。偏偏禍不單行，一塊鋸齒狀的木板橫梗在他的背部，每當垃圾袋的輪子經過凹凸不平的地面時，木塊尖利的鋸齒就會頂住他的肩胛骨。莫妮卡推著他走出了普奈爾美術中心，沿著斜坡向小山下的紐厄爾－賽門大廳走去，大衛一直痛苦的蜷縮在垃圾袋的底部。

差不多一分鐘後，他的眼睛開始適應黑暗的環境，發現帆布垃圾袋上有一處撕裂的垂直小口。於是，他用肘部和膝蓋艱難的移動身體，勉強挪到了裂口處。他用一隻眼睛向外張望，發現他們正走在停車場上，前方就是那輛「高地人」機器人汽車，正精神抖擻的朝紐厄爾—賽門大廳的工作人員出入口駛去，兩個學生緊隨其後，密切監視著它的動向。莫妮卡推著垃圾袋，悄悄跟在「高地人」和學生的後面。看來這個辦法確實有效，再過幾秒鐘他們就可以進入大廳了。這時，大衛聽見有人大喊一聲：「當心！」緊接著，有什麼東西一下子落在他頭頂的垃圾上，一個表面粗糙的東西隨即砸中他的後腦，使得他的頭猛然向下，鼻子壓到了垃圾袋的袋底。儘管頭很痛，但他忍住沒有叫出聲。接著，不遠處傳來腳步聲，是運動鞋磨擦柏油路面的聲音。透過帆布上的裂口，他看見了一雙蒼白而多毛的腿，接著又出現了另一個人的腿。該死！是那兩個踢足球的探員。他們把球直接踢到了垃圾袋裡。糟糕的是，球落下時把他頭上的垃圾推到了一邊，使得他的肩膀和頭頂暴露出來。

探員們走近，其中一個離他們還不到兩公尺。大衛一動不動的躺在垃圾袋裡，聽天由命等待著，一旦這個探員彎下腰去撿垃圾袋裡的球，就會立刻發現他。這時，他又看到了第三個人的腿——十分光滑的棕色皮膚。這個人大步走到了第一個探員的前方。莫妮卡大聲喝斥：「該死的！你們那玩意差一點丟到我的頭上！」

那個探員回答說：「對不起，女士。我們並不——」

「這裡不是運動場！你們幾個小夥子爲什麼不注意點！」

那個探員尷尬的往後退了一步。莫妮卡只用短短的幾句話和略帶憤怒的腔調，就徹底把他鎮住了。大衛不得不欽佩她先發制人的戰略，最好的防守就是最有效的進攻。

莫妮卡的腳趾轉向垃圾袋，從袋口處彎下腰，把上身伸進了垃圾袋裡。大衛感覺到她的雙手觸碰到自己的後背，撿起足球，再順手用垃圾把他掩蓋好。然後，她轉過身去對著兩個探員說：「來，你們的球。到別的地方去玩吧！」

那兩條蒼白的腿離開了，那雙棕色的腿繼續守候幾秒，也從大衛的視線中消失了。垃圾袋繼續前行。

很快的，他們就走進了紐厄爾－賽門大廳的工作人員出入口，盡頭是一個貨物裝卸台，這個裝卸台同時還用來當「高地人」的修理台。莫妮卡調整方向，直奔貨梯而去，然後立即按下了電梯的按鈕。大衛緊張的屏住呼吸，貨梯的門終於打開，莫妮卡推著他走進了電梯。電梯門剛剛關上，莫妮卡立即連續咳嗽兩下。他們推測聯邦調查局肯定在大樓各處安裝了監聽設備，所以已經事先約定了一個簡單的聯絡方式——莫妮卡咳嗽兩聲表示「你沒事吧？」大衛咳嗽了一聲，表明自己還好。不一會兒，他們來到了四樓。

莫妮卡推著垃圾袋走過一條潔淨無瑕的走廊，來到阿米爾．古普塔辦公室的接待室。大衛立即認出這個地方，上次來機器人學研究所採訪古普塔時曾經到過這裡。房間中間擺放著一張時髦的黑色辦公桌，上面放滿了許多電腦監視器，一如他記憶中的樣子。唯一不同的是坐在辦公桌前的祕書，那位身材高䠷而豐滿、金髮碧眼的小姐不見了。當他等待古普塔接見的時候，她曾經對著他擠眉弄眼。現在，桌子前坐著一個年輕男孩，看上去最多不超過十八歲。大衛歪著頭，以便能夠透過帆布上的裂口更清楚觀察這個人。這個孩子兩眼緊盯著電腦螢幕，瘋狂操作著鍵盤旁的電玩搖桿。他有可能是一個大學生，一個幾年前剛從中學畢業的電腦怪才，靠著在機器人學研究所做祕書工作，賺錢完成大學學業。他有著一張圓臉、橄欖色的皮膚和濃密的黑眉毛。

莫妮卡把垃圾袋擺在一邊，走到辦公桌前對男孩說：「打擾一下。我來打掃古普塔博士的辦公室。」

男孩沒有理會她，繼續埋頭盯著電腦螢幕上的遊戲，兩隻眼睛緊張的隨著遊戲畫面的變化迅速地轉動。

莫妮卡提高嗓門再次說：「對不起？我現在要進去把垃圾桶倒乾淨，可以嗎？」

男孩仍然沒有任何反應，不僅兩隻眼睛緊盯著電腦，而且還無意識的張開嘴巴，伸著舌頭頂住下唇；整個臉上沒有任何表情，就像一個機器人一樣神情專注而不動聲色。他的行爲令人不安。大衛突然覺得，這個孩子也許並不是個大學生，而且他一定有什麼問題。

莫妮卡終於放棄了，她不再理他，逕自朝接待桌後面的辦公室門口走去。她轉了轉把手，發現門是鎖著的。於是，她不得不皺著眉頭，無可奈何的回過身再次面向男孩說：「門鎖上了，你得把門打開，讓我進去工作。」

男孩還是沒有理她。這時，大衛聽到不遠處傳來一種機器發出的聲音，他聽出這是電動馬達的聲音，而這個東西顯然正在接近垃圾袋所在的位置。莫妮卡同時向房間的另一頭看去，臉上流露出迷惑的神情。接著，大衛看見了那個讓她驚訝的東西：一個銀灰色的盒狀機器，大小相當於一個公文箱，機器下方的履帶正滾動駛向莫妮卡的方向。它一直「走」到了她跟前，停下來，伸出一隻機械臂，把安裝在頂端的一個球形感測器對準了她。

這個機器看上去就像一隻伸著長脖子的海龜。莫妮卡和機器人彼此打量了好幾秒鐘，然後從機器人的揚聲器裡傳出了電腦合成的聲音：「早安！我是『AR21型自動接待員』，由機器人學研究所的學生研製。請問有什麼能爲您效勞的嗎？」

莫妮卡驚愕的看著腳下這個東西，接著又看看坐在辦公桌前的眞人接待員，無法確定是不是那個男孩正對她開玩笑。然而，小夥子仍然在全神貫注玩他的電腦遊戲。

機器人不斷調整球形感應器的角度，上下左右打量著她的臉，接著說：「或許，我能爲您效勞。請告訴我您的需要，我將盡力協助您。」

莫妮卡極爲勉強的回頭看著它，兩眼直視著那個球形感應器，回答說：「我是清潔女工。打開門。」

AR21型自動接待員答覆說：「對不起，我不明白您的意思。請重複一遍。」

莫妮卡的眉頭擰得更緊了，她大聲而緩慢的重複：「我是……清潔……女工。打開……這扇……門。」

「您說的是『課程表』嗎？請回答『是』或者『不是』。」

她朝它邁近了一步，大衛以爲她要抬腿踢那東西一腳，但是卻聽她說：「我要……走進……古普塔博士的……辦公室。你懂嗎？古普塔博士的……辦公室。」

「您說的是『古普塔』嗎？請回答『是』或者『不是』。」

「是！是！就是古普塔博士！」

「阿米爾．古普塔教授是機器人學研究所的所長。您是否需要安排與他會面的時間？」

「是！噢！我想說的是『不是』！我只是要清潔他的辦公室！」

「古普塔教授的工作時間是星期一和星期三。您可以約見他的最早時間是下星期一的下午三點整。這個時間對您合適嗎？請回答『是』或者『不是』。」

莫妮卡已經忍無可忍了，她無可奈何的高舉起雙手表示放棄，大踏步走到垃圾袋前。她抓住帆布垃圾袋的邊緣，猛然反推著垃圾袋向接待室門外走去，大衛的身體也隨之突然向前傾倒在帆布袋上。他們迅速沿著走廊退回去，垃圾袋下的輪子在石磚地板上發出急促尖銳的聲音。然而，莫妮卡並沒有回到貨梯，她打開了一間儲藏室的門，並且把垃圾袋推了進去。

她一關上門就立刻轉身，在垃圾袋邊緣上俯身，雙手同時伸進垃圾裡，把大衛頭上和肩膀上的廢紙及破布撥到旁邊。大衛用兩隻手肘撐起上身，抬頭看到垃圾袋邊緣上莫妮卡怒不可遏的臉。那表情清楚明白的告訴大衛，她需要人幫忙。

大衛小心翼翼的抬頭，左右觀察了一番。四面牆上都安裝著一排排的金屬架子，上面擺放著各種清潔和辦公用品——幾瓶地板清潔劑、幾包擦手紙、幾箱印表機墨水匣等等。在房間的一個角落裡還安裝有一個大號的不鏽鋼洗手台，四周並沒有發現電子監視器。當然，聯邦調查局也可能在某個暗處藏著監視器，大衛懷疑，聯邦探員不太可能把精細的錄影監視系統安裝在如此狹小而又通常沒人的房間裡。但是，監聽裝置又是另外一回事，在大樓的每個房間裡放置一個也沒問題。他一言不發的從垃圾袋中爬出來，走到金屬洗手台前，打開水龍頭並一直轉到最大。這是他從電影裡學到的把戲，但是並不知道這一招是否眞能保護他們的談話不被監聽。爲了安全起見，他把莫妮卡拉到身邊，緊貼著她的耳朵低語：「妳必須回到接待室去。」

她搖搖頭，小聲回答：「沒有用！那個機器人是個該死的廢物。程式有問題，根本無法溝通。」

「那就回到那裡設法引起那小子的注意。實在不行，就上前拍拍他的肩膀。」

「這也沒有用。那孩子看起來就像個殘障人士，或者有什麼毛病。我說的話很可能都被聯邦調查局探員聽見了。如果我小題大作，一定會引起他們懷疑的。」

「那麼，怎麼辦？在這裡等著，一直等到古普塔把衛生紙用完了過來拿？」

「還有沒有別的辦法可以進入古普塔的辦公室？」

「我怎麼知道！我已經好幾年沒有來過這裡了，根本不記得……」

就在這個時候，大衛突然感到有什麼東西撞到了他的腳跟。雖然這僅是在運動鞋鞋跟上的輕輕一碰，卻把大衛嚇出了一身冷汗。他低頭一看，原來是一個藍色的圓盤狀機器人，大小相當於一個塑膠飛盤，正慢慢的在儲藏室的地板上移動著，在它身後的地面上留下了一條彎彎曲曲的水漬。

莫妮卡也立刻看見了它，忍不住要驚叫出來，大衛立刻捂住了她的嘴。

他對她耳語：「別擔心，這只是一個清洗地板的機器人，也是古普塔的研究成果之一。它可以按照設定的程式把清潔劑噴灑到地板上，然後再把髒水吸乾淨。」

莫妮卡露出同情的表情說：「一定要有人在那東西背上踩一腳，免得它這麼受苦。」

大衛一面點點頭，一面盯著那個裝置慢吞吞的爬到了一邊。它看起來確實很像一隻超級昆蟲，身體邊緣向上伸出一根細小的黑色天線。古普塔在他所有的機器人身上都安裝了無線電發射器，因為他十分喜歡不時的監視它們的行動。十年前大衛採訪他的時候，老人家還非常得意的向他展示了一台電腦上的監視畫面，上面顯示出紐厄爾—賽門大廳各條走廊和各個實驗室裡不停移動的每個機器人的位置。想到那個監視器和螢幕上三維立體樓層圖像中各處閃爍著的光點，大衛靈機一動，有了主意。

「如果我們找不到古普塔，那麼，就讓他來找我們。」說著，他向清洗地板的機器人走去，彎下腰，一把抓住了機器人的天線。「這樣一定會引起他的注意。」他手腕一轉，把那根細長的天線拔了下來。

機器人立即發出了尖銳的警報聲，那聲音讓人震耳欲聾，大衛嚇得往後跳了一大步。他完全沒有料到機器人會有這樣的反應，原以為只會在古普塔的電腦監視螢幕上出現某種警報，哪知道它會發出如此刺耳的尖聲。

莫妮卡叫道：「該死！你做了什麼？」

「我不知道！」

「關掉它！關掉這東西！」

大衛立即撿起那個裝置，把它翻過來，到處尋找電源開關。但是，在機器人的腹部根本沒有開關，只有噴水孔和旋轉毛刷，而且因為發出警報，它一直在他手中不斷地震動。無奈之下，大衛跑到洗手台前，舉起機器人在洗手台的不鏽鋼邊緣上用力敲下去。機器人的塑膠外殼被砸成了兩半，清潔劑噴了出來，破裂的電路板也掉到地上，警報聲戛然而止。

大衛把身體靠在洗手台上，緊張的喘氣。他轉身看看莫妮卡，她臉上流露出驚恐的表情。雖然她沒有說一個字，但心中的憂慮不言自明：聯邦探員們無疑已經聽到了警報聲，很快就會有人來到這個儲藏室裡一探究竟。她已經嚇呆了，有好幾秒鐘不知所措的站在房間中央，眼睛直盯著門口。看到莫妮卡的反應，大衛心情十分沉重。他們已經被困住了，無計可施；精心盤算出來的計畫也已經半路夭折了。他們已經無法拯救自己，更談不上拯救整個世界。

就在這個時候，儲藏室的門打開，阿米爾．古普塔走了進來。

「好了，告訴我，目前的狀況怎麼樣？」

露西爾站在活動指揮車裡。這輛車是聯邦調查局今天一大早專門拖到卡內基美隆大學校園來的。從外表來看，它就像一輛普通的拖車活動辦公室：一個長長的大盒子，鋁合金的廂體，在建築工地裡常常可以見到這樣的拖車辦公室。但是在拖車內部，它所安裝的精密電子儀器卻比一艘核子潛艇上的還要多。辦公室一端的牆上擺滿了顯示器，上面顯示出紐厄爾－賽門大廳裡被監視的各個辦公室、樓梯、電梯和走廊，兩名技術人員坐在一個面對顯示器的操作台上。他們除了監視顯示器上的情況，同時還戴著耳機，負責監聽放在大廳各處的監聽器傳回來的人們談話內容。辦公室的另一端同樣坐著兩名技術人員，他們負責檢查機器人學研究所在網路上的所有活動，並監測大樓的輻射程度——這在目前的任何反恐行動中，都是高度關注的焦點之一。在拖車的中央地帶，露西爾正毫不留情的追問她的副手克勞福探員——一位恪盡職守又野心勃勃的傢伙。

克勞福看著手中黑莓機上的資訊，向她報告說：「從今天上午十點鐘到現在，古普塔一直一個人待在自己的辦公室裡。十點十五分，他去了一趟廁所；十點二十一分回到辦公室。十一點五分，他到休息室喝了一杯咖啡，返回的時間是十一點九分。他現在仍在辦公室裡，您可以在一號顯示器上看到他，就在那兒。」

從一號顯示器上看，古普塔正坐在辦公桌前，身體向後靠在旋轉辦公椅的後背上，神情關注的看著面前的電腦螢幕。這個男人身高約一點五二公尺，年齡已經有七十歲，但他的精力卻十分充沛。雖然頭上只長著稀疏的灰白頭髮，但是棕色的臉龐卻像玩具娃娃的臉一樣光滑。根據露西爾在飛往匹茲堡途中閱讀有關於古普塔的背景資料，在一九三〇年代的童年時期，他生活在印度孟買，由於缺乏營養導致了矮小的身材。但是現在，他顯然不再缺衣少食。賣掉自己創辦的軟體公司以後，他把大筆資金投入了機器人行業的各種專案之中，目前他的身價已經高達三億美元。雖然這傢伙骨瘦如柴，好像一隻被扒光了羽毛的病雞，但身上卻穿著漂亮的深褐色義大利名牌西裝，沒有哪個政府雇員買得起這樣奢華的衣服。露西爾問：「他在電腦上看什麼？」

克勞福回答說：「幾乎全部是軟體代碼。我們從他的網路廠商的電纜上攔截到的資訊顯示，他從早上進辦公室以後，就立即下載了一個超大程式，軟體代碼多達五百多萬行。這很可能是他用於人工智慧專案的軟體之一。在過去的兩個小時裡，他一直在對這個程式進行一些小幅度的改動。」

「他的電子郵件和電話紀錄呢？」

「他收到了十多封電子郵件，但是沒有發現不同尋常的內容；打給他的所有電話都轉入了語音信箱。很顯然，他不想被別人打擾。」

「有人到辦公室找過他嗎？」

克勞福探員看了看黑莓機的顯示幕，說：「一個他的學生來過，男性，亞洲人，自稱雅各・孫。他進了接待室，預約了下個星期一與古普塔見面的時間。還來過一個聯邦快遞的送貨員和一個清潔女工，她一分鐘前也離開了接待室。此外，再沒有任何人來過。」

「你用生物識別資料庫核查過這些人沒有？」

「沒有。我們覺得沒有這個必要，因爲他們都不符合嫌犯的外貌特徵。」

露西爾不悅的皺著眉頭問：「你說的『嫌犯的外貌特徵』是什麼意思？」

克勞福快速的眨了兩下眼睛，他剛才的自信態度開始有些動搖。他說：「嗯，就是目標人物的外貌特徵，大衛・史威夫和他的同夥。我們監視到的那些人，顯然都不是——」

「聽著，我不管來的是學生還是清潔女工，甚至是一個坐著輪椅的九十九歲老女人，我要你查出任何一個接近過古普塔辦公室的人。把他們的影像從監視螢幕上統統下載，再用臉部識別系統逐一比對。你聽明白了嗎？」

他趕快點點頭，回答：「是的，明白了，長官。我現在就做。我很抱歉——」

他還沒有說完，負責監聽的一個技術人員突然大叫一聲，並一把扯下戴在頭上的耳機。克勞福正巴不得馬上結束與露西爾的談話，於是立刻轉身走到技術人員面前，問道：「出了什麼事？有資訊回來了？」

技術人員搖搖頭說：「是某個警報器響了。我認爲，應該是在四樓。」

露西爾立刻感覺她的大腦開始興奮起來，問道：「古普塔就在那一層樓，對嗎？」與此同時，她轉身面對一號顯示器，看見那個小老頭從椅子上站起來，離開了辦公桌。「盯住他，他開始行動了！他要出門了。」

克勞福從技術人員身後俯身，指著顯示幕下方的一串按鈕命令：「趕快切換到接待室的監視畫面上。我們來看看，他要去什麼地方。」

技術人員按下一個按鈕，一號顯示器上立即顯示出接待室的畫面：一個十幾歲的男孩坐在接待桌前，地上有一個很像微型坦克的機械裝置，但是並沒有古普塔的身影。他們等待了幾秒鐘，但是古普塔仍然沒有出現。

露西爾隨即問：「他去哪裡了？這個辦公室還有其他出口嗎？」

克勞福開始急促眨著眼睛說：「喔，我得查一下樓層分布圖。給我……」

「該死！沒有時間查了！通知探員趕快上去看看！」

大衛一把將古普塔教授拉進自己懷裡，並緊緊地捂住了他的嘴，而莫妮卡則迅速把他身後的門關上。老人輕得令人吃驚，充其量也不過四十幾公斤重，所以，大衛很輕易將他帶到儲藏室遠端的角落裡。大衛盡量輕輕的靠著牆放下古普塔，然後自己在他身邊蹲下來。老教授的年齡幾乎比大衛大一倍，然而他瘦小的身材、小巧的雙手和光滑的面容卻使他看上去就像一個孩子。一時之間，大衛竟覺得自己正抱著兒子約拿，用一隻手臂摟著他的肩膀為他保暖，輕柔的觸碰他的嘴唇讓他停止哭泣。

他在老人耳邊悄聲說：「古普塔博士，還記得我嗎？我是大衛．史威夫。我曾經來這裡採訪過您，想瞭解您與愛因斯坦共事的經歷。想起來了嗎？」

古普塔大理石般的眼白和深褐色的瞳孔戰戰兢兢的轉動著，疑惑的打量著大衛。不一會兒，他睜大了雙眼，認出了大衛，嘴唇在大衛的手掌下動起來：「你是……」

大衛低聲說：「求求您！千萬不要大聲說話。」

莫妮卡也在大衛身後彎下腰對教授解釋說：「這是爲了您的安全。您的辦公室已經被監視了，這個房間裡也很可能裝有竊聽器。」

古普塔的眼光在大衛和莫妮卡之間來回掃視著，流露出明顯的恐懼，但是看得出來，他正盡力弄明白眼前所發生的一切。幾秒鐘後，他勉強點點頭表示同意，大衛這才放開捂在老人嘴上的手。古普塔緊張的用舌頭舔舔嘴唇，壓低嗓門問：「這裡有竊聽器嗎？誰在竊聽？」

大衛回答說：「我可以肯定的說，至少聯邦調查局在竊聽，也許還有其他人。教授，一些非常危險的人物正在找您，我們必須把您從這裡帶出去。」

他搖搖頭，顯然嚇壞了，灰白的頭髮散亂的披在前額上。他問：「大衛，你在跟我開什麼玩笑吧？我已經好幾年沒有見過你，現在你卻突然跑到這裡來，還帶著一個——」他突然住口，舉起手指了指莫妮卡的工作服。「妳是誰？是我們卡內基美隆大樓行政部的員工嗎？」

她小聲回答說：「不，我不是。我叫莫妮卡．雷納多，高等研究所。」

他仔細的看看她，好像是要確認，他說：「莫妮卡．雷納多？那個弦論科學家？」

她點點頭說：「是我，教授。我很抱歉讓您受了——」

「對、對，我知道妳。」他對著她微微一笑。「我的基金會資助過費米實驗室的一些粒子物理學實驗項目，所以我很熟悉妳的工作。不過，妳爲什麼穿著這身衣服？」

大衛開始沉不住氣了，聯邦探員無疑會到這間儲藏室來查明觸動警報的原因，這只是時間上的問題。於是，他趕忙插嘴：「教授，我們必須馬上行動。我先幫您躲到垃圾袋裡，然後再——」

「垃圾袋裡？」

「求求您，只要跟著我們走。我們沒有時間解釋了。」

大衛雙手抓住古普塔的上臂，準備把他拉起來。但是，老人斷然拒絕，以出人意料的力量掙脫了大衛的雙手，堅定的說：「我看，你還是得花點時間解釋清楚。除非你們向我說清楚事情的來龍去脈，否則我是哪兒也不會去的。」

「聯邦探員隨時可能出現在——」

「那麼，我建議你趕快開始。」

該死，大衛暗暗叫苦。這些天才科學家都有一個毛病：他們都該死的過於理性。他抬頭看了看天花板，盡量抑制住心中的恐懼並清理一下思緒，然後看著古普塔的眼睛低聲說：「他們想得到『統一場論』。」

古普塔一時沒有聽懂，他揚起眉毛表現出驚訝和不解，但是過了幾秒鐘，他的臉突然沉下來，身體不由自主的向後靠到了牆上，兩眼呆滯，看著對面放滿了清潔用品的架子。

大衛彎下腰，把嘴湊到教授耳朵旁邊繼續解釋：「有人正企圖把這個理論分散的各個片段湊在一起。他們既可能是恐怖分子，也可能是間諜，我無法確定。他們首先找到了麥唐納，然後是布歇，接著又是克萊曼。」他停頓了一下，害怕他接下來的話對教授來說過於突然。古普塔與這幾位科學家一起合作共事多年，而他與克萊曼之間的關係又特別親密。「教授，我不得不遺憾的告訴您，他們三位都已經死了。您是唯一仍然活著的當事人。」

古普塔抬起頭看著他，右眼下的棕色皮膚開始抽動。他問：「克萊曼？他已經死了嗎？」

大衛點了點頭，再說：「昨天晚上我在醫院裡見過他。他被人折磨得很慘。」

「不、不、不……」古普塔用手抓住自己的腹部，痛苦的呻吟著；他緊閉著雙眼，張著嘴，就像馬上要嘔吐一樣。

莫妮卡在地上跪下來，用手摟著教授的肩膀，一面輕輕的拍打著他的後背一面說：「噓、噓、噓。沒事的，沒事的。」

大衛靜靜等待了一會，讓莫妮卡安慰一下老人激動的心情。但是，他不能等太久，他推測聯邦探員正沿著紐厄爾—賽門大廳的樓梯衝上來。於是他接著說：「美國政府猜到了事情的眞相，也想得到這個理論。這就是爲什麼他們已經嚴密的監視著您，並且在過去的十六個小時裡一直在追捕我的原因。」

古普塔痛苦的睜開眼睛，臉色在汗水的映襯下閃著光。他問大衛：「你是怎麼知道這一切的？」

「克萊曼教授去世之前，交給我一個密碼，是一組數字。後來，我們發現這些數字正是您辦公室的地理座標位置。我想，教授是要我設法保護這個理論的安全，不讓政府也不讓恐怖分子得到它。」

教授盯著天花板，慢慢搖了搖頭，喃喃自語：「他最害怕的噩夢……這是博士先生生前最害怕的噩夢啊！」

一聽到這句話，大衛立刻感到自己的腎上腺素開始大量分泌，血液在脖子上的大動脈裡奔流。他馬上問：「他害怕什麼？是一種可怕的武器嗎？」

老人還是搖頭說：「他根本沒有告訴過我。他告訴了其他幾個人，但是沒有告訴我。」

「什麼？您是什麼意思？」

古普塔深深吸了一口氣，費力的坐直身體，然後從口袋裡掏出一條手帕。他說：「大衛，博士先生是一個心中充滿了慈愛的人。在選擇分擔這個重擔的人選時，他是經過深思熟慮的。」他拿起手帕擦去臉上和眉毛上的汗水，接著說：「一九五四年時，我已經結婚，而且我妻子也懷了我們的第一個孩子。博士先生不忍心把我置於危險之中，所以，他把所有的公式分成了三個部分，分別託付給其他三個人，也就是克萊曼、布歇和麥唐納。當時，他們三個人還都是單身漢，你明白嗎？」

莫妮卡仍然跪在古普塔的身邊，聽到此她不禁焦慮的看了大衛一眼。大衛也同樣感到問題的嚴重性。他再次彎腰靠近老人的耳朵低聲說：「請等一下，您是說您不瞭解統一理論的內容？甚至連部分內容也一無所知？」

他肯定的搖了搖頭說：「我只知道博士先生成功的研究出這個理論，而且他下定決心要把它當作最大的祕密藏起來。但是，我不知道任何具體的公式，也不知道它的基礎原理。我的同事們都向博士先生發過誓，絕不向任何人說出一個字。事實證明，他們都實現了自己的諾言。」

大衛徹底絕望了，腦子裡一陣眩暈，他不得不靠在牆上保持身體的平衡。突然間，他問：「等等、等等，這沒道理啊，教授。克萊曼教授的密碼指的就是您。如果您對此一無所知，他爲什麼要把我送到您這裡來呢？」

「也許，你們誤解了那個密碼的眞正含義。」古普塔已經平靜下來，他目不轉睛的望著大衛，就像看著一個聽課的學生。「你剛才說，這個密碼是一個數列？」

「是的，一共十六位數。前十二個數字正好是紐厄爾—賽門大廳的經度和維度，而最後的四個數字是您的分機……」

大衛剛說到一半，卻突然戛然而止。他聽見了某種聲音，一種金屬發出的快速咔嚓聲響，雖然很輕微，但卻是眞實的。聲音從門邊一直傳過來：有人正試圖打開這扇門。

克勞福探員正在螢幕操作台前忙碌，焦急不安的臉離監視螢幕大約只有二十幾公分。他不斷的透過戴在頭上的無線耳機和麥克風，向正奔向阿米爾．古普塔辦公室的二人小組發出指令。露西爾站在他的身後，密切注視著指揮車上每個探員和技術人員的工作。他們已經把紐厄爾—賽門大廳的四周嚴密的加以監視，因此，古普塔根本沒有機會從這幢大樓裡逃脫。儘管如此，在抓住那個傢伙之前，露西爾仍然不敢稍有絲毫懈怠。

在監視螢幕上，她看到沃爾什和米勒探員大步走進了古普塔的接待室。他們都身著學生的裝束，短褲、T恤和膠底運動鞋，二個人背上還各背著一個背包。雖然算不上世界上最巧妙的僞裝，但這也是不得已的辦法。那個十幾歲的男孩仍舊坐在接待桌前，但是那個微型坦克一般的機器人接待員已經不見蹤影。沃爾什，兩個探員中個子稍高的一個，逕自來到男孩面前。

他大聲叫：「你要馬上找到古普塔教授！電腦實驗室著火了！」

男孩連頭也不抬，兩隻眼睛仍然緊盯著眼前寬大的平面電視螢幕，它佔據了辦公桌一大半的面積。由於監視器隱藏在孩子身後的牆壁裡，所以露西爾看了一眼螢幕上的東西：一個身穿黃灰色軍裝的動畫戰士正從一座碉堡旁邊跑過。原來是一個該死的電腦遊戲。

沃爾什探員彎下腰，把頭伸到男孩的面前問：「嘿！你聾了嗎？有緊急情況！古普塔教授在哪裡？」

男孩還是沒有理睬他，只是把頭偏向一邊，繼續玩他的遊戲。同時間，米勒探員走到古普塔辦公室門前，轉了轉把手說：「門上鎖了。在桌子上找找有沒有開門的按鈕。」

沃爾什轉到桌子後面，連孩子帶椅子一起推到一邊，彎下腰檢查桌面。他用手在鍵盤上按下一個鍵，電腦螢幕上的畫面立刻全部消失。就在這時，男孩從椅子上一躍而起，並開始聲嘶力竭的尖叫。那是一種可怕、絕望而又瘋狂的哀嚎，沒有停頓，頑強而持久。男孩的雙手同時狂亂的揮舞，好像他的手著火了一樣。

「我的天哪！」沃爾什驚恐的大叫一聲，轉身看著那個孩子。「你給我閉嘴！」

男孩的身體變得僵硬而難看，尖叫聲也越來越大。噢，眞該死！露西爾一面盯著螢幕一面想，她曾經見過類似的行爲舉止，是在南方的休斯頓，她姊姊的一個孫子也有同樣的毛病。毫無疑問，這個男孩是一個患有嚴重自閉症的少年。

她趕忙走上前，從克勞福頭上一把抓過無線耳機和麥克風，大聲命令：「別管那個孩子！趕快把門打開！」

沃爾什和米勒立刻服從的打開背包，從裡面拿出破門的工具。沃爾什把哈利根鐵鋌(注)的叉狀頭插入門和門的側柱之間，米勒掄起大錘向鐵鋌敲去，只敲了三下，門就被撬開了。兩人一起衝進了古普塔的辦公室。露西爾在另一個螢幕上看到了他們，他們從教授的辦公桌旁走過，開始搜索整個房間。

沃爾什透過無線電報告說：「他不在這裡。不過，房間後面還有一扇門，幾乎被書架擋住了。要我們到那裡找嗎？」

露西爾吼著：「廢話，當然要找！」

在她的身後，克勞福探員急忙展開紐厄爾—賽門大廳的樓層設計圖。他看了看喊說：「設計圖中沒有那個門，一定是最近維修時新做的一扇門。」

露西帶著厭惡的神情盯了他一眼，他完全是個廢物。她命令：「再派六個探員到四樓去，聽見沒有？搜查每一個房間，任何一間也不許放過。」

就在克勞福手忙腳亂的尋找他的無線對講機的時候，一個技術人員手裡拿著一張列印紙走到露西爾身邊，問道：「呃，派克探員？可以打斷您一會兒嗎？」

注 一種消防工具，一頭是爪，另一頭是雙尾撬。

「天哪！又怎麼了？」

「您剛才要資料庫搜索對比的結果，對嗎？呃，我有資料了。您是說透過臉部識別系統對監視錄影帶中的幾個人進行比對吧？」

「是的，趕快說！你發現什麼？」

「呃，是的，我認爲我發現您可能會感興趣的東西。」

「喂，裡面有人嗎？」

門外突然傳來的聲音，使大衛、莫妮卡和古普塔教授同時愣在那裡，三個人都屏住呼吸，儲藏室裡只聽見洗手台流水的聲音。

接著，有人開始用力敲門，震得房間的四壁微微顫動。那人喊：「我是消防員！裡面有沒有人，快開門！」

古普塔一把抓住了大衛的胳膊，纖細的手指緊緊掐住了他的二頭肌。大衛又想起了自己的兒子約拿，這孩子害怕時總是緊緊抓住他。古普塔抬起手指指門，用探詢的目光看著他。大衛搖了搖頭，門外這個人絕不會是什麼消防員。

這時，走廊裡傳來了金屬相互碰撞的叮噹聲，接著他們又聽到了一件沉重的東西在門框上劃過，一秒鐘後門上傳來一聲巨響，整個門被敲打得不斷的晃動。大衛看見一根金屬撬棍的叉形尖頭，已經從門和門框之間的細小縫隙中擠了進來。

莫妮卡立即從褲腰上拔出了左輪手槍。這一次，大衛並沒有阻止她，儘管他心裡很清楚他們沒有任何勝算，一旦槍戰開始，聯邦調查局的探員就會立刻把他們打得千瘡百孔。但是在這個緊急關頭，他也已經無法正常思考，只感到恐懼和憤怒使他頭暈目眩。這樣做十分愚蠢，無異於自殺，但是他已經怒不可遏，顧不了這些了。他心一橫，管他的，我是絕不會坐以待斃的！

幸運的是，就在這個時候，古普塔教授站出來控制了大局。他放開大衛，一把抓住莫妮卡的手臂，把她端著槍的手壓了下來。他低聲說：「妳不需要用槍。我有更好的辦法。」

古普塔把手伸進上衣裡面的口袋裡，拿出了一個手持的小裝置，看上去就像一部黑莓機，但顯然是專門爲他設計的。他用兩根纖細的拇指開始快速的在裝置的鍵盤上移動，小螢幕上立刻出現了一個立體建築示意圖，正是紐厄爾—賽門大廳的結構圖，各樓層上都分布著一些閃光標記。大衛上次來拜訪古普塔的時候曾經見過這個圖，老教授正是用這個裝置追蹤他的每一個機器人。

門邊又傳來一聲巨大的敲門聲，大衛嚇得跳了起來，而古普塔卻仍然埋頭緊盯著裝置上的小螢幕，兩個拇指瘋狂敲打著鍵盤。大衛不禁納悶，上帝啊，他在做什麼？接著，門外傳來了第三聲砸門的聲音，這一次聲音也最大，而且伴隨著一陣金屬發出的沉悶呻吟，那是鋼製的門框在哈利根鐵鋌的巨大壓力下開始彎曲的聲音。現在，鐵鋌的叉狀尖頭有一大段已經深入門內，在日光燈的照射下映出銀灰色的閃光。只需要再一下，這扇門即將裂開。

就在這個時候，大衛聽見門外的走廊上傳來了熟悉的聲音。是那個電動機器人移動時發出的聲音，它正迅速接近他們所在的位置。緊接著，傳來了AR21接待員機器人的合成聲音：「警報！警報！發現危險輻射劑量！立即撤離這個區域——警報！警報！發現危險輻射劑量！立即撤離這個區域——」

似乎是要印證機器人警報的眞實性，整棟大樓裡的廣播系統隨之傳出了刺耳的警報聲，各處天花板上的警示燈也開始迅速閃爍。很顯然的，古普塔早就重新配置過整幢大樓的電路系統，使他可以輕易的透過手動遙控器控制一切。在喧鬧的警報聲中，大衛聽見了走廊裡傳來的叫喊聲，聯邦探員們正彼此大聲呼喚著。大衛聽見東西被扔到地上的叮噹聲，接著又聽見他們紛紛向出口跑去。很快的，腳步聲徹底消失了。

莫妮卡開心的笑起來，她把手槍重新插回褲腰上，興奮的抓住了古普塔教授的肩膀。老人靦腆的微笑著，指了指手中的遙控器解釋說：「程式裡本來就有警報功能，這一型機器人是我們當年專門爲國防部開發設計的，用以勘查戰場的環境。軍方使用的這種機器人叫做『龍行者』。」

大衛扶著古普塔站起身來，說道：「我們快走吧。過不了幾分鐘，聯邦探員們就會帶著蓋格計數器（注）返回這裡。」他把教授帶到垃圾袋前，準備把他舉起來然後放進去。「這麼出去肯定不太舒服，不過我就是這麼進來的。您只要靜靜的躺在裡面就可以了，好嗎？」

「你確定這樣行得通嗎？」古普塔猶豫的問大衛。「聯邦調查局正在到處找我，很可能整幢大樓都已經被包圍起來了。你認爲他們不會搜查這個垃圾袋嗎？」

莫妮卡已經打開了門上的鎖，聽到這裡突然停下來說：「該死，他說得對。我們這樣是出不去的。」

大衛搖搖頭說：「我們沒有別的選擇。我們只能推著垃圾袋盡快往外走，通過那些監視錄影機以後，我們就得冒險闖過——」

古普塔打斷他的話問：「你說的是監視器嗎？那些監視器的圖像都是無線傳送的，對嗎？」

大衛回答說：「嗯，是的，我想應該是無線傳送的。我的意思是，因爲整個行動都是祕密進行的，聯邦調查局不會讓人發現到處都是傳輸線。」

古普塔再次微笑起來。他說：「那麼，我們就有機可趁了。帶我到四〇七房，那裡放著我們的干擾設備。只要打開干擾設備，我們就再也用不著這個垃圾袋了。」

莫妮卡問道：「但是，我們怎麼出得了這幢大樓呢？即使監視器失效了，各個出口仍然有許多探員把守著。」

古普塔回答說：「妳不用擔心，我知道有一個地方可以去。我的學生們會幫助我們的。不過，我們首先要把邁克帶著。」

「邁克是誰？」

「啊，他就是坐在我辦公室接待桌前的那個男孩子。他總是喜歡在那裡玩電腦遊戲。」

大衛想起來了，就是那個有毛病的孩子，那個根本不理莫妮卡、兩眼一直緊盯著電腦螢幕的小子。他問：「對不起，教授，您爲什麼非要……」

「我不能留下他不管，大衛。他是我的外孫。」

注 用於探測放射性粒子數量的自動計數器，由德國科學家蓋格發明。

露西爾仔細的看著手中這張電腦列印出來的資料，左邊是一幅監視錄影機拍下的圖像，一個推著帆布垃圾袋走進阿米爾．古普塔接待室的清潔女工的照片，右邊是從聯邦調查局檔案中錄下來的一頁，內容是關於普林斯頓大學高等研究所的物理學教授莫妮卡．雷納多的資料。在聯邦調查局對默謝爾街一一二號——雷納多教授的家展開祕密搜查行動之前，他們已經搜集了許多關於她的情報。根據紐澤西聯邦探員的報告，雖然她母親曾經多次因爲吸毒被捕，而且她的妹妹是華盛頓特區的妓女，但是她本人卻沒有任何前科。更爲關鍵的是，雷納多教授與愛因斯坦的任何一個助手都沒有任何明顯的關係；她之所以住在默謝爾街一一二號，僅是因爲高等研究所給予她的一種榮譽，因爲她是學院最重視的傑出物理學家之一。探員們的報告得出的結論是，雷納多只是一個無辜的局外人，並且建議在對她的住所進行搜查時一定要加以僞裝，使其看上去像是一次蓄意的破壞活動。但是現在看來，這個結論下得過早了。

露西爾心想，這個女人相當漂亮：豐滿的嘴唇、高高的顴骨和細長的眉毛。她的年齡大概與大衛．史威夫差不多，都是一九八〇年代末期的物理學研究生。而且，不用說，普林斯頓正是史威夫昨晚搭乘的那一班開往紐澤西列車的沿途停靠站之一。雖然露西爾事先根本不可能推算到這一切，但是看著莫妮卡的照片她仍然覺得自己受到了莫大的羞辱。她輕聲罵道：妳這個骨瘦如柴的婊子！我差一點就被妳和史威夫愚弄了。但是，現在我還是抓到你們了。

突然間，從指揮車的另一頭傳來一陣喧鬧聲，打斷了她的思緒。她看到克勞福探員站在監視螢幕前，對著耳機上的麥克風大聲命令：「是的，立即撤到一樓，守住所有出口。重複一遍：立即撤到一樓，守住所有出口！我們必須保持對大樓的封鎖。」

露西爾把列印文件放到一邊，看著克勞福問：「發生什麼事？」

「我們得到報告，在四樓發現輻射。我正把所有人撤下來，再派生化小組上去。」

露西爾警覺起來，發現輻射？他們以前爲什麼沒有探測到？她問：「是誰報告的？有多少雷姆（注）？」

克勞福把她的問題大聲的轉達到手下的探員那裡，露西爾不耐煩的等著回答。經過了彷彿無止盡的幾秒鐘後，克勞福向她報告說：「是自動警報。是一個叫做『龍行者』的監視機器人發出的警報。」

「你說什麼？我們根本就沒有放置過任何監視機器人！」

「但是沃爾什探員說，他肯定是一個『龍行者』機器人。」

「聽著，我才不管……」露西爾突然停住，她想起十五分鐘前才在監視器上看到的一幕：一個看上去就像一輛微型坦克的奇怪裝置，從古普塔接待室的地板上開過。「該死！那是古普塔的機器人！你們中計了！」

克勞福呆呆的站在原地，臉上帶著疑惑不解的神情說：「中計了？您是說——」

她沒有時間向他解釋，一把從克勞福那張困惑的臉上扯下耳機，對著麥克風大聲命令道：「所有人立即返回剛才所在的位置！大樓裡沒有輻射危險。重複：大樓裡沒有輻射——」

這時，一名技術人員大聲喊：「派克探員！快看五號監視器。」

注 rems，核輻射劑量單位。

露西爾轉向五號監視螢幕，剛好看到莫妮卡·雷納多正推著垃圾袋沿著走廊走下去。她用兩隻手緊緊抓住裝垃圾袋的手推車往前推，顯然十分吃力，以至於她的上身彎曲，幾乎已經趴到了垃圾袋的上面。而且，她身邊還有一個同行的人，竟然是古普塔接待室裡的那個患有自閉症的少年。

很快的，莫妮卡走出了監視器的監視範圍，但是露西爾卻敏感的注意到這個監視器所在的位置。她對著麥克風命令：「四樓西南角發現目標！各小組立刻趕往該區域。重複：立刻趕到四樓西南角！」

露西爾長長的吁了一口氣，把頭戴式耳機還給了克勞福。她想，現在好了，抓到他們只是時間問題。她掃視著眼前的各個監視螢幕，看見探員們正衝上紐厄爾─賽門大廳的各個樓梯。不用一分鐘，他們就會到達莫妮卡·雷納多所在的位置，把阿米爾·古普塔從垃圾袋裡揪出來。如果大衛·史威夫也那麼愚蠢，竟然與雷納多一起混進了大樓裡，那就還可以同時抓到他。如此一來，露西爾也就不再為這項該死的任務操心了，她可以安心回到總部自己的辦公室裡，從此擺脫物理學，擺脫潛逃的歷史學家，更可以擺脫國防部長那些異想天開的瘋狂念頭。

但是，就在她幻想著這個圓滿的結局時，所有的監視螢幕突然全部變黑了。

賽門駕駛著法拉利瘋狂奔馳了四個半小時之後，終於到達了卡內基美隆大學的校園，接著直奔機器人學研究所而去。他剛剛駛離福布斯大道，眼前的情景卻讓他擔心自己已經來得太晚。他看到紐厄爾—賽門大廳的入口處，已經被十多個身穿長褲和T恤的健壯男子把守著，其中一半的人負責檢查從大樓裡出來的學生的背包和證件，而另一半則緊張的掃視著過往的人群，他們幾乎毫不掩飾身上半遮半掩的武器。

賽門迅速把法拉利停好，在相鄰的一幢建築物後面找到了一個有利的偵查位置。看來，他的直覺是對的，大衛·史威夫和莫妮卡·雷納多確實一路西行，到這裡來與阿米爾·古普塔會合。賽門對古普塔及其與愛因斯坦博士共事的情況非常熟悉，實際上，當他剛剛接受這個任務的時候，就已經自然而然的預料到除了布歇、麥唐納和克萊曼以外，古普塔也將成爲他的目標之一。但是，他的客戶亨利·科布卻告訴他，雖然古普塔也是愛因斯坦在一九五〇年代的助手之一，但是他對統一場論卻一無所知，因此並沒有追逐的價值。儘管科布並沒有透露他如何發現這個有趣的祕密，但是他對此確信無疑。所以，眼前的這一幕多少讓人覺得滑稽：一群聯邦探員把機器人學研究所包圍得水泄不通，卻是爲了抓一個對他們毫無用處的老頭。

然而奇怪的是，大衛·史威夫和他那也是個物理學家的女朋友，卻同樣料定古普塔知道這個理論，現在看來，他們兩人已經落入了聯邦調查局設下的圈套。賽門要想從聯邦探員的層層包圍中把這幾個人弄到手，絕不是一件輕易的事。很顯然的，聯邦調查局已經大大加強了對整個行動的安全保衛措施；除了紐厄爾—賽門大廳入口處之外，在大樓的工作人員出入口也有十幾個探員，而且幾乎可以肯定，在那一輛當做現場指揮所的拖車裡，一樣還會有好幾個探員（拖車頂上亂七八糟的天線，讓他一眼就看穿了它的僞裝）。但是，賽門並不會畏縮不前，他清楚的知道，一旦出現合適的時機，他就可以製造出分散他們注意力的狀況，他只需要等待這個時機的到來。

大樓附近有許多圍觀的學生，一個個緊張而又興奮的盯著探員們的一舉一動，這將有助於賽門的行動。一旦他與聯邦探員打起槍戰，這些學生正是他所需要的人肉盾牌。

賽門拿出一副戰鬥望遠鏡，以便更清楚的觀察探員們的行動。在工作人員進出口外面，一位高頭大馬的聯邦探員手裡端著一枝M16突擊步槍，看守著一排戴著手銬、身穿淺藍色工作服的女工。賽門把望遠鏡的鏡頭放大，逐一觀察她們的臉：五個人都是黑人，但是並沒有莫妮卡。在離她們幾步遠的地方，兩個探員正在檢查一個帆布垃圾袋，報紙、揉成一團的紙袋和大小不一的木塊等垃圾，一件接著一件被扔到他們身後。不到二十秒鐘，停車場上已經扔滿了垃圾，兩位探員沮喪的看著已經空空如也的垃圾袋底。這時，鏡頭中出現了一個體格魁梧的女人，身穿白色上衣和紅色裙子。她快步走到探員們面前，開始向他們大吼。賽門把焦點放到她的臉上，發現她的眼睛周圍布滿了皺紋，表情憤怒不堪。他立刻認出她，不禁大吃一驚：這不是那個老太婆嗎！就是這個大胸脯的女人昨天晚上差一點要了他的命！現在，她又跑到這裡來指揮這場搜捕行動。賽門從她臉上的表情可以看出，行動出了問題，推測至少有一個目標逃脫了她的追捕。

緊接著，賽門發現了另外一群探員，他們正圍著一輛外形奇特的汽車。這輛車的後座從底盤起被整個拆掉了，取而代之的是一個寬大的機器箱，箱頂安裝著一個巨大的銀白色球形天線。賽門不解的看著它，突然他想起來了，他見過這輛車，那是在一份雜誌上一篇有關機器人汽車的文章裡。這種技術讓他著迷，因而至今仍然清楚的記得這篇文章。那個球形天線上裝有一個旋轉式的雷達掃描器，用來偵測汽車行駛途中前方的各種障礙物。聯邦探員正在對這輛車進行仔細的檢查，用手電筒查看車上每一個黑暗的角落和縫隙。一位探員正在審問兩個男孩，他們顯然是負責測試這輛車的學生。另一位探員已經四肢著地趴在地上，仰著頭檢查汽車底部，大概是在查找底盤下有沒有藏身之處。最後，探員們揮揮手示意測試繼續進行，兩個學生跟在機器人汽車後面向停車場外駛去。

但是，就在機器人汽車右轉駛上福布斯大道、緩慢前行的時候，賽門注意到了一個奇怪的現象：當汽車轉彎時，車頂上的球形天線並沒有對應的轉動。這說明雷達掃描器並沒有工作，而這輛車既沒有衝上路邊的人行道，也沒有迎頭撞上路上的其他車輛；這個彎轉得非常完美，自始至終都在自己的車道內行駛。賽門明白，這種情況不外乎兩個原因：不是這輛車使用了另外一種避開障礙物的全新技術，就是在它的內部藏著一位駕駛員。

賽門得意的笑了，他把望遠鏡收起來，向他的法拉利跑去。

第七章

在「高地人」機器人汽車內一個隱密而黑暗的座艙中，阿米爾．古普塔彎身俯在電子控制板的各種儀器上忙碌著。在這個狹小的空間裡，滿滿的擠進了四個人：大衛擠在古普塔和莫妮卡之間，而邁克則蹲在座艙另一邊的角落裡，膝蓋上放著一台任天堂「GameBoy」遊戲機，忘我的玩著電子遊戲。古普塔已經警告過他們，他這個外孫一旦受到騷擾，就會聲嘶力竭的尖叫。所以，大衛和莫妮卡爲了與少年保持距離，不得不以一種非常難受的姿勢緊緊擠在一起。莫妮卡的臀部把大衛的腿牢牢壓在地板上，而她的手肘又緊緊的抵住了大衛的肋骨。剛才，她的後腦勺還撞上了大衛的下巴，害得他的牙齒咬到了舌尖。但是，他頑強的忍著痛，沒有叫出來。他知道聯邦探員們正在車外，因爲這輛車的外殼上裝有幾個攝影機，不時的把外面的情況直接傳送到電子控制板中央的一個監視螢幕上，因此他可以清楚看到他們。

「高地人」的控制板頗似飛機的操縱桿，在中央螢幕的左右兩端各有一個黑色的手把，古普塔扳動右邊的手把使它加速、按住左邊的手把使它剎車。他就這樣轉換著使用兩個手把，操縱著機器人汽車離開了停車場，把聯邦探員們甩在身後。當他開上福布斯大道後，終於如釋重負的吹了一聲口哨，對他們說：「我想，我們現在安全了。看來沒有任何一個探員跟在我們後面。」

福布斯大道上，車來車往十分繁忙，古普塔駕駛著「高地人」一直在右車道上行駛，速度很慢，以便他的學生步行跟在後面。大衛從螢幕上方的羅盤看出他們正往東方前進，於是問：「我們現在要去哪裡？」

古普塔回答說：「沒有具體的方向，我現在只想盡量拉開我們與聯邦探員之間的距離。」

莫妮卡咕噥著：「我們開到東校園停車場去吧，我的車就停在那裡。像這樣擠在一起，我堅持不了多久。」

古普塔點點頭說：「好吧，不過到那裡還是要花好幾分鐘。我本來可以讓『高地人』開得更快一些，但是如果我把學生遠遠甩在後面，看起來就會很可疑。」

老人顯然對電子控制板非常熟悉，從前無疑是駕駛過機器人汽車的。大衛請教說：「教授，有一個問題我不明白，您爲什麼要在一輛機器人汽車上安裝一個人工操作系統呢？」

古普塔解釋：「『高地人』是與軍方合作的產物，軍方要求機器人汽車在必要時，同樣可以由士兵來駕駛。這是因爲五角大廈對我們的技術並不完全信賴，你明白嗎？我當初曾經反對過，但是他們堅持要這樣做。所以，我們就按照要求設計了這個人工操作的電子駕駛系統，和一個可以容納兩個人的乘客艙。我們把乘客艙擺在汽車的中心位置，這樣就可以在四周留出盡可能大的空間，安裝防護裝甲板。」

「但是，爲什麼聯邦探員沒有聯想到，這輛車的內部可能有一個人員座艙呢？他們對軍方的舉動一無所知嗎？」

教授笑了笑，回答說：「大衛，顯然你從來沒有爲政府做過任何事。所有爲政府開展的研究活動以及簽訂的合約都是高度保密的；陸軍絕不會告訴海軍他們在做什麼，海軍也絕不會告訴海軍陸戰隊他們在做什麼。這整件事情，全然的可笑。」

由於莫妮卡全身的重量一直壓在大衛的腿上，因此大衛的右腳已經變得麻木，於是他小心的挪動了一下右腿的位置，盡量不要碰到莫妮卡。古普塔十幾歲的外孫，雙手仍然在遊戲機的鍵盤上飛快的跳動，而身體的其他部分卻紋風不動，緊緊蜷縮在角落。在遊戲機的螢幕上，一個士兵正舉槍向一座黃色的矮房子射擊，大衛靜靜的看了幾秒鐘。然後，他湊到古普塔的耳邊小聲說：「您的外孫這下子平靜多了。看來，電腦遊戲對他很有吸引力。」

古普塔回答說：「這是兒童自閉症的症狀之一，過分專注於某些事，而對其他任何事都一律排斥在外。他就是以這種方式把自己封閉在整個世界之外。」

古普塔一副就事論事的語氣，好像他不是男孩的外公而是他的醫生，聽不出絲毫的遺憾和絕望。這對大衛來說，如此嚴酷控制自己的感情是不可思議的，即使約拿一生下來就患有自閉症，他也不可能做得到。他不禁問教授：「他的父母在哪裡？」

教授無奈的搖了搖頭說：「我女兒是一個吸毒者，她從來沒有告訴過我邁克的父親是誰。這五年來，他一直與我一起生活。」

古普塔的眼睛仍然盯著電子駕駛盤，但是他的雙手似乎把操縱桿抓得更緊了。大衛想，教授的感情防線已經到極限了，即使是最理性的人，也有自己的弱點。他不能再讓老人受折磨了，於是指著邁克的遊戲機問：「他玩的這個遊戲，就是您接待室電腦裡的那個遊戲嗎？」

教授正急於換一個話題，於是立刻用力點了點頭說：「是啊，這個程式叫作『戰地勇士』，是陸軍用來做戰鬥訓練的。機器人學研究所與他們簽了一個合約，爲這個程式開發一個新的介面。有一天我們正在電腦實驗室研究這個程式的時候，邁克進來了。他只看了一眼，就從此沉溺其中不能自拔。我曾經嘗試過讓他對其他電腦遊戲產生興趣，例如『全美職業棒球賽』之類的遊戲，但是他統統不感興趣，只玩『戰地勇士』。」

這時，莫妮卡終於移動了身體的重心，把她的臀部從大衛的腿上挪開，但接著又壓到了他的膝蓋上。她的臀部堅實而肌肉發達，儘管大衛的腿有些疼痛，但是他仍然不禁有些心神蕩漾。他已經有很長的時間沒有與一個女人如此接近了，很想伸出手摟住她的腰，聞一聞她身上甜蜜的馨香。但是，現在顯然不是溫存的好時機。他回過頭重新面對古普塔，問道：「您的研究所承接了許多軍方的工作，是嗎？例如『龍行者』、『高地人』，還有『戰地勇士』。」

古普塔聳聳肩：「這是我的財源。雖然我的基金會資金來源也相當廣泛，但是，只有五角大廈有足夠的資金支持那些長期的研究項目。但是請注意，我從不研究武器。偵查可以，模擬戰鬥也可以，但是絕不研製武器。」

「以您的高見，軍方爲什麼會對統一場論如此感興趣？這個理論可以用來製造出什麼樣的武器呢？」

「我已經跟你說過了，我根本不知道統一場論的任何細節。但是，無論什麼樣的大一統理論(注)，都必須能夠解釋在極高能量的環境中，粒子和力會發生的變化，例如在如同黑洞一樣強大

注 Unification theory，物理學慣用說法，大一統理論應該可以將各種不同作用力的理論融合在一起，以一個統一的理論解釋一切。

的能量環境中。可以預測，在那種情況下一定會產生我們無法想像的現象。」

莫妮卡換了個姿勢，又把臀部壓到了大衛的大腿上。他感覺到她的身體因興奮而繃緊。她向教授問：「但是，即使知道了結果，又怎麼可能利用這些現象去製造武器呢？因爲在現實環境中，要產生如此巨大的能量根本是做不到的，除非我們有一個像銀河系一樣大小的粒子加速器。」

古普塔反駁說：「也許需要，也許不需要。對於物理學上的任何一個新發現，我們都無法預料到它會帶來什麼樣的結果。例如，博士先生的相對論，一九〇五年他就發表了關於這個特別理論的論文，而一直過了好幾個月他才意識到，他的那些方程式其實最終得出了一個公式，就是那個著名的 $E = mc^2$。而又過了整整四十年，物理學家們才學會了如何運用這個公式去製造一顆原子彈。」

大衛點頭表示同意，他說：「在一九三〇年代的一個記者招待會上，有人問愛因斯坦是否有可能透過分裂原子來釋放能量，當時他對這種想法存著完全否定的態度。他是這麼說的：『這就像在一個幾乎沒有鳥的黑暗原野上持槍獵鳥一樣。』」

「他就是這麼說的。博士先生那次確實犯了一個天大的錯誤。所以，他後來下決心不要再犯同樣的錯誤。」教授再次搖搖頭說。「感謝上帝，他爲我免除了承擔統一理論的沉重負擔，但是我知道它的風險。這不是一個物理學的問題，而是一個人類行爲模式的問題。人類實在是愚蠢至極，總是不願意停止彼此之間的殺戮。他們會使用手中的任何武器去消滅自己的敵人。」

他沉默下來，同時間，寬闊的東校園停車場的入口處，出現在電子螢幕上。這個停車場比他們五分鐘前離開的那個還要大好幾倍。教授操縱著「高地人」通過了停車場的入口，然後捏住左邊的手把使它停了下來。接著，他按下一個按鈕，螢幕上的畫面立刻轉換成停車場的全景圖象。他得意的宣布：「讓我來爲你們展示一下這個機器人的能力。雷納多博士，請妳在螢幕上把妳的車指給我看，好嗎？」

莫妮卡伸長脖子在螢幕上尋找著，幾秒鐘後，她用手指了指停在停車場後方一輛紅色的「輕型巡洋艦」，離他們至少還在一百公尺以外。她說：「就是這一輛。我記得我把它停在角落一輛大型旅遊巴士旁。」

古普塔用手指在螢幕上的「輕型巡洋艦」影像輕輕點了一下，一個不斷閃爍的「×」標記立刻出現在那輛車上。接下來，他又按下了另外一個鍵，然後雙臂交叉放在胸前說：「現在，我已經把『高地人』切換到自動工作狀態。請看螢幕。」

古普塔再也沒有觸動任何控制鍵，但是「高地人」已經開始在停車場內搜索前進。它選擇了一條通往「輕型巡洋艦」距離最短的路線，以接近每小時二十五公里的速度，準確無誤的在一排排車輛中間穿行。行進了大約一半距離的時候，一輛小型貨車突然從「高地人」前面僅十公尺遠的停車格裡倒車出來，從螢幕上看，「高地人」即將撞上小型貨車的邊門。大衛下意識伸出右腳，去踩那個根本就不存在的剎車踏板，而古普塔仍然從容的雙手抱在胸前。「高地人」根本不需要人爲的干涉，它已經開始減速，並且穩穩的停了下來。

古普塔驕傲的指著螢幕問：「相當棒，對嗎？自動導航並不僅僅是一個簡單的運算過程，它還必須分析前方道路的狀況並且確定障礙物，這是一個極端複雜的決策過程，而決策又是智力和意識的最終體現。」他回頭看看大衛和莫妮卡。「這也就是爲什麼我從物理學轉到了機器人學上來。我目睹了這個世界的變化，它離博士先生世界和平的夢想越來越遠。所以，我體認到一點：除非人類的意志發生根本性的轉變，否則他的夢想永遠不可能實現。」

小型貨車開走，爲「高地人」讓出了繼續前進的路。機器人汽車隨即重新起步，向「輕型巡洋艦」駛去。同時，古普塔把身體靠在乘客艙的艙壁上，繼續說：「我曾經認爲，人工智慧可以成爲通向這一個全新的人類意識的橋樑。如果我們能夠教會機器正確的思考，我們就可以從中學到一些提供自我反省的事物。我知道，這種方法聽起來完全是不實際的烏托邦理想，但是在過去二十年裡，我一直對它寄予莫大的希望。」他低下頭，歎了一口氣。在螢幕發出的微弱光線映照下，老人的臉顯得十分疲憊。「可惜啊，我們已經沒有時間了。雖然我們製造的機器獲得了智慧，但那只不過是一隻螻蟻般的智慧，除了在一個小小停車場裡導航以外，什麼也做不了。」

「高地人」終於到達了指定的目的地，導航螢幕上顯示出莫妮卡「輕型巡洋艦」的尾部就在幾公尺之外，汽車牌照上的字母清晰而驕傲的拼出一個「STRING（弦）」字。大衛轉向古普塔，想討論一下下一步的行動方案，卻發現老人仍然低著頭，默默無語的看著腳下。他一面搖頭一面喃喃自語：「損失啊，巨大的損失啊！可憐的阿拉斯泰爾，心中的祕密把他逼瘋了。他回到了蘇格蘭，希望能夠忘掉博士先生交給他的那些方程式，但是無論如何也無法把它們從腦中抹去。雅克和漢斯都是相當堅強的人啊，但是這個理論同樣把他們折磨得身心憔悴。」

莫妮卡回過頭，與大衛交換了一下眼神：他們沒有時間在這個停車場裡充分商量。聯邦探員們就在不到兩公里之外，一旦他們完成了對紐厄爾—賽門大廳每一個角落的搜查，肯定會立即擴大搜索範圍，甚至可能再次對「高地人」進行檢查。大衛又開始為他們的安全擔憂，他俯過身去，輕輕抓住老人的肩膀說：「教授，我們必須離開了。怎麼打開這個座艙的艙門？」

古普塔抬起頭，但是他的眼光並沒有落到大衛身上，那一雙半閉著的眼睛呆滯的看著他左邊的某處。他繼續說：「你知道我與漢斯上一次見面時他怎麼說的嗎？他說，如果他、雅克和阿拉斯泰爾能夠把這個祕密一直帶到墳墓裡去，那很可能才是對人類更好的結局。聽他這麼說，我很震驚，因為漢斯是我們當中最熱愛這個理論的人。每當物理學界有了一項重大的突破性進展，例如頂夸克（注1）或者電荷—宇稱不守恆（注2）的發現，他都會立刻打電話給我，對我說：『看到了嗎？這都是博士先生早就預言過的！』」

一聽到自己恩師的名字，大衛雖然心裡著急，卻不禁停止了催促，腦海裡又浮現了教授的身影。在西哈林區的街道上，人們常常可以看到可憐而孤獨的漢斯·克萊曼老人緩慢行走的身影，但卻不知道他的腦中深深埋藏著關於我們這個宇宙的諸多祕密。也正為了這個原因，他終生未娶，所以也終生沒有建立起自己的家庭。但是，他並非一個朋友也沒有，他與阿米爾·古普塔就

注1 Quark，組成物質的最基本的粒子，現今已知的有六種：分別為上夸克、下夸克、魅夸克、奇夸克、頂夸克、底夸克，其中頂夸克最重，直到一九九五年才在費米實驗室發現。

注2 CP violation，電荷（C）—宇稱（P）不守恆：正反物質間具有高度的對稱性，例如正反粒子的質量相同，電荷相反等，稱為CP對稱。物理學家長期以來認為CP對稱是絕對的，但在一九六四年發現弱作用力會造成非常微弱的CP不對稱，當時引起極大的震撼。

一直保持著聯繫。大衛突然問：「您上次見到克萊曼教授是什麼時候？」

古普塔想了想，回答說：「我想，大概是在四年前。是的，沒錯，是四年前。那時漢斯剛從哥倫比亞大學退休，情緒顯得有點低落。所以，我邀請他到卡內基休養所散散心。我們一起在那裡度過了兩個星期。」

「卡內基休養所？？那是做什麼用的？」

「雖然名字取得好聽，其實不怎麼樣。那只是卡內基美隆大學擁有的一棟舊時打獵用的小木屋，位於南邊的西維吉尼亞州。校方把它整理出來，提供教師們夏天避暑時用。其實幾乎沒有人到那裡度假，因爲去那裡實在是太遠了。」

一間林中的小木屋，克萊曼和古普塔四年前一起在那裡住過。但是，正因爲他們倆也只去過那裡一次，所以無論是聯邦調查局或是遊客都不可能知道這個地方。大衛再問：「那個小木屋裡有電腦嗎？」

聽到這個問題，古普塔似乎感到很意外。他抬起手摸摸下巴，食指輕輕敲打著嘴唇，然後說：「有的。我們安裝了一套電腦系統，主要是爲了讓邁克玩電腦遊戲。他當時十三歲。」

莫妮卡扭轉過身體，看著大衛的眼睛問：「你在想什麼？是不是認爲克萊曼教授把那些方程式藏在那裡了？」

他點點頭。「有可能。教授的密碼告訴我們古普塔教授掌握著這個理論，對嗎？而阿米爾教授卻根本不知道那些方程式，所以，很可能是克萊曼教授祕密的把它們放進了教授的電腦。克萊曼教授非常明白，他絕不能用機器人學研究所或阿米爾教授家裡的電腦來保存那些方程式，因爲一旦政府企圖得到它們，這些地方就是他們首先會搜查的。而西維吉尼亞州森林中的這個小木屋呢，只有阿米爾教授一個人知道克萊曼教授去過，所以把東西藏在那兒會安全得多。」

古普塔的食指仍然敲打著嘴唇，顯然並不同意大衛的分析。他反駁說：「在卡內基休養所，我從來沒有看到漢斯靠近過電腦一步。如果他想把統一場論藏在那裡，爲什麼不告訴我一聲呢？」

「也許，他擔心那些人會審問您，甚至折磨您。」

古普塔正要反駁，莫妮卡突然用手指了指「高地人」的導航螢幕。兩位隨著他們從紐厄爾—賽門大廳一路來到停車場的學生，正向車頂上的監視器揮著手，試圖引起他們的注意。兩位年輕人一位身材矮小、較胖，另一位身材較高、臉上滿是痘疤，但他們都同樣表現出擔憂的神情。莫妮卡叫道：「該死！外面一定出事了！」

古普塔也看到了螢幕上的情況，迅速按下控制板上的一個按鈕，伴隨著機械發出的嘶嘶聲，「高地人」頂部封閉的艙門徐徐打開。莫妮卡和大衛首先爬出艙外，接著古普塔幫助外孫爬了出來。大衛剛剛跳到柏油路面上，就聽見警笛發出的尖鳴，看見匹茲堡警局十幾輛黑白相間的巡邏車正沿著福布斯大道呼嘯而過，直奔紐厄爾—賽門大廳而去。很顯然，聯邦調查局已經調來了當地警力支援。

莫妮卡跑到她的車前，打開了車門，喊著：「快！快上車！他們馬上要封鎖街道了！」

大衛帶著古普塔和邁克向另一邊的車門走去，卻突然停下腳步說：「等等！我們不能坐這輛車！」他轉向莫妮卡，一手指著她車上那個自我炫耀的汽車牌照說著：「聯邦調查局可能正在檢查所有的監視錄影帶，一旦他們發現妳是誰，賓州的所有員警都會搜尋這樣一個車牌號碼的紅色『輕型巡洋艦』！」

莫妮卡叫道：「那我們怎麼辦？我們也不可能再坐『高地人』了，警察同樣會搜尋它！」

臉上長滿痘疤的高個子學生，怯生生的舉起一隻手說：「呃，古普塔教授？如果您願意，你們可以借用我的車。它就停在那邊。」說完，他用手指了指一輛破舊的灰色「現代雅紳特」，後保險桿上還有一個碰撞後留下的深深凹痕。

莫妮卡張大了嘴，難以置信的盯著那輛破車說：「『現代』？你是要我把我的『輕型巡洋艦』留在這裡，然後去開一輛『現代』？」

這時，高個子學生已經從口袋裡掏出了車鑰匙，古普塔走到他面前，拍拍年輕人的後背說：「傑瑞米，你太慷慨了。我們會盡快把車還給你的。同時，我認爲你和加里必須離開這座城市，到外面待幾天。你們倆坐一輛公車到五指湖去吧，到那兒的峽谷裡走走。孩子們，可以嗎？」

兩個學生立即點了點頭，顯然都十分樂意幫自己崇拜的教授這個忙。傑瑞米把車鑰匙遞給古普塔，古普塔又轉身遞給了大衛。莫妮卡卻仍然站在「輕型巡洋艦」打開的車門前，悲傷的看著自己心愛的車，彷彿她就要與它永別一樣。

當大衛來到她面前時，她用責備的眼神看著他說：「我花了七年的時間存錢買了這輛車。整整七年！」

他從她身邊把手伸進車裡，抓起旅行袋、裝著筆記型電腦的手提包，以及莫妮卡當天早上在新斯坦頓服務區買的一袋三明治，然後把「現代」的車鑰匙放到她的手掌裡，對她說：「快走吧，發動『雅紳特』。我聽說，這種車有著相當靈巧的小引擎。」

從望遠鏡裡，賽門清楚的看見四個人從機器人汽車中爬了出來，其中有大衛．史威夫、莫妮卡．雷納多和阿米爾．古普塔，而第四個人卻是個謎——一個身材瘦長的男孩，有著黑頭髮和稍黑的皮膚，年齡不過十幾歲。古普塔站在車頂上看著他，引導他從車裡爬出來，但是自始至終都沒有伸手拉孩子一把。這可是個相當神祕的人物！賽門本想立刻對他們發動突襲，但隨即發現在這個停車場裡展開行動並不理想，它太開闊，也太顯眼。更重要的是，聯邦調查局的那群探員離這裡太近，而當地警察局的大批巡邏車也正向校園裡匯聚。他決定還是再忍一忍，等待下一個更有利的時機。

從「高地人」爬下來後，四個人先是跑向莫妮卡的「輕型巡洋艦」（在殺死技師凱斯之前，賽門已經從他口中得到對這輛車的詳細描述），但是在與兩個學生簡短商量後，他們又一起擠進了一輛破舊不堪的灰色小型汽車。這輛車開出停車場後，右轉駛上了福布斯大道。賽門讓他們先行駛了一百公尺，然後啓動法拉利尾隨其後。他計畫在他們行駛到某個非常僻靜的路段時，再發動攻擊。小型汽車行駛大約一公里以後再次右轉，開上默里大道，朝南邊而去。

那天早上，凱倫和約拿終於離開聯邦調查局的審訊室。回到家裡以後，她立刻把兒子放到床上睡覺。幾小時之後，她又來到兒子的臥室查看孩子的情況。約拿仍然趴在床上，身上蓋著印有蜘蛛人圖案的毯子，臉朝下埋在紅藍相間的枕頭裡。她以為約拿還在酣睡，但是當她轉身準備離去的時候，約拿卻翻過身來，兩眼看著她，問道：「爸爸在哪裡？」

她在他的床沿上坐下來，用手把擋住孩子眼睛的一綹金髮拂到一邊，輕聲問：「嗨，我的小寶貝，感覺好些了嗎？」

約拿皺起眉頭，把她的手推到一邊問：「警察為什麼要找爸爸？他做了壞事嗎？」

凱倫想了想，決定不讓孩子知道太多的情況，但是她首先要弄清楚他知道些什麼。於是她問：「昨天晚上，探員們把你從我身邊帶走以後，他們對你說了些什麼？」

「他們說爸爸有麻煩了。他們還問我爸爸有沒有女朋友。」他說著坐起身來，踢開蓋在身上的毯子。「是不是因為爸爸有了女朋友，他們生他的氣？」

凱倫搖搖頭說：「不是的，親愛的，沒有人生氣。昨晚發生的事情只是一場誤會，知道嗎？那些探員走錯門了。」

「他們都帶著槍。我看見了。」約拿想起了當時的情景，眼睛一下子睜得大大的。他抓住凱倫的袖子，在手裡攥成一團。「如果他們找到爸爸，會對他開槍嗎？」

她伸出雙臂，把兒子緊緊摟到懷裡，下巴輕靠在他的左肩上。接著他開始哭泣，小胸膛隨著哭泣起伏，撞擊著她的胸脯。凱倫也哭了起來，他們都懷著同樣的恐懼：那些帶著槍的人正到處尋找大衛，遲早會抓住他。她的眼淚流下臉頰，滴落到約拿的背上，她看見自己的眼淚在他的睡衣上形成了一個個濕潤的圓點。

她把兒子抱到腿上輕輕搖晃著，一邊看著床邊牆上掛著的一幅畫。那是一幅描繪太陽系的畫，是大衛在大約兩年前專門爲約拿畫的。他拿了一張很大的黃色海報紙來，在它的背面畫上了太陽和太陽系所有的行星，還有一個小行星帶和幾顆正在飛行的彗星。大衛每天都花好幾個小時在這幅畫上，精心描繪出土星的光環和木星上的大紅斑。凱倫清楚的記得，自己對他把如此多的精力放在這幅畫上有些不滿；即使他們的婚姻已經到了崩潰的邊緣，他也寧願花掉一整天的時間爲約拿作一幅畫，而不願意拿出五分鐘與自己的妻子說說話。她現在突然意識到，看來大衛並不是個沒心肝的人，他只是爲了逃避已經無法改變的現實而已。與其與她再來一次毫無結果的爭吵，倒不如埋頭在那幅畫裡，做一點他喜歡的事情。就在這幅畫完成後不久，他就搬出了這個家。

就這樣過了大約一分鐘，凱倫擦去臉上的眼淚，在心裡對自己說：好了，已經哭夠了，該做點什麼了。她把約拿從身上推開，雙手抓住他的肩膀，兩眼看著他的眼睛說：「好了，聽我說。我要你以最快的速度把衣服穿好。」

他迷惑的看著她，兩個臉頰隨著呼吸興奮的起伏，問著：「爲什麼？我們要出門嗎？」

「我們去見我的一個朋友。她可以幫我們把這個錯誤糾正過來，那麼爸爸就再也不會有任何麻煩了。好嗎？」

「她要怎麼糾正呢？她認識那些警察嗎？」

凱倫用手拍拍孩子的背，推著他下床，同時回答說：「待會在去見我朋友的路上，我們再談這個問題。現在你只要把衣服穿好。」

約拿開始脫掉身上的睡衣，她轉身回到自己的臥室，準備換上一套職業服裝。也許那一套灰色的「唐娜・凱倫」（注）套裝正合適，那也是她參加合約談判時通常要穿的服裝。要實行自己的計畫，她的外表必須讓人肅然起敬。

就在她還沒有完全想好的時候，門鈴響了。她一下子愣住，腦中又出現昨天晚上聯邦探員破門而入的那一幕。她小心翼翼走到前門，透過門鏡向外窺視。

是亞摩利。他身穿灰色職業西裝，神情焦急而疲憊的站在門墊上。昨晚聯邦探員衝進來時，在他的額頭上撞出了一道傷痕，現在那裡貼著一塊紗布。他正拿著手機打電話，連續點了幾次頭，看來即將結束通話。

凱倫打開門，亞摩利很快關掉手機，走進屋裡。他對她說：「凱倫，妳必須馬上和我一起到市區去，到美國聯邦檢察官的辦公室。他要立即與妳談一談。」

她惱怒的叫道：「什麼？你瘋了嗎？我再也不去那裡了！」

「不是聯邦調查局，是美國聯邦檢察官辦公室。他希望能為昨天晚上聯邦探員的行為當面向妳道歉。」他說著指了指自己前額上貼著的紗布。「他已經為他們粗暴的行為向我道過歉了。」

「道歉？」凱倫覺得很驚訝，憤怒的搖搖頭。「如果他眞有心，就應該親自到這裡來向我道歉！他應該跪在我兒子面前，請求他的寬恕！然後，他就該撅起他的屁股，讓我狠狠踢他一腳！」

亞摩利耐心等她發洩完，然後繼續說：「關於妳前夫的案子，他有一些新的情況要告訴妳。

他們已經證實，大衛的同夥之一是個毒品販子。她叫莫妮卡．雷納多，是普林斯頓大學的教授。」

「我從來沒聽過這個人。還有，亞摩利，根本沒有什麼毒品生意。我告訴你，那是他們捏造的故事。」

「我想，妳可能錯了。這個雷納多是一個來自華盛頓的黑人女性，她與毒品貿易的關係是確定無疑的。她的母親吸毒，而她的妹妹是個妓女。」

凱倫厭惡的揮揮手說：「那又怎麼樣？這並不能證明任何事情。他們又在造謠了。」

「凱倫，他們發現他現在正與這個女人在一起。妳能肯定大衛從來沒有提到過她嗎？」

亞摩利目不轉睛的看著她，觀察著她眼神的變化。幾秒鐘後，她開始起了疑心。聯邦調查局編造出這個故事，她很清楚他們的目的是什麼：玩弄所謂新女友的老把戲，希望藉此激發她的妒忌心，因而背叛她的前夫。但是，亞摩利爲什麼如此仔細觀察她的表情呢？她質問：「到底發生什麼事？你在審問我嗎？」

他咯咯地笑起來，但是她發現他的笑聲是裝出來的。「不、不。我只是想把事情搞清楚。我們當律師的不就是這樣嗎，專門——」

「我的天啊！我還以爲你是站在我這一邊的！」

注 美國三大服裝品牌之一，一九八四年創立。唐娜．凱倫以自己的名字爲其高檔女裝命名，其二線產品爲「唐娜．凱倫紐約」，簡稱「DKNY」，頗受年輕人的歡迎，名氣甚至超過正牌。

他向她靠近一步，把一隻手放到她肩上，微微歪著頭，臉上流露出包容的笑容。在他的法律事務所裡，他常常用這一招對付那些初出茅廬的同行。他說：「請妳冷靜下來。我當然是站在妳這一邊的。我只是想盡量幫妳減輕一些壓力。我有一些朋友，他們都非常願意協助我們。」

他撫摸著她的手臂，但是這反而使她感到毛骨悚然。這個混蛋肯定與聯邦調查局互相勾結，不知道他們是怎麼吸收他的。她甩開了他的手，斷然說：「我不需要你的幫助，可以嗎？我自己能夠解決這件事。」

聽到凱倫的話，他收起臉上的笑容，一本正經的說：「凱倫，請妳聽好了。這是一個非常嚴重的案子，牽涉到一些大權在握的人物。普通人是不會與他們爲敵的。這不僅對妳沒有好處，對妳兒子也同樣沒有好處。」

她簡直難以置信，自己竟然會與這樣的混帳同床共枕。她繞到他的身後，一把拉開了門，大聲說：「亞摩利，你給我滾出去！你可以告訴你那些狐群狗黨，下地獄去吧！」

他尷尬的抿起那張具有貴族氣質的嘴，一貫傲慢的臉上留下哭笑不得的神情。接著，他試著裝出一副不失尊嚴的樣子，走出了公寓，並冷冷的說：「如果我是妳，我會非常謹慎，絕對不會感情用事。」

凱倫砰的一聲用力關上門。他說得沒錯，她正要做一件相當感情用事的事。

副總統坐在白宮西翼的辦公室裡，手裡拿著叉子，正鬱悶的在他的晚餐上戳來戳去。那是一

塊又小巧又乾癟的雞胸肉，周圍擺著一些蒸熟了的胡蘿蔔條。自從他第四次心臟病發作以後，白宮的廚師們就一直爲他烹製這種淡而無味的低脂食物。在最初的一年多裡，他一直忍受著這種新膳食的折磨，因爲心臟病發作所帶來的撕心裂肺的疼痛仍然記憶猶新，使他不敢越雷池一步。然而，隨著時間的流逝，他對這種食物的反感與日俱增，對澆滿了醬汁的上等牛腰肉和拳頭大小、裹著融化牛油的龍蝦的渴望也日趨強烈。每天食不知味的生活害他性情煩躁，動不動就對他的助理和特勤局保鑣大發脾氣。儘管如此，他仍然不屈不撓地堅持工作，美國人民都要依靠他。因爲總統實在是一個徹頭徹尾的白癡，一個沒腦子的裝飾品，除了精於競選之外，其他一竅不通。要是沒有他這個副總統的忠告和指導，整個美國政府早就他媽的完蛋了。

他正嚼著索然無味的雞肉，卻聽見有人敲門。他艱難的把雞肉吞下，問道：「是誰？」隨即，他的幕僚長走了進來。然而，他還來不及開口，國防部長又衝了進來，並且迅速跑到幕僚長的前面，垂著那顆攻城錘似的方腦袋對他說：「我們得談談。」

副總統示意幕僚長離開辦公室並把門關上。國防部長大步從房間中鋪著柔軟坐墊的椅子穿過，差一點打翻放在茶几上的蒂芬妮檯燈。這人是個行爲粗俗、性情暴躁而又極端自信的傢伙，但是，他也是整個政府機構中少數幾個副總統可以信賴的人之一。他們倆自從尼克森時代就開始合作共事。副總統問：「又怎麼啦？巴格達又發生爆炸了？」

他搖搖頭回答說：「『快捷行動』出問題了。」

副總統把餐盤推到一旁，感到胸口一陣疼痛。然後他質問道：「我記得，你說過一切都在你的掌握之中。」

「都是該死的聯邦調查局的錯，他們已經兩次把事情搞砸了。」國防部長摘下無框眼鏡，拿著它拚命戳著空氣。「先是讓犯人跑走了，只因為他們把他帶到一個毫無防禦能力的地方。接著，他們又讓另一個目標從眼前溜走了，因為他們把監視行動搞得一團糟。現在好了，兩個目標都在逃，而聯邦調查局對他們在哪裡卻一無所知！」

副總統胸口的疼痛開始加劇，好像有人在他的胸骨下釘進一枚圖釘。他問：「這兩個目標是什麼人？」

「兩個都是教授，可能都是極端的自由主義者，而且像狡猾的兔子一樣，怎麼都抓不到。我看，他們八成與蓋達組織是一夥的，要不就是拿錢為伊朗賣命。總之，聯邦調查局毫無線索。聯邦調查局局長居然派了一個女人負責這次行動，這也是問題之一。」

「她叫什麼名字？」

「派克。露西爾．派克。我不瞭解這個女人，只知道她來自德州。不過，這也說明了問題所在。她大概與我們的『牛仔統帥』有什麼瓜葛。」說著，他朝左邊——也就是橢圓形辦公室的方向，歪了歪頭。

副總統端起杯子喝了一口水，希望能夠壓住胸部的疼痛。「快捷行動」是在大約一週前開始的，當時，國家安全委員會在對網際網路的監視過程中，攔截到了一個非常古怪的訊息，那是一個整篇都是加密語言和奇怪方程式的電子郵件。追查發現，這封郵件竟然發自蘇格蘭格拉斯哥市的一所精神病院。一開始，國家安全委員會以為這封郵件不過是一個瘋子的天才發明。但是，委員會的一位分析專家出於好奇心，對這個電子郵件進行了研究，結果發現郵件的作者竟然是一位

曾經與愛因斯坦共事過的前物理學家。那些方程式只是一個十分複雜的理論的部分內容，但是其價值已經足以使國家安全委員會立即成立一支特遣隊，去尋找這個理論的其餘部分。據專家宣稱，這個理論可以爲美國的反恐大業，提供一種非常強大的新式武器。

但是，根據副總統從政四十年來所得的一個重要經驗，政府的文官對於迅速處理這樣的難題是無能爲力的。當國家安全委員會把特遣隊成立時，四個情報來源目標中的三個已經死亡。不僅如此，某個外國政府或者恐怖組織也在追逐這個理論。根據反恐專家目前的研判，一旦這個理論落到錯誤的人手裡，其後果將是災難性的；而按照國家安全委員會備忘錄中的說法，那將使九一一事件看上去就像一個微不足道的小衝突。副總統問：「那麼，你有什麼計畫？我想，你跑到我的辦公室來，一定另有原因吧？」

國防部長點了點頭說：「我需要得到總統的授權。我希望用三角洲特種部隊來保障國內安全，讓他們在邊境上巡邏，積極追捕我們的目標。現在是五角大廈全權接管整個行動的時候了。」

副總統考慮了一下，從技術層面上講，《地方警衛隊法》禁止軍事單位參與美國本土的任何執法行動，但是在國家緊急情況下也是可以有例外的。他回答：「若你立刻取得授權，需要多少時間才能把部隊部署到美國本土？」

「三角洲特種部隊目前在伊拉克西部地區。我可以在十二小時之內把他們全部空運回國。」

大衛一行人沿著十九號公路往南駛去，這時正穿越西維吉尼亞州綿延起伏的山區。時間剛到下午六點，從邁克的遊戲機中傳出的模擬槍聲突然停止，發出了一聲高亢的咻音，接著一個合成的聲音宣布：「晚餐時間到了。」大衛回頭朝後座上看去，發現邁克終於抬起了頭，把目光轉向在他身邊打瞌睡的古普塔教授。少年對他說：「外公，晚餐時間到了。」

這是大衛第一次聽到這個孩子說話，他的聲音就像「GameBoy」發出的聲音一樣乾脆而不帶感情。邁克和他外公有著同樣濃密的眉毛和雜亂無章的頭髮，大衛可以輕易看出爺孫倆的相似之處，但是邁克的不同之處，在於那一雙空洞無神的眼睛和呆滯麻木的表情。少年又叫了一聲：「外公，晚餐時間到了。」

古普塔眨了眨眼睛，又用手抓抓頭，然後向前排座位俯過身去，先看看正在開車的莫妮卡，接著又看看坐在一旁的大衛，然後說：「抱歉，你們車上有沒有什麼吃的東西？」

大衛點點頭說：「我們今天早上買了一些吃的。」他拿起莫妮卡在賓州高速公路的休息站買來的一袋食物。「我看看還有什麼。」

當大衛在塑膠袋裡翻看剩餘的食物時，莫妮卡的眼光從前方的路上轉到了後視鏡上。在過去的兩個小時裡，她一直緊張的注視著路面情況，觀察是否有警車出現。現在，她暫時把注意力放到古普塔和他的外孫身上。她問教授：「電腦遊戲會告訴他什麼時候吃飯嗎？」

「是啊。」古普塔回答說。「我們在『戰地勇士』的程式裡設置了吃飯的時間，到時後它就會自動停機半個小時。當然啦，晚上也會停機。要不然，邁克就會一直玩到倒下爲止。」

大衛在塑膠袋的最下面，找出了一個用塑膠盒包裝起來的火雞肉三明治，問教授：「您的外孫吃火雞肉嗎？」

古普塔搖搖頭，回答說：「不，他不吃火雞肉。沒有別的東西了嗎？」

「沒什麼了。只剩一袋洋芋片和幾塊餅乾。」

「哦，他喜歡洋芋片！但是必須有番茄醬，而且必須是每一片不多不少正好兩滴，否則他就不吃。」

大衛把火雞肉三明治撥到一邊，終於找到了幾包番茄醬，多虧莫妮卡隨手把它們扔進了袋子裡。他把番茄醬和洋芋片一起遞給古普塔教授。

教授高興的說：「好，這太好了。你知道，邁克對食物非常挑剔，這也是自閉症的另一個典型症狀。」

古普塔打開洋芋片的袋子時，莫妮卡再次向後視鏡裡看了看，然後緊閉雙唇，表現出一副不以爲然的神情。她認爲，洋芋片和番茄醬並不能構成一頓眞正的晚餐。她又問教授：「只有您和邁克一起生活嗎？」

古普塔從袋子裡取出一片洋芋片，在上面擠了一滴番茄醬，回答說：「哦，是啊，就我們倆。不幸的是，我妻子二十六年前就去世了。」

「您沒有找個人幫您照顧外孫嗎？例如保姆或者護士助理什麼的？」

「沒有，我們自己來。其實他並不是多大的麻煩，你只要習慣他的生活規律就好了。」古普塔說著又在洋芋片上擠了第二滴番茄醬，然後把它遞到外孫的手裡。「當然了，如果我的妻子還在世，事情就會簡單得多。漢娜照顧孩子特別拿手。我敢肯定，她要是活著，絕對會全心全意的愛邁克。」

大衛胸中不禁湧起對老人的憐憫之情。當年他為創作《站在巨人的肩膀上》而採訪古普塔時，教授向他講述了在愛因斯坦去世後的那些歲月裡，發生在他身上的一連串悲劇。首先是他的第一個孩子，一個年僅十二歲的兒子死於白血病。幾年之後，漢娜·古普塔生下了一個女兒，而這個女兒又在一次車禍中受了重傷。到了一九八二年，也就是教授剛剛放棄物理學研究，開始創建那個後來使他成為百萬富翁的軟體公司時，他四十九歲的妻子又突發中風撒手人寰。在採訪過程中，阿米爾曾經把她的照片拿給大衛看，至今他還清楚記得她的模樣——一位黑頭髮的東歐美女，身材苗條，表情嚴肅。

在採訪中，古普塔還提到了關於他妻子的其他事情，一件隱隱約約令人心酸的事，但是大衛卻怎麼也想不起來。他在座椅上轉過身，面對著教授問：「您的妻子也是普林斯頓大學的學生，對嗎？」

老人正往另一片洋芋片上擠番茄醬，他抬起頭看著大衛說：「不完全是。她參加過普林斯頓大學物理系舉辦的一些研究生研討會，但是從來沒有在那裡註冊上學。她本來在科學方面具有極高的天賦，可惜戰爭中斷了她的學業，所以她並沒有獲得任何正規的學術文憑。」

現在，大衛記起來了。漢娜·古普塔是納粹大屠殺的倖存者，也是二次大戰後在愛因斯坦的幫助之下，來到普林斯頓大學的猶太難民之一。愛因斯坦曾經傾盡全力，盡可能的向歐洲猶太人提供幫助，包括資助他們移民美國，並且為他們在大學實驗室裡找一份工作。漢娜和阿米爾就是這樣被聯繫在一起。

古普塔繼續說：「眞的，直到今天，一想起那些研討會我就感到心裡一陣狂熱。漢娜當時坐在後排，教室裡的每一個男人都不時偷偷看她。爲了吸引她的注意力，我們彼此競爭得很厲害。包括雅克和漢斯也都想得到她的芳心。」

「眞的嗎？」大衛的興趣立刻被激發起來了。在以往的交談中，古普塔從來沒有提到過在愛因斯坦的助手中，曾經發生過羅曼蒂克的競爭故事。

他問道：「競爭有多激烈？」

教授意猶未盡的微笑說：「噢，談不上激烈，因爲在雅克和漢斯還沒有鼓起勇氣向漢娜表白之前，我就已經與她訂婚了。感謝上帝，我們幾個後來仍然一直保持著親密的朋友關係，漢斯後來還成爲我兩個孩子的教父。漢娜死後，他對我女兒更是呵護有加。」

大衛覺得這個故事太美妙了，他眞希望自己當年就能夠得知這個故事，並把它寫進他的書中。但他剛剛想到這裡，就立刻意識到自己是多麼愚蠢。無論對《站在巨人的肩膀上》還是對其他所有愛因斯坦的傳記作品來說，眞正最大的遺憾是漏掉了這位偉大的物理學家發現的統一場論，這一件驚世的創舉。

他們繼續行駛了幾公里後，向西轉到了第三十三號郡公路上。這是一條盤繞在崇山峻嶺中的單線道公路，儘管離天黑還有一個多小時，覆蓋著茂密樹林的陡峭山坡卻使道路處在昏暗的陰影裡。窗外，偶爾會看到一輛飽經風吹雨打的拖車停在路邊，或者一輛被遺棄的轎車在林中鏽蝕，成爲沿途唯一可見的人類文明標誌。除了他們這輛車以及約四百公尺外的那輛黃色跑車，整條公路完全空空如也。

莫妮卡再次向後視鏡裡看去，只見坐在後座上的古普塔教授手裡拿著另一塊擠了兩滴番茄醬的洋芋片，像餵食一隻小鳥一樣，直接把洋芋片送進少年的嘴裡。看到這一幕，大衛覺得既感人又怪異，而莫妮卡則兩眼盯著他們，遺憾的搖搖頭。她問教授：「您的女兒現在在哪裡，教授？」

他臉上露出痛苦的表情說：「在喬治亞州的哥倫布市。那裡是吸毒者的天堂，因為本寧堡（注1）就在附近，到處都可以買到兜售給士兵的甲基苯丙胺（注2）。」

「您沒有試著送她去戒毒嗎？」

「啊，試過了，而且很多次。」他低下頭，看著手中的袋裝番茄醬，皺起眉頭抽了抽鼻子，好像聞到了腐爛變質的東西。「伊莉莎白是一個相當固執的女孩，而且像她母親一樣聰明，但是她連中學也沒有唸完。十五歲就離家出走，從那以後就一直過著貧困潦倒的生活。我沒有臉告訴你們她靠什麼生活，太骯髒了。即使邁克沒有自閉症，我也會主動監護他。」

莫妮卡的眉毛垂下來，眉心又出現了那一道紋路。在過去的二十四小時裡，大衛已經發現這表情的含義。由於她的母親也是吸毒者，他原以為伊莉莎白的經歷，會使莫妮卡對古普塔教授遭受的痛苦更加同情，但實際上他卻有些驚訝的發現，莫妮卡的反應完全出乎他的意料。看她那個生氣的樣子，好像立刻就要轉過身去、一把揪住教授的衣領。她對他說：「只要是您要她戒毒，她就不會戒的。你們兩人之間的積怨太深，您必須另外找個人來調解。」

古普塔身體前傾，瞇著眼睛，看得出他也很生氣。他說：「我試過了。我特地請漢斯去了一趟喬治亞州，說服她回心轉意。他去了伊莉莎白住的那間破爛小屋，扔掉她所有的毒品，還帶著她去戒毒治療門診登記。他甚至還爲她找了一份體面的工作，當本寧堡的一位將軍的祕書。」古普塔抬起手，用一根指頭指著後視鏡裡的莫妮卡。「可是，妳知道她堅持了多久嗎？兩個半月！她整天尋歡作樂，很快就丟掉了工作，也不再去做治療。就是從那個時候開始，邁克才來到我這裡與我一起生活。」

老人一面喘氣，一面沮喪的將身體往後倒在後座上。邁克靜靜坐在他的旁邊，顯然一直在耐心等待老人餵他下一片。教授從紙袋裡又拿出了一片，但雙手卻不停的顫抖，根本無法把番茄醬擠到洋芋片上。大衛正要問教授是否需要他的幫忙，此時，他在一分鐘前看到過的那輛黃色跑車，卻風馳電掣超過了他們，以接近每小時一百三十公里的速度在這個禁止超車的路段上，沿著相反方向的車道衝過了彎道。

「我的天哪！」他大叫一聲，著實嚇了一跳。「那個人想做什麼？」

莫妮卡向前探出身體，仔細的看了一下說：「那不是警察的巡邏車。西維吉尼亞州的警察現在還沒有開法拉利。」

「是一輛法拉利嗎？」

她點頭道：「『法拉利575馬拉內羅』豪華跑車，還相當高檔，全國也只有五十輛。這輛

注1 本寧堡步兵學校是美國陸軍最大的軍事學校，也是重要的訓練基地和科研中心，是培養美國陸軍步兵初級軍官的學校。

注2 一種興奮劑。爲冰毒的主要成分，而搖頭丸亦是冰毒所製成。

車的價格相當於我那輛『輕型巡洋艦』的三倍。」

「妳怎麼知道這麼多?」

「普林斯頓大學工學院的院長也有一輛,我在凱斯的修理廠裡經常看到。相當漂亮,不過也很會出毛病。」

法拉利跨過道路中間的雙黃線,回到自己的車道。但奇怪的是,這輛車沒有疾駛而去,而是開始減速,很快的從每小時一百三十公里減到了一百二十公里,接著減到接近一百公里,然後減到了八十公里;幾秒鐘後,黃色法拉利竟然減到每小時不到五十公里,在他們前面僅僅幾十公尺以外慢慢的爬行。前方的路正好是一個接一個的急轉彎,莫妮卡根本無法超車。

大衛道:「這傢伙在做什麼?他剛才不要命的超車,現在卻觀賞起風景來了。」

莫妮卡一直沉默著。她向前伸出脖子,上身幾乎壓到了方向盤上,眯起眼睛觀察著緩慢行駛的法拉利。幾秒鐘後她的臉開始抽動,只聽她低聲自語:「是紐澤西的車牌。」

到達坡底之後,法拉利突然加速,衝到了他們前方大約一百公尺遠的地方。緊接著司機猛踩剎車,法拉利在一座單向橋的橋頭突然停下來,擋住了他們前進的道路。

賽門面對著一個十分棘手的局面,他既要抓住一輛行駛汽車中的四個目標,又不能嚴重傷害他們,而且還要避免引起其他人的注意。他曾考慮把這輛小型汽車撞出路基,但是道路兩旁一直都是茂密的森林,他知道,一旦汽車撞上一棵樹,就會嚴重變形,像手風琴的風箱一樣擠壓在一

起。他要把目標從車裡救出來會非常困難，更談不上審問他們。這麼做行不通。於是他決定，必須先把速度降下來。

當汽車行駛到一條淺溪的單向橋前時，他發現了天賜的良機。他以飛快的速度把法拉利橫在道路中間，抓起烏茲衝鋒槍跳出了車外。他把烏茲的槍管立在法拉利的引擎蓋上，瞄準了正在接近的小型汽車。一旦它減速並開始轉向，他就向它的輪子開槍，剩下來的事情就好辦了。那輛車離他很近了，車內的四個人已經可以辨認出來，包括後座裡那個面容枯槁的少年也清晰可見。他覺得自己很走運，他們帶了這個小傢伙同行。他準備首先從這個孩子下手，這樣三個主要目標都會採取比較合作的態度。

大衛發現法拉利車的後面有動靜，一個禿頭、身穿黑色T恤和迷彩褲的大個子正蹲在車後。他手裡拿著一枝短粗、烏黑發亮的衝鋒槍，歪著頭，睜著一隻眼，從槍管後面瞄準了他們。恐懼像一盆迎頭淋來的冷水，浸透了大衛的全身，他彷彿已經感受到子彈鑽進胸膛的力道。後背僵硬的靠在座椅的椅背上，右手不由自主緊緊抓住車門上的扶手，但是眼睛仍然牢牢盯著蹲在法拉利後面的槍手。就在這一瞬間他注意到，那枝槍的槍口並沒有直接對著他們，而是稍微向下瞄準了「現代」車的輪子。

莫妮卡也看到了這一切。她大喊一聲：「該死！我要調頭了！」

就在她剛剛抬起踩著油門的腳，但還沒有踩下剎車的那一瞬間，大衛伸出一隻手按住了她的膝蓋，喊道：「別踩，不能減速！他想射擊車子的輪胎！」

「你幹什麼？放開我！」

「往那裡衝！」他用手指著道路左邊樹林裡的一個空隙，那是一條通向淺溪的小路，路上長滿了茂密的青草。「快踩油門！用力踩！」

「你瘋了嗎？我們不可能……」

衝鋒槍開火了，子彈擊中了「現代」的前保險桿，發出三聲清脆的金屬碰撞聲。莫妮卡沒有再爭論，一腳踩下油門，汽車猛的轉向直奔路邊而去。

「現代」歪歪斜斜的衝進了狹窄的林中小路，顛簸著越過土堆和泥坑，又有幾發子彈打中汽車的後部。莫妮卡雙手緊緊控制住方向盤，咒罵了一聲：「眞該死！」整部車就像一個裝滿銀器的木箱叮噹作響，而大衛、阿米爾和邁克不斷的從座椅上被彈起來。他們撞過草堆、滑過鬆動的石頭，一眨眼的工夫，已經開始跨越淺淺的溪流，強大的慣性力量直接把他們送上了岩石河床。「現代」的車輪掀起兩股高高的水柱，像是公雞漂亮的尾巴。緊接著，他們已經到達小溪對面的河岸前。莫妮卡猛踩油門往上衝去，引擎發出沉重的轟鳴聲，汽車像一隻雄山羊一樣爬上了河岸，並且很快找到了重新回到公路上的小路。「現代」剛剛爬上柏油路面，大衛立刻透過側視鏡向後望去，禿頭男人正站在橋上，烏茲衝鋒槍的槍托依然頂在肩上。但是他沒有再開槍，而是轉身跑回法拉利車旁，迅速鑽進駕駛座裡。

大衛叫道：「快加速！他追來了！」

賽門發現，目標逃跑的路線原來是一條專爲划獨木舟的人準備的便道，以便貪圖享樂的美國特權人物，可以直接把自己的車開到小溪旁，再取下獨木舟放進水裡。他暗暗咒罵自己太粗心，剛才竟然根本沒注意到它。

賽門決定調整自己的戰略，不再以把所有人全部活捉當作目標，只要有一個人能夠活下來，他就能從他口中得到所需的資訊。他回到法拉利上，排到了啓動檔。

莫妮卡已經把油門踩到底了，但是他們現在正往一座高山上爬，「現代」十分勉強的到達每小時一百一十公里的速度。聽著引擎發出刺耳的噪音，她一拳砸到方向盤上，眼睛盯著計速器吼道：「我告訴過你們要開我那輛『輕型巡洋艦』！」

大衛回頭從汽車的後窗望出去，在身後彎曲的山道上還看不到法拉利的身影，但是，他仍然覺得能夠聽到它的引擎發出的低沉吼聲。後座裡的邁克再次把目光盯在遊戲機上，正耐心等待著螢幕恢復工作。他的表情看起來彷彿什麼事都沒發生。而古普塔教授卻顯得十分緊張，舉起雙手緊抱在胸前，好像要按住他那顆怦怦亂跳的心。他的眼睛睜大，氣喘吁吁問道：「現在怎麼樣了？」

「還好，教授。」大衛言不由衷的回答。「我們會沒事的。」

古普塔突然拚命搖頭，大叫：「我要出去！讓我下車！」

大衛知道這是恐慌症發作的表現。他立刻掌心向下，向教授伸出雙手，但願這樣的手勢有助於讓老人冷靜下來，同時說：「深吸一口氣，好嗎？慢慢的、深深的吸一口氣。」

「不，我必須下車！」

說著，他隨即鬆開安全帶，把手伸向了車門的把手。幸好車門已經鎖上了。大衛立刻向後座撲過去，在古普塔就要打開車門的一瞬間，壓到了教授身上並抓住了他的手腕。他說：「我說過，我們會沒事的！」他一面安慰教授，一面再次朝後窗外看了一眼，黃色法拉利正緊跟在他們後方約五十公尺遠之處。

大衛立刻回頭想警告莫妮卡，但發現她已經看到跟上來的法拉利，兩隻棕色的眼睛正怒不可遏的盯著後視鏡。她咬牙切齒說：「那就是工學院院長的車！那個混蛋禿頭搶了院長的車！」

大衛道：「他追上來了，能再開快一點嗎？」

「不行，我開不快了！他開的是『法拉利』，而我開的是他媽的『現代』！」她無可奈何的搖搖頭。「他一定去過我家！但是沒有找到我們，而是找到了凱斯。所以他弄到了這輛車！」

隨著他們離山頂越來越近，法拉利也緊隨其後，步步緊逼。當它離「現代」只有大約二十公尺遠的時候，大衛看到禿頭男人搖下了車窗，用右手握著方向盤，然後將上半身探出窗外，左手拿著烏茲衝鋒槍對準了「現代」。大衛立刻抓住邁克和古普塔教授，把他們按倒在座椅的後面，並把自己的身體撲倒在兩人的身上。邁克立即發出了撕心裂肺的號叫。大衛同時向莫妮卡叫道：「低下頭！他要開槍了！」

第一輪射擊打碎了「現代」車後窗的安全玻璃，無數玻璃小球像雨點般的落到他們背上。第二輪射擊從他們頭上飛過，子彈穿過車內，在擋風玻璃上鑽出了幾個彈孔。大衛以為莫妮卡被擊中，立即爬到前座準備控制住汽車，但他發現莫妮卡安然無恙，雙手仍然牢牢握著方向盤。她全身上下看不到流血的地方，但是臉上卻已經是濕淋淋的一片——她在哭。她哭著問大衛：「凱斯死了，是嗎？」

兩個人心中都知道答案，大衛不需要回答。他只是把手放到她的肩上說：「我們趕快想辦法逃過這一劫吧，好嗎？」

「現代」車越過了山頂，開始向山下衝去，速度開始加快。禿頭男人再次向他們射擊，但因爲道路突然右轉，他們的車沒有被擊中。「現代」車的車輪發出刺耳的磨擦聲，高速衝過了轉彎處，大衛不得不一把抓住儀表板，控制住自己不要撞上開車的莫妮卡。他大叫：「天哪！小心點！」

她好像根本沒有聽到他的叫喊，兩眼緊盯著前方的路面，目光鎖定在道路中間的雙黃線。她的右腳用力踩在油門上，小腿的肌肉繃得緊緊的；她雙手抓著方向盤，手指上的血管因用力而凸起。她的神經和全身肌肉都處在高度緊張的狀態之中，而臉上專注的表情卻已經近乎凶殘。在她的心中，渴望探索弦論的奧祕、瞭解額外維度中流形的複雜方程式和拓撲細節的激情，統統化做一股巨大的向心力，推動著她勇往直前。

蜿蜒而下的道路在山腰處變得筆直，彷彿一條巨大而乾涸的水渠，把綿延不斷的森林從中分成兩半。「現代雅紳特」的速度已經超過了每小時一百六十公里，但是法拉利仍然緊隨其後。公路兩旁的樹木從車窗外飛過，樹葉、樹枝和樹幹形成兩堵模糊、不斷延伸的綠色屏障。就在這個時候，大衛看到前方一百公尺開外的道路左邊出現了一個缺口，一條狹窄的柏油支路呈四十五度角從公路上延伸出去。他看看莫妮卡，她也正看著那條路。

大衛回過頭再看法拉利，禿頭男人又把身體探出了窗外，正舉著衝鋒槍小心的瞄準他們。大衛在心裡祈禱著：現在不要開槍，就等一秒鐘，僅僅一秒鐘。

莫妮卡猛打方向盤向左轉，巨大的離心力把大衛重重摔到副駕駛座邊的車門上。車身向右極度傾斜，左邊的兩個車輪離開了路面，眼看就要翻覆，但隨即左邊的車輪又落回地面，車身恢復平衡，汽車沿著狹窄的支路呼嘯而去。禿頭男人大吃一驚，他從瞄準器上抬起頭，趕緊向左轉，試圖跟上。但是由於轉向過猛，法拉利的尾部在巨大慣性的推動下向前衝，汽車立刻逆時針旋轉，整部汽車像一個鮮豔的黃色風車一樣旋轉、跳動著，閃爍著金黃色的光彩滑過路面，呈現出一種怪異的美麗景象。最後，法拉利滑出柏油路面，隨著一聲轟響，猛然撞上了路邊的一棵樹。

莫妮卡放鬆了油門，汽車繼續前行。大衛從破碎的後窗中望去，看見法拉利的車身已經凹陷，整個車體緊緊裹住那棵長滿瘤結的橡樹。這時，道路進入連續彎道，破損變形的法拉利從大衛的視線中消失。

凱倫和約拿站在《紐約時報》大樓一樓的大廳裡，一個身穿藍色便裝、長著鷹鉤鼻的男人臉色陰沉的坐在警衛警衛哨前，他上下打量了這對母子一番，向凱倫問道：「我能爲您效勞嗎？」

凱倫笑容可掬的回答：「是的，我想見見葛洛莉亞．米歐爾女士。她是《紐約時報》的記者。」

「妳有預約嗎？」

她搖了搖頭，說：「沒有。我們是老朋友，今天剛好路過她的辦公室，順道進來問候一聲。」她懷疑聯邦調查局已經開始監聽葛洛莉亞的電話，所以沒有事先打電話給她。

警衛警衛伸手拿起桌上的電話，又問：「請問妳的名字？」

「凱倫·亞伍德。」她報上了她婚前的姓氏。「我們是森林之丘中學的同班同學。我們好久不見，但她一定記得我。」

警衛不急不徐的撥著內線電話，凱倫焦急的環顧大廳四周，察看是否有跟蹤他們的聯邦探員。她擔心，他們會在她接近《紐約時報》的編輯部之前再次把她抓起來。她不由自主的捏了捏紐約拿的手，盡量使繃緊的神經鬆弛下來。

警衛終於打通葛洛莉亞的電話，只聽他說：「這裡有一位叫凱倫·亞伍德的女士想見妳。」接著是一陣沉默。「是的，名叫凱倫·亞伍德。」又是一陣沉默。然後，警衛用手捂住話筒轉向凱倫說道：「她說她不認識任何叫這個名字的人。」

凱倫的心一下子揪緊了，葛洛莉亞怎麼可能忘記了她？她們在一起上健身課整整三年！她趕忙道：「告訴她是森林之丘中學的凱倫·亞伍德，夏基老師健身課的同學。」

警衛不耐煩的歎了一口氣，把凱倫的話在電話上重複了一遍。接著仍然是一陣沉默，而且這次持續的時間更長，最後警衛終於說：「好吧，我讓她上去。」他掛上電話，拿出一張訪客通行證，在上面寫上了凱倫的名字。

她長吁一口氣：「謝謝！」

警衛臉上仍然帶著那一副陰沉的表情，把通行證遞給凱倫並說：「米歇爾女士的辦公室在十六樓。從左邊的電梯上去。」

凱倫一面向左邊那排電梯走去，一面隨時準備應付可能向他們撲過來的灰西裝的男人，但是預料中的事情並沒有發生，她和約拿順的地進入電梯。她覺得奇怪，聯邦探員們竟然會任由她與報界接觸，是不是他們認爲沒有一個記者會相信她要講述的故事。仔細想想，她的確沒有多少實質的內容可以披露；雖然她明明知道對大衛販毒的指控完全是無中生有，但是她卻無法解釋政府爲什麼要編造這樣的謊言。更要命的是，她要指控的對手是聯邦檢察官，在公眾的眼裡，她只是一個毒販教授的老婆，哪一家報紙會眞正相信她的話。

當然，除非她能夠拿出確鑿無誤的證據。其實，凱倫來到《紐約時報》的編輯部也並非完全兩手空空，她清楚記得昨天傍晚打電話到她家裡的那位警探的名字，他叫赫克托．羅佐奎。他可以告訴《紐約時報》，他是爲什麼被叫到聖盧克醫院去的。

在古普塔的辦公室裡，露西爾坐在教授的辦公桌前，拿著手機與聯邦調查局局長通話，她手下的探員正對教授的電腦進行徹底的檢查和分析。四個小時前，古普塔、史威夫和雷納多從機器人學研究所逃脫了，她的隊伍已經搜遍了卡內基美隆大學校園的每一個角落，尋找三個嫌犯逃向何處的線索。沃爾什探員審訊了大樓行政部的一名清潔女工，她承認自己把工作服賣給了雷納多和史威夫，米勒探員也在校園的一個停車場裡找到了雷納多的雪弗蘭汽車。雖然聯邦調查局沒有抓住對他們最有利的時機，把事情搞砸了，但是露西爾堅信，她的人只需要再多跑幾次，一定能夠發現嫌犯的行蹤，最終把他們逮捕歸案。就在這個時候，她接到了局長打來的電話，通知她從現在起這個案子完全由五角大廈接管，她正因此而火冒三丈。

她對著話筒喊：「該死，他們想幹什麼？軍隊不能執法！他們參與國內執法行動是非法的！」

局長回答說：「我知道，我知道。但是，他們說他們已經接到了美國總統的命令，還說三角洲部隊擅長搜捕行動，至少在伊拉克和阿富汗已經證明了這一點。」

「那麼，他們想往哪裡搜？現在，就連我們也對嫌犯的行蹤一無所知，從密西根州到維吉尼亞州，他們可能在這之間的任何地方。」

「根據他們的部署計畫，這些軍隊將先飛到安德魯斯空軍機場，然後從那裡分散搜索。他們有直升機和『史崔克』裝甲車，可以快速動員。」

露西爾無奈的搖搖頭，部署一支突擊部隊對於找到幾個逃犯根本毫無幫助，最後結果很可能是，逃犯沒有抓到，士兵們卻開槍打死某個強行闖過檢查哨的醉醺醺的傻瓜。這無疑是愚蠢透頂的做法。她仍然不肯放棄，堅持說：「長官，請再多給我一點時間，我相信一定可以抓到這群人。」

「已經太晚了，露西。現在部隊已經登上了C17運輸機。到今天晚上十二點整，妳就不再負責這次行動了。我們將把這個案子全部移交給國防部。」

她沒有再說話，以沉默表示自己的抗議。局長等待了一會兒，說道：「我現在必須馬上去開另一個會議。兩小時以後再打電話給我，告訴我妳的交接安排。」說完，他掛斷了電話。

露西爾呆看手裡的手機好幾秒，螢幕上寫著：「通話結束時間：十九點二十九分。」然後，經過短暫的熄滅又顯示出她熟悉的待機桌面——聯邦調查局的徽章。其實，她所看到的並不是螢幕上的圖像，而是她在聯邦調查局的事業的終點。整整三十四年來，她拚命一級一級往上爬，終於成為唯一一個在眾多男人主導的環境中脫穎而出的女性，為此她表現出了比男人更加頑強的鬥志和更加精明的頭腦。她抓過銀行搶劫犯，滲透過摩托車黑幫，拯救過被綁架的人質，也竊聽過尋釁暴徒的電話。就在一個月之前，局長還剛剛向她作出承諾，要提拔她擔任聯邦調查局達拉斯分部的首長，那可是一份好差事，是她幾十年辛勤付出的最完美結果。但是現在她明白了，這一切再也不會發生了；她不僅升職無望，還很可能會被迫馬上退休。

這時，她的副手克勞福探員小心翼翼的走到她身邊，就像一隻受到鞭打的哈巴狗般搖尾乞憐、接近牠的主人一樣說：「嗯，派克探員？我們已經完成了對古普塔電腦系統的分析。」

她把手機放進衣服口袋裡，轉過身面對著他。她還有四個小時可以行使手中的權力，因此，最好還是盡可能充分利用它。她問：「找到相關的物理學文件了沒？」

「沒有。所有檔案都是關於機器人的。有的檔案很大，裡面都是軟體代碼和硬體設計。我們也發現了他設計的與機器人對話的程式。他就是利用這個程式操縱『龍行者』，發出了輻射警報。」

露西爾拉長了臉，她討厭有人再次提起這次行動搞砸的原因，但是她又不能對此置之不理。她必須瞭解導致她失敗的原因是什麼。於是她說：「把這個程式調出來我看看。」

克勞福彎腰趴在辦公桌上，用滑鼠點了一下電腦螢幕上一個三角形的圖示。一個視窗立即打開，顯示出紐厄爾—賽門大廳的立體分布圖，各層樓上分布著十多個閃爍的黃色斑點。克勞福解釋說：「這個螢幕上可以顯示出，每一個機器人的明確位置和工作狀態。古普塔可以在這裡透過一個無線裝置向它們發出指令。」

「無線的？」她心中立刻感到了一絲希望。因為手機等各種無線裝置都會按照設定的程式，不斷地向其傳輸網路發出信號，因此，只要這些裝置處於開機狀態，聯邦調查局就可以藉此大致確定它們所在的位置。「我們可以追蹤到他們的位置嗎？」

「不行。古普塔的這些裝置只使用近距離無線電通訊。如果要控制其他地方的機器人，他就要先透過陸上通訊線路，把指令發送到當地的一個轉接站，然後再從那裡用無線電發送給機器人。」

眞倒楣！她現在怎麼也找不到一個突破口。但這時她又想到了另外一個主意：「『其他地方』是什麼意思？哪些地方還有他的機器人？」

克勞福點了另一個圖示，螢幕上立刻轉換成一幅卡內基美隆大學校園的地圖。他一面指出地圖邊緣地帶上幾個閃爍的亮點一面說：「在電腦科學系有一些，在工學院也有幾個。這裡，古普塔自己的家裡也有幾個。」

「匹茲堡以外有嗎？」

克勞福德再次點了某個圖示，一幅美國地圖展現在螢幕上：在加州有四個亮點，田納西州有一個，西維吉尼亞州有一個，喬治亞州有兩個，華盛頓特區附近有六個。克勞福繼續說：「國防部正同時在幾個地區測試古普塔研製的監視機器人，而且美國太空總署正準備把他的一個機器人用於火星探測計畫。」

「這是什麼地方？」露西爾指著西維吉尼亞州的那個亮點問道，這也是離匹茲堡最近的一個機器人。

克勞福探員用滑鼠直接在亮點上點了一下，旁邊立刻出現了一個標籤：「卡內基休養所：位於西維吉尼亞州的霍洛。」

露西爾判斷：「這不像是軍事基地或者美國太空總署的某個中心。」她心中的希望重新萌芽，心臟也興奮得怦怦跳。雖然她明明知道這只是一種模糊的預感，但是過去歲月裡累積的經驗告訴她：要相信自己的直覺。

克勞福歪著頭看看電腦螢幕上的標籤，說道：「在古普塔的所有紀錄中，我都沒有見過這個名字。我推測，這可能是一個私人承包商的位址，也許是某個從事機器人研發的防禦事務公司。」

露西爾搖搖頭，這個閃爍的光點位在西維吉尼亞州的最南端、哈特菲爾德及麥考伊鄉村的中心。那裡根本沒有什麼從事防禦事務的承包商。她問：「在西維吉尼亞州的這個地區，有沒有我們正在執勤的探員？」

克勞福德從口袋裡拿出黑莓機，他總是用它跟蹤所有執勤探員的行蹤。他很快報告說：「呃，讓我查一查。布洛克探員和桑圖羅探員在I77地區的一個路障點，正協助州警盤查過往車輛。他們離霍洛大約八十公里。」

「告訴布洛克和桑圖羅立刻以最快的速度趕到那裡去。他們還需要後援，所以再組織十幾個探員並且把利爾噴射機準備好。」

克勞福疑惑的揚起眉毛問：「妳確定要這麼做嗎？關於這個地方我們只知道——」

「照我的話去做！」

第八章

他們到達卡內基休養所的時候，天已經完全黑了，但在車燈的照射下，大衛立刻看出，在這樣的地方，安德魯．卡內基先生是絕不會住上一晚的。所謂的休養所不過是林間空地上一間不大的棚屋，只有一層，由鐵路枕木建成。樹枝散落在前院中，門廊上覆蓋著厚厚一層潮濕的樹葉。卡內基美隆大學已經多年沒有修繕這個地方。很顯然的，即使有教師們來過這個地方，那至少也是去年夏天以前的事情了。

大衛打開副駕駛側的車門，幫助古普塔教授下了車。老人已經從驚恐狀態中恢復過來，但是仍然有些步履蹣跚，大衛不得不攙扶著他的手臂，踏著枯枝敗葉向小木屋走去。莫妮卡和邁克也下了車，仍然亮著的車燈照亮了他們腳下的路。來到前門後，古普塔指著一個只有泥土而無花草的花盆對大衛說：「鑰匙就在花盆下面。」

大衛剛彎下腰準備拿鑰匙，就聽見遠處傳來一聲沉悶的響聲，聲音在山巒中久久迴蕩。他立刻直起身來，繃緊了全身的肌肉，小聲問：「天哪！那是什麼聲音？」

古普塔笑了起來，拍拍他的後背說：「放心，是當地人。他們喜歡晚上帶著短槍在樹林裡溜達，獵一些野味當晚餐。」

大衛放下心，深吸了兩口氣說：「我現在明白你們學院的教授們為什麼都不願意到這裡來了。」

「噢，也沒有那麼糟。其實，住在這一帶的人很有意思。他們有一個小教堂，星期天就在那裡舉行執蛇顯信儀式（注），人人手裡拿著一條響尾蛇，高舉過頭，圍著布道壇跳舞。不過奇怪的是，他們很少被蛇咬。」

「快點，我們進去吧。」莫妮卡一面催促，一面緊張的看著頭上濃密的樹蔭。

大衛再次彎下腰，端起花盆放到一邊，撿起了一把生鏽的鑰匙。他把它插進鎖孔轉了幾下，鑰匙終於打開了門。他伸手沿牆壁摸索，找到了電燈開關。

木屋的內部看上去要好一些，遠處的牆上有一個石頭砌成的壁爐，地上鋪著一張棕色的粗毛地毯。左邊的廚房裡放著一台老舊的冰箱，右邊是兩間小臥室。房間正中擺放著一張笨重的橡木桌，上面放著一台電腦、一個螢幕和其他幾件裝置。

古普塔教授把他們帶進屋裡，熱情的說：「進來、進來！這房子已經很久沒有住人了，恐怕也沒有什麼可以吃的。」他直接走到橡木桌前，打開電腦系統的總開關。當他伸手到桌子下面尋找電源插座時，突然發現了什麼東西，興奮的叫道：「噢，邁克，快看這是什麼！我都忘記我們把這玩意兒留在這裡！它的電池還一直充著電呢！」

注　一種宗教儀式。信徒在儀式中手裡拿著毒蛇，以顯示自己虔誠的信念。這一行為源自《聖經》「馬可福音」第十六章：「信的人必有神蹟隨著他們，就是奉我的名趕鬼，說新方言，手能拿蛇。」

古普塔雙膝跪在地板上，連續按下幾個開關按鈕。大衛隨即聽到電動馬達傳出的嗡嗡聲，接著一個裝著四條腿的機器人從桌子下面走了出來。這個機器人大約兩呎高、三呎長，外形設計很像一隻微型的雷龍；它的身軀部分由發亮的黑色塑膠製成，脖子和尾巴採用分段式結構，上下擺動著一路走來，給人一種眞實而多少有些毛骨悚然的感覺。在它拳頭大小的頭上裝著兩個發光的二極體，就像雷龍的兩隻眼睛；背上伸出一根細長的黑色天線。這個機械怪物來到他們面前停下，左右轉動腦袋環視一下房間裡的情況，然後用它人工合成的聲音問道：「邁克，你想玩球嗎？」它那塑膠做成的下巴還會隨著說話的聲音上下一開一合。

聽到機器人的問話，少年停下了遊戲機上的「戰地勇士」。大衛第一次看到他臉上露出了欣喜的微笑，同時也發覺他快樂的笑容與約拿是多麼相似。邁克立刻跑到粗毛地毯上，撿起放在那裡的一個鮮豔粉紅色小球，朝雷龍機器人滾過去。機器人的頭開始轉動，用感應器追蹤著球的運動，然後邁步向小球迎上去。

古普塔解釋說：「按照設計好的程式，它會追蹤任何粉紅色的東西。它安裝了一個互補金屬氧化物半導體感應器，可以識別這種顏色。」

教授帶著明顯的欣喜表情看著自己的外孫，而莫妮卡已經不耐煩了。她向橡木桌上的電腦看了一眼，然後再看看大衛。他明白她在想什麼：就在那台電腦硬碟裡的某個地方，很可能隱藏著統一理論，她迫不及待地要看到它。大衛問：「教授，我們現在看看電腦裡的檔案，好嗎？」

老人好像突然從幻想中清醒過來，趕忙說：「好、好，當然了！抱歉，大衛，我失神了。」他拖過一把椅子坐到桌子前，打開了電腦。大衛和莫妮卡站在他身後，從他肩膀上方看著電腦螢幕。

古普塔首先打開了電腦中的「我的文件」，螢幕上立刻出現了自這台電腦安裝以來，到訪過卡內基休養所的教授們留下的所有檔案。古普塔轉動滑鼠滾輪找到一個名叫「邁克的盒子」的資料夾。資料夾設有密碼保護，古普塔輸入密碼「REDPIRATE79」，資料夾隨即開啓。他指著螢幕上的七個文字檔案說：「這些就是我們四年前在這裡建立的所有檔案。如果漢斯把統一理論藏在這台電腦裡，那麼一定就在這個資料夾裡，因爲其他所有檔案都是在那之後建立的。」

資料夾中有七個檔案，從最上面一個檔案日期「二〇〇四年七月二十七日」到最下面一個檔案日期「二〇〇四年八月九日」，按照各自最後一次修改時間的先後順序排列在一起。第一個文件的名稱叫「視覺」，而以下六個文件的名稱都是三位數字，分別是：322、512、845、641、870和733。

古普塔打開了「視覺」文字檔案，解釋說：「我記得這個檔案。我們到達這裡的第一天晚上，我下載了我一個學生的一篇論文，是關於視覺識別程式的。但是，我後來一直沒有找到時間去讀。也許漢斯打開了這個檔案，把一些方程式塞了進去。」

論文的題目叫做《視覺表徵中的概率子空間》，是一篇典型的研究生論文——冗長乏味且令人費解。古普塔一頁一頁往後翻，大衛則期盼著看到文中出現空白處以及緊隨其後的一長串井然有序的方程式，它們應該與視覺識別毫無關係。但是，經過洋洋灑灑九個章節、二十三個圖表和七十二個參考檔案說明，直到論文結束，沒有任何發現。

古普塔看到論文的結尾處後，說道：「好了，這個結束。還有六個檔。」

他接著打開了名為「322」的文字檔。檔案很大，花了一些時間才慢慢開啓。大約五、六秒鐘之後，螢幕上出現了一長串人名，每一個名字後面都附有一個電話號碼。第一個名字是保羅·阿拉米，第二個叫丹妮雅·阿爾托，然後是至少三十個姓艾倫的人，和數量同樣多的、姓艾倫森的人。古普塔教授向下滾動頁面，接著出現了無數姓亞伯特、阿伯納西、艾克曼和亞當斯的人。他加快滾動的速度，成千上萬個按字母順序排列的人名由下至上在螢幕上一閃而過，形成一片流動的數位光影。

莫妮卡搖搖頭，感到非常不解。她問：「您為什麼要下載一本電話簿？」

「是邁克做的。」古普塔朝外孫的方向歪歪頭，那孩子還在和雷龍機器人玩球。「患自閉症的孩子通常都會對某些古怪的事物感到著迷，例如，有的人會把火車或者汽車的時刻表記下來。幾年前有那麼一段時間，邁克對電話號碼特別著迷，他看過許多電話簿，把它們全部記在腦子裡，並且還要抄錄下來。這幾個文字檔都是不同地區代碼的電話號碼簿。」

大衛費力的盯著從電腦螢幕上飛快閃過的名字和數字，由於移動太快根本看不清楚。於是他問教授：「有沒有什麼辦法可以知道，哪些檔案是克萊曼博士修改過的？」

「很遺憾，文字檔案中的『追蹤修訂』功能被關閉了，所以我無法讓電腦自動查找更改過程。我只能用眼睛一頁一頁找，看有沒有漢斯加進去的內容。」

莫妮卡嘖了一聲說：「該死！如果其他檔案也和這個一樣長，您就得一直盯著電腦螢幕找好幾個小時。」

突然間，古普塔教授停止了滾動電話簿頁面，份外專注的盯住電腦螢幕。大衛以為老人奇蹟的發現博士先生的方程式，那就像在浩瀚的資料大海裡撈到了一根閃閃發亮的銀針。但是，螢幕上除了一串姓卡波特的人名之外，並沒有任何有用的資訊。「我有個主意，」教授一面說一面把游標移動到螢幕上方。「任何方程式都必須有一個等號，對嗎？所以，我只需要在每一個檔案裡尋找這個數學符號就行了。」說著，他打開功能表的「編輯」欄，再打開「尋找」視窗。「像這樣尋找可能也需要幾分鐘時間，這些檔案畢竟太大了。」

大衛點點頭，但是這值得一試。

阿爾貢峽谷是車臣共和國飽受戰爭蹂躪最嚴重的地區之一，但是在賽門的夢境中，這個峽谷卻始終是一塊潔淨而保持原始生態的土地。他像一隻老鷹一樣，在狹窄的阿爾貢河上空滑翔，河的兩岸矗立著高加索山脈布滿花崗岩的山坡。他可以看見沿著河的東岸有一條路，是爲運輸俄國坦克和裝甲運兵車而修建的，但是路上只有一輛車，而且是一輛民用車。賽門向峽谷中俯衝下去，想近距離看個清楚。幾秒鐘後，他便認出了這輛車：那是他自己的車，那輛灰色的「拉達」轎車。坐在駕駛座上的正是他的妻子奧倫卡．伊萬諾夫娜，她金色的長髮披散在身後，後座裡坐著他的兩個孩子——謝爾蓋和拉麗莎。他們是來探望他的，他正駐紮在從這裡往南約二十公里的巴斯科伊鎮。這條公路現在很安全，因爲這一帶的車臣叛軍要不是已經被消滅，就是被趕進了重山峻嶺的深處。但是在這個夢裡，賽門正在他們上空翱翔，沿著蜿蜒曲折的山路保護著他們母子三人的安全。這時，「拉達」轉過了一個彎道，賽門猛然發現在他們前方的空中懸著一架掛滿了

「地獄火」導彈的黑色直升機。

在現實中，賽門其實並沒有親眼目睹攻擊的場面，他是在事發後一個小時才得知這個消息的，他的長官告訴他說，美國特種部隊又一次跨過了車臣邊界。九一一事件發生後，美國的三角洲部隊開始在車臣邊界以南地區活動，圍殲那些與車臣人一起逃到喬治亞共和國的蓋達組織的武裝分子。剛開始時，俄國人一直容忍美國人在這一地區出現，但是這種默認的聯盟關係已經開始顯露出日趨緊張的徵兆。三角洲部隊的阿帕奇直升機總是不斷溜進俄國領空，而且養成了向非戰鬥人員發射導彈的惡劣習慣。當賽門駕駛著裝甲運兵車趕往報告中被美國人攻擊的地點時，他預料到當地的無辜農民可能再一次遭到屠殺，他又會看到一輛牛車旁躺滿女人屍體的場面。然而，他看到的卻是自己的「拉達」車被焚毀的烏黑軀殼，以及方向盤後他妻子早已燒焦的骨骸。爆炸把謝爾蓋和拉麗莎從後座中炸飛出車外，掉進公路和河流間的一條爛泥溝裡。

賽門至今仍然不知道造成這個嚴重錯誤的原因為何，仍然難以理解一支訓練有素的特別突擊隊，怎麼可能把他的家人誤認為恐怖分子。由於三角洲部隊的行動都是保密的，美國和俄國的將軍們一起把事實眞相掩蓋了起來。當賽門正式提出抗議時，他的長官遞給了他一個裝滿百元美鈔的帆布袋，就是他們稱之為「撫慰金」的東西。賽門憤怒的把口袋扔到了長官的臉上，從此離開俄國特種部隊。他來到美國，希望完成一件根本不可能做到的事——設法找到那一架阿帕奇直升機的駕駛員和炮手。他既不知道他們的名字，也不知道那一架直升機的編號，要想找到事件的當事人報仇雪恨，他必須殺掉三角洲部隊的每一個士兵。

但是在夢裡，賽門不僅清楚看見了他們的臉，而且目睹直升機駕駛員控制著操縱桿，讓炮手發射「地獄火」導彈的整個情景。他眼睜睜看著那枚導彈尾部噴射著烈焰，向灰色「拉達」飛去。突然，賽門又發現自己正與兩個孩子一起坐在車子後座，透過擋風玻璃驚恐的看著向他們高速飛來的導彈。他感到有人拉了拉他襯衣的衣領，一隻小手正用力拉著他。

賽門睜開了眼睛，天已經黑了。他的身體被牢牢卡在駕駛座椅和彈出來的安全氣囊之間。汽車的副駕駛側撞到了一棵樹上，法拉利的右側已經損毀，而左側卻完好無損。他意識到，確實有人在拉他的衣領，但是這個人不是謝爾蓋也不是拉麗莎，而是阿帕拉契山區一個乾瘦的鄉巴佬。他長著一口稀疏的牙齒、雙頰凹陷，身上穿著一件破破爛爛的法蘭絨襯衫，皺著眉頭疑惑的看著他。鄉巴佬剛才已經把手伸進了法拉利裡，摸了摸賽門頸部的脈搏。他自己的載貨卡車暫停在路邊，車燈射出的光柱一直照進樹林裡。

賽門痛苦的從氣囊下抽出左手，抓住了鄉巴佬的手腕。這個人嚇得往後倒退一步，叫道：「我的天啊！你還活著！」

賽門仍然抓住他乾細的手臂，命令：「把我弄出去。」

法拉利的車門已經無法打開，所以鄉巴佬把他從車窗裡拉出來。賽門的右腳踝關節扭傷，一接觸到地面就疼得他齜牙咧嘴。阿帕拉契人攙扶著他向載貨卡車走去，同時驚訝的說：「我還以爲你已經死了。來吧，我們必須馬上送你到醫院去。」

這個老頭渾身散發著一股臭氣，混合著汗水、土煙和燒木頭的味道，賽門感到噁心。他突然雙手抓住老人的肩膀，把他緊緊按在卡車的車身上。他用左腳支撐著自己的身體，雙手掐住這個老笨蛋的脖子，惡狠狠問道：「你有沒有看到一輛灰色的『現代』汽車？後保險桿上還有一個坑？」

老人驚恐的張開嘴，抬起兩隻手拚命地抓扯賽門的手臂，但他細小而顫抖的手指，根本無法撼動賽門有力的雙臂。

賽門對著他的老臉大吼：「快說！你有沒有看到那輛車？」

老人根本無法回答，因爲賽門的手已經緊緊掐住了他的氣管，他一面掙扎一面趕快搖了搖頭。

「那你就沒有用了。」賽門加大了雙手的力量，清楚的感覺到老人的咽喉在他手掌下碎裂。老人的身體靠在卡車上不斷抽搐，兩條腿無助的胡亂踢打著，而賽門對他卻沒有絲毫的同情。這傢伙不過是個生活在痛苦中的垃圾，爲什麼謝爾蓋和拉麗莎要躺在墳墓裡腐爛發臭，而這個垃圾卻可以生活和呼吸？這讓他無法忍受，也是他無法饒恕的。

老人很快停止了掙扎，賽門鬆手讓屍體落到地上。然後，他一拐一拐地走回法拉利旁，從裡面取出了烏茲衝鋒槍和其他隨身武器。他運氣很好，這些武器都沒有損壞。他把槍枝轉移到載貨卡車上，然後掏出手機，憑記憶撥打了一個號碼。他很擔心手機收不到信號，因爲這裡已經是偏遠地區，但是幾秒鐘後手機裡傳出了鈴聲，一個聲音說：「我是布洛克。」

古普塔教授仍然在電腦檔案中繼續搜索，大衛走到木屋後的窗戶前。他的心裡十分焦慮不安，再也無法看著古普塔在幾十億位元組的資料中慢慢尋找。他需要一點時間呼吸新鮮的空氣。

窗外一片漆黑，一開始他什麼也看不見。於是他把頭貼到玻璃窗戶上，兩個手掌擋住眼睛兩側，才看到了木屋後樹林的輪廓，以及它上方那一道星光燦爛的夜空。他和大多數的紐約人一樣，每次離開紐約、看到繁星點點的天空，都會驚喜不已。他首先找到了北斗七星，像一個巨大的問號垂直地懸掛在空中；接著又看到了「夏季大三角」——天津四、牛郎星和織女星，還有昴宿星團的橢圓形光影。接著，他繼續向上看，眼睛盯住了銀河，它那難以想像的巨大螺旋形結構，總是帶給人們無限的遐想。

四十年前，正是觀察天空激發了大衛學習科學的興趣。他當時住在祖母家裡，在佛蒙特州一個叫貝洛佛斯的小鎮上，就是在那裡他學會了識別行星和那些最明亮的星星。晚餐後，每當母親洗刷餐盤、父親開車到鎮上去喝得爛醉時，他總是坐在後院裡，舉起手指一一尋找每一個星座。他把自己沉浸在物理學的法則之中，學習克卜勒、牛頓、法拉第和麥克威爾的理論，藉此逃避父親酒後的瘋狂和母親沉默的絕望。他的整個青少年時期都在爲將來成爲一個科學家而做準備，中學時一心一意學習幾何學和微積分；進大學以後，又努力鑽研熱力學和相對論。然而，當他二十三歲時，潛藏在心靈深處的劣根性終於抓住了他，把他無情的踢出了物理學的殿堂，投入昏暗的西區酒吧之中。所以，他所遭受的打擊已絕非是事業上的小小挫折而已，而是失去了生活中爲他帶來巨大歡樂的泉源。雖然他後來總算掙扎著從酗酒的深淵中爬了出來，在科學的邊緣地帶成就了自己的事業，寫出了幾部關於牛頓、麥克威爾和愛因斯坦的著作，但是在內心深處，他仍然覺得自己像一個失敗者。他很清楚，自己已經不可能站在巨人們的肩膀上了。

但是今天晚上，當大衛遙望卡內基休養所上方的夜空時，他心中隱約感覺到了久違的童年時代的歡樂。在他眼中，夜空裡無數的行星和星球都化做了宇宙波中一顆細小的微粒。在大約一百四十億年前，一個緊密而熾熱的奇點（注1）爆炸而形成了宇宙，同時在其身後留下了無數的物質和巨大的能量。在目前的世界上，還沒有哪一個科學家知道「大爆炸」（注2）發生的原因或者「大爆炸」之前是什麼樣子，也不知道未來這一切又將如何結束。然而，這些問題的最終答案終於就要揭曉了，它們很可能就潛藏在古普塔教授這部電腦的某塊積體電路裡，而大衛即將成為第一個看到它們的少數人之一。

他已經完全沉浸在極度興奮的情緒之中，這時突然有人拍了一下他的肩膀，嚇得他幾乎失去身體的平衡。他以為站在他身後的是古普塔，但轉過身來卻發現是莫妮卡，而教授仍然弓著背俯在橡木桌上，斜眼盯著電腦螢幕。莫妮卡的表情看起來與大衛一樣焦急不安。她對他說：「我想再問你一個關於『平面國』論文的問題，就是你那個二維空間的黑洞模型。」

莫妮卡在這個時候提出這個問題讓大衛覺得很唐突，但是他很快就明白了她的想法。她仍然希望在古普塔教授最終揭開那些方程式的神祕面紗之前，再做最後一次嘗試，自行發現統一理論的奧祕。他問：「妳想知道什麼？」

「你們的黑洞模型中包括CTC嗎？」

大衛幾乎二十年沒有聽到過這個名稱了，不過還是想起來了。CTC就是「封閉的類時曲線」，其基本概念是：一條使粒子能夠在時間中來回穿行的通道，由於它是封閉的，因此粒子最終又會沿著這條通道回到它最初的起點。他說：「是的。我們確實在模型中找到了封閉類時間曲線的模型，但是這在一個二維時空的環境中並不少見。在一個『平面國』裡，存在著許多在三維宇宙中很難見到的怪異和荒唐的事情。」

「那麼，這個二維時空中也有一個蟲洞結構嗎？」

大衛肯定的點了點頭。蟲洞是一條貫穿於時空高山和峽谷中的隧道，是一條宇宙捷徑，物體可以在瞬間通過這條隧道，從宇宙中的一個區域到達另一個區域。他和克萊曼博士在那篇二維世界的論文中提出，跌入黑洞的粒子會出現在黑洞另一端的另一個獨立的宇宙中。他回答說：「是的，完全正確。這一切妳都知道，眞讓我感到驚訝。我記得妳說過，那篇論文的內容妳幾乎完全忘記了，對嗎？」

「我確實忘記了。不過我們來這裡的路上，我一直在思考，爲什麼克萊曼要說你們那篇論文離眞理已經不遠了。所以，現在我想，這是不是和重力電磁子有關係？」

大衛對這個名稱不熟悉，要不是他從來沒有學過，就是已經忘得一乾二淨了。他問：「什麼重力電磁子？」

「這是一個比較陳舊的觀點，產生於一九五〇年代。它的前提是基本粒子並不是存在於時空中的物體，而是時空本身的一部分，即時空構造中的紐結，就像一些微小的蟲洞。」

注1 奇點：數學上，若一個函數在空間中某一點變成無窮大，該點就稱爲該函數的一個奇點。在宇宙論中，整個宇宙起始於一個點，經過大爆炸的過程後，擴張到現有的宇宙。那個起始點的密度趨於無窮大，因此稱爲奇點。

注2 Big Bang，又稱大霹靂。

大衛有些想起來了，他以前確實聽到過這種說法，大概是在二十年前讀研究所的時候。他說：「是的、是的，我記得克萊曼在一次講座中曾經提到過這個理論。但是我有一個印象，好像物理學家們早就放棄這種觀點了。」

「是啊，那是因爲沒有人能找出一個穩定、不會衰變的重力電磁子的解。按照當時的方程式計算結果，其能量要不是向外坍塌就是向內洩漏。但是在幾年前，一些研究人員重提這個想法，仍然認爲它有可能成爲一種統一的理論。他們的研究至今還十分粗略，但已經發現了一個一個粒子，它看起來很像一個具有CTC性質的微型蟲洞。」

大衛難以置信的搖搖頭問：「人們眞的相信了？」

「我承認，這是個非主流的理論，只有幾個人在研究它。但這確實屬於古典場論的一種，所以當時的愛因斯坦有可能得出這樣的結論。除此之外，它還具有解釋量子力學的不確定性的潛在可能。」

「這是什麼意思？」

「CTC就是問題的關鍵所在。在時空的最小尺度上，因果關係被破壞了，粒子既受到已經過去的事件的影響，又受到尙未發生的未來事件的影響。但是，因爲旁觀者根本不可能度量尙未發生的事件，所以也就永遠不可能知道這個粒子的眞實狀態。他所能做的事情，最多只是計算其可能性。」

大衛竭盡全力試圖理解這個理論，想像著一個知道自己未來的粒子是什麼樣子。這雖然聽起來荒誕不經，但是他立刻意識到這個觀點的優勢所在。他說：「也就是說，所謂尙未發生的未來事件就是愛因斯坦所指的隱變數，對嗎？對宇宙的完整描述其實是存在的，只是我們無法在任何一個具體的時間段上得到它罷了？」

她點點頭說：「畢竟上帝從來不擲骰子。但是人類不得不試，因為我們看不見未來。」

最令大衛感到驚訝的還是莫妮卡激動的心情，一談起這個理論，她就不斷的把身體的重心從一隻腳換到另一隻腳，幾乎是興奮的不斷跳動著。理論物理學家都是一群天性保守的傢伙，雖然他們的工作是使用神祕的方程式、有時甚至是令人驚嘆的幾何圖形，為現實世界不斷建立起新的模型，但是他們同樣要對這些模型進行非常嚴格的檢驗。大衛猜莫妮卡早已對各種可能反駁重力電磁子理論的理由進行了分析，並沒有發現任何致命的缺陷。於是他又問：「那麼粒子之間的交互作用又是怎樣進行呢？它們在這個模型中所呈現出來的形態又是什麼樣子呢？」

「粒子間的任何交互作用都會導致其所處時空的拓撲改變。想像一下，當兩個環重疊在一起，形成一個——」

這時，古普塔拍打桌面的聲音打斷她的講述，只聽教授大喊了一聲：「該死！」他的眼睛仍然盯著電腦螢幕。

莫妮卡立刻跑到教授面前，問道：「怎麼了？您發現什麼了？」

古普塔沮喪的捏緊了雙拳，說：「我首先在文件中查找有沒有等號，結果沒有。然後，我又查找有沒有積分符號，還是沒有。後來我又想到，也許漢斯並沒有把資訊放在任何資料夾裡，而是插入了電腦的作業系統裡。但是我逐行比對了所有的操作程式，發現沒有任何軟體被修改過。」接著，他皺眉轉向大衛說：「恐怕你的分析有誤。我們大老遠跑到這裡來，結果是一無所獲。」

教授的失望之情溢於言表，很顯然老人也十分渴望一睹統一理論的風采，其急切的心情甚至比大衛和莫妮卡更爲強烈。但是大衛認爲，古普塔現在就放棄還爲時過早，答案一定就在附近，他對此十分肯定。他分析說：「克萊曼博士也可能把理論寫在紙上，藏在這間木屋的其他什麼地方，例如一個抽屜裡或者櫥櫃裡。我們應該馬上找一找。」

莫妮卡立即開始觀察這間屋子，眼光不時停留在任何可能作爲藏匿地點的地方。但是，古普塔仍然失望的坐在椅子上搖頭歎息：「漢斯知道卡內基美隆大學的其他教授也會到這裡來度假，不會把東西藏在這裡的。他肯定會擔心，有人可能在櫥櫃裡找糖的時候，意外發現了這個理論。」

大衛反駁道：「也許他藏得很仔細，把它塞進了一個牆縫裡，或者藏到某一塊地板的下面。」

教授不斷搖著頭說：「要是那樣的話，這個理論就徹底完蛋了。這間木屋是老鼠的天下，它們早就把統一理論嚼爛吃光了，博士先生的方程式也就散落在老鼠的糞便裡了。」

「那麼，克萊曼教授也可能在埋藏之前，把它們裝進了一個非常安全的盒子裡，例如餅乾筒或者保鮮盒等等。反正，我認爲找找也沒什麼害處。」

古普塔向後仰起頭，發出一聲歎息，眼睛裡流露出疲憊的神情。他說：「重新思考一下我們的判斷才是明智的作法。你爲什麼偏偏相信漢斯把統一理論藏在這裡？」

「我們已經討論過這個問題。克萊曼教授不會把東西藏在您的辦公室或家裡，那些地方太顯眼了，一旦政府找上門來就必然落入他們的手中。但如果——」

古普塔把椅子轉過來，面朝大衛說道：「請你坐下。我們必須一步步重新考慮你的分析。我們先從克萊曼給你的密碼開始。前十二個數字正好是機器人學研究所的地理座標位置，對嗎？」

「對，是經度和緯度。」大衛閉上眼睛，立刻再次看到了那些數字，它們從他眼前一一飄過。這個數列已經永久刻印在他的大腦裡，恐怕一直到他死去的那一天才會消失。「而後四位數是您辦公室的電話分機號碼。」

「所以說，我們可以確定漢斯要你跟我聯繫。但是，這並不一定意味著他把統一理論藏在我的某台電腦裡，或者某間四年前我和他一起度假的小木屋地板下。」

古普塔身體向後靠在椅背上，一手摸著下巴。他已經恢復到他的職業角色上來，彷彿是在一次布林邏輯研討會上評判大衛提出的觀點。莫妮卡聽得很專注，兩眼一直盯在老物理學家的身上，而大衛仍然在思考克萊曼博士在他耳邊輕輕吐出的那十六個數字。這些數字仍然繼續在他的視野中反覆出現，從古普塔棕色的臉上和他身後的電腦螢幕上慢慢劃過。而就在那個電腦螢幕上，大衛同時看到了另一個數列，它們整齊地縱向排列在資料夾的左邊。這些數位是古普塔爲外孫下載的不同電話簿的檔案名，分別是：322，512，845，641，870和733。

大衛向前一步，指著電腦螢幕問：「這些檔案名稱應該都是電話的區域號碼吧？每個電話簿都有一個統一的區域號碼？」

大衛打斷了教授的思路，他生氣的說：「是是是。但我告訴你，那些檔案裡面沒有方程式。」

大衛又向電腦螢幕邁近一步，用手指敲著數列最上面的「322」說：「這個就一定不是區域號碼。」接著，他又指了指「733」說：「這個也不可能是。」

古普塔在椅子上轉過身來，不解的問：「你說什麼？」

「有一天，我兒子曾經問我一共有多少個區域號碼。於是我做了個小小的調查，發現總共不超過七百二十個。電話區號不能以『0』或者『1』開始，而後兩位數也不能是相同的數字。因爲這些號碼都被電話公司保留起來，用做特殊的用途。例如『911』、『411』和所有其他類似的號碼。」

古普塔斜著眼睛看著螢幕上的數字，好像並不信服。他說：「有可能是我輸入錯誤。」

「但是，克萊曼教授也有完全可能改變了這些檔案的名稱。這就可以說明爲什麼這些號碼道理上講不通。他只需要幾秒鐘的時間，就可以把六個檔案的檔名全部改掉。」

「但是，他爲什麼要這麼做？你是不是認爲漢斯把整個統一理論濃縮爲六個三位數的數字？」

「不是，這些是克萊曼教授給出的另一個密鑰，就像他在醫院裡給我的那個一樣。」

這時，莫妮卡也走上前來，在古普塔身後彎下腰，仔細看著電腦螢幕上的數位。她說：「不過，這裡一共有十八位數字，而不是十六位。」

大衛回答說：「我們可以先看看前面的十二位數字，妳能馬上上網，進入可以顯示經緯度的那個網頁嗎？」

莫妮卡繞過教授的椅子，用滑鼠開啓了網際網路的瀏覽器，很快找到了查找地圖的網頁，然後把手放到鍵盤上，說：「好了，告訴我那些數字。」

大衛已經把它們記在腦子裡，根本不用再看螢幕上的檔案名：「3、2、2、5、1、

2、8、4、5、6、4、1。」

幾秒鐘過去了，網路伺服器正從相關資料庫中尋找資訊。然後，一幅喬治亞州西部地區的地圖出現在螢幕上，地圖上的左邊是查特胡奇河。莫妮卡向他們說：「離這個座標點最近的地方是喬治亞州哥倫布市的勝利大道三六一七號。」

古普塔教授一下子從椅子上跳起來，把大衛和莫妮卡推到一邊，怒氣沖沖的看著電腦螢幕，好像這台電腦剛剛侮辱了他一樣，他喊說：「這是伊莉莎白的住址！」

大衛一時還想不起這個名字，「伊莉莎白？」

「我女兒！」古普塔大叫道：「這個小——」

他這句話都還沒有說完，小木屋的前門就被撞開了。

露西爾坐在聯邦調查局一輛休旅車的乘客座上，車頂上藍色的警示燈閃爍不停，汽車沿著五十二號公路一路飛馳。克勞福探員駕駛著座車，不斷的超越公路上的其他車輛，露西爾拿著衛星電話與布洛克和桑圖羅探員通話，他們倆正蹲伏在霍洛那幢小木屋外的樹林裡。大概是由於所處地理位置的原因，收訊一直不好，布洛克的聲音斷斷續續、時高時低，嘈雜的雜訊甚至不時完全淹沒他的聲音。

露西爾對著話筒大聲叫：「布洛克，我是派克。我沒聽到你剛才的話，重複一遍。完畢。」

「收到。我們看到房子裡有四個嫌犯，古普塔、史威夫、雷納多和一個身分不明的十多歲男孩。我們馬上換一個觀察位置，以便看清楚裡面的情況。在另一邊有一個窗……」最後幾個字又被雜訊掩蓋了。

「收到，大部分都聽清楚了。注意，在後援單位趕到你那裡之前，一定要隱身好。除非嫌犯準備離開，否則不要與他們對抗。聽清楚了嗎，布洛克？」

「聽清楚了。我們會一直待在新的位置上。完畢，通話結束。」

露西爾心裡十分焦慮，布洛克和桑圖羅首先到達現場是她的不幸，因爲布洛克是她這支特遣隊中最讓她討厭的人。這個傢伙脾氣暴躁而且非常自負，幾乎到了敢抗命的程度。他這種人很有可能擅自向嫌犯開火，並且殺掉其中的某個人，搞不好他甚至可能賠上自己的一條小命。所以她才命令他原地不動，她不能再失去更多手下了。

黑暗中，公路前方出現了一塊標示牌，上面寫著：「韋爾奇：八公里」。他們離霍洛還有不到一個小時的車程，另外還有三輛西維吉尼亞州警的巡邏車離那裡更近。如果一切按計劃行事，在午夜前他們就可以下班回家了。

這時，衛星電話裡響起了布洛克的聲音：「緊急呼叫，緊急呼叫！請求批准立即進入木屋！重複：請求批准立即進入木屋！」

露西抓起話筒貼到耳朵上：「怎麼回事？他們準備離開嗎？」

「我們又看見他們了，正圍在一台電腦前面！請求批准立即進入，防止他們刪除我們追蹤的重要情報！」

她深深吸了一口氣，放下心來。這個電話是請求她允許部下自行做出判斷。其實，她這次的任務就是要把對國家安全至關重要的情報弄到手。布洛克的擔心本來是對的，嫌犯確實有可能刪掉電腦中的資料，但是露西爾對聯邦調查局的電腦專家非常有信心，她親眼見過他們從上百個硬碟中找出了被刪除的資料。於是她回答說：「請求駁回。你們的後援二十分鐘內即將到達。守在原地，等待他們到達。」

「收到。我們進去了！」

露西爾以爲雜訊干擾，使他沒有聽清楚自己的話，趕忙重複：「不對，我說的是守在原地！不准進入！重複：不准進入！」

「收到。無線電馬上關閉，抓到嫌犯後再聯繫。完畢，通話結束。」

她立刻感到問題的嚴重性，全身上下都緊張起來。她再次喊：「他媽的，布洛克！我說的是守在原地！不准——」

但是，電話已經斷了。

突然之間，木屋裡衝進來兩個粗壯的混蛋，身上都穿著深藍色的傘兵服，上面印著三個金色的大寫字母：ＦＢＩ。一個人高馬大、滿身橫肉，像個拳擊手，金髮，下巴上有一道寬大的傷疤；另一個臉色黝黑，具有地中海一帶居民的長相特徵，留著八字鬍。兩人都手持九釐米「克拉克」手槍，一起對準了阿米爾、大衛和莫妮卡。

古普塔教授下意識的一步跨到邁克的前面，把外孫擋在自己身後。男孩正跪在地上，身邊是他的玩具雷龍，顯然，除了他的機器人寵物之外，他什麼也沒有注意到。金髮探員用槍指著古普塔的前額大聲叫：「不許動，否則打爛你們的頭！都把手舉起來，渾帳！」

老人看著眼前的槍口，左臉頰開始抽動，嘴裡發出低沉的哀歎，慢慢舉起了雙手。接著，他向後轉過身，低下頭看著外孫說：「邁克，請……請你站起來。」他的聲音緩慢而顫抖。「像我這樣把手舉起來。」

金髮探員稍微轉過身體，又把槍對準了大衛。這個傢伙的鼻子已經嚴重變形，大概多次被人打過；臉頰上布滿一條條縱橫交錯的紅色斑紋。他那副放蕩不羈的模樣，哪裡像一個聯邦調查局的探員，簡直就是一個天天在酒吧裡打架滋事的惡棍。他對大衛說：「你也一樣，小白臉，把手舉起來！」

大衛一邊舉起手一邊看了看莫妮卡，她站在古普塔和邁克的另一邊。他知道她身後的褲腰上別著一枝左輪手槍，也很清楚如果她想拿槍，他們四個人就都死定了。他向她微微搖了搖頭，示意她不要掏槍，千萬不能掏槍。她一時不知如何是好，經過了漫長而可怕的一秒鐘，她終於也慢慢地舉起了雙手。

金髮探員轉過頭對他的搭檔說：「幫我盯住他們，桑圖羅，我去搜查武器。」

他首先走到大衛身邊，粗魯的從上往下拍打了一遍他的身體，然後用槍頂著他的肋骨說：「你這個他媽的白癡！」

大衛站在那裡一動也不敢動。他想，這個混蛋不敢向我開槍的，因為政府要活口。但是他又沒有絕對的把握。他的腦海裡出現了槍膛裡的景象：一顆上了膛的子彈和一觸即發的撞針。

金髮探員並沒有扣動扳機，而是把嘴湊到大衛的耳朵上小聲說：「你該和你的前妻待在一起。她可比這個黑鬼漂亮多了。」

然後，他離開大衛走到古普塔教授身邊。大衛已經怒火中燒，無意識的放下了手，這時那個名叫桑圖羅的探員立刻把槍對準了他，大吼：「舉起你的手！下次我不會再警告你了！」

大衛乖乖的又舉起了手。金髮探員同樣把古普塔教授全身拍了一遍。老人強裝出笑臉看著外孫說：「邁克，這個人等一下也要摸摸你。別擔心，啊，不會痛的。看到沒有，他現在正在摸我，一點也不痛。」

金髮探員惡狠狠的看了邁克一眼問：「這孩子怎麼了？腦袋有毛病？」

教授繼續看著邁克說：「你不要尖叫，好嗎？他摸你幾秒鐘，然後就沒事了。」

教授的安慰看來起作用了，當金髮探員搜查邁克的時候，他只是嗚、嗚的哼二聲，並沒有發出尖叫。接著，金髮探員轉身搜查莫妮卡，立刻就發現她身上的手槍。他從她褲子的後腰上拔下槍，舉在手上讓他們看，得意的說：「哈哈，看看這是什麼。這小妞在內褲裡還藏著凶器呢！」

莫妮卡瞪了他一眼，很後悔自己剛才沒有拔出槍來拚個你死我活。金髮探員把自己的手槍裝進槍套，打開左輪手槍的輪式彈匣看了看，說：「今天我可是吉星高照啊。不過，雷納多女士，妳就不太走運了，我找到了殺人凶器。」

莫妮卡疑惑的搖搖頭說：「我沒有殺過任何人！你胡說些什麼？」

金髮探員啪的一聲關上彈匣，走回他搭檔的身旁。「我說的是這個！」說著，他同時舉起槍，對著桑圖羅的頭扣動了扳機。

這一切發生得太快，當左輪手槍的子彈射穿桑圖羅腦袋的時候，他的眼睛仍然警覺的注視著阿米爾、大衛和莫妮卡。血和腦漿立刻隨子彈的穿口噴出來，巨大的衝擊力將他側身推倒在地，手中的槍落到地上。金髮探員把槍撿起來，一手拿著桑圖羅的槍，另一隻手拿著莫妮卡的槍。

隨著槍聲一響，邁克立刻發出了尖銳的號叫，他跌坐到粗毛地毯上，兩手緊緊捂住自己的耳朵。古普塔教授不忍再看地上的屍體，轉過身，彎下腰扶著外孫顫抖的身體。大衛驚呆了，愣愣的看著地上的桑圖羅，鮮血正從他太陽穴上方的子彈入口處噴泉似的湧出來。

金髮探員繞過屍體，甚至沒有再看它第二眼。「好啦，我們也玩夠了。」說著，他把手槍的保險關上，再插到了褲腰上，另一隻手一直舉著左輪手槍對著他的俘虜們，命令道：「州警馬上就到，我們得離開這兒。我們要走上一小段路，穿過樹林，到山另一邊與我的朋友會合。」

大衛再次仔細看了看這個金髮探員的臉，終於意識到自己最初的懷疑是正確的：這個人根本不是眞正的聯邦探員，而是一個恐怖分子的同夥。一想到此，他感到不寒而慄。

金髮探員邁出三大步走到古普塔教授和尖叫著的邁克身邊，一掌把古普塔推開，老人仰面朝天倒在地上。接著，他一手抓住孩子襯衣的衣領，另一隻手把槍口頂在孩子的頭上說：「你們給我走前面，成一列縱隊。要是誰逃跑，這孩子就會沒命。聽明白了嗎？」

這個時候，莫妮卡正站在探員的左邊，而大衛站在他的右邊。她急忙向大衛遞了個眼色，他立刻明白了她的意思：金髮男子正處在一個相當不利的位置上，不可能同時看到他們兩個人。想要行動，這正是絕好的機會。

古普塔慢慢站起身，抬起頭怒視著金髮探員的眼睛，扭曲的臉上露出憤怒的表情。他吼道：

「住手，你這個低能兒！把你的手從我外孫身上拿開！」

大衛估算了一下他與探員之間的距離，他完全可以瞬間撲到這個混蛋的身上，並且抓住他拿槍的手，但是卻很難控制住他不開槍。他的槍正對著邁克的頭，他們必須首先使他的槍指向別的地方。

探員朝教授冷冷笑起來，真是笑話！他說：「你叫我什麼？低能兒？」

莫妮卡這時又看了大衛一眼，分明在說：你還等什麼？大衛注意到機器人雷龍就在離莫妮卡幾呎遠的地方，它背上分段式的尾巴正不停搖擺著。他的眼光落到了機器人那根細長的天線上。

古普塔厲聲叫：「沒錯，你就是一個低能兒！你知道你在做什麼嗎？」

大衛悄悄用手指了指機器人，用嘴唇默默做出了「天線」二字的口形。莫妮卡一時給弄糊塗了，於是大衛又把右手握成一個拳頭，然後做了一個擰的動作。莫妮卡明白了。她向機器人彎下腰，一把扯掉它的天線。

警報聲頓時響起，大衛覺得它的聲音比他印象中的要大得多。金髮探員不由自主放開了邁克，迅速把左輪手槍對準發出警報的雷龍。就在這一刻，大衛從他身後猛然撲了上去。

賽門來到約定的會面地點，把載貨卡車停下。這是一條土路的拐彎處，位於小木屋以南大約一點六公里。他在載貨卡車的儀表板旁的小櫃子裡找到了一張當地的地圖，在地圖上選中了這一個理想的會面地點。由於卡內基休養所位於道路的終點，而現在至少有十幾輛警車正由北往南向小木屋聚集，因此，如果把會面地點選在休養所是極不明智的。而他選擇的這條土路從一片黑色的森林中穿過，一直向南延伸到鄰近的維吉尼亞州，是一條最爲理想的逃跑路線。

他關掉汽車大燈，看了看手腕上的夜光錶：九點二十一分。布洛克應該在九分鐘內到達會合地點。賽門已經向他開出了非常高的價碼——二十五萬美元，條件是把四個目標活生生交到他手裡。布洛克計畫僞造一個現場，讓人們認爲是嫌犯開槍打死了他的搭檔，然後逃進森林。賽門懷疑聯邦調查局恐怕不會相信這個故事，但那是布洛克的問題，跟他無關。

他搖下玻璃車窗，把頭伸出窗外，傾聽是否有五個人踏著落葉匆匆而來的腳步聲。但是，他只聽到夜幕下的森林裡常有的聲音——蟬的低鳴、牛蛙嘎嘎的求偶聲，以及微風拂過樹梢的沙沙聲。過了幾秒鐘，他聽見西邊傳來一聲低沉的響聲，很像手槍發出的聲音。不久，他又聽到了一種怪異而尖銳的聲音，接著再傳來連續四次射擊的聲音。這些槍聲來自北邊，不是獵槍的聲音。他的耳朵對分辨各種不同槍枝發出的聲音十分在行，這是手槍射擊的聲音，而且很可能是一枝左輪手槍。

他對自己說，不用擔心，這只是布洛克探員幹掉自己的搭檔。但是爲什麼開了四槍？對準腦袋開一槍就足夠了。不、不，不要忙著下結論，也許布洛克槍法太差，也可能布洛克爲了確保那個人被殺死，又向他補了三槍。但是，這些可能性並沒有寬慰賽門焦慮的心情，他的直覺在告訴他：出事了。

他抓起烏茲衝鋒槍，打開載貨卡車的車門，小心翼翼的把腳踩到地面上。他的右腳踝關節腫得很厲害，但是他別無選擇。

大衛猛然衝上前去，用右肩狠狠撞在金髮探員的後背上。這一撞迅速而有力，金髮探員的整個身軀一下子向前撲出去，兩腿離開地面從空中劃過，胸部重重撞到了地上。但是，他的手不僅仍然緊緊抓著左輪手槍，而且還順勢開了一槍，子彈打中了機器人雷龍，警報聲戛然而止。大衛撲到他身上，按住了他持槍的手。金髮探員又胡亂開了一槍，大衛掄起拳頭向他頭上砸下去，指節用力的擊打金髮探員的後腦勺。這是他父親教給他的非常嚴酷的一課：世界上沒有什麼公平的打鬥，只有贏和輸。要想贏，你就得毫不手軟給那個混蛋致命的打擊，直到他不再動彈爲止。金髮探員的臉在大衛的打擊下撞到了地面，鼻子再次被撞破，然而他仍然又連續開了兩槍。大衛聽到莫妮卡發出了尖叫，憤怒之中他抬起膝蓋向布洛克的手臂狠狠砸下去，左輪手槍終於應聲從探員的手中滑落。但是大衛一秒也沒有停止攻擊，他耳邊響起了父親帶著醉意的聲音：看在上帝的份上，千萬不能讓他站起來！繼續打，狠狠的揍，把他幹掉！大衛聽從父親的教導，一字不漏的執行著他的命令，打得身下的金髮探員滿臉傷痕累累、血肉模糊，他半張著嘴巴，緊緊閉上腫脹的眼睛。大衛對著金毛探員的耳朵吼叫：「你這個混蛋！」其實，這時大衛腦子裡想的，根本不是這個奄奄一息的探員，他是對著他的父親叫喊，對那個喝得爛醉如泥、性情暴戾的混蛋，發洩多年來積聚在心中的怨恨。接著，他對準金髮探員青紫臃腫的臉孔又是狠狠的一拳。

他還想繼續打下去，打到金髮探員一命歸天爲止，但是他感覺有人抓住了他的手臂向後拖去。「夠了，夠了！他已經失去知覺了！」

他回過頭，看到是莫妮卡。他驚訝的發現，她似乎並沒有感到害怕，只是用關切的眼光看著他。然後，她伸手從探員肩背式槍套裡拔出半自動手槍，吩咐：「把他翻過來，我方便拿另一枝槍。」

大衛提起金髮探員軟弱無力的身體，莫妮卡從他腰帶上取下了桑圖羅的手槍。她把槍遞到大衛面前說：「拿著這把槍，盯著他，他很快就會醒過來。我去看一下阿米爾。」

「阿米爾？他怎麼了？」

他從肩膀上回頭看去，只見邁克仍然蜷縮在粗毛地毯上，兩手緊緊捂住耳朵。就在男孩身邊，古普塔教授仰面朝天躺在地上，身下是一灘鮮紅的血液。他的左腿上有一個二至三公分大小的洞，血正從那裡不斷的流出。教授用兩隻手肘支撐著上身，滿臉驚恐的看著自己腿上的傷口，聲嘶力竭叫喊著：「流血了！流血了！流血了！」

莫妮卡指著大衛的襯衫說：「快把衣服脫下來！」然後，她衝到教授身旁，把他浸透了鮮血的左褲管撕開，對他說：「教授，盡量冷靜下來。深呼吸。你必須讓心跳放慢速度。」

她接著拿起大衛的襯衫，那件背上印著「無安打歷史學家隊」的壘球隊隊服，把它折疊成一個包，蓋在古普塔的傷口上，然後用襯衫的兩個袖子把他的腿包紮起來，打了一個結，最後用手掌壓住整個包，加壓止血。她對古普塔說：「對不起，我得找到大腿動脈血管。」

古普塔急促做著深呼吸，恐怕根本就沒有聽到她的話。只見她直接把手指伸進了老人的褲襠裡，大衛驚訝得目瞪口呆。幾秒鐘後，她找到了壓迫點，用手掌底用力把動脈血管壓到老人的盆骨上。教授痛得大叫起來。

莫妮卡衝著他咧嘴笑道：「好啦，這下好多了。出血慢下來了。」她轉向大衛，表情一下子嚴峻起來：「我們得馬上送他進醫院。」

這一次古普塔聽見了。他一面掙扎著想坐起來，一面使勁搖頭說：「不！你們趕快跑！你們必須立刻趕到喬治亞州去！」

莫妮卡安慰說：「教授，請您先躺下。」

「不行，你們必須聽我的！這傢伙剛才說了，州警馬上就到！一旦你們被他們抓住，統一場論也就落到他們手裡了！」

莫妮卡一邊盡量保持住對古普塔大腿動脈血管的壓力，一邊叫道：「我們不能把您扔下不管！您會流血而死的！」

「只要當局的人到達這裡，他們就會馬上送我到醫院。相信我吧，他們不會讓我死的。我對他們來說太重要了。」

她還是搖頭反對，不願意離開教授的身邊，她的忠誠使大衛非常感動。他原本有一個印象，莫妮卡好像並不喜歡古普塔教授，但是，她現在卻願意爲他犧牲一切。

古普塔向她伸出一隻手，愛憐的摸摸她的臉，然後指著癡癡的在自己腳後跟上前後搖晃的邁克，說道：「把邁克帶走。如果警察抓到他，會把他送進孤兒院。莫妮卡，別讓他去那種地方，求求妳。」

她的手仍然按在教授的腿上，默默點了點頭。接著，古普塔轉向大衛，用手指著桌上的電腦說：「你們走之前，必須先把硬碟毀掉。不能讓聯邦探員們發現密碼。」

大衛一言不發走到桌前，抱起電腦舉過頭頂，再用力砸向地面。電腦的塑膠外殼摔碎了，大衛把硬碟拔了出來。它看上去就像一個圓柱體，裡面裝滿了疊在一起的銀色碟片。他抓住手槍的槍管，全力用槍把往硬碟上砸，直到磁片全部變成了數百個細小的碎片。

就在他剛剛砸爛電腦硬碟的時候，遠處傳來了警笛的聲音。這聲音來自一輛沿著碎石路疾馳而來的州警的警車，大約就在四百公尺外。他仔細聽了聽，又聽到更遠處傳來的另外兩個警笛的聲音。而且，這時突然又響起了一枝自動手槍發出的快速的射擊聲，讓人心情更加緊張。

他一下跳起來，莫妮卡仍然彎身按著教授腿上的傷口，老人正在她耳旁悄悄說著什麼。大衛喊道：「趕快！我們得走了！」

「快走！」古普塔說著，用雙手同時把邁克和莫妮卡從身邊推開，看上去老人已經越來越虛弱了。「別忘了……帶著邁克的遊戲機。」

莫妮卡哭著站起來，向門口走去。大衛找到了遊戲機，把它塞進少年的手裡。邁克按下一個按鈕，遊戲機的螢幕又恢復了生機。他從剛才暫停的地方開始，繼續他的「戰地勇士」遊戲，似乎這期間並沒有發生任何重大的事情，他甚至容忍大衛拉著他的手臂，帶著他走出了小木屋。

賽門決定先解決州警的問題。他把身體靠在路邊的一棵樹上，向第一輛警車開了火，一串子彈立刻打碎了警車的擋風玻璃，同時也殺死車裡的兩個員警。警車衝出碎石路，一頭撞上一塊爬滿葛藤的巨石。第二輛警車緊接著從彎道後駛出來，司機突然看見了剛剛撞毀的第一輛警車，但是爲時已晚。他才剛腳踩剎車把車停在路中間，還沒有來得及排到倒車檔，就被賽門的子彈射中。第三輛警車遠在射程之外，賽門可以聽見警官們一面慌忙的衝向隱蔽點，一面通過無線電大聲呼叫。賽門的目的達到了：現在這些州警們被阻擋在路邊，一個個蜷縮在岩石或樹幹之後，沒有半個小時他們是不敢動彈的。賽門贏得時間，可以專心解決最主要的問題了。

他一拐一拐的向小木屋跑去，出現在眼前的第一個不祥徵兆是大大敞開的前門，接著是地板上躺著三個人的軀體。其中一人已經死亡——一個長著怪異八字鬍的聯邦探員，他無疑就是布洛克的搭檔。他身旁的牆上到處濺滿了他的腦漿。另一個是五短身材的印度人，那個頗受人們尊敬的古普塔教授，已經毫無知覺的躺在血泊中。有人已經為他中彈的腿做過倉促的戰地包紮，但是包紮物已經被血浸透。最後一個是布洛克探員，他臉朝下趴在地上，嘴裡一面痛苦哼聲，一面吐出一兩顆被打掉的碎牙。

賽門靜靜的站了一會兒，思考著下一步的行動。他的主要目標是史威夫和雷納多，這兩個人很可能還沒有走遠，他們正帶著那個十幾歲的同伴在樹林裡盲目奔逃。在正常的情況下，賽門會立刻開始追蹤，但是他受傷的踝關節已經越來越腫脹，他知道這隻腳根本無法長時間支撐自己的身體。他當下能做的，就是對古普塔博士進行拷問。賽門判斷老頭還沒有休克致死，那麼還有可能從他嘴裡得到史威夫和雷納多逃向何處的訊息。

布洛克搖晃著身體勉強站了起來，雖然滿臉血肉模糊，但是身體其他部位尚完好無損，這個人還可以利用。他們如果繼續合作，也許可以帶著古普塔穿過樹林，回到載貨卡車那裡去。於是，賽門抓住布洛克衣領的後面，拎著他來到教授面前，對他說：「我給你一份新的工作，布洛克先生。如果你想活下去，我建議你接受這份差事。」

第九章

露西爾跪在湯尼・桑圖羅的屍體旁邊，這個二十四歲的探員六個月前才剛從聯邦調查局國家學院畢業。她強迫自己仔細看著他頭上的彈孔，接著，她深吸了一口氣，把內疚、憤怒和沮喪等一切分散她注意力的情緒放在一邊，全神貫注的研判著小木屋裡到底發生了什麼事。她檢查了桑圖羅屍體所在的位置和他血液噴濺的模式，並且發現了房間另一頭的另外兩灘血跡。這說明還有其他人傷亡。最後，她又檢查了地板上破裂的電腦外殼，被砸碎的硬碟和某種機器人的塑膠殘骸等四處散落的各種機械碎片。

克勞福探員站在她身邊，手裡舉著無線電通話器大聲地呼叫著：「布洛克，請回話，請回話！收到請回話，立即回話！結束。」

露西爾默默搖了搖頭。按照一般的情況分析，布洛克探員極有可能已經隻身深入叢林追捕嫌犯去了，他之所以不回答，可能因爲他已經倒在森林裡，非死即傷。然而，她對這種可能性卻十分懷疑。在過去的二十四小時裡，她一直懷疑她的特遣隊裡潛藏著一個叛徒，現在她知道這個叛徒是誰了。

克勞福還在不斷呼叫：「回話，布洛克。快回話，快——」

他突然放下手，歪著頭傾聽小木屋外隱隱轉來的某種聲音。一兩秒之後，露西爾也聽見了這個聲音，那是直升機的螺旋槳高速旋轉發出的聲音。她站起身，跟著克勞福走到木屋外面，一起抬頭朝東北方向的天空瞭望，只見三架「黑鷹」直升機掠過山頭，機頭的探照燈照亮了樹梢。這是三角洲部隊的前鋒部隊，他們提前到達了。

大衛光著上身，一頭撞進了黑黝黝的森林中。他什麼也看不見，只能尾隨著莫妮卡踏著灌木叢前進的聲音，不顧一切的往前衝。他向前伸著左手，摸索著前方不時出現的樹幹和樹枝，右手則緊緊抓住邁克的手臂，一路拖著他前行。剛開始，這孩子一直不停尖叫，但跑了將近一公里之後，他已經氣喘吁吁，再也叫不出聲了。就這樣，他們被恐懼驅使，在黑暗的樹林裡拚命奔跑，好像行走在無邊無際的天空中。

他們來到林中的一塊空地，莫妮卡突然停住，大衛差一點撞到她。他上氣不接下氣的問：「妳在做什麼？我們走吧，快走！」

「我們是往哪個方向？你確定我們沒有在森林裡兜圈子嗎？」

他抬頭看了看天上的星星，小熊星座位於他們的右邊，這就是說他們正往西行。他抓住莫妮卡的手指向左邊說：「我們應該走這條路，開始往南走。然後，我們——」

「噢，天哪，那是什麼？」

三個雪白的亮點從他們身後的樹梢上升起，像明亮的星星一樣懸掛在空中。大衛朝那個方向望去，立刻聽到了遠處傳來的直升機聲音。

他趕緊抓起邁克的手臂，推著莫妮卡向前跑，嘴裡喊：「走！走！走！快到樹林下面去！」

他們再次跑進了樹林裡，跌跌撞撞的爬上一個到處是岩石的山坡；路越來越崎嶇不平，行走也越來越艱難。莫妮卡突然腳下一絆，驚叫著摔倒在地。大衛立刻跑到她身邊，彎下腰正要問她是不是摔傷了，就聽見一個低沉而渾厚的聲音慢慢的說：「站在那裡，別動。」同時他聽到了兩枝步槍舉槍瞄準的聲音。

大衛不敢動彈。他想奮力衝出去，一回頭卻突然看見了邁克手中的「GameBoy」仍然開著，螢幕上的光亮雖然微弱，但是在漆黑的森林裡仍然是一個十分明顯的目標。

這時，有人打開了一支手電筒，一束燈光照到他們的身上，但是他能夠勉強看出拿手電筒的人寬大的輪廓。他推測他不是聯邦調查局的人，很可能是當地的警長或者州警。不過事到如今，這對他們又有什麼不一樣。

那個健壯的身影問：「你們這些人在這裡做什麼？這可不是野餐的好地方。」

聽他說話的口氣，他確實有些疑惑。大衛瞇著眼睛向光束後面看去，這個人並沒有穿著制服，這讓他感到寬心。問話的人穿著工作褲和一件超大號法蘭絨襯衫，他拿在手中對著他們的並不是步槍而是獵槍。在他的左邊站著另一個手持獵槍的男人，一個頭上戴著「約翰．迪爾」棒球帽、牙齒幾乎已經掉光的老頭，而老頭右邊還站著一個身材矮小卻胖嘟嘟的男孩，扁平的鼻梁顯得十分怪異。他大約八、九歲大，手裡拿著一把自製的彈弓。

那個胖子問：「你聽見了嗎？我在問你。」他臉上長著濃密的棕色落腮鬍，左眼上蓋著一塊骯髒的紗布。

大衛點點頭。他們就是古普塔教授提到過的叢林中的獵人，不用說這是爺爺、父親和兒子三人。這些西維吉尼亞州的山民對外來者抱有明顯的戒心，對一個黑人物理學家和一個光著上身的歷史學教授大概也不會同情，不過，他們對政府當局恐怕也沒有多少好感。大衛想，他也許可以利用這一點贏得他們的協助。他坦白的說：「我們有麻煩，那些人正在追捕我們。」

胖子用那隻完好眼睛盯著他，問道：「那些是什麼人？」

「聯邦調查局的人，還有州警。他們是一夥的。」

胖子哼道：「你們做了什麼，搶銀行？」

大衛當然知道他不能說出眞相，必須編出一個獵人們願意相信的故事。於是他說：「我們什麼壞事都沒有做。這是一次非法的政府行動。」

「什麼非法的政府……」

這時，他兒子突然發出一陣高亢的吼叫聲，頗似熱帶叢林裡鳥的嘶鳴，打斷了他的問話。男孩的臉上露出嚴重扭曲的笑容，身體不由自主左右晃動，好像風中搖曳的樹枝。大衛猛然意識到了這個男孩的問題，他患的是唐氏症（注）。

胖子沒有理睬兒子的行爲，仍然用獵槍對著大衛說：「聽著，你是不是不想告訴我到底發生

注 又稱先天愚型或蒙古病，由先天染色體異常引起。患兒面容特徵明顯，兩眼相距較遠、外眼角上翹，鼻梁扁平，嘴、牙齒和耳朵較小，舌頭常往外伸出，肌肉無力，掌紋呈猿型。智慧較正常兒童低。

什麼事？」

大衛想了想，好吧，看來他們之間有一些共同的問題，至少可以作爲一個不錯的起點。他用手指了指蹲在地上前後搖晃著身體的邁克，大聲說：「他們在追我的兒子！他們要把他從我身邊奪走！」

莫妮卡瞪大了雙眼看著他，呆住了。雖然這個謊言有些牽強，但是也並非毫無可信之處。在黑暗中，皮膚較黑的邁克很容易被誤認爲是他們倆的兒子，而且獵人們看來也接受了這個說法。胖子稍稍放低了手中的獵槍，槍口現在指著他們的腳，問道：「你們的兒子也有病？」

大衛裝出憤憤不平的樣子說：「那些醫生要把他關進瘋人院！爲了躲開那些混蛋，我們從匹茲堡逃了出來，但是他們卻一直追到了這裡！」

「我們剛才聽到了槍聲，是他們向你們開槍嗎？」

大衛又點了點頭說：「現在他們的增援部隊也來了。你聽到直升機的聲音了嗎？」

螺旋槳的聲音變得越來越大，患有唐氏症的男孩仰面朝空中望去。戴著「約翰．迪爾」棒球帽的老人與胖子交換了一下眼神，然後都放下了手中的武器。胖子關掉手電筒，對他們說道：「跟我來吧。走這條小路。」

賽門從夜空中依稀可見的輪廓上，認出了「黑鷹」武裝直升機，它們飛得很低，離樹梢僅僅幾公尺。這是典型的三角洲特種部隊戰術：以低於雷達探測範圍的高度貼地飛行。賽門的心跳開始加快，他的敵人離他越來越近了。那些飛進車臣領空殺害他妻子和兩個孩子的士兵，說不定就在這些人中間。一開始，他很想馬上舉起烏茲衝鋒槍向他們射擊，如果運氣好的話完全有可能幹掉一個飛行員。但是，接下來他就會立刻被其他「黑鷹」所包圍，有天大的本事也在劫難逃。賽門告誡自己這樣行不通，最好的辦法還是按照既定的方案行事，那樣他可以殺掉更多的敵人。

他和布洛克很快到達了卡車所在的位置，他們把古普塔扔到車後座上，布洛克精疲力竭的坐在副駕駛的座位上，賽門坐進駕駛員的位置上。賽門沒有打開車燈，他知道一旦打開車燈，「黑鷹」駕駛員就會立刻發現他們，於是他拿出紅外線熱感應鏡。在熱感應鏡的螢幕上，前方毫無熱量的泥土路呈現出黑色，但是土路兩旁的樹幹和樹枝由於仍然保留著部分白天吸收的熱量而清晰可見。他的時間不多，但由於土路和樹木形成的強烈反差，他仍然可以高速行駛。今天的運氣眞是不錯。賽門回頭向身後看了一眼，發現古普塔的臉色比布洛克還要昏暗，教授就要休克了。

他們現在離開小木屋已經有二十多公里遠，正跨過維吉尼亞州的州界。在泥土路前方的轉彎處，賽門看見了一棟房子。這是一幢相當普通的一層樓住宅，房前有一個門廊，一側附帶有一個車庫。路邊立著房主人的信箱，用塑膠做成的名字貼在冷冰冰的金屬信箱上，所以十分顯眼。它立刻引起了賽門的注意：米羅．詹金斯醫師。他猛然刹車，調轉車頭，駛上了詹金斯家的車道。

獵人們像幽靈一樣在森林中穿行，繁茂的枝葉像一個巨大的天棚四處延伸。他們沿著一條崎

嶇的小徑爬上一個狹窄山谷的陡坡，雖然大衛、莫妮卡和邁克很難跟上他們如此快速行走的腳步，但是他們仍然一聲不吭、不斷前進。大衛靠著一輪新月灑在獵槍管上的反光，緊緊跟在他們身後。

他們往山上爬了大約半小時之後，又開始沿著一條長著稀疏松樹的陡峭山脊向山頂走去。邁克已經上氣不接下氣，但仍然一邊走一邊盯著手上的遊戲機，任由大衛拉著他的手臂一路向前。到達山頂後，大衛回過頭，透過樹木的空隙向東望去，三架直升機仍然打著探照燈在山頭和山谷間搜索，不過他們離直升機已經很遠，螺旋槳發出的轟鳴聲已經變得低沉而遙遠。

獵人們帶著他們沿著山脊繼續行走了不到兩公里，然後開始向鄰近的一個山谷中走下去。幾分鐘後，大衛看到了山坡上的一點光亮，獵人們加快步伐朝那裡走去。很快的，他們來到一座搭建在礦渣上的棚屋前。這是一幢窄長的棚屋，用沒有上過漆的膠合板搭起來，歪斜著靠在一棵樹上，好像一節被人遺棄在森林裡的貨櫃車車廂。兩隻癩皮狗圍著棚屋不斷汪汪叫著，但當獵人們漸漸走近後，牠們慢慢安靜下來。一隻狗跑到患有唐氏症的男孩身邊，圍著他的腳興奮的蹦跳著。穿著工作褲的孩子的父親轉過頭對大衛說：「這就是我們的家。」說著，他向大衛伸出了右手。「我叫卡萊布，這是我父親，那是我兒子約書亞。」

大衛握握他的手，發現他沒有無名指。他說：「我叫大衛。這是我妻子莫妮卡。」謊言很輕易的就說出口。大衛已經順理成章創造出一個新的家庭。「這位是我兒子邁克。」

卡萊布點點頭說：「你們應該知道，我們這裡不歧視任何人。無論黑人還是白人，在我們這大山裡都一樣。在上帝的眼裡，我們都是兄弟姊妹。」

莫妮卡勉強笑笑說：「你的心腸太好了。」

卡萊布走到棚屋前，打開那扇歪斜的掛在門框上的門，熱情的說：「快進來坐吧。我想，你們恐怕都需要休息一下。」

他們一一進到屋裡。整個棚屋就是一間長長的房間，沒有一扇窗戶，唯一的光源是從屋頂懸掛下來的一個光溜溜的燈泡。房間的前半部擺著一張桌子，上面放著幾個塑膠碗和一個電磁爐；桌子後面有幾把椅子，上面的椅墊已經破爛不堪。再往後的地板上放著一條灰色的軍用毯，顯然那裡就是他們睡覺的地方。房間盡頭的黑暗處，堆放著一疊紙箱和一些散亂的衣服。

卡萊布的父親一言不發地摘下「約翰．迪爾」棒球帽，逕自走到餐桌前。他打開電磁爐的電源開關，然後又打開了一罐「丁蒂．莫爾」牌燉肉。這時，男孩跑到房間的另一頭，與他的狗玩起拔河的遊戲。卡萊布憐愛的用手揉了揉男孩的頭髮，看起來這孩子已經相當長的時間沒有洗過頭了。卡萊布對大衛說：「約書亞是我主賜予我的特殊禮物。自從他母親去世以後，明戈郡社會局就一直想把他從我身邊帶走。所以，我才在這裡建起一個家。這裡離最近的公路足足有三公里多。因為太遠，治安單位也就不管我們了。」

莫妮卡看到大衛投來的目光，感覺到大衛與她的想法是一樣的：這真是太巧了，他們竟然如此走運碰上了這麼一個人。當然了，在西維吉尼亞州的這一塊地方，一群逃亡者與另一群逃亡者不期而遇，相對而言是比較容易的，因為任何生活在這個與世隔絕的世界裡的人，多半是為了逃避某些事情而來到此地。

卡萊布走到邁克面前，想引起男孩的注意。他對孩子說：「你也是我主賜予我們的禮物，就像《聖經》『馬可福音』第十章裡所說的：『讓小孩子到我這裡來，不要禁止他們；因爲在神國的，正是這樣的人。』」

邁克根本不理睬他，兩隻大拇指繼續不停的按著的操控鍵。過了一會兒，卡萊布轉身走到堆放在紙箱子上的那堆亂七八糟的舊衣服前，挑出一件襯衫遞給大衛說：「來，穿上吧。歡迎你們來我們家過夜。」

大衛接過衣服，然後看了看地板上的灰色毯子。他實在是太累了，很想立刻就在這裡躺下來睡一覺，即使不舒服也無所謂。但是，他在山脊那邊看到的那些武裝直升機，仍然讓他放不下心。他對胖子說：「謝謝你，卡萊布。但是我們必須繼續趕路。」

「如果你不介意的話，我想問問：你們想到哪裡去，兄弟？」

「喬治亞州的哥倫布市。」大衛指了指莫妮卡。「我妻子的家人在那裡，他們可以幫助我們度過難關。」

「你們要怎麼去？」

「員警開始追捕我們的時候，我們就棄車了。不過，我們總會設法到達哥倫布市的。如果沒有別的辦法，我們就走路去。」

卡萊布搖搖頭說：「你們不必走路去，我可以幫你們。我們教堂裡有一個叫格拉迪克的人，他明天應該會開車到佛羅里達去。也許，你們可以搭他的便車，在半路下車。」

「他住在附近嗎？」

「不。但是他會在今天午夜左右從這裡經過，把蛇裝上車再繼續走。我確定他會送你們一程的。」

「什麼蛇？」大衛以為自己聽錯了。

「上個星期我在山上抓到幾條山林響尾蛇，格拉迪克要把牠們送到達拉哈西（注）的聖教會去。那裡與我們岩脊這裡的教堂一樣，都舉行執蛇顯信儀式。」卡萊布打開其中一個紙箱，從中取出一個辦公桌抽屜大小的杉木板條箱，箱蓋由有機玻璃製成，上面有一些圓形的小孔。「我們想為佛羅里達的弟兄姊妹們提供一點幫助，不過你看，這又不完全合法。所以，我們只能在晚上把蛇運出去。」

大衛從樹脂玻璃上的一個小孔中向裡窺視，箱子裡盤著一條鐵鏽色的蛇，大約有一個人的手腕那麼粗。蛇的尾巴向上豎起而且不斷晃動，發出粗糙而嚇人的唏、唏聲！

卡萊布把板條箱放到地上，從紙箱裡又拿出另一個板條箱，接著說：「《聖經》要求我們這樣做，就寫在『馬可福音』第十六章裡：『信的人必有神蹟隨著他們，就是奉我的名趕鬼；說新方言；手能拿蛇。』」他又拿出了第三個板條箱，把它放到前兩個箱子的上面。然後，他把這一落板條箱攬進懷中，抱在他寬闊的胸前。「我得把它們拿出去清潔一下，格拉迪克一到就方便帶走。這段時間你們幾個可以休息一下，如果餓了，壁櫥裡還有一些牛肉乾可以吃。」

約書亞和他的狗跟著卡萊布走出了棚屋，卡萊布的父親仍然站在餐桌前吃著罐頭裡的燉肉，邁克則蹲在軍用毯子上繼續玩遊戲。莫妮卡在孩子身邊坐下來，把背靠在紙箱上，臉色暗沉，精

注 佛羅里達州的首府。

疲力竭。

大衛來到她身邊坐下，問道：「嘿，妳還好嗎？」他不想讓一旁的老人聽見，所以聲音很低。

她看看邁克然後搖搖頭，對大衛耳語：「看看這孩子，現在就剩下他孤身一人，就連外祖父也不在身邊了。」

「不要為阿米爾擔心，好嗎？他不會有事的。聯邦調查局的人一定會把他送進醫院治療。」

「都是我的錯，我一心只想著統一場論，對其他事情漠不關心。」她把兩個手肘頂在膝蓋上，雙手抱著前額。「我媽說得對，我是個冷酷無情的婊子。」

「聽著，這不是妳的錯，而是——」

「你也好不到哪裡去！」她說著抬起頭，挑釁似的看了他一眼。「一旦你找到了統一場論，要怎麼做？是不是連這樣緊迫的問題你都沒有想過？」

老實說，他確實沒有想過，他的動力完全來自於克萊曼教授臨終前對他的囑託：保證這個理論的安全，不要讓那些人得到它。他回答說：「我想，我們必須把這個理論交到某個中立者的手裡，例如某個國際組織。」

莫妮卡沮喪的問：「你說什麼？難道你想把它交給聯合國保存？」

「這主意也許並不壞，因為愛因斯坦生前一直是全力支持聯合國的。」

「哼，去你的愛因斯坦！」

她突然提高了嗓門，引起了卡萊布父親的注意。他停止吃東西，回過頭從肩膀上看著他們。

大衛微笑著向老人示意，然後回頭對莫妮卡耳語：「冷靜點。老人家聽見了。」

莫妮卡向他靠近，把嘴湊到他耳邊說：「當愛因斯坦意識到這個理論非常危險的那一刻，他就應該把它徹底毀掉。但是這些方程式對他來說又太重要了，他捨不得毀掉它。他也是一個冷酷無情的混蛋。」

她目不轉睛的盯著他的眼睛，做好爭論的準備。但是大衛沒有反駁她，過了一會兒她也慢慢氣消了。她一邊打著哈欠一邊向一旁挪動了幾十公分，在灰毯子上躺下來，然後說：「算了，管他的。等那個弄蛇人進來就叫醒我。」

不到半分鐘她已經開始打鼾。她側身躺在地板上，身體彎曲，雙腿放在胸前，雙手握在一起，好像正在默默祈禱。大衛抓起毯子的一角，輕輕蓋在她身上。然後，他在自己新家庭的另一位成員邁克身邊坐下來。

少年仍然全神貫注在「戰地勇士」上，大衛閒著無聊，於是轉過頭去觀看螢幕上的畫面。邁克在遊戲裡的角色是一個身穿黃色軍服的士兵，他正沿著一條走廊跑去，走廊盡頭突然出現了另一個士兵，邁克立刻一槍把他打倒在地。他從趴在地上的屍體上一躍而過，接著衝進一個小房間裡，裡面埋伏著六個人，邁克迅速按下一個鍵，他所扮演的士兵立刻蹲下身體，同時端起手中的M16突擊步槍橫掃過去。敵方的六個士兵隨即紛紛倒地，模擬的鮮血從他們身上的彈孔中噴出來。這個時候，螢幕轉暗了，螢幕上出現了一行不斷閃爍的文字：「恭喜你！即將進入下一關SVIA/4級！」大衛猜想，這肯定是「戰地勇士」中難度相當高的一關，但是邁克的臉上並沒有顯露出一絲一毫的得意，仍然毫無表情。

大衛突然有一股衝動，渴望與這個孩子交流。他側身靠近邁克，指著的螢幕問：「接下來是什麼？」

「又回到A1級。」

邁克說話的聲音像他的表情一樣單調乏味，眼睛也仍然沒有離開「GameBoy」，但是他畢竟回答了他的問題，而且符合邏輯。大衛微笑道：「這麼說，你打贏了，嗯？眞棒！」

「我沒贏。又要回到A1級。」

大衛點點頭。好吧，這無所謂。這時，遊戲機的螢幕上出現了新的畫面，這次他的角色站在一片開闊的平地裡。大衛又指著螢幕，問道：「但是，這個遊戲很好玩，是吧？」

這次邁克沒有回答，他又全神貫注開始了新一輪的戰鬥。大衛感到繼續交流的大門再次關上，於是也不再說話，只是默默坐在男孩身邊看著他玩遊戲。身爲人父的他也知道，這個時候並不需要用語言交流。在他與約拿一起度過的許多個下午裡，他也常這樣坐在兒子身邊，看著他做作業。只要彼此在一起，就讓人感到寬慰。

十分鐘後，邁克已經打到了B3級。卡萊布的父親早已吃完了晚飯，坐在椅子上睡著了。這時，門外傳來兩個人說話的激動聲音。大衛警覺起來，跑幾步到棚屋門後，悄悄把門拉開了一條縫。透過門縫，他看到卡萊布正與另一個胖子說話。這個人穿著寬鬆的牛仔褲和一件破舊的灰色運動衫，和卡萊布一樣留著濃密的棕色落腮鬍，手裡拿著一枝雙筒獵槍。大衛放心地呼了一口氣，這個人肯定就是格拉迪克。他打開屋門向他們走去。

卡萊布轉過身對他說：「快去叫你妻子和兒子！你們必須現在就走！」

「怎麼了?出了什麼事?」

格拉迪克走上前來，深陷在眼眶中的兩隻眼睛呈現出一種奇特的藍色。他說：「撒旦的軍隊已經開始行動了，一支悍馬車隊正沿著八十二號公路開過來，幾架黑色直升機已經在山脊上著陸。」

卡萊布大叫道：『世界末日』到了，兄弟!你們必須在他們封鎖道路前離開。」

在米羅·詹金斯醫師醫師的廚房裡，古普塔教授躺在一張紅木桌上，幾個從起居室沙發上拿來的靠墊塞在他的腿下好讓腿部抬高，詹金斯醫師用一把手術鉗伸進教授大腿的傷口上，夾住了流血的血管。詹金斯是一個典型的鄉村醫生，平日裡四處巡診，爲這一帶的鄉巴佬醫治過槍傷，所以頗有些經驗。賽門能夠找到他確實非常幸運，醫師的醫療櫃裡擺放著各種醫療器械和用品，他還巧妙地利用天花板上的枝型吊燈充當點滴用的支架。桌子上已經流了不少的血，詹金斯俯下身用手指摸了摸古普塔的頸動脈，接著搖搖頭。賽門站在一旁用烏茲衝鋒槍對著他，看到他的反應立刻感覺到情況不妙。

詹金斯身上穿著一件格子花呢襯衫式長睡衣，上面已經沾了斑斑血跡。他轉過臉對賽門說：「我剛才已經說過了，如果你想救這個人的命，就必須立刻把他送到醫院去。到這裡我已經無能爲力了。」

賽門皺起眉毛回答：「我也跟你說過了，我不在乎他最終是死是活，我只需要他清醒過來幾分鐘，夠我們多少聊一聊就行了。」

「這是不可能的。他已經處於低血容量性休克的後期，如果不馬上到醫院搶救，他就只能與造物主聊天了。」

「到底是什麼原因？你已經給他止住了血還打了點滴，他現在應該甦醒了。」

「他失血太多，已經沒有足夠的紅血球把氧氣輸送到各個器官。」

「那就趕快給他輸血。」

「你以為我的冰箱是一個血庫嗎？他至少需要一千五百毫升（注）的血！」

賽門一面繼續把槍對著醫師，一面挽起右手的袖子說：「我是O型陰性。萬能輸血者。」

「你瘋了嗎？輸這麼多血會休克的。」賽門回答：「我不會。之前在戰場上已經做過一次。快做！」

但是詹金斯不為所動，而是雙手抱在胸前，撅起嘴唇，以典型的鄉巴佬頑固態度看著賽門，回答：「不行，我能做的都已經做完，沒辦法再幫你了。你要是想一槍打死我，那就開槍吧。」

賽門誇張的歎了一口氣。他不由得想起了他在車臣特種部隊服役的經歷，他手下的士兵也給他帶來過許多這樣的麻煩。很顯然的，用處決威脅已經不足以讓這位詹金斯醫師就範，他必須加大威脅的籌碼。於是他高聲叫道：「布洛克！請把詹金斯夫人帶到這裡來。」

凌晨五點，清晨的陽光剛剛照耀著華盛頓特區，副總統走下了汽車，向白宮西翼的入口走

去。他其實並不是一個習慣早起的人，如果讓他選擇，他會睡到七點起床，八點到達辦公室。但是，總統是一個每天清晨就開始一天工作的狂熱分子，所以他這位副總統也不得不跟著早起，隨時相伺左右，以防止這位三軍總司令做出什麼愚蠢的事。

他一走進西翼，就看見坐在大廳一把折疊椅上的國防部長，他手裡拿著一枝筆，腿上放著一份《紐約時報》。在報紙的空白處，他已經隨意的做了一些筆記。副總統心想，這傢伙大概根本就沒有睡覺，整個晚上都在白宮的各條走廊裡亂逛。

國防部長一看見副總統，就立刻從椅子上跳起來，高高地舉起手中《紐約時報》的頭版搖晃著，憤怒的大聲吼：「你看到這個了嗎？我們又有麻煩了。紐約的一位員警把事情報料出去了。」

「你說什麼——」

「給你，自己看吧。」他把報紙一下子塞到副總統手裡。

報導登載在頭版左上方的刊頭位置：

聯邦調查局的結論受到質疑

葛洛莉亞．米歇爾報導

注 人體血液的總量通常爲體重的百分之八，即一個體重五十公斤的人的血液總量大約爲四千毫升。

星期四晚間，六名聯邦調查局探員被殘酷的殺害，聯邦調查局聲稱這一起事件是哥倫比亞大學的某位教授所為，而紐約市警局的一位警探對此提出質疑。

凶殺案發生以後，聯邦調查局已經開始在全國範圍內大肆搜捕大衛．史威夫。據說，六名探員是在西哈林區開展的一次偽裝購買毒品行動中被殺。聯邦調查局宣稱，大衛．史威夫是哥倫比亞大學的一名歷史學家，因其創作牛頓和愛因斯坦的傳記而出名。他正是這個販毒組織的頭目，是他在探員們暴露身分之後下令槍殺了這些便衣探員。

然而就在昨天，曼哈頓北區警察局重案組的一位警探指出，聯邦探員是星期四晚上八點鐘將史威夫逮捕的，比聯邦調查局所宣稱的凶殺案發生時間早了三個小時。

這位不願具名的警探說，聯邦探員是在曼哈頓晨邊高地的聖盧克醫院逮捕史威夫的，當時他正在那裡探望諾貝爾得獎者，物理學家漢斯．克萊曼博士。當晚稍早，克萊曼因歹徒入室搶劫而受傷，後來送進這所醫院治療。在史威夫到達醫院後不久，克萊曼因傷勢過重而死亡。

副總統怒不可遏，他再也看不下去。這完全是一個低級而愚蠢的錯誤。

他責問：「怎麼會發生這種事？」

國防部長搖著他那顆方腦袋回答說：「這就是典型的警察的愚蠢。聯邦探員把克萊曼的案子從他手中奪走了，他很惱火，於是就向《紐約時報》胡說一通，對我們報復。」

「我們有辦法讓他閉嘴嗎？」

「呃，我們已經採取了措施。我們猜到他是誰，這個人叫羅佐奎，西班牙裔人，已經把他帶到聯邦調查局進行訊問。但是，最嚴重的問題還不是他，而是史威夫的前妻。是這個女人慫恿《紐約時報》報導這件事。」

「那麼，不能讓她也閉嘴嗎？」

「我們正在想辦法。我剛剛與她的男朋友通過電話，就是那個爲你們的競選募集了二千萬美元的律師亞摩利．范．克利夫。很顯然，他們兩人之間的關係在過去二十四小時裡已經冷卻了，他現在表示不反對我們把她弄進來。」

「那就趕快去做。」

「跟蹤她的探員報告說，她和她兒子整個晚上都與寫那篇報導的記者在一起。史威夫的前妻是個相當聰明的女人，她知道只要與那位記者待在一起，我們就不敢抓她。就目前而言，我們與《紐約時報》的麻煩已經夠多了。」

「這麼說，他們的記者在包庇她？他們還一直宣稱自己從來沒有任何偏袒！」

「我知道，我知道。不過，我們一定很快就會抓到她的。我們已經在那個記者的公寓外安排了五、六位探員，一旦她離開公寓去上班，我們就立刻衝進去。」

副總統點點頭說：「西維吉尼亞州方面怎麼樣了？目前進展如何？」

「那裡不用擔心。三角洲特種部隊的一隊人馬已經到位，另外還有兩隊正在趕往那裡的路上。」說著，他開始向情報室走去。「我現在就與現場的指揮官們確認一下，很可能他們已經把逃犯抓到了。」

副總統用嚴厲的眼光看了國防部長一眼，不幸的是，這個傢伙總是過早宣布他的勝利。他命令：「請隨時通報情況。」

「是的，當然了。下午晚一點我再從喬治亞州打電話給您。我今天上午要去本寧堡，為步兵兄弟們演講。」

在格拉迪克的客貨兩用車後方的貨廂裡，大衛突然醒來，發現莫妮卡正睡在他的手臂裡。他覺得有些吃驚，因為幾小時前他們開始打瞌睡時，都小心翼翼的保持著彼此間的距離，分別坐在了貨廂的兩邊（他們還算走運，這是一輛寬大的福特鄉村多功能旅行車，只是在西維吉尼亞州山嶺中至少已經度過了二十個寒冬。）但是，莫妮卡顯然在睡夢中不自覺挪到他的身邊，這會兒她的背靠在他的胸口，頭頂在他的下巴下面。也許，她是因為冷才靠到他的身上，也許是因為本能的驅使而希望遠離那些裝著響尾蛇的板條箱，那些箱子就放在汽車後窗玻璃的下面，用一塊帆布遮蓋著。無論什麼原因，她現在已經躺在他的懷裡，胸部隨著呼吸起伏著。大衛胸中不禁湧起一股強烈的愛憐之情，心中不免隱隱作痛。他還清楚的記得自己上一次把她抱在懷裡的情景，那已經是差不多二十年前的事了，在她那間狹小的研究生公寓裡的沙發上。

大衛小心翼翼的抬起頭向窗外看去，盡量不要驚醒她。窗外已是清晨時分，他們正行駛在一條兩邊長滿南松的公路上。格拉迪克坐在駕駛座上，隨著汽車收音機裡播放的福音音樂吹著口哨；邁克大剌剌的躺在後座，睡得正甜，但手裡仍然抓著處於暫停狀態的遊戲機。過了一會兒，大衛看到了一個路標：I185，哥倫布市以南。他們已經進入喬治亞州，離目的地可能已經不遠了。

莫妮卡開始有動靜，她轉動一下身體睜開眼睛。令大衛驚奇的是，她並沒有立刻掙脫他的懷抱，而是打了個哈欠、舒展一下雙臂，問道：「幾點了？」

大衛看看錶說：「差不多七點了。」他感覺很愜意，她竟然如此平靜，就像一個眞正的妻子一樣躺在他身旁。他問她：「妳睡得還好嗎？」儘管他估計格拉迪克在嘈雜的音樂聲中，未必能聽見他們的談話，但是他仍然把聲音壓得很低。

「還好，我現在感覺舒服多了。」她轉身背朝下躺到地板上，雙手交叉墊在頭下。「對不起，昨天晚上我脾氣不好。看來，我當時有些急躁。」

「這沒什麼。任何人被美國軍隊追捕都會變得脾氣暴躁的。」

她笑笑說：「這麼說，我對愛因斯坦的那些惡言惡語你都不生氣了？」

他搖搖頭，也報以眞誠的微笑。他想，這多麼美好，有很長一段時間他都沒有與任何女人有過這樣的交流。他回答說：「不，一點也不生氣。實際上，妳的話從某種角度來說也是對的。」

「你是說，愛因斯坦確實是一個冷酷無情的混蛋？」

「我不會那麼極端。不過，有的時候他也會變得相當冷漠。」

「噢，是嗎？這個混蛋做了什麼？」

「呃，其一是他第一次婚姻破裂後拋棄了他的孩子。他到柏林去研究相對論的時候，把米列娃和兩個兒子拋棄在瑞士，而對他和米列娃婚前所生的那個女兒一直都沒有承認。」

「哇，你等等。愛因斯坦還有一個私生女？」

「是啊，她的名字叫麗瑟爾，生於一九○二年，當時的愛因斯坦還是瑞士首都伯爾尼一個身無分文的教書匠。由於這在當時是一個很大的醜聞，雙方家庭都把眞相掩蓋了起來。米列娃回到塞爾維亞的家中生下了孩子。至於後來麗瑟爾是死了還是被人收養了，沒有人知道。」

「什麼？怎麼會沒人知道呢？」

「愛因斯坦在後來的書信中再也沒有提到過她。米列娃從父母家中回到瑞士以後，他們兩人才結了婚。而且，從此他們誰也不再談論麗瑟爾的事情。」

莫妮卡突然轉過頭去，不再看著他。她又皺起了眉，低著頭默默看著貨廂底部破爛的襯底。她突如其來的情緒變化讓大衛摸不著頭腦，他問道：「喂，怎麼啦？」

她搖了搖頭說：「沒什麼。我沒事。」

兩人如此接近給大衛壯了膽，他用手掌握住她的下巴，把她的臉轉過來朝著自己，說：「別這樣。朋友之間沒有什麼祕密，說出來吧。」

她有些猶豫，有一會兒大衛甚至覺得她要生氣了，但是她只是再次把頭扭向一邊，眼睛看著窗外。然後，她開始說：「我七歲的時候，母親懷孕了。孩子的父親可能是某個賣給她毒品的男人。孩子生下來的第二天，就被她送給了別人。她除了告訴我那是個女孩之外，其他的什麼也沒說。」

大衛的手撫摸著莫妮卡柔軟的下巴，手指一直摸到了她的耳朵。他問：「妳後來再也不知道她的情況了？」

她仍然望著窗外，點點頭說：「知道。她現在是一個不知羞恥的妓女。」她的眼眶裡噙滿了淚水，接著眼淚一滴滴的落下。大衛難以自持，低下身吻她的熱淚。他感覺到自己嘴唇上的淚水帶著淡淡的鹹味。莫妮卡閉上了眼睛，大衛深情的親吻她的雙唇。

足足有一分鐘的時間，他們倆像一對躲在父母背後的十幾歲戀人般，躺在貨廂的地板上悄悄接吻。莫妮卡雙手摟著他的腰，把他緊緊貼在自己身上。這時，旅行車開始減速，顯然他們已經接近了通往哥倫布市的出口，但是大衛並沒有抬起頭，也沒有向窗外張望，而是繼續親吻她。汽車駛上了公路出口的交流道，繞了一個很大的圓圈，大衛想起了在海洋上空盤旋的海鷗的感覺，這種感覺與莫妮卡濕潤的嘴唇帶給他的感覺相互交織在一起。終於，他抬起頭，深情看著她。兩個人默默對視幾秒鐘，誰也沒有說話。旅行車向右轉了一個急彎，慢慢停了下來。

他們迅速放開對方向窗外看去，汽車停在一個破舊的帶狀購物中心前面，身後是一條寬闊的大道，路面上的交通已經開始繁忙起來。大衛看出來了，他們的位置應該是在本寧堡的出入口附近，因爲街上所有商店的名字都和軍事有關。其中最大的一家商店名叫「騎警服裝店」，是一家專門銷售陸軍和海軍剩餘物資的商店，櫥窗裡的人體模特兒都穿著迷彩服。在它的旁邊有一家專門提供外賣食品的「戰地雞」餐廳和一家叫做「艾克紋身」的刺青店，再往下幾公尺遠的地方是一幢由礦渣修建起來的建築，沒有一扇窗戶，屋頂上立著一個巨大的霓虹燈招牌。招牌上的橙色霓虹管勾勒出一個女人豐滿的軀體，斜靠在店名「夜襲宮」幾個大字上。不過，與店名不盡相符的是，這裡看來一天二十四小時都在營業；在「夜襲宮」的酒吧前停著至少二十多輛汽車，一個滿臉淫相的彪形大漢在門口守衛。

格拉迪克從駕駛座上一躍而出，繞到汽車後面打開了後門。但是大衛並沒有馬上下車，他跪在裝著響尾蛇的板條箱旁邊，兩眼警覺的掃視著街道兩旁，搜尋著身穿制服的男人。在目前的情況下，這裡對他們而言是一個相當危險的地方。他問格拉迪克：「這是什麼地方？」

格拉迪克用那他雙瘋狂而怪異的藍眼睛盯著他們，舉手指了指「夜襲宮」說：「看到門上的號碼了嗎？勝利大道三六一七號，這就是你們給我的那個地址。」

「不對，這不可能。」大衛感到很困惑，這個地址應該是伊莉莎白．古普塔的家。

格拉迪克懶洋洋地說：「我知道這個地方。在我被主拯救之前，在撒旦的軍隊裡當過兵，而且就駐紮在這個本寧堡。每次週末獲准休假，我們都到勝利大道來。」他仍然滿臉凶相，朝瀝青路面上吐了一口痰。「我們過去都叫它ＶＤ（注）大道，是個淫亂窩子。」

大衛點點頭，現在他有些明白了。他想起了古普塔教授說過關於她女兒是個吸毒者的那些話。看來，要與她聯繫比當初想像的要艱難得多。他說：「我推測，我們想見的那個女人就在這個酒吧工作。」

格拉迪克瞇起眼睛不解地問道：「你說過她是你妻子的親戚，對吧？」

大衛又點點頭，指指莫妮卡說：「是的，她們是表姊妹。」

格拉迪克皺起眉頭看著「夜襲宮」喃喃的說：「賣淫和通姦，你們用淫亂污染了大地。」他一面看著屋頂上煽情的霓虹燈標誌，一面又往腳下啐了一口。看他那模樣，恨不得用雙手把那個招牌扯下來。

這時，大衛突然想到，這個肥碩的西維吉尼亞州的山民可能對他們很有用，至少他這輛多功能旅行車是他們所需要的。於是大衛說：「是啊，伊莉莎白的事讓我們的心都碎了。我們必須設法幫助她。」

正如大衛所料，這番話對格拉迪克起了作用。他微微歪著頭問：「你是說，你們想拯救她？」

「當然啦。我們必須說服她接受耶穌基督成爲她的救主，否則她會一路一直走進地獄。」

格拉迪克想了想，用手摸著臉上的落腮鬍子又看了看蓋著帆布的響尾蛇板條箱，然後表示：「好吧，我只要在下午五點之前趕到達拉哈西就行，現在還有一些可以運用的時間。」幾秒鐘後他臉上終於第一次露出了微笑，他伸出雙臂擁抱著大衛說：「好了，兄弟，我們去完成我主的任務吧！我們這就到那淫窩裡去，高唱讚美詩！哈利路亞！」

「不、不，我一個人進去，好嗎？你把車開到它的後面等著，我們一會兒從後門出來。如果她開始大喊大叫，你就幫我把她弄進車裡。」

「好主意，兄弟！」格拉迪克開心地在他背上拍了一巴掌。

離開旅行車前，大衛抓住莫妮卡的手臂捏了捏，對她說：「看著邁克，好嗎？」然後他下了車，向「夜襲宮」大步走去。

他還沒有走到門口，已經聞到了酒吧中傳出的啤酒氣味，兩天前當他走進賓州火車站的酒吧時，曾經感到噁心過，現在這種感覺再次湧上心頭，沉重地堵在他的喉嚨裡。來到酒吧門口，他

注 即勝利大道，是英文Victory Drive的縮寫。

深深吸了一口氣，強裝出一絲微笑，掏出一張十美元的鈔票遞給看門的彪形大漢做服務費。

酒吧間裡，瀰漫的煙霧在燈光的映襯下呈現出淡淡的藍色，擴音器中傳出ZZ Top樂隊（注）的一首老歌《她那漂亮的腿》。在一個半圓形舞台前，坐著一群喝得爛醉如泥的美國大兵，兩個脫衣舞女正在舞台上表演。其中一人抱著一根銀白色的鋼管慢慢旋轉，另一個背朝觀眾彎下腰，倒懸著頭一直伸到叉開的兩腿之間。一個士兵搖搖晃晃的走到檯前，拿出一張五美元的鈔票在舞女嘴巴前抖動，她舔舔嘴唇，然後用牙齒把鈔票銜在口中。

剛開始，看到到處是軍服讓大衛感到很緊張，不過他很快意識到這些士兵對他並不構成任何危險，他們之中大多數的人恐怕已經連續飲酒作樂超過十二個小時，週末四十八小時的假他們是每一分鐘都不會放過的。他慢慢向舞台靠近，注意觀察著兩個舞女，遺憾的發現她們看上去都與古普塔相去甚遠。抱著鋼管的女孩是一個長滿雀斑的紅頭髮，而把頭懸在兩腿之間的女孩是一個皮膚白皙的金髮女郎。

大衛走到吧台前，要了一瓶百威啤酒。他手拿酒杯靠在吧台上，繼續觀察坐在高腳凳上表演大腿舞的另外三個女人：兩個金髮和一個紅髮。三個舞女都頗有姿色，長著堅挺而豐滿的乳房和圓圓的臀部，身體在凳子上緩慢轉動以供士兵們觀賞。但是，她們都不是大衛要找的人。他開始擔心伊莉莎白可能已經回到她住宿的地方，因為脫衣舞女一般都輪班工作，而現在畢竟已經是早上七點鐘了。或者，她已經轉到另外某個俱樂部跳舞，甚至可能已經完全離開了哥倫布市。

就在大衛幾乎絕望的時候，他發現酒吧遠處角落裡的一張桌子上，趴著一個身穿橄欖綠軍服上衣的人。大衛第一眼看到她時，還以為那是一個喝醉了酒呼呼大睡的士兵，但當他走近一看才發現，那個人一動不動的頭上長著又黑又亮的長髮，散亂的鋪在桌上。原來這是一個女人，臉朝下趴在桌面上，桌子下面是她兩條又長又苗條的腿，叉開來直直向前伸展。軍服下面沒有再穿任何襯衣或褲子，只有一件鮮紅的比基尼泳褲和一雙白色的高跟皮靴。

大衛走到桌前，想看清楚她的長相，但是角落裡的燈光十分昏暗，而且女人的頭髮又遮住了她的臉。他沒有別的辦法，只能叫醒她。於是，他在她對面的一張椅子上坐下來，用指節輕輕敲了敲桌面說：「哈囉，對不起？」

沒有任何反應。他又用力敲了敲，再次問：「對不起？我能和妳談一談嗎？」

女人慢慢抬起頭，一隻手拂弄著垂在眼前的頭髮，又把嘴裡的幾根黑髮拉出來，睡眼惺忪地看著大衛，不滿地咕噥：「你想幹什麼？」

她的臉簡直一塌糊塗：一抹深紅色的口紅從嘴角連到左臉頰的中央，眼睛下面顯露出兩個鬆弛的灰色眼袋；兩個假睫毛中的一個已經部分從眼皮下脫落，每眨一次眼睛就跟著搧動一下，好像一隻蝙蝠的翅膀。不過，她的皮膚正是焦糖一樣的棕色，和邁克一模一樣，而且她那個洋娃娃似的小巧鼻子與古普塔教授如出一轍。從容貌上看年齡也差不多，大約三十五至三十九歲之間，明顯比這裡的其他舞女年齡大一些。大衛心中暗自高興，呼吸也變得急促，他向前俯下身體問道：「是伊莉莎白嗎？」

注 來自德克薩斯州的美國著名搖滾樂隊，成立於一九七〇年，八〇年代進入巔峰時期。個性化的長鬍子是他們的標誌，音樂風格為布魯斯搖滾樂。

她做了個厭惡的表情，反問：「是誰告訴你這個名字的？」

「這個嘛，說來話長……」

「不許再叫我這個名字！我叫貝絲，聽見沒有？就叫貝絲。」

她撅起上嘴唇，大衛看見了她的牙齒，每一顆牙齒接近牙齦的地方都有一個棕色的斑塊，也就是吸毒者通常所說的「甲基嘴」。他們吸食毒品的時候，含有興奮劑的氣體會腐蝕牙齒的琺瑯質，形成棕色的斑塊。大衛現在已經非常確定，這個女人就是伊莉莎白·古普塔。他說：「那好吧，貝絲。聽著，我想——」

「你想要什麼？口交還是做愛？」她的左臉抽搐了一下。

「我只是希望和妳談一談，一分鐘就好。」

「我可沒有時間跟你瞎聊！」她突然站起來，披在身上的軍服掀開了，大衛看見她雙乳間的項鍊上掛著一個小小的金盒子，正隨著身體輕輕地晃動。她說：「口交到停車場，二十美元；做愛到汽車旅館，五十美元。」

她的臉又抽搐了一下，然後她開始用塗成深紅色指甲的手指使勁抓著自己的下巴。大衛猜測，她八成是毒癮就要發作了，整個軀體急需另一劑冰毒。他立刻站起來說：「好吧，我們去停車場。」

他正想帶著她向後門走去，她卻一把將他的手拍到一邊，說：「你得先付錢，白癡！」

大衛從錢包裡拿出一張二十美元的鈔票遞給她，她把它塞進了軍服裡面的口袋裡，然後向緊急出口走去。大衛跟在她身後，發現她走起路來略有一些跛腳，這進一步證明了她的身分。伊莉莎白．古普塔還是個小女孩的時候曾經遭遇過車禍，她的左腿有三處骨折。

一出後門，她就逕自向位於酒吧後牆和兩個大垃圾桶之間的骯髒的凹室走去。她對他命令：「脫褲子，我們得速戰速決。」

他從肩上向一旁看看，多功能旅行車就停在不遠處，而且格拉迪克也已經從車上下來了。現在，即使出現麻煩，他也有後援可以幫忙。於是他對她說：「說實話，我並不想口交。貝絲，我是妳父親的朋友，我想幫助妳。」

她張開嘴面無表情的看了他一會兒，然後從正在腐爛的牙縫裡擠出兩句話：「我父親？你他媽胡扯些什麼？」

「我叫大衛．史威夫，聽見啦？是古普塔教授告訴我在這裡能找到妳。我們只想——」

她衝著停車場大聲吼叫：「那個老混蛋！他在哪兒？」

大衛立刻伸出兩隻手掌，好像一個指揮交通的員警一樣，開口說：「嘿，嘿，冷靜一下！妳父親不在這裡，只有我和——」

「混蛋！」她舉起雙手向他衝過來，長長的指甲直指他的雙眼。「你這個狗養的混蛋！」

他站穩身體，準備抓住她的手腕，但是沒等她靠近大衛，格拉迪克已經從她身後一把抓住了她。接著，這個山民以大衛完全無法想像的速度，敏捷的將她的雙手擰到背後，使她再也動彈不得。格拉迪克高聲喊道：「萬惡之母啊，睜開妳的眼睛看看妳主耶穌基督吧！在最後的審判降臨前幡然悔悟吧！」

過了一會，伊莉莎白從驚訝中回過神來。她突然抬起右腳，用靴子的高跟對準格拉迪克的腳趾使勁踩了下去，他立刻鬆開手，痛得大叫起來。伊莉莎白迅速轉身再次向大衛撲過來。

他揮手擋開了她的右手，但是脖子上卻被她左手的指甲狠狠抓了一把。大衛不禁暗暗叫苦，上帝啊，這女人動作眞快！他用雙手把她從自己身邊推開，但是她馬上又撲了上來，同時抬腿一踢，差一點就踢到了他的兩腿之間。大衛覺得自己簡直就是在與一頭野獸搏鬥，進行一場生死之戰，如果不把她一下子打暈過去，恐怕很難把她弄進旅行車裡。但這個時候，就在伊莉莎白抬起腳準備再次攻擊的時候，她眼睛的餘光卻瞥見了什麼，搖晃著的身體定住了，接著站在一隻靴子尖銳高跟上的身體向右轉，然後她飛快的穿過停車場，向站在格拉迪克汽車前面的莫妮卡和邁克跑去。

「邁克！」她大喊一聲，伸出雙臂把兒子緊緊摟在懷裡。

三角洲特種部隊在霍洛的五旬節教會裡設立了戰地指揮部，這裡是「永活主耶穌教堂」。露西爾看了看這一幢簡樸的木頭結構的房子，難以置信的搖了搖頭。這就是軍人最典型的愚蠢做法。你如果想得到當地人的合作，就絕不會侵占他們的教堂。但是，這支特種部隊剛剛從伊拉克調到這裡，他們顯然已經在相當程度上失去了尊重當地敏感習俗的耐心。

露西爾和克勞福探員一起走進教堂，開始尋找分遣隊指揮官塔金頓上校。但是，他的手下已經在教堂的聖壇旁搭起了指揮台，兩個士兵負責電台，另外兩人正彎腰看著一張西維吉尼亞州的地圖，此外還有兩個士兵手持M16突擊步槍看守著一群坐在長椅上、蒙著眼睛的當地人。露西爾又搖了搖頭。這些人都是些沉默寡言卻秉性執拗的鄉下人，他們除了敬畏上帝之外無所畏懼。即使他們知道逃犯的行蹤，也絕不會向這幫突擊隊士兵透露半個字。

她終於在教堂的後方發現了塔金頓上校，他正嘖嘖有聲的嚼著一根雪茄的菸頭，同時對戰地無線電台的話筒發布命令。露西爾耐心等待他結束通話後才走上前去，說道：「上校，我是露西爾·派克探員，聯邦調查局為你指派的聯絡人。我想與你談一談你的部隊昨天晚上在卡內基休養所搜集到的那些證據。」

上校用嘴唇和牙齒撥弄著嘴角的雪茄，兩眼盯著他們看了幾秒鐘，然後問：「什麼事？」

「你要立刻把那台摔壞的電腦送到匡提科（注）的聯邦調查局實驗室去，我們也許還有可能從砸爛的硬碟碎片中，提取出一些有用的資料。」

塔金頓叼著雪茄微笑說：「親愛的，這個妳就不用操心了。我們已經把那些碎片全部送到國防情報局去了。」

露西爾對「親愛的」一詞非常惱火，但她仍然以平靜的語氣回答：「長官，我們對國防情報局是很尊重的，不過，我們在匡提科的設備比他們的要先進多了。」

「我相信我的小夥子們完全能夠應付。再說，我們很快就再也不需要硬碟裡的情報了。我們已經把本州這一帶區域的道路全部封鎖起來，午餐前肯定能夠抓到那幫逃犯。」

露西爾對此非常懷疑。在過去的三十六個小時裡，她學到了一點，那就是絕不要低估大衛·

注 Quantico，位於弗吉尼亞州，也是聯邦調查局學院所在地。

史威夫的逃竄能力。她堅持：「長官，聯邦調查局同樣也需要那個硬碟。」

上校收起了笑容，回答說：「我已經告訴妳了，國防情報局已經拿到了硬碟。妳去跟他們要吧。我這裡的任務還沒有完呢。」說完，他大踏步走向祭壇，與他的手下商議去了。

露西爾忍了一肚子火，默默站了一會兒。她想了想，管他的！如果他根本不想得到我的幫助，我為什麼還要幫他呢？再說，在這個混蛋面前，她只是個老態龍鍾的女人，應該回到華盛頓自己的辦公室裡，像那些該死的官僚們一樣，把屁股穩穩的坐在椅子上。

她衝出教堂回到她的運動型多功能車旁，克勞福探員急忙趕上前問：「我們現在去哪裡？」

她正想說「去華盛頓特區」，卻突然有了一個新的想法。這是個簡單又明顯的事實，她很驚訝自己為什麼沒有早一點想到它？她問道：「卡內基休養所的那台電腦和網際網路是連線的，對嗎？」

克勞福肯定的點點頭說：「是的，我想是有網路連線的。」

「打電話給他們的網際網路公司，查一查昨天晚上他們使用網路的情況。」

與「夜襲宮」隔街相望的「軍騾汽車旅館」二〇一房間，通常是伊莉莎白．古普塔從脫衣舞俱樂部帶嫖客來做生意的地方。現在，她穿著一件毛巾布料的浴衣，獨自躺在一張大號的雙人床上，身上蓋著被褥。莫妮卡坐在她身邊的床沿上，用手撫摸著她的頭髮，不斷輕聲安慰她，就像照顧一個患了感冒的五歲孩子。邁克坐在一張椅子上，仍然專注地玩著「戰地勇士」；大衛站在床前，透過窗簾拉開的一條縫向外張望，謹慎的觀察勝利大道上可能出現的任何異常情況。格拉迪克那一套關於贖罪和寬恕的說教效果適得其反，於是他們把他支開，到街上買咖啡去了。

莫妮卡剝開她從旅館自動販賣機上買來的一根營養穀物棒的包裝紙，遞給伊莉莎白：「給妳，吃點營養穀物。」

伊莉落白聲音嘶啞的說：「不，我不餓。」自從在停車場發出尖叫到現在，她說的話不超過十個字。

莫妮卡把營養穀物棒遞到她的嘴邊，勸道：「來吧，咬一口。妳必須吃一點東西。」她的語氣溫柔而堅定，伊莉莎白投降了，張開嘴在穀物棒的一個角上咬了一口。大衛對莫妮卡如此得心應手的處理眼前的局勢很欽佩，顯然她知道如何與吸毒者打交道。

伊莉莎白又在營養穀物棒上咬了一口，然後從床上坐起來，從莫妮卡遞到她眼前的塑料杯裡喝了一口水。幾秒鐘後，她開始貪婪的吃起來，很快便把穀物棒全都塞進了嘴裡，並且把散落在床單上的碎屑也撿起來吃了。吃完之後，她用手背擦擦嘴，指著自己的兒子說：「簡直不敢相信，他都長這麼大了。」

莫妮卡點點頭說：「他已經是一個英俊的小夥子了。」

「我上次見到他的時候，他只有十三歲，還沒有我的肩膀高呢。」

「這麼說來，這些年妳父親一直沒有帶他來看妳？」

聽到這句話，伊莉莎白臉上又出現了那種極度憤怒的表情：「那個老混蛋連一張照片也不寄給我。每年邁克生日的時候，我都會給孩子打一個對方付費的電話，老混蛋每次都拒絕接我的電話。」

「我很遺憾。」莫妮卡咬著嘴唇，顯然眞心的爲她感到悲哀。「我沒想到——」

「這麼說，那老混蛋死了？他說過的，只要他活著我就別想再見到邁克。」

莫妮卡看看大衛，不知該如何回答是好。他離開窗戶來到床前，對伊莉莎白說：「妳父親沒有死，但是他住進了醫院。他要我們把邁克帶到這裡來，因爲他不願意把他送進孤兒院。」

伊莉莎白帶著懷疑的眼光看看大衛，又說：「這可不像我父親一貫的作法。對了，他爲什麼住院了？」

「我們還是從頭說起吧，好嗎？我曾經是妳父親的朋友克萊曼教授的學生。妳一定記得他，對吧？」

這個名字立刻在她心中引起共鳴，她的臉變得溫柔一些。她說：「當然，我認識漢斯。他是我的教父。而且，跟我父親對我的憎恨比起來，漢斯是這個世界上唯一一個我父親更加憎恨的人。」

「妳說什麼？」她的話讓大衛非常驚訝。「妳父親並不憎恨克萊曼教授，他們是非常親密的同事，一起共事很多年。」

伊莉莎白搖著頭說：「我父親非常恨他，不僅因爲漢斯比他更聰明，更因爲漢斯愛上了我母親。」

大衛仔細觀察她的表情，心裡思忖著她是不是想欺騙他。他說：「我對克萊曼非常瞭解，很難相信他……」

「你相不相信關我屁事！我只知道漢斯在我母親的葬禮上像個孩子一樣號啕大哭；他的衣服上沾滿了淚水。這是我親眼所見！」

大衛試圖想像自己的老恩師在漢娜．古普塔的墳墓旁痛哭流涕的樣子，仍然覺得難以置信。他告誡自己，現在不是討論這個問題的時候，於是不再去想像那個令人驚訝的場面。他直接進入主題說：「妳父親告訴我們，幾年前漢斯曾經到哥倫布市來過，想幫助妳恢復正常的生活，是嗎？」

她臉上露出局促不安的表情，低下頭看著床單說：「是的。他幫我在本寧堡找了一份工作，就是接接電話什麼的。他還找了一間公寓房讓我住，我還把邁克接回來住了幾個月。但是最後我還是搞砸了。」

「貝絲，這就是我們來這裡的原因。妳知道嗎？克萊曼教授幾天前去世了，但是他留下了——」

「漢斯死了？」她一下子挺直了身體，張大了嘴。「發生了什麼事？」

「我現在沒有時間告訴妳詳細的情況，但是他留下了一個資訊，說他曾經——」

「我的上帝啊！」她抬起手拍打著自己的前額。「我的上帝啊！」

她抓住自己的頭髮拉扯起來。莫妮卡趕忙向她俯過身去，用手輕輕拍著她的後背。伊莉莎白的反應讓大衛感到有些意外，他原以為像她這樣吸毒成癮的人已經心如荒漠，很難再感受到悲傷的心情。但是在她的生活中，克萊曼教授是唯一一個幫助過她的人，所以很顯然老物理學家和他這個教女之間存在著牢固的感情連結。也許，這正是他把統一理論隱藏在哥倫布市的原因。

大衛貼著伊莉莎白和莫妮卡在床上坐下，三個人彼此緊緊擁抱在一起。大衛說：「聽著，貝絲，我現在要把眞相告訴妳。我們陷入了很大的麻煩。克萊曼教授多年來一直隱藏著一個很大的祕密，而這個祕密是很多人千方百計想得到的。漢斯到這裡來的時候，有沒有把什麼檔案留給妳？」

伊莉莎白滿臉疑惑不解的表情，回答說：「沒有，除了給我一些錢，他沒有留給我任何東西。那些錢足夠我交幾個月的房租。」

「那麼電腦呢？他有沒有幫妳買一台電腦？」

「沒有，但是他幫我弄了一台電視機和一部漂亮的收音機。」想到當時的情景她臉上露出了微笑，但是笑容很快又消失了。「我後來失去了在基地的工作，不得不把它們都變賣了。我現在全部的家當就只剩下那一箱衣服了。」

她指了指窗戶旁邊的一個箱子，那裡面堆滿了襯褲、胸衣和尼龍長襪。大衛看了看，統一理論恐怕不可能藏在那裡。他問：「這麼說，這個房間就是妳現在住的地方？」

「有時是這一間，有時是隔壁那一間。汽車旅館這裡所有的費用都由哈蘭支付。」

「哈蘭是誰？」

「呃，他是『夜襲宮』的經理。」

大衛明白，換句話說哈蘭就是她的皮條客。「克萊曼教授留給我們的信息就是這間酒吧的地址，所以他一定知道妳後來又回到了這裡。」

伊莉莎白有些難堪，她垂著腦袋坐在床上，雙手交叉放到胸前，回答：「我被解雇以後，漢斯又打電話給我，說他準備馬上到我這裡來，送我去參加戒毒計畫。」

這時，大衛的腦海裡又出現了另一個難以想像的畫面——克萊曼教授出現在「夜襲宮」酒吧裡。於是，他又開始猜測這個脫衣舞俱樂部的辦公室裡會不會有一部電腦。他問她：「那麼，漢斯到俱樂部裡來了嗎？他會不會偶然走進了俱樂部的辦公室？」

她緊緊地閉著眼睛搖搖頭說：「沒有，後來一直沒有來過這裡。那一次他打電話來的時候，我剛吸完毒，糊裡糊塗的，我要他少管閒事。就這樣，那是我們倆最後一次談話。」

她痛苦的彎下腰，前額幾乎垂到了蓋在身上的被褥上，沉默著沒有再說一句話。她的整個身軀開始隨著抽泣而戰慄，整個床墊也跟著她的身體顫抖。

莫妮卡又拍了拍她的背，但這一次沒有起多大的安慰效果。於是，她起身走到邁克身邊，輕輕抓住他的胳膊，把他帶到他母親的床前。伊莉莎白立刻把他摟進自己懷裡。要是其他人這麼做，邁克會立即聲嘶力竭號叫，但是他對自己母親的觸摸顯然能夠容忍，這是天性。儘管他對母親的憐愛並沒有做出回應，甚至也沒有看她一眼。當她雙手摟住他的腰，他只是把頭稍微偏開一點，以便看著遊戲機的螢幕繼續玩他的「戰地勇士」。

過了一會兒，伊莉莎白向後坐直，伸出兩隻手扶著孩子的腰，仔細端詳著邁克。接著，她一面看著他一面用一隻手擦掉眼睛裡的淚水，然後看了一眼的螢幕，歎道：「還在玩那個該死的戰爭遊戲啊，我還以為現在你已經玩膩了呢。」

當然，邁克仍然沒有理睬她，於是伊莉莎白轉向大衛和莫妮卡說：「邁克是從我在本寧堡工作時開始玩這個遊戲的。漢斯在我辦公室的一部電腦上裝了這個遊戲，這樣邁克就可以在那裡自己玩。」她用手撫摸著孩子的頭髮，在頭頂靠左邊的地方把頭髮向左右兩邊分開。「自閉症兒童學校不上課的時候，我就把他帶著一起去上班，他坐在電腦前面一玩就是好幾個小時。」

說到這裡，伊莉莎白的手向下移動，捧住了邁克的臉。這樣的場面確實讓人感動，在平常的情況下大衛是不會打擾他們的，但現在時間緊迫，他不得不對她說：「等一下。克萊曼教授去過妳在本寧堡的辦公室？」

她點點頭說：「是啊，是在我去上班的第一天。他想介紹我與我的新老闆加納將軍認識。漢斯早就認識那個傢伙，他們很多年前在陸軍的一個什麼計畫上共事過。」

「漢斯在妳辦公室的時候，是不是使用過其中一部電腦？」

「用過。那個地方到處都擺著電腦，叫做『VCS辦公室』，就是『虛擬戰場模擬室』。那裡有很多瘋狂的玩意，什麼跑步機啊、護目鏡啊、塑膠步槍啊等等。其實，這些東西絕大多數都是廢物，軍隊根本用不，所以他們讓邁克隨便玩。」

「漢斯在那部電腦上花了多久時間？」

「欸，那誰知道，至少有幾個小時吧。他和將軍是老朋友，所以他在那裡很隨意。」

現在，大衛的心臟開始怦怦跳，他與莫妮卡交換了一下眼神，然後又把注意力放到邁克手上的「GameBoy」上。很巧，螢幕上正好又出現了那條黑暗走廊的畫面，昨天晚上他從邁克身旁看到的就是這一幕。同樣，一個身穿黃色軍服的士兵衝進一個小房間，端起M16自動步槍對著六、七個敵人一陣掃射。敵人一個個倒在地上，模擬的鮮血從彈孔中湧出。結果也是一樣：一行字閃爍著出現在螢幕上：「恭喜你！你即將進入下一關SVIA/4級！」

莫妮卡用手指著螢幕問：「那是什麼？SVIA/4級是什麼意思？」

大衛一竅不通，但是他知道該問誰。他彎下腰，使自己的臉貼近邁克的臉。昨天晚上，這個少年曾經與他說過話，也許今天他也會開口。大衛向孩子問道：「邁克，聽我說。SVIA/4級裡是什麼內容？」

男孩低下頭，躲開大衛的目光，平淡的回答說：「我進不去那一級。遊戲馬上回到A1級。」

「我知道，你昨天已經說過了。」大衛歪著腦袋，使自己的臉再次面對著孩子的臉。「但是，爲什麼你不能玩SVIA/4級呢？」

「『GameBoy』裡沒有這一級別。這個程式只有在電腦伺服器上才能運作。漢斯當時就是這樣設定的。」

「那麼，他爲什麼要如此設定呢？」

邁克慢慢張大了嘴，好像立刻要開始叫了。但是，他卻第一次抬起頭，看著大衛的眼睛說：「他告訴過我，這樣才安全！那是一個安全地帶！」

大衛若有所悟的點了點頭。很顯然，GameBoy有可能落入任何人的手中，因此克萊曼教授改變了「戰地勇士」的軟體程式，把一個節選版安裝在了遊戲機上，而包含了克萊曼添加資訊的完整版本，則被放在一個更爲安全的地方。於是他接著問：「那麼，那個伺服器在哪裡呢？」

邁克還來不及回答，GameBoy就發出了咻的一聲，提醒玩家遊戲已經回到了A1級。少年立刻轉身躲開大衛，從母親床邊走開，一直退到了房間的另一邊。他面朝牆壁，重新開始了「戰地勇士」新一輪的拚殺。

伊莉莎白盯了大衛一眼說：「嘿，不要再追問他了！你已經讓他心煩了！」

「好吧，好吧。」他也離開了床邊。其實，他已經不需要再問邁克更多的問題，他已經知道那個伺服器在什麼地方。克萊曼博士選擇了一個最爲大膽的藏匿之處，幾乎沒有人能夠想像得到這個地方——他把愛因斯坦的統一場論，藏到了戒備森嚴的本寧堡的一部電腦裡。

米羅．詹金斯醫師和他的妻子雙雙面朝下躺在起居室的地毯上，如果不看他們頭上的彈孔，賽門會覺得他們就像在午睡一樣。上午九點鐘時，這個鄉巴佬醫生剛剛宣布古普塔教授已經脫離險境，在餐桌上靜靜睡著了，賽門便把他們夫妻一起射殺了。槍聲驚醒了躺在起居室沙發上呼呼大睡的布洛克探員，不過，他只是翻了個身，幾秒鐘後又進入了夢鄉。

賽門自己也很想睡一會，在過去的三十六個小時裡他一直沒有休息過，而爲古普塔輸血後他更感到身體虛弱。但是，九點三十分又是他那個神祕客戶亨利．科布每天打電話給他的時間，又要詢問他任務的進展情況，賽門覺得出於職業道德他應該告訴他的客戶一些好消息。於是，他咕噥了一聲，拖著疲憊的身體走進醫生的餐廳，站在到處是血漬的餐桌旁，注視著躺在桌上的古普塔。

枝型吊燈上還掛著點滴，另一頭連接著古普塔手臂上的靜脈，而點滴已經完全空了。身材瘦小的古普塔時醒時睡、仰面躺在餐桌上，一個沙發坐墊墊在那條受傷的大腿下面。無論詹金斯醫師幫他使用了哪一種止痛藥，現在藥效都應該大大減弱了，古普塔一旦完全甦醒過來，就會感到疼痛無比。而這正是賽門希望的效果。

賽門向古普塔俯下身體，喊道：「醒醒，教授，上課時間到了。」接著他用力在教授大腿的傷口上拍了一巴掌，這一掌使詹金斯醫師細心縫合的傷口再次綳開來。

古普塔睜開了眼睛，嘴裡發出一聲慘痛的尖叫。他想坐起來，但是賽門把他的肩膀緊緊按在餐桌上，對他說：「教授，你知道嗎，你的運氣不錯。剛才你差一點就完蛋了。」

古普塔快速眨著眼睛向上看著他，顯然還有一些迷糊。賽門用手捏了捏他的肩膀接著說：「沒事了，教授。你會好起來的。你只需要回答我一個問題，一個小小的問題，我們就萬事大吉了。」

教授張了張嘴又閉上，一個字都無法說出。過了幾秒鐘，他才恢復了說話的能力，問道：「你說什麼？你是誰？」

「我是誰，現在並不重要，重要的是要找到你的那些朋友。大衛·史威夫和莫妮卡·雷納多，還記得他們嗎？昨天晚上你和他們一起在那間小木屋裡，後來你倒在地上血流如注，而他們卻扔下你溜之大吉。他們太不講義氣了，對吧？」

古普塔揚起眉毛回憶著。這是個好兆頭，說明他的記憶開始恢復了。賽門抓住老人肩膀的手又用了點力，再說：「沒錯，你記得他們。而且我認爲，你還記得他們跑到哪裡去了。要不是你被槍打中了，你也會跟著他們一起跑的。」

又過了幾秒鐘，老頭兒瞇起眼睛，皺起眉毛，他顯然已經恢復了記憶，眼光又開始變得咄咄逼人了。他又問了一句：「你是誰？」

「我已經告訴過你了，這不重要。我想知道史威夫和雷納多跑到哪裡去了。現在馬上就告訴我，教授，不然情況對你而言會變得非常糟糕。」

古普塔的眼睛轉向左邊，第一次看到了他身邊的環境：一張紅木餐桌、一個枝型吊燈和詹金斯家餐廳牆上紅白相間的壁紙。他痛苦的吸了一口氣，聲音微弱的說：「你不是聯邦調查局的人。」

賽門用一隻手繼續按在古普塔的肩膀上，把另一隻手放到了他的傷腿上，回答說：「不是。不過，幸好我比他們有更大的發揮空間。當然，你們美國人也有那麼幾招——水刑、不許睡覺、德國牧羊犬什麼的。不過我可不會浪費時間做這種無關痛癢的事。」說著，他把手伸到教授的傷口處，抓住貼在傷口上的紗布，一把將它扯了下來。

古普塔發出一聲慘叫，身體像一張弓一樣痛苦的蜷縮起來。然而，賽門觀察了一下教授的臉，卻沒有發現伴隨著極度扭曲的面孔，其通常都會出現的極端恐懼的表情，相反的，教授咬牙切齒的回敬：「你這個智障！你和那個探員一樣的愚蠢！」

賽門被激怒了，他用兩根手指插進教授已經縫合的傷口之中，轉動手指用指甲使勁地摳他的肉。鮮血立刻再次從撕開的傷口中流出來。他又問：「夠了吧。史威夫和雷納多在哪裡？」

「白癡！白癡！」古普塔厲聲叫道，一邊用拳頭敲打著餐桌的桌面。

賽門把手指繼續往傷口深處插下去，在他手指的周圍已經積滿了一灘血，並且開始順著古普塔的大腿流下來。「如果你還不告訴我他們在哪裡，我就把這些縫合線一根一根拔出來，然後再像摘手套那樣剝掉你腿上的皮。」

教授弓起上身，瞪著一雙怒不可遏的眼睛大聲吼：「你這個沒腦子的俄國畜生！我就是亨利·科布！」

第十章

莫妮卡以十分不滿的眼神看了大衛一眼說：「這麼做太瘋狂了。我們是在浪費自己的時間。」

他們這時正待在車裡，但不是在親吻，而是在爭吵。汽車來到「夜襲宮」以南，大約四百公尺處勝利大道上的一個加油站裡，伊莉莎白・古普塔到加油站打公共電話，格拉迪克手裡端著一杯從唐肯甜甜圈店買來的咖啡，跟在她身旁守護著，而大衛、莫妮卡和邁克則在車裡等候。

大衛堅持說：「這並不瘋狂。這完全說得通。」

莫妮卡搖搖頭說：「如果克萊曼想把統一理論藏到政府找不到的地方，他爲什麼又要把它放進屬於美國陸軍的一部電腦裡呢？」

大衛回答說：「因爲軍用電腦是世界上最安全的系統，而且他是把它藏在一個已經沒有人使用的戰爭遊戲軟體之中。」

「但是，陸軍仍然能夠接觸到它。要是哪一天某個上尉或上校在虛擬戰場模擬室玩膩了，想打開『戰地勇士』玩一玩要怎麼辦？」

「首先，你必須達到遊戲的最高一級，才有可能接觸到這個理論。這恐怕非常困難，除非你是一個像邁克一樣，一天到晚都在反覆練習的眞正玩家。」大衛用手指一指弓著背坐在後座打遊戲機的少年。「其次，即使你完全掌握了這個遊戲並且發現那些方程式，除非你是一個頂級物理學家，否則也看不懂那是什麼東西。你只會以爲那是一些毫無意義的垃圾，根本不會理睬它們的存在。」

莫妮卡看來並沒有信服，她說：「我還是不明白，大衛。你必須承認，這樣的猜測太異想天開了。你能確定——」

她還沒有說完自己的想法，伊莉莎白已經離開公共電話，大步向多功能旅行車走來。她現在雖然穿著彈力纖維緊身褲和T恤，但是看起來仍然像一個妓女。她從車窗處對大衛說：「沒有人接電話。希拉可能外出度週末了。」

大衛皺了皺眉頭。希拉是伊莉莎白的朋友，現在仍然在虛擬戰場模擬室擔任祕書，大衛原本希望她可以協助他們混進本寧堡。他問伊莉莎白：「妳還認識其他在那裡工作的人嗎？」

伊莉莎白：「誰也不認識了。那裡絕大多數人都是些電腦怪胎，我在那裡工作的時候，他們甚至連一句問候的話都沒有跟我說過。」

大衛在心裡罵了一句「該死」，沒有某個在基地工作的人提供一點小小的幫助，他們根本不可能通過本寧堡的安全警衛，更不可能進入虛擬戰場模擬室。

伊莉莎白繼續說：「奇怪的是，我在俱樂部裡從來也沒有見過那些電腦怪物。他們大概是靠網路上的色情網站自慰吧。」

這立刻使大衛有了一個主意，他問道：「貝絲，妳的固定客人中有沒有基地裡的人？那些定期找妳爲他們服務的人？」

「當然有！」她說話的語氣聽起來像是在爲自己辯護，彷彿他剛才的話是在挑戰她在業界受歡迎的程度。「有些人每週來一次，這樣的人很多。」

「其中有沒有軍警？」

她想了幾秒鐘說：「嗯，有。我認識一個叫曼海姆的憲兵，是個中士。我剛到俱樂部工作時就認識他，到現在已經有好幾年了。」

「妳知道他的電話號碼嗎？」

她沒有回答他的話，而是把身體伸進車窗裡，用手指在邁克鼻子前打了一個響。少年立刻從「GameBoy」上抬起頭看她。伊莉莎白緊盯著他的眼睛說：「哥倫布市的電話簿，理查．曼海姆？」

「706—544—1329。」邁克張口就說了出來。然後低下頭繼續玩他的遊戲。

伊莉莎白笑笑說：「很奇妙，是嗎？他與我住在一起的那段時間裡，就把哥倫布市的電話簿全部背下來了。梅肯市（注）的電話簿他也會背。」

大衛在一張紙片上記下這個電話號碼。對於邁克展現的驚人記憶力，他並不覺得特別驚訝，他知道許多自閉症兒童都有特別強的記憶力，他同時也想起了在卡內基休養所那部電腦裡看到的那些電話簿。然而伊莉莎白利用兒子特殊才能的這種方式，卻讓他感到很不舒服，顯然她以前沒少做過這種打響指的事，這肯定是她與嫖客保持聯繫最便捷的方式。

他把紙片遞給她，吩咐說：「打電話給這位中士，請他幫個忙。告訴他妳有一些城裡的朋友需要進出基地的通行證。就說我們想到營裡探望一位小兄弟，但是又把身分證件忘在家裡了。」

她斜著眼睛看了一眼手上的電話號碼，然後搖著頭說：「你知道嗎，曼海姆不會爲我白忙的。他肯定會要求我爲他免費服務一次，甚至是兩次。」

大衛已經想到了這一點。他拿出自己的錢包，從中取出五張二十美元的鈔票說：「妳不用擔心，我來付錢。這是一百美元，我們辦完事以後再付二百美元。成交嗎？」

伊莉莎白盯著他手中的鈔票看了看，張開嘴舔舔嘴唇，好像已經嚐到了毒品的味道。然後她從大衛手中一把抓過鈔票，轉身向公共電話走去。

大衛回頭看看莫妮卡，但是她已經轉過頭去不再看他。毫無疑問，她生氣了，只是沒有說出來，這比大喊大叫更糟糕。他們一言不發的看著伊莉莎白撥通了電話，開始在電話上交談起來。大衛終於忍不住，他伸出手碰了碰莫妮卡的肩膀說：「嘿，怎麼啦？」

她肩膀一扭，甩掉了他的手說：「你心知肚明。你在幫她拉皮條。」

「不，我沒有！我只是——」

「你以爲她會用那些錢做什麼？她會一分不剩全部花到甲基苯丙胺上頭，得到短時間興奮的快感，然後又回到脫衣舞俱樂部去，回到那一家汽車旅館去。」

「我們需要她的協助找到統一理論。如果妳有更好的主意，那幹嘛不——」

這時，莫妮卡突然抓住了大衛的手臂說：「出事了！」她同時指了指公共電話。只見格拉迪

注 美國喬治亞州中部城市。

克站在伊莉莎白旁邊朝著她喊叫，她沒有理會他，繼續說著電話。接著，格拉迪克用手摟住她的腰，拉著她朝旅行車走過來。大衛感到很奇怪，抬頭向勝利大道望去，才發現「夜襲宮」前停下了六、七輛黑色運動型多功能車，一群身穿灰色西裝的探員正紛紛從車裡跳下來，迅速包圍了整個脫衣舞俱樂部。

格拉迪克一把拉開汽車後門，把伊莉莎白推進車裡，大聲喊道：「快發動汽車，兄弟！撒旦的隊伍跟來了！」

凱倫站在葛洛莉亞·米歇爾的起居室裡，透過窗戶的擋光屏觀察著東二十七街上的交通情況。兩個身穿運動衫的健壯男人，在一輛送貨車旁的人行道上來回溜達，這輛送貨車在過去十二個小時裡一直停在那裡。每隔幾分鐘，其中一人就會用手遮住自己的嘴，裝做咳嗽的樣子，但顯然他是在對著袖子裡的麥克風說話。

約拿坐在躺椅上，翻看一本從葛洛莉亞的書櫃裡找到的天文方面的書；葛洛莉亞自己站在房間的另一頭，手裡拿著無線電話，和《紐約時報》的編輯說著話。她身材嬌小，長著一頭烏黑的頭髮和一雙骨瘦如柴的腿，尖尖的下巴和一雙不停轉來轉去的眼睛，性格十分火爆。她打完電話後啪的一聲關上手機，走幾步來到凱倫身邊說：「我得走了，布魯克林又發生了一樁兩人死亡的凶殺案。你們待在這裡別離開，等我回來。」

凱倫立刻緊張起來，她指了指窗外說：「那些探員還在外面守株待兔呢！」爲了不讓約拿聽見，她把聲音壓得很低。「他們一旦看到妳離開這幢建築，就會馬上衝上來把我們抓走。」

葛洛莉亞搖頭說：「非法闖入一個採訪記者的公寓房間？他們不敢。」

「他們會把門撞開，然後在妳回來之前又把門修好，看上去就像是我和約拿自己要離開這裡的樣子。如果妳去問他們我們怎麼了，聯邦調查局肯定會這樣告訴妳的。」

「妳眞的認爲——」

「妳不能叫妳的編輯把這個任務交給別人嗎？」

她哈哈大笑：「別提了，那傢伙是個冷酷無情的混蛋。」

凱倫看了兒子一眼，他正專心地研究著一幅小行星帶的照片。她絕不能讓那群混蛋再碰他一根手指頭。於是她說：「那麼這樣吧，我們和妳一起去。只要妳和我們在一起，他們就不敢逮捕我們。」

葛洛莉亞聳聳肩回答說：「那好吧，隨你們便。」

如果這只是一項普普通通的任務，賽門早就一槍打死他的客戶了。這個自稱爲亨利·科布的阿米爾·古普塔教授，是他服務過最傲慢也最可恨的雇主。從教授表明了自己眞實身分的那一刻起，他就一直不停的用最惡毒的語言咒罵賽門。但就算古普塔有理由生氣，實際上造成這個錯誤的原因還是他自己：他如果不用那個荒唐可笑的化名，也不會有混淆視聽的結果。賽門一面爲他重新包紮好腿上的槍傷，一面盡量向他解釋問題的前因後果，但古普塔仍然不停的侮辱他。接下來，他剛剛可以走路就開始比手畫腳下命令，並且制訂了新的行動方案：他和古普塔駕駛載貨卡車前往喬治亞州繼續追蹤他們的目標，而布洛克探員則駕駛詹金斯醫師的「道奇」小貨車前往紐約。當賽門問他布洛克回紐約做什麼的時候，古普塔卻生硬的叫他閉嘴並把「道奇」的車鑰匙找來。賽門的手不由自主的伸向烏茲衝鋒槍，恨不得一槍把古普塔的腦漿打出來，但是他忍住了。他提醒自己要忍耐，要把注意力放在如何達到自己最終的目的上。

由於詹金斯的家位於美國軍隊設立的封鎖線數公里之外，賽門行駛在維吉尼亞州西南區的僻靜鄉間小路上，並沒有遇到任何人的阻攔。上午十一點，他們到達梅德弗鎮，從這裡布洛克向北開上了I 81號公路，賽門和古普塔則向南奔向喬治亞州。教授斜靠在乘客座上，傷腿架在面前的儀表板上，但是不幸得是，他不打瞌睡。不僅如此，他還每五分鐘看一次錶，尖酸刻薄的咒罵著人類是多麼愚蠢。當他們跨過州界進入田納西州之後，他突然向賽門靠過去，用手指著前方寫著「六十九號出口：布隆特維爾市」的路標命令：「從那裡下公路。」

「爲什麼？這條路沒有問題，既沒有軍警也沒有州警。」

古普塔拉長了臉回答說：「我們已經沒有時間去喬治亞州了。因爲你的無能，史威夫和雷納多比我們早走了整整十個小時，他們現在肯定已經與我女兒聯繫上了。」

「既然如此，我們就更要走州際公路，鄉間小路會更慢了。」

「我們還有另外一個選擇，我曾經與布隆特維爾的一家叫做『中南機器人』的公司合作過，那是一家國防承包商。我爲他們製造了幾台原型機，所以他們也被我納入了監視網路之中。」

「監視網路？」

「對。如果我對史威夫和雷納多的去向沒有猜錯的話，我們可以從那裡監視他們的行蹤。」

賽門駛離州際公路後，沿著三九四號公路行駛了大約兩公里。中南機器人公司位於田納西鄉間一幢占據了很大面積的單層平房裡。由於是星期六上午，所以停車場裡只停放著一輛汽車。賽門開到那輛車旁邊停下來，然後和古普塔教授一起走向警衛亭。一個身穿藍色制服，面容憔悴、滿頭白髮的男人坐在亭哨裡，正在閱讀一份當地的報紙。古普塔用手敲敲亭哨的玻璃窗戶引起警衛的注意，然後大聲說：「嗨，你好！我是機器人學研究所的阿米爾．古普塔博士，你還記得我嗎？今年四月我來過這裡。」

警衛放下手中的報紙，仔細端詳了他們一會兒，然後笑著說：「啊，記得，是古普塔博士！從匹茲堡來的！你上次來工廠參觀的時候我就在這兒！」他站起身，打開亭哨大門與教授握握手。「再次見到你，我真高興！」

古普塔裝出一副笑臉：「是啊，我也很高興見到你。請告訴我，康普頓先生已經到辦公室了嗎？他要我順路過來看看他的一個機器人原型機。」

「噢，很抱歉，康普頓先生沒有來，也沒有告訴我你今天會來。」

「我想，可能再一會兒他就會到了。你能不能讓我和我的助手先到測試室去？我今天只能在這裡停留一兩個小時，所以必須馬上開始工作。」

警衛看了賽門一眼，接著又回過頭面對古普塔，心裡有些猶豫。於是他說：「我想，我應該先打個電話給康普頓先生。只是讓他知道你們兩位已經到了。」

「沒有這個必要。我可不想打擾他愉快的週末時光。」

「我也一樣，但我覺得還是告訴他比較好。」

他往亭哨裡退去的時候，古普塔向賽門點了點頭。賽門立刻向前一步，一槍擊中了他的眉心。警衛的身體還沒有碰到桌子便已經死去。賽門彎腰搜查了他所有的口袋。

古普塔低頭看看地上的屍體說：「眞刺激！我活到七十六歲，一輩子沒有見過殺人。而今天，過去十二個小時裡我就親眼目睹了兩次。」

「你會習慣的。」賽門從警衛的口袋裡拿到了鑰匙，然後開始切斷工廠的警報系統。

教授搖搖頭說：「這就像一個小小的宇宙坍縮了，原本無窮無盡的可能性，突然間化作了一個毋庸置疑的確定性。」

「既然是這樣一個悲劇，你爲什麼還要我殺死他？」

「我沒有說這是一個悲劇。有些宇宙必須死亡，其他的宇宙才能誕生。」古普塔抬起頭仰望蒼天，舉手齊眉遮住陽光，接著說：「等我們把統一場論展現在世人面前時，人類文明就會向前邁進一大步。我們將成爲迎接新時代的助產士，開啓人類啓蒙的新紀元。」

賽門不禁皺起了眉頭。他是一個士兵，不是什麼接生婆；他的使命是製造死亡，而不是迎接生命。

從曼海姆中士的長相便不難看出，他爲什麼會成爲伊莉莎白固定的客戶。愚鈍的表情、光禿的腦袋和鷹鉤鼻，說話粗聲粗氣，除了找妓女，他恐怕很難與任何一個女人約會。他用手摟住伊莉莎白，坐在旅行車的後座上，不停的揑著她的腰，眼睛盯著她的乳溝。不僅如此，他還不時色迷迷的把目光投向與邁克一起坐在貨廂裡的莫妮卡。格拉迪克一面開車向本寧堡駛去，一面獨自咕噥著；很明顯的，他討厭這個中士，而且對於參觀陸軍基地的作法也非常反感。但是，大衛堅持說這對拯救伊莉莎白有好處，這一點就足以讓格拉迪克保持沉默，至少暫時不會反對。

當他們接近安全大門的時候，大衛注意到前方排起了長長的一列汽車，這在一個星期六的上午是很罕見的。他轉過身指著大門問曼海姆：「這是怎麼回事？」

中士正用手指玩弄著伊莉莎白脖子上的金項鍊，想把吊在她乳溝裡的那個小金盒拉出來。他回答說：「他們都是來看達斯．維德的。他今天要來基地演講。」

「達斯．維德？」

「是啊，就是國防部長。也就是那個掌管『本寧堡到巴格達特快車』的人。」

大衛又看了看安全大門的情況，看到五、六個憲兵正在這一列汽車隊伍的最前面，逐一檢查每一輛汽車。他們打開汽車的行李廂，跪在擋泥板旁邊低頭查看底盤上有沒有炸彈。大衛忍不住咒罵：「該死。他們加強安檢了。」

「放心，花花公子。」曼海姆終於把那個小金盒從伊莉莎白的襯衣裡拉了出來，拿著項鍊在她眼前晃來晃去。「那些人都是我的手下，他們不會找我們麻煩的。」

中士假裝要催眠伊莉莎白，她看著他咯咯傻笑。她現在懷裡放著一百美元，心情非常好。在此同時，隨著汽車一步步接近大門，大衛心裡也越來越緊張。五分鐘後，他們來到大門口，一個身材魁梧、槍套裡插著一把M9型手槍的下士來到旅行車旁。他先彎下腰看了看車的底盤，然後把頭伸進駕駛座側的車窗命令：「出示你的駕照和行照，我還要檢查車上每個人的身分證件。」

格拉迪克還沒有動，曼海姆就向前探出身體，讓下士看到自己，同時愉快的說：「嗨，墨菲。我們只是到陸軍消費合作社買點東西。」

墨菲馬馬虎虎的向曼海姆敬了一個禮。大衛從他臉上的表情可以看出，他並沒有把這個中士放在眼裡。他對他說：「長官，我們接到了駐地司令的新命令，必須檢查所有來訪者的身分證件。」

「別那麼緊張，夥計。這些人都是跟我一起的。」

「長官，司令官下令，沒有人可以例外。」

這時，另一個戴著鋼盔、手執M16突擊步槍的憲兵也來到乘客座旁。大衛把手伸向車門上的把手，他知道一切都結束了，不用三分鐘他們都會被戴上手銬。

曼海姆中士向前移動了一下身體，屁股坐在後座的邊緣上，把臉湊到滿臉狐疑的下士面前，壓低了嗓門對他說：「好吧，墨菲，告訴你實話吧。你看到坐在那裡的貝絲了嗎？」他豎起大拇指向身後指了指。「她和這個黑妞今天有一場小型演出——她們將在國防部長演講結束後爲他私下做表演。」

下士盯著伊莉莎白看了看，她用舌頭舔舔嘴唇，並把胸部挺得高高的。他驚訝的張大了嘴說：「你們讓國防部長看脫衣舞表演？」

曼海姆點點頭說：「嘿，他工作很辛苦，有時也需要放鬆一下。」

「我的天哪！」墨菲看著自己的長官，心中又增添了幾分新的敬意。「司令官知道這事嗎？」

「不知道，是五角大廈直接下的命令。」

下士笑笑說：「可惡，這也太過分了。國防部長居然有這樣的怪癖。」於是他退後幾步，揮揮手讓他們通過了大門。

露西爾一看到古普塔的上網紀錄，特別是勝利大街三六一七號地址的那個網頁後，立刻給聯邦調查局的利爾噴射機下達了新的命令。兩小時後，「夜襲宮」已經被亞特蘭大分部派出的探員所包圍，她和克勞福探員邁著大步走進去。裡面大約有三十個顧客，大多數是持有週末通行證的軍人而且已經喝得爛醉，另外有五位舞女、一位酒保和一位保鑣，統統坐在酒吧前。保鑣和酒保看過探員出示的照片後，都認出了大衛·史威夫，酒保還說他看見嫌犯與另一個剛下夜班的舞女一起離開了俱樂部。調查發現，這個舞女就是古普塔教授的女兒貝絲·古普塔。遺憾的是，亞特蘭大的探員搜遍了對街汽車旅館裡她的臨時住所，卻沒有找到這個女人。酒保叫哈蘭·伍茲，同時也是這個脫衣舞俱樂部的經理，顯然是一個相當狡猾的傢伙。他聲稱對貝絲的去向一無所知，但是露西爾並不相信他的說法。

她一眼就認出誰是哈蘭：五短身材，體態臃腫，滿臉落腮鬍子，身上穿了一件T恤，上面印著一行字：提供口交服務。露西爾走到吧台前，雙手交叉放在胸前問：「你就是這個漂亮地方的老大？」

他立刻點點頭，短小的身體坐在緊靠吧台的一張椅子上，看上去就像童話故事裡那個坐在蘑菇上的放蕩侏儒。他討好的說：「我願意為你們提供幫助，知道嗎？但是我剛才已經說過了，我不知道貝絲在哪裡。她只是在這裡工作而已。業餘時間會去哪，我他媽眞不知道。」

哈蘭顯然毒癮發作了，說話非常快，渾身上下散發著臭氣。露西爾討厭吸毒者，她皺起眉毛說：「說慢一點，笨瓜。貝絲在城裡有朋友嗎？」

他用手指了指吧台前的舞孃們，她們仍然穿著比基尼，渾身哆嗦的站成一排，回答說：「有啊，這些女孩們都是她的朋友。妳去問問安珀或者布蘭妮，她們也許知道她在哪裡。」

「她還有其他的朋友嗎？我是說，除了這些你負責拉皮條的女孩子以外？」

「去你的，我不是皮條客！我只是……」

「別想唬弄我，哈蘭。你還是動動腦想想，否則——」

「好吧，好吧！」從他前額的皺紋裡，一串串的汗珠開始流出來。他與所有吸毒者一樣，很快就招供了。「她有位叫希拉的朋友，是個狂妄自大的婊子。她曾經到這裡來過一次，與我大吵大鬧了一番。她和貝絲曾經在基地裡一起工作過。」

這對露西爾是個新發現。亞特蘭大探員為她提供的情報只有一份伊莉莎白·古普塔被捕時的紀錄。她問道：「這麼說，貝絲曾經在本寧堡做過一般工作？」

「是的，就在她到這裡工作之前。據她說是和電腦打交道。是她的一個什麼親戚介紹她去的，但是做不久。」

露西爾立刻想起了在西維吉尼亞州的小木屋裡看到電腦碎片，這些嫌犯顯然正在追蹤一條數字線索，她因此不難猜出他們下一步的去向。

她轉身面對像平常一樣站在她身後的克勞福探員說：「幫我接本寧堡司令官的電話，還有那個白癡塔金頓上校。」

首先映入大衛眼簾的，是三座高高矗立在營房和行政大樓之間的跳傘塔，看上去它們就像幾十年前已經關閉的科尼島上的跳傘塔和雲霄飛車，不過這些跳傘塔仍然在使用。傘兵正一個個從尖塔頂端伸出的塔臂上降下來，好像從一朵巨大的鋼鐵花朵上落下的一粒粒種子。

曼海姆中士指揮格拉迪克把車停在步兵大樓的後面，這是一幢佔地很大的灰色建築，虛擬戰場模擬室就位於它的西翼。大衛編造了一個來這裡的理由：莫妮卡的弟弟正參加新兵訓練，得了焦慮症，需要與家人私底下聊聊。曼海姆顯然根本不相信這個藉口，但是幸好他不在乎，他一心只想著趕快得到他的免費服務，最要緊的是找個空房間讓他和伊莉莎白交歡。車剛停下，他就拉著她直奔大樓的後門而去。

莫妮卡、大衛和邁克也下了車，格拉迪克仍舊坐在駕駛座上，用關切的目光看著他們說：「兄弟，我們這是在做什麼？」

大衛伸出手捏捏他的肩膀，安慰：「你待在這裡等我們出來，只要幾分鐘的時間。然後，我們就一起開始拯救伊莉莎白的靈魂，好嗎？」

格拉迪克滿意的點點頭。莫妮卡和大衛分別走到邁克左右兩側，每人抓住少年的一隻手臂，迅速的跟在伊莉莎白和曼海姆身後往大樓裡走去。大衛但願能把男孩留在車上，如果讓他看到自己的母親與一個陌生男人做生意的場景，那將是多麼低劣的事，而且邁克卻又是唯一一個深諳「戰地勇士」之道的人。

他們衝進大樓的後門，沿著樓梯來到三樓。走廊裡空無一人，伊莉莎白和中士在走廊盡頭一間沒有標誌的門口停下了腳步。曼海姆開始在他的工作服口袋裡摸索鑰匙，一面問：「妳確定這裡面有長沙發嗎？」

伊莉莎白回答說：「絕對有，主任辦公室裡就有一個。我記得很清楚，一個棕色的大沙發。」

「但那已經是四年前的事了，說不定早就搬走了。」

「天哪，你開門就是了！」

中士終於找到了他的萬能鑰匙，但就在他準備把鑰匙插進鎖孔的時候，大衛聽到了一個聲音正沿著走廊向他們接近。這種機器發出的聲音十分耳熟，大衛迅速向後轉身，並一眼看到了一個盒子似的銀色「龍行者」，就是古普塔教授專門爲陸軍研製的監視機器人。這個像是一輛微型坦克的機器人在履帶的驅動下向前移動，類似燈泡的感應器直直對著他們。大衛嚇得不敢動彈，愣愣地說：「該死！我們被發現了！」

曼海姆吃吃笑說：「放鬆，阿兵哥。這些玩意兒已經沒有人在用了。」

「什麼意思？」大衛的心臟怦怦直跳，眼睜睜的看著機器人從他們身邊走過。

「他們還在處理一些沒解決的問題。陸軍總是做這種有頭無尾的事情。這個監視系統需要十年的時間進行測試，後來他們又覺得費用過於昂貴，於是就放棄了。」曼海姆又哈哈笑著，然後打開門，一面把伊莉莎白往裡推一面問：「好啦，寶貝，主任辦公室在哪裡？」

大衛跟著他們走進房間，裡面很寬敞，縱深大約有三十多公尺。在房間的一側排列著一些鋼製的架子，上面擺滿的電腦伺服器正發出低沉的電流聲，指示燈閃爍不停。伺服器對面擺放著一部桌上型式電腦和一個超大型平面螢幕。房間中央有一個附有金屬滾軸的平台，平台上放著兩個巨大的空心透明球體。

莫妮卡和大衛一樣驚訝不已，她站在門口呆呆看著這兩個空心透明球體，邁克卻興奮的衝進房間裡，自行跑到最遠處的一個櫥櫃前。他的母親和中士走進相鄰的一間辦公室，隨即關上了門。邁克打開櫥櫃，從裡面拿出一個龐大笨重、好似立體觀察儀的黑色裝置。大衛認出了這個東西：一副虛擬現實眼罩。只要帶上這個眼罩，就可以看到自己處在一片虛擬的景象之中；當你把頭向左或者向右轉動時，就會看到這個虛擬世界中其他不同的景象。邁克滿臉喜悅、調整好眼罩，然後衝到電腦面前開始敲擊鍵盤。

大衛和莫妮卡一起走到終端機前，站在邁克身後觀看。幾秒鐘後，螢幕上出現了一個士兵站在一片開闊綠地中間的畫面。這個士兵身穿黃色軍服，頭戴鋼盔，鋼盔上印著一個大大的鮮紅色數字「1」。

大衛對莫妮卡耳語：「這就是『戰地勇士』。他正在載入遊戲程式。」

又過了幾秒鐘，螢幕上出現了一行字：「準備好開始了嗎？」邁克跑回櫥櫃處，又拿出了一枝塑膠步槍——一枝M16突擊步槍的模型，然後走到其中一個空心球體旁，打開球體側面的一扇艙門，縮著身體鑽進透明的球體之中。

莫妮卡叫道：「該死！他跑到那裡面做什麼？」

邁克從裡面伸出手把艙門關上，帶上虛擬現實眼罩。他像一個眞正的步兵一樣拿著塑膠突擊步槍開始向前走，當然他並沒有眞正向前移動半步，球體開始圍繞著他的身體原地轉動，看上去就像一個巨大的追蹤球。不一會兒，邁克加快了前進的步伐，球體也隨之轉動得更快，一瞬間少年已經在快速的奔跑，活像一隻在健身輪上奔跑的倉鼠。大衛看向電腦螢幕，穿著黃色軍裝的士兵正飛速跑過開闊的原野。

「該死，這玩意眞棒！」他一隻手放到莫妮卡的背上，另一隻手指著球體下的平台說：「妳看到球體下面的滾軸了嗎？它們可以測出球體轉動的速度和方向，並把得到的資料傳送給電腦。所以，邁克移動的時候，電腦就可以同時把他的運動姿態以同樣的速度準確轉換到動畫形象上。而邁克在眼罩上也可以看到整個模擬的場景，他現在正在一個虛擬的世界裡奔跑。」

「眞是了不起。不過，他是往哪裡跑呢？」

「看起來，現在只是先開心一下。我想用不了多久，他就會像在『GameBoy』上那樣到達專家等級。」

「達到SVIA/4級以後會怎麼樣？」

「我也不知道。可能有某種辦法可以把理論從伺服器上下載下來。不過我敢肯定，必須透過虛擬現實眼罩中的介面才能接觸到它。」

大衛開始查看電腦螢幕下方的各種圖示，終於找到了他想找的東西：「雙人遊戲」。他點一下那個圖示，緊接著又出現了那一句不斷閃爍的「準備好開始了嗎？」，他接著再點那句話。莫妮卡瞪大了眼睛不知所措看著他，他走到櫥櫃前，找出了另一副虛擬現實眼罩和另一枝塑膠突擊步槍。

他對她說了一句：「我進去了。」接著，他走向第二個空心透明球體，打開了艙門。

賽門站在中南機器人公司的測試室裡守候著，古普塔教授則在一台電腦前查看監視螢幕上的畫面。這些畫面一共有十二個，每一個都是放置在本寧堡十二架「龍行者」之一送回來的現場情況。就在快到正午時分時，電腦發出了一聲輕脆的咻的聲響——臉部識別系統在一個監視畫面中發現了配對符合的目標。古普塔確定了發現目標的機器人的位置，然後把它的畫面擴大到整個螢幕上。賽門向終端機靠近一些，看到了一個身材高大、相貌醜陋的士兵正摟著一個胸部豐滿的邋遢女人，緊接著又看到了他們的幾個目標：史威夫、雷納多和古普塔的外孫。

教授自言自語道：「有意思，他們在VCS室。」

「VCS?」

「虛擬戰場模擬室。我為他們做過一些工作，替『戰地勇士』開發了一個虛擬實境的介面。」他停頓了一下，沉浸在思考之中。「這裡是伊莉莎白工作過的地方，也就是漢斯幫她找的那份工作。」

監視器上顯示，幾個目標一起走進了一個房間，隨即又把身後的門關上，從監視畫面中消失了。古普塔立刻退出監視系統，開始敲打鍵盤。他憤怒的吼道：「克萊曼！你這個老混蛋！」

「怎麼回事？」

教授搖著頭說：「他自以爲高明，居然把那玩意藏在了我的鼻子底下！」

「你是說統一場論？」

螢幕上開啓了一個新的視窗，古普塔輸入了用戶名和密碼，他正在進入某個網路系統。他解釋：「幸運的是，現在還不至於太晚。所有虛擬戰場程式都有遠端進入模式，因爲陸軍希望不同軍事基地的士兵可以在虛擬戰場中一較高下。」

經過幾秒鐘的等待，螢幕上出現了一長串軍隊電腦伺服器的名單和使用報告。古普塔說：「不出我所料，他們正在使用『戰地勇士』。」

賽門立刻緊張起來，伸長脖子從教授肩頭上看去：「他們會不會把統一理論下載？或者把它刪除？」

古普塔在一個伺服器上點了一下，電腦開始連線。他轉過身對賽門叫道：「快到供應室去！這裡沒有虛擬實境的設備，但可能有玩遊戲的控制桿。」

大衛發現自己站在一片開闊的空地裡，四周長著高大的南方松。他向右看去，那是一片一直綿延到天邊、被森林覆蓋的山嶺；向左看，虛擬的現實場景中有一塊林間空地，空地上是一群低矮的建築。眼前的畫面顯得十分眞實，大衛很吃驚，他甚至聽到了耳機中傳來的鳥兒歡樂的叫聲。他使用的頭戴式耳機包括兩個微型揚聲器和一個麥克風，可以用來跟其他玩家交流。眼前的模擬景象看上去十分熟悉，幾秒鐘後他才意識到，這個虛擬的世界是以本寧堡的訓練場爲藍本設計的，在遠處樹林的上方可以清晰的看見那些跳傘塔，似乎離他有幾公里遠。

「你在等什麼？」

聽到耳機中傳來的話，大衛立刻端起了手中的突擊步槍。他可以看見自己的M16突擊步槍的槍管，但無論在空地上還是樹林裡都沒有發現任何人的蹤跡。他大聲問：「嘿！是誰在那兒？」

「是我，傻瓜。」這是莫妮卡的聲音。「我在終端機的電腦螢幕上看著你呢。看起來你和邁克的那個士兵樣貌一模一樣，不過你的頭盔上標有一個大大的紅色數字『2』。」

「妳怎麼……」

「看來你迷路了，所以我在終端機上找到了一個麥克風，告訴你該往哪裡前進。邁克在那個村子裡。」

「什麼村子？」他拿槍指著那群建築問。「是那邊那些房子嗎？」

「是的。他已經打到B2級了，所以你得趕快行動。照我看，在他打到SVIA/4級之前你必須趕上他。」

大衛小心翼翼的向前邁出了第一步，球體在他腳下輕鬆自如、開始旋轉。他又向左邁出一步，球體也跟著向左旋轉。他心裡比較踏實了，接著開始向林中空地的方向走去，同時對莫妮卡說道：「這東西眞不賴。一下子就適應了。」

「你試試看能用跑的嗎？你已經落在後面很遠了。」

他開始慢跑，虛擬現實中的景象也開始慢慢變化。當他跑出開闊空地的時候，前方的建築物開始慢慢變大，他也開始看到了一些臉朝下躺在草地上的黑色身影。那些是電腦程式製造的敵方士兵，身上穿著黑夾克，頭上圍著大頭巾，一副恐怖分子的打扮。大衛在邁克的遊戲機上曾經看見過他們。他又說：「看來，這些傢伙都被邁克解決了。」

莫妮卡警告他說：「睜大你的眼睛，他並沒有把他們都殺光。」

「如果他們對我開槍怎麼辦？妳看看我在這個遊戲裡有幾條命？」

「我得查一查遊戲指南。」接著是短暫的停頓。「查到了。如果你的身體被打中，你就不能繼續前進了，但是還可以繼續開火；如果你的頭被打中，你就會自動回到遊戲起點。」

「這可不妙，對嗎？」

「如果你想趕上邁克，當然很不妙，他剛剛進入了B3級。」

大衛加快步伐向前跑，不斷繞過躺在地上的屍體。幾秒鐘後他到達村子的周邊，看了看眼前褐色的房子，它們十分荒涼。村子中間是一條主要的街道，街道一邊是一排兩層樓的樓房，斜面屋頂；另一邊是一座簡陋的白色教堂，教堂上有一個鐘樓。街道上除了一些被打死的恐怖分子的屍體之外空無一人，地上的屍體清楚指示出邁克行進的方向。大衛沿著街道中央向前跑去，來到一座堅實的黃色倉庫前。倉庫門前躺著五六具模擬的屍體。大衛盡量保持著在滾動球體裡身體的平衡，放慢腳步，透過敞開的大門向裡面窺視。倉庫裡一片黑暗，但是他仍然可以看出倒在地上的更多屍體的輪廓。

他正要邁步走進倉庫就聽見了槍聲，它們來自身後，於是他迅速向後轉身。一個敵方士兵端著一支AK47突擊步槍，一邊射擊一邊沿街向他衝過來。大衛一時之間完全忘記這是一個虛擬的情景，恐懼中慌忙蹲下身體，端起塑膠步槍對準身穿黑夾克的敵人扣動扳機。耳機立刻傳來震耳欲聾的射擊聲，模擬的後座力猛然把他向後推去。他一屁股跌坐在球體的底部，整個球隨之前後晃動起來，眼前的虛擬場面不見了，只剩下一片湛藍的天空和倉庫黃色的牆壁。但是當他手忙腳亂、重新爬起來以後，卻發現那個恐怖分子已經被他打中了，他趴在地上痛苦的掙扎著，但是手裡仍然握著那支AK47突擊步槍。

這時，耳機裡傳來莫妮卡焦急的叫喊：「對他的頭開槍！快呀，打他的頭！」

大衛立刻向士兵的頭部開火，士兵立刻趴在地上不再動彈。「我的天啊！」他一邊叫喊一邊端著M16突擊步槍大幅度轉身，氣喘吁吁的搜索著街上的其他敵人。這時，他又聽到了一陣槍聲，但無法分辨出槍聲來自何方。

「進去裡面！邁克在二樓！」

他轉身走進倉庫大門，一一邁過地上恐怖分子的屍體，沿著一條又長又窄的走廊前進，眼前的畫面也變得越來越昏暗。他的雙腿已經不聽使喚，心裡感到十分噁心，額頭上流下的汗水積在眼罩邊緣。他喊著：「該死！我什麼也看不見！」

「向左！你左邊有一個樓梯！」

他左轉身體，像一個酒鬼似的跌跌撞撞向前走去。走廊裡不斷地迴蕩著遠處傳來的槍聲，但是他只能看見射擊發出的火光。虛擬環境弄得他頭昏腦脹，胃部翻攪不已，他很想立刻把頭上的眼罩一把摘下來。他告訴自己：「堅持下去，我必須忍住！我身後還有東西！」

「不能停，繼續往前走！邁克正在打C3級，快要結束了！」

大衛終於找到了樓梯。拾級而上，眼前逐漸變得明亮，樓梯盡頭出現了另一條走廊。他沿著走廊走去，經過幾個房間的門口，裡面都躺著一些渾身是血的屍體。

「走到走廊盡頭，再向右轉，」莫妮卡繼續爲他指路。「然後，你……」

突然，一個士兵從他前方幾尺遠的一個房間裡跳出來，大衛嚇得掉了手中的M16突擊步槍，本能的舉起雙手向後退去，心想著這一回是死定了。然而，這個士兵轉過身體，徑自向前走去。大衛這才意識到，這個士兵身上並沒有穿著黑色的夾克衫，而是穿著一件黃色的軍裝，頭盔上標著一個鮮紅而明亮的數字「1」。原來是邁克。

大衛不禁喜出望外，撿起步槍向前追上去。在走廊盡頭處，邁克突然右轉，接著大衛就聽見了一陣密集的射擊聲。他趕上前，電腦程式製造的最後六個敵人已經全部臉朝下躺在了地上。

莫妮卡歡呼：「太好了！你們到達最後一級了！」

邁克向房間盡頭的另一扇門走去。大衛屏住呼吸，期待著終於能夠看到愛因斯坦博士留下的那些方程式，但是這間屋子看起來就像一間更衣室，沿著四面牆放滿了一排排灰色的金屬衣帽櫃，數量很多。代表邁克的士兵直接走到離他最近的一個衣帽櫃前，用手中的M16突擊步槍輕輕的碰了一下櫃門，手上立刻出現了一件新式武器，一枝槍管下帶有一個粗大圓筒的步槍——槍榴彈發射器。

大衛的心隨即沉了下來，這並不是最後一級，而是一個中途補給站，士兵們可以從這裡得到下一輪戰鬥使用的新武器。他自言自語：「他媽的！這樣下去還要多久？」

莫妮卡回答：「等等。你看看櫃門上的字母。」

每一個衣帽櫃的櫃門上都刻著一串縮寫字母，顯然代表著各自不同的軍銜：第一個衣帽櫃上寫著「PVT」，代表列兵；第二個是「CPL」，代表下士；第三個是「LT」，就是中尉，以此類推。大衛認得前面的十多個軍銜，但是沿著這些櫃子再往下去，門上的縮寫就變得越來越難以理解：WO/1、CWO/5、CMSAF，MGYSGT……。

莫妮卡說：「看一看那邊牆上的那一排，倒數第二個衣帽櫃。」

大衛看見了，那上面寫著：「SVIA/4」。他說：「他媽的！這就是『GameBoy』上那一級的名字。」

他立刻跑到那個衣帽櫃前，用他的M16突擊步槍碰了一下櫃門。大衛在虛擬現實的顯示幕上清楚地看到他手中的步槍變成了一個槍榴彈發射器。與此同時，櫃門上的縮寫字母突然開始重新排列，「S」向左移動，「A／4」向右移動，中間的「VI」按順時針方向旋轉了九十度，最後形成了一個公式：

$S \leq A/4$

大衛不是物理學家，看不懂這是什麼，於是他對著麥克風問：「莫妮卡，妳看見這個公式了嗎？妳知道——」

「小心！」

他又聽到了震耳的槍聲，立即轉過身去，卻正好看到代表邁克的士兵倒在地上。接著，他眼前的螢幕也突然變成鮮紅一片，彷彿被潑了一層鮮血。

賽門一直站在古普塔身後，觀看著電腦螢幕上遊戲的進展，他認為即使做為軍事訓練的一種方式，這樣的程式設計也毫無實用性，完全是一個拙劣的實戰替代項目。被槍擊中的士兵沒有掙扎也沒有痛苦哀嚎，僅僅是倒地而死，不過是小孩子的遊戲，一個玩具而已。古普塔根本不需要賽門的任何幫助，他只開了兩槍，從背後幹掉了兩個卡通士兵。

古普塔解決了他的對手之後，指揮自己的那個士兵直接來到那個衣帽櫃前，櫃門上刻著一個奇怪的標誌。他用步槍點了一下櫃門，士兵手上的步槍立刻變成了槍榴彈發射器，幾秒鐘後螢幕上出現了一行字：「準備下載。是或否？」

古普塔鍵入「是」。螢幕上立刻出現了另一行字：「下載時間為四十六秒。」教授全神貫注的看著螢幕上逐漸減少的時間顯示，那種專注的神情彷彿是在窺視電腦裡暗藏著的某樣東西。他喃喃低語道：「對不起了，博士先生，您不該讓我苦苦等待這麼多年。」

「大衛，你在哪兒？我在電腦上什麼也看不見！」

他聽到了莫妮卡的呼喊，但是他同樣什麼也看不見。虛擬現實顯示出的畫面上，籠罩著一層厚厚的紅色，像一片血色濃霧擋住了他的視線。他只記得自己看到的最後一幕是邁克的士兵倒下。他努力回想當時看到的情景，記起了在畫面中曾出現了另外一個人的身影，那是一個站在邁克身後的士兵，他不是電腦程式內建的身穿黑夾克的敵人，而是穿著黃色軍裝、頭盔上閃爍著數字「3」的另一個玩家。

大衛一把將頭罩扯下來，它現在已經毫無用處。在透明的球體外面，莫妮卡彎著腰站在終端機前，正拚命在鍵盤上胡亂敲打。她大聲叫：「該死！另外有人進入了伺服器，正在下載檔案！」

在他左邊的另一個球體裡，邁克正在調整自己的頭罩，看起來失敗並沒有使他感到驚訝或失望。幾秒鐘後他重新拿起步槍，又在球體裡開始跑起來——他又從頭開始整個遊戲。

大衛說：「我們必須從頭再來，我們只能……」

莫妮卡用手抓著頭髮說：「你沒有時間了！還剩下二十秒鐘！」

大衛想不出更好的辦法，於是重新把頭罩戴上。紅色的霧氣正在減弱，他準備好了重新回到村子外的開闊空地裡。但是當最後一抹紅霧退去後，出現在眼前的卻是一排門上刻著首字母的衣帽櫃，代表他的那個士兵正四肢著地趴在衣帽間的地上。原來，子彈並沒有擊中他的頭部，只是擊中了他的身體。

他無法向前移動，但是仍然可以舉槍射擊。頭盔上閃爍著數字「3」的士兵站在一個衣帽櫃前，櫃門上顯示出的並不是方程式而是下載時間的倒計時。當讀數顯示出「九秒」的時候，大衛扣下了扳機。

賽門發現電腦螢幕上有什麼動靜，一個小小的圓形物體在那一排衣帽櫃上彈了一下，便消失在視線之外。

他指著螢幕問：「那是什麼？」

古普塔沒有回答，他仍然沉浸在倒數計時的興奮之中。

「有個東西從螢幕上劃過，飛到左邊去了。」

教授皺起眉頭把控制桿向左移動，他們看到了整個衣帽間的圖像：地上躺著一個綠色的雞蛋形狀的東西。賽門立刻認出了那是什麼——一枚美國陸軍的M406手榴彈。

大衛吃力的從球體中鑽出來，兩條腿已經不聽使喚。他在虛擬世界裡戰鬥不到十五分鐘，卻感覺好像剛剛打完殘酷的硫磺島戰役。他把虛擬現實頭罩和塑膠步槍扔到一邊，跌跌撞撞的向莫妮卡走過去，問道：「發生什麼事情？我們阻止他下載了嗎？」

莫妮卡沒有抬起頭，仍然弓著身體站在終端控制台前，眼睛直盯著電腦螢幕。她說：「你爲什麼要用手榴彈？你只要朝那個混蛋開一槍就可以中斷下載。」

「不管怎樣，我們總算中止了下載，對吧？他並沒有得到理論，是不是？」

「呃，是的。你讓下載停止了。同時，你也毀掉『戰地勇士』而且刪除了所有的程式碼。」

他緊抓住桌子邊問：「那麼，那個藏有理論的檔案呢？」

「沒了。徹底刪除了。那個檔是整個遊戲軟體的一部分，毀掉遊戲程式也就是永久毀掉那個檔。即使有人想從伺服器上提取資料，也只能得到一些毫不相關的東西。」

他覺得胃又開始痙攣，就像他剛才站在旋轉球體裡一樣，而且現在整個宇宙都圍繞著他旋轉。由於他的失誤，整個宇宙的藍圖，整個現實世界隱祕的設計圖，都在一瞬間化爲了烏有。

莫妮卡的目光終於離開電腦螢幕抬起頭來，大衛驚訝的發現她臉上充滿笑容。她告訴他：「幸好克萊曼教授事先採取了預防措施，他爲那個檔設計了一個逃生口，就在整個程式即將被刪除前的一瞬間，這個檔的資料被立刻保存到了一個快閃記憶體裡。」

「妳說什麼？」

她伸出手掌，掌上有一個長約八公分，寬約三公分的銀灰色快閃記憶體。她說：「統一理論在這裡。至少我希望它在這裡。我要找一台筆記型電腦證實一下。」

大衛感覺自己全身癱軟，他深深的吸了幾口氣，怔怔的看著莫妮卡手中的快閃記憶體。直到這個時候他才意識到，統一理論對他有多麼重要。

當莫妮卡在辦公室裡尋找筆記型電腦的時候，邁克從球體中爬了出來。他把虛擬現實頭罩和步槍放回到櫥櫃裡，然後重新拿起了他的遊戲機。離開虛擬現實的戰場，重新回到一個用拇指控制的小機器和只有八公分寬的螢幕上，照理他應該會有巨大的失落感。但是，他仍然像過去一樣，毫無表情。

過了一會兒，他的母親從隔壁的辦公室裡走了出來。伊莉莎白嫌惡的歎一口氣，用手撫平褲子上的皺褶，拉一拉皮鞋上的踝帶，然後直接走到大衛面前說：「好了，該付我剩下的錢了。」

「曼海姆在哪兒？」

「還在沙發上睡呢。這傢伙一次就完事。但是你還是欠我二百美元。」

「好、好。」大衛掏出錢包，拿出二百美元，說：「聽著，我們必須在不引起別人懷疑之前趕快離開。妳最好跟我們一起走。」

她伸手抓過鈔票，塞進緊身褲的褲腰裡說：「好。你們在汽車旅館讓我下車就可以。」

這時，莫妮卡已經找到了一台「蘋果」牌筆記型電腦。但她還沒有打開電腦，大衛走到窗前向外張望，並且立刻發現了危險。首先，步兵大樓的後門外已經看不到格拉迪克的車；其次，一隊憲兵正朝大樓跑來。從遠處看，他們很像「戰地勇士」裡的虛擬士兵，但是他們手中的M16突擊步槍，卻是貨真價實的真品。

露西爾站在本寧堡的練兵場上，與國防部長的一個隨從人員爭論著。這時，國防部長正站在步兵大樓正前方的一個講台上發表演講，在他面前的練兵場上，至少聚集了三千多個士兵和老百姓。在講台後方，還有數百人走來走去，完全擋住了大樓正面的出入口。這麼多人在這裡來回走動，無疑是安全工作的噩夢，根本不可能展開對嫌疑犯的有效搜索。而情況很清楚，不到一小時前，嫌犯顯然已經使用欺騙手段進入了基地。露西爾要求國防部長提前結束演講，但是他這位五角大廈的助手拒絕接受她的要求，這個二十來歲、身體結實的傢伙簡直跟石頭一樣不開竅。

他對她說：「我們準備這次活動已經好幾個月，士兵們一直在期待著這一天。」

「聽著，這件事關係到國家安全。國家安全，聽到過這個名詞吧？也就是說，這件事比這個該死的活動要重要得多！」

助手露出迷惑不解的神情說：「安全？我認爲那是憲兵的事情。」

「他媽的混蛋！」她一怒之下，從外衣下拔出手槍對著他吼。「是不是要我拿槍射你，才能引起你的重視？」

但是，即使面對指著鼻子的手槍，他仍然不爲所動。「好了，女士，請冷靜。國防部長的演講就要結束，他馬上就要講那個三隻腿母雞的笑話了。」

憲兵衝進步兵大樓的後門，開始上樓。大衛從窗前轉身對其他人喊：「快走、走！這邊！」他拉著邁克沿走廊跑去，莫妮卡和伊莉莎白緊隨其後。後有追兵，他只能向前門方向跑，儘管他很清楚另一隊憲兵正從前門趕來。當他們跑到前門的樓梯口時，大衛聽到樓下傳來了一片呼喊聲，一開始以爲是衝進來的憲兵發出的喊聲，但很快發現是人群爆發出來的笑聲和歡呼聲。這不是搜捕隊的聲音，更像是聚會的聲音。

他們迅速走下樓梯，混入大廳裡夾雜著士兵和家屬的人群中。在銷售碗裝洋芋片和六瓶裝可樂的桌前，身穿平民服裝的男女排起了長長的隊伍，看來這裡正在舉行一個招待會，人們彼此握手寒暄，講著笑話，嘴裡塞滿了食物。大衛從穿過人群，時刻提心吊膽的等待警報聲響起，但是他和邁克並沒有引起人們的注意。有幾個士兵對從他們身旁經過的伊莉莎白和莫妮卡擠眉弄眼，但也僅只於此。大約半分鐘以後，他們走出了步兵大樓，加入了前往停車場的人潮中。當他們離大樓越來越遠的時候，大衛看到一個熟悉的老面孔，他正和幾個將軍握手致意。上帝啊！那正是國防部長本人。大衛抓緊邁克的手臂，加快了步伐。

他們跟隨人群走了不到一公里，向西經過幾個停車場，人群中不斷有人離開，進入停車場尋找自己的汽車。大約十分鐘後，人群已經散盡，只剩下他們四個人繼續向前走。他們一路跟著寫有「西門：埃迪橋」的路標前行，經過一個網球場和一個有著十來個士兵正在踢足球的足球場。大衛沒有發現憲兵的身影，也沒有看到任何追捕行動的跡象。

又過了十分鐘，他們看到前方出現了一條河，河道蜿蜒曲折、河水渾濁，兩岸長滿了茂密的樹林。這是查特胡奇河，是本寧堡西面的界河。河上橫跨著一座二線道的橋，橋頭設有安全檢查崗，閘道上的閘柵已經放下來，幾輛準備離開基地的汽車正排在閘柵後面。司機拚命按著喇叭，然而兩個執勤的憲兵卻像雕像一般，動也不動的站在一旁。大衛想，該死的，他們已經封鎖了整個基地，但是如果現在掉頭往回走，憲兵們很可能已經看到他們了。他們唯一的希望就是再次瞞天過海。

他們來到出口處，像一個正在健行的古怪家庭一樣。大衛向憲兵們揮揮手：「嗨，士兵們！這是通往露營地的路嗎？」

一個憲兵回答說：「你指的是烏契溪露營地嗎，先生？」

「是的是的，就是烏契溪。」

「過了這座橋以後，你們往南再走三公里。不過，先生，現在不能過橋。」

「爲什麼？」

「剛剛發布了安全警報。我們正等待進一步的命令。」

「呃，我可以肯定警報只是針對汽車的，行人可以通過，對吧？」

憲兵想想還是搖搖頭說：「先生，請在這裡稍等一會兒。不會耽誤太久的時間。」

大衛和莫妮卡緊張的交換了一個眼神，正在這時一輛悍馬吉普車飛快的開到出口處停下來，司機跳下汽車向執勤憲兵跑去。他手上拿著幾張傳單，大衛雖然看不見傳單上印著什麼，但他相信他的照片就在這幾張傳單上。憲兵們現在都背對著他們，所以大衛悄悄帶著邁克、莫妮卡和伊莉莎白繞過閘柵，向一百公尺外的橋上走去。

一個憲兵轉過身命令：「站住！你們他媽的往哪裡走！」

大衛並沒有停下腳步，只是回過頭說：「抱歉，我們趕時間！」

另一個憲兵已經迅速瀏覽了手中的傳單，立刻拔出手槍對著大衛叫：「不許動，混蛋！」緊接著三個士兵都已經拔出了他們的M9手槍。閘柵後等候通行的司機們立刻停止鳴笛，緊張的注視著眼前這突如其來的事件。但是，正因爲所有的眼睛都看著士兵和逃犯，沒有人注意到一條鐵鏽色的響尾蛇從天而降，落在憲兵們面前痛苦的扭動著身體，它憤怒的一口咬住了第一個在它面前移動的目標——某個憲兵的腿。這個憲兵立刻發出一聲慘叫，同時另一條蛇接著從空中再飛來。大衛向前看去，發現格拉迪克的車就停在離橋不遠的河岸上，他正蹲伏在汽車後面，手一揚，第三條蛇又向憲兵們飛去，嚇得士兵們慌忙朝樹林裡逃跑。格拉迪克向大衛揮著手喊：

「快，你們這些罪人！快上車！」

凱倫和約拿跟著葛洛莉亞．米歇爾來到布魯克林區最貧窮的街區之一布朗斯維爾，正穿越一片長滿荒草的公設房屋空地。葛洛莉亞是一個精力無窮的採訪記者，她已經花了一整天搜集這兩件死亡凶殺案的所有細節，先採訪了轄區警察局的員警，接著又向死者的親屬和朋友調查。直到晚上九點，她仍然在工作，試圖找到槍殺現場的一個目擊證人。在平常，凱倫是絕對不敢在夜間進入布朗斯維爾一帶的，但是奇怪的是她現在身在其中卻毫不害怕。街角和陰暗處聚集著一群一群的街頭少年，他們在她眼裡一點也不可怕，眞正讓她感到恐懼的是那一輛一直尾隨在她們身後慢慢行駛的休旅車。

正當他們穿過這一片荒蕪的空地時，一個身高馬大、脖子粗壯的男人從一處陰影中走出來。黑暗中凱倫只看出他的身影而看不清他的臉，但是她隱約看出他穿著西裝，並注意到他左耳後垂下一條螺旋耳機線。

凱倫立即停下腳步，抓緊約拿的手。但葛洛莉亞卻是個天不怕地不怕的人，她大步走到這個探員面前問：「嘿，夥計，迷路了？」

他回答說：「不是。」

「你要是不知道路我可以告訴你，聯邦調查局的辦公大樓在聯邦廣場。往那個方向去。」她用手指了指西面的曼哈頓方向。

「妳怎麼會認為我是聯邦調查局的人？」

「看看你這身廉價的西裝，這是其一。其二，你那些同伴今天已經跟在我後面跑一天了。」

「我對妳沒有興趣，我感興趣的是妳的朋友。」

「你想都別想。如果你敢逮捕她，明天早上人們就會在《紐約時報》的頭版看到整版的報導。」

探員把手伸進口袋裡，掏出一枝手槍說：「去你媽的《紐約時報》。我只看《紐約郵報》！」說完他舉起槍，對著葛洛莉亞的頭扣下扳機。

凱倫一把將約拿摟到懷裡，把孩子的臉緊緊貼在自己的懷裡，不讓他看到這恐怖的一幕。探員向她們走來，一縷街燈投下的光線照亮了他的臉，她清楚看見他腫脹的鼻子和前額上的瘀痕。她認出了這個人——布洛克探員。

第十一章

賽門脖子一仰，又喝下了一杯伏特加。他坐在諾克斯維爾（注）一座簡陋房子的起居室裡，這棟房子爲古普塔教授教過的兩位學生所有，一位叫理查．陳，另一位叫斯科特．柯林斯基。古普塔正在廚房打電話，理查殷切的爲賽門再次斟滿伏特加酒，斯科特則替他拿來一個他痛恨的鮪魚三明治。剛開始的時候，賽門以爲這兩個男人是一對同性戀人，但是喝下第二杯伏特加以後他才意識到，這兩個人所從事的工作才更是非比尋常的。理查和斯科特都是橡樹嶺國家實驗室的物理學家，正在研製能夠產生高強度質子束的設備。他們都是臉色蒼白、戴著眼鏡而且孩子氣十足的人，對古普塔抱有一種近乎狂熱的崇拜態度。更讓賽門吃驚的是，當他和古普塔出現在這兩位年輕科學家的門前時，他們並沒有表現出一絲一毫的驚訝。顯然的，他們倆很久以前就已經被古普塔招募到手下。儘管他們的相貌並不讓人感到害怕，但賽門仍然在他們身上看到了一位優秀戰士所必備的基本素質：不屈不撓執行上級下達的任何命令。他們對自身事業的奉獻精神，絲毫不亞於任何聖戰組織的戰士。

賽門剛把空杯放到咖啡桌上，理查就立刻從長沙發上跳起來，再次爲他斟滿酒。賽門把身體向後靠在椅背上，心想：這個不錯，他很願意讓自己逐漸習慣這樣的待遇。他問：「這麼說來，兩位先生是在東流線上工作，對嗎？引導質子在加速器中一圈一圈的旋轉？」

兩個人都點點頭，但是誰也沒有說話，顯然他們還很不習慣與一個俄國傭兵交談。賽門接著說：「這項工作一定相當複雜，要確保所有質子的定向都準確無誤，還要設定它們相互撞擊的最理想條件。質子相撞肯定會產生一些非常奇特的東西，嗯？」

理查和斯科特不再點頭，而是彼此交換了一下眼神，臉上流露出又驚訝又迷惑的神情。他們大概在想，這個僱來的殺手怎麼會知道粒子物理學的知識。賽門繼續說：「是啊，非常奇特，而且可能也非常有用。如果你們能夠擁有一個大一統理論，準確的揭示出如何使粒子相撞，就肯定能獲得相當有趣的結果，對不對？」

現在，他們的眼神裡開始流露出恐懼的神情。理查差一點失手掉了伏特加酒瓶。他結結巴巴回答說：「我……我很抱歉，我聽不懂您說的是什麼……」

賽門笑道：「放心，你們的教授對我非常信任，從這個行動剛開始，他就告訴了我統一場論所有可能的應用範圍。否則，我怎麼知道該從博士先生的助手們那裡拿到什麼東西呢？」

他的保證並沒有讓這兩位年輕物理學家放下心來。理查緊緊抓住酒瓶，而斯科特則緊張的搓著兩個手掌。也許，他們並不想知道太多他們的恩師採取了什麼樣的手段去「拿」到東西。

這時，古普塔打完了電話，走進起居室。理查和斯科特同時轉過頭去，好像兩隻忠實的愛爾蘭賽特犬一樣注視著自己的主人。古普塔對他們報以慈祥的微笑，然後指著賽門說：「跟我來，

注 美國田納西州東部城市。

我們有事商量。」

賽門刻意等了一會兒，才從椅子上站起來，藉此表明他並不是某個人的哈巴狗，然後跟著古普塔走進了廚房——一間醜陋而塞滿了鬆垮櫥櫃的凹室。賽門問：「是布洛克的電話嗎？」

教授點了點頭說：「他已經抓到了史威夫的老婆和兒子，現在正全速往南行駛。他們母子倆很可能是我們討價還價中最有用的籌碼。」

「前提是，史威夫確實已經得到了統一理論。但是，我們現在還不能肯定這一點。」

「別傻了，他當然得到了。」

賽門再一次感到內心的衝動，恨不能立刻幹掉這個老傢伙。但是他還是壓住了怒火，爭辯說：「他不僅中斷了檔案的下載，同時也刪除了伺服器上所有的檔案。也許他的目的就是要徹底銷毀這個理論。也許，這正是克萊曼臨死前要求他這麼做的。」

古普塔固執的搖搖頭說：「不可能！克萊曼可能做任何事，但絕不會這樣做。我敢肯定，他要求史威夫做的就是好好保護這個理論。」

「也許吧，不過史威夫看到那些方程式以後，也可能改變主意，不再執行克萊曼的命令。」

教授仍然不停的搖頭，顯然他根本不相信會發生這樣的事。他說：「相信我，統一理論就在史威夫的手裡。而且，即使他想刪除它也做不到。人類向前邁進的這一大步是不能阻擋的；誰也別想阻止我們向全世界展示我們的勝利。」

賽門不以爲然的哼了一聲，他對古普塔極力扮演救世主的口吻已經非常厭惡。他說：「那好吧，我們就假定史威夫得到了統一理論。不過，我們必須在美國軍隊抓到他之前先找到他。」

古普塔不屑的揮揮手，一切問題都不看在眼裡。他說：「這是當然。不出幾個小時，我們就會知道史威夫和他的同伴在什麼地方。」

「為何你這麼肯定？」

老頭兒邪惡的笑著：「我女兒和他們在一起。她吸毒成癮。我敢保證，現在她的毒癮已經開始發作了。」

在切諾基國家公園深處的一塊空地上，格拉迪克正把枯枝殘葉收集在一起，準備生起一堆篝火。事實證明，這位山民已經成為逃亡者最好的嚮導；多年來非法運輸毒蛇跨越阿帕拉契山脈各州，使他練就了一身逃避法律制裁的高超本領。從本寧堡逃脫出來以後，大衛曾想逃往墨西哥或者加拿大，但是格拉迪克告訴他，通往邊界的路途上會有數不清的撒旦爪牙圍堵攔截。因此，他開著車駛入了阿拉巴馬州的北部地區，沿著蜿蜒曲折的山路上了桑德山。夜幕降臨時，他們到達了大煙山。

格拉迪克顯然熟悉這裡的每一座山嶺和每一條溝壑。在一個名叫寇克溪的交叉路口，他轉入一條下行的泥土路，最後在一片爬滿葛藤的灌木叢後面停下了車。接著他開始準備篝火，一面收集枯枝殘葉一面哼唱著〈奇異恩典〉(注)。他的慷慨相助使大衛十分敬佩，他們昨天晚上才剛認

注 Amazing Grace，又譯〈天賜恩寵〉，是一首膾炙人口的美國鄉村福音歌曲，也是美國人最喜愛的讚美詩之一。

識，而現在他卻不惜爲他們冒生命危險。雖然大衛並沒有告訴格拉迪克關於愛因斯坦或統一理論的任何一個字，但是他顯然明白事情的嚴重性。他是從宗教的角度去看待他們的處境的：他們陷入了一場與魔鬼軍隊的衝突，爲了保衛神的國，這是一場世界末日的戰鬥。大衛覺得，這種解釋其實與事實並沒有太大的差距。

天邊的一輪新月已經比昨天更加圓滿，在他們四周綿延起伏的山峰上灑下慘淡的月光。大衛與邁克一起坐在空地上，少年坐在一個樹樁上玩遊戲機。他的母親睡在旅行車上；在入山的漫長路途中她變得越來越焦躁不安，渾身發抖、穢語連連，不斷喊著她要下車，後來終於慢慢安靜下來，搖晃著身體進入了夢鄉。莫妮卡有一半的時間花在安撫伊莉莎白身上，另一半則花在從虛擬戰場模擬室偷來的筆記型電腦上。

令人欣慰的是，隨身碟上確實保存著一篇愛因斯坦五十多年前寫的論文；但令人沮喪的是，這篇論文是用德語寫成的。按照大衛的翻譯，論文的題目大約叫做《統一場論新解》，而他的德語也就僅止於此。論文中有幾十頁各式各樣的方程式，但是，其中那些符號、數字和批注讓人捉摸不透，就像是一本天書一樣。顯然，博士先生在研究時進行了一種全新的嘗試，採用了一種非常特別的數學方式。現在，答案就在他們手中，但是他們卻無法看懂這個祕密，這樣的結果簡直讓人發狂！

莫妮卡獨自坐在空地中的一片草地上，雙眼仍然緊盯著電腦螢幕。大衛剛才曾蹲在她身後從她肩膀上看向電腦螢幕，但她卻抱怨說他讓她無法專心思考，於是他只能退回到空地的另一邊等著。眞該死！他要是懂得德文該有多好！但是，即使德文是他的母語，數學仍然是他難以跨越的障礙。靠他是行不通的，莫妮卡更能勝任這個工作。她是各個數學領域的專家，她已經告訴大衛，有幾個方程式看起來似曾相識。

格拉迪克把幾張報紙揉成團塞進柴堆下，用火柴點燃了篝火。他又到旅行車上取來了五打「丁蒂．莫爾」牌燉牛肉罐頭，一一打開放在篝火旁。然後他在大衛和邁克身邊坐下來，指著滿天的星斗說：「我們運氣不錯，今晚不會下雨了。」

大衛點點頭；邁克仍在玩他的遊戲。格拉迪克又指著東方地平線上剛升起的月亮說：「明天我們朝那個方向走，翻過山一直到霍斯諾布去。我們沿著史密斯菲爾德路走到底，再從那裡步行上山。」

「為什麼要從那裡上山呢？」

「那裡便於隱蔽。山上到處是石灰岩的岩洞，不遠處又有一條山泉。從那裡可以看到周圍幾公里以外的地方，只要有人衝著你們來，我們遠遠的就能採取警戒了。」

「但是我們吃什麼呢？我是說，等我們吃完了罐頭以後？」

「不用擔心，我不會讓你們挨餓的。撒旦的手下找的不是我，所以我可以來去自由。你們可以在霍諾布一直潛伏到夏季結束。到那個時候，那些異教徒就該放棄追捕了，到時無論到加拿大、墨西哥或者其他任何地方都要容易得多。」

大衛不禁想像著自己與莫妮卡、邁克和伊莉莎白，一起在岩洞裡度過整個夏天會是個什麼樣的情景，這個計畫不僅不可行，更糟的是簡直毫無希望。因為無論他們在山裡躲藏多久，軍隊和聯邦調查局都不會停止對他們的追捕。即使出現奇蹟，讓他們成功擺脫追捕，逃到邊界以外，他們的安全仍然得不到保障，無論他們是在加拿大、墨西哥或者南極半島，五角大廈遲早都會找到並抓住他們。

過了幾分鐘，格拉迪克站起身走到熊熊燃燒的篝火旁，用一張灰色手帕包住自己的手，從火堆旁取出熱好的罐頭，再逐一送到大衛、邁克和莫妮卡的手上。他還從旅行車的儲物箱裡找來了幾個塑膠湯匙分給大家。罐頭裡的燉牛肉還不太熱，但大衛還是立刻吃了起來。他把一塊黏稠的牛肉從罐頭裡舀出來塞進嘴裡，大口嚼著，希望暫時忘記眼前的麻煩。但是，他剛吃了一口，一抬頭卻看見莫妮卡正站在他身邊低頭看著他，離他的臉不到一公尺遠，腋下夾著那台筆記型電腦，電腦上還插著那個隨身碟。即便在黑暗中他也可以看出，莫妮卡很激動，張著嘴急促呼吸著。

她對他說：「我找到一些東西了，不過，你不會喜歡的。」

大衛放下罐頭站起身，跟著莫妮卡來到空地邊一棵已經枯萎的松樹前，離邁克和格拉迪克大約六、七公尺遠。他原以爲當這個時刻到來時，他會歡呼雀躍，但現在他的心中卻充斥著不祥的預感。搖曳的篝火照亮了莫妮卡左半邊臉，而右半邊的臉卻處在陰影中。他問：「是在隨身碟裡面嗎？找到統一理論了？」

「一開始我認爲不是。說實話，那些方程式看起來雜亂無章。但後來我想起了昨天晚上我們談到的問題——重力電磁子理論。」

「妳是指確實跟它有關？」

「我花了不少時間才明白它們之間的關係。但是，這些方程式越看越讓我想起拓撲學裡的公式，也就是表面、形狀和紐結的數學。所以它讓我想到了重力電磁子——時空中的紐結。在這裡，我讓你看看。」

莫妮卡打開筆記型電腦並在大衛身邊坐下來，讓他也能清楚看見螢幕。他歪著頭看過去，這一頁上有幾十個方程式，每一個都是一長串的希臘字母和奇怪的符號，有的像乾草叉，有的像英鎊符號，還有一些中間帶「十」字的圓圈。它們看上去確實亂七八糟、不知所云。他問莫妮卡：「這到底是什麼東西？」

她指著頁面上方說：「這就是統一場論的方程式，是用微分拓撲學的語言來表達的。這與相對論的古典方程式相似，但是其中又包含了粒子物理學。愛因斯坦發現所有粒子都是重力電磁子，每一個粒子都是時空中的一個不同的扭曲，而時空結構中的波紋就形成各種作用力！」

她提高嗓門，抓住大衛的衣袖把他拉向筆記型電腦，讓他看清楚螢幕上的方程式，但是他仍然一頭霧水。他連忙問：「等等、等等。妳能肯定這是真的？」

「你看看，看這裡！」她的手指從螢幕上方移到螢幕下方，再說：「這就是場方程式的解之一，描述的是一個帶有負電荷的基本粒子，也就是一個重力電磁子，一個帶有封閉類時曲線的微小蟲洞。這個解甚至指出了這個粒子的質量。你還記得這個數字嗎？」

就在莫妮卡的手指下方，他看到了這個公式：

$$M = 0.511\ MeV/c^2$$

大衛低聲說：「我的天哪，這是一個電子的質量。」

大衛雖然看不懂其中的數學原理，但是他知道統一理論的特徵之一，就是必須預測出所有基本粒子的質量。

「而且，這僅僅是開始，他還得出了至少二十個帶著不同電荷和自旋粒子的方程解。而這些粒子中的絕大多數，都是在愛因斯坦去世後許多年才被人們發現的。他預言了夸克和輕子的存在，甚至預言了一些還沒有被發現的粒子。但是你可以確定，這些粒子絕對是存在的。」

莫妮卡向下翻動頁面，一頁又一頁的拓樸方程式從螢幕上劃過。大衛目不轉睛的看著電腦螢幕，喜悅之情油然而生，並迅速擴展到他的全身，這一生之中只有約拿出生時帶給他的欣喜能夠與之相比。這是物理學上登峰造極的勝利，是一個結合了量子力學的古典理論，僅僅一組方程式，就能描繪出小到一個質子的內在原理，以及大到整個銀河系結構的眞理。他轉過頭看著莫妮卡，微笑道：「妳知道嗎？這與弦理論家們正在進行的研究其實相差不大，它的不同之處在於粒子是時空回環，而不是能量弦線。」

「還有另外一個相似之處。看這裡。」她一邊說一邊繼續向下滾動幾個頁面，然後用手指點了一個十分顯眼的方程式：

$S \leq A/4$

大衛驚訝的說：「這就是我在『戰地勇士』中看到的那個方程式！」

莫妮卡點點頭說：「這叫全息原理。『S』代表特定空間範圍中能夠容納的最大資訊量，『A』代表這個範圍的表面面積。這個原理最基本的概念就是說，任何一個三維空間中的資訊，也就是每一個粒子的位置和每一種力的大小，都可以包含在這個空間的二維表面之中。因此，你可以把整個宇宙想像成一個全像圖（在平面上看到立體的圖案，就是全像圖），就像在信用卡上看到的那個小方塊一樣。」

「等等，這種說法我以前聽說過。」

「弦理論家已經談論這個原理很多年，因爲它提供了一個使物理學簡化的方法。沒想到，愛因斯坦在半個世紀以前就想出了這個方法，並且圍繞著它創立了自己的統一理論。他運用全息原理描繪了整個宇宙的歷史。這就在論文的第二部分，就是這裡。」

她指著另一個奇怪的方程式說著。在這個方程式的旁邊是一組電腦繪製的圖形，很顯然，這是克萊曼博士根據愛因斯坦多年前手繪的圖形重新繪製的。第一個圖描述的是兩個平滑板片空間正在彼此接近；第二個圖表現出兩個板片相撞後形成的扭曲和波動；第三個圖展示出兩個板片空間彼此分離，但是各自都已經布滿了剛剛誕生的許多新的銀河系：

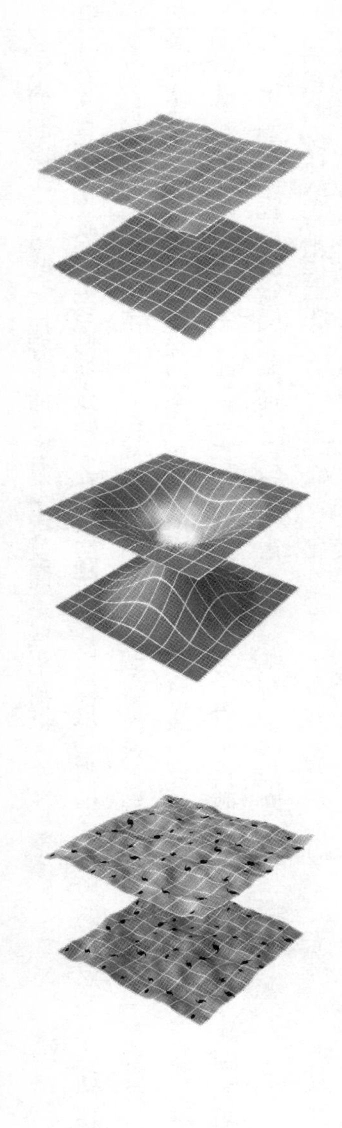

大衛問道：「這些是什麼東西？看上去就像一些鋁箔紙。」

「在弦論中，我們把它們稱做膜。在這些圖中它們是以二維形式出現的，但是每一個膜所代表的其實是一個三維的宇宙。我們這個宇宙中的每一個銀河系、每一顆恆星和每一顆行星都包含在某一個膜之中。這些膜與其說像一片鋁箔紙，不如說更像一片捕蠅紙，因爲幾乎所有亞原子粒子都附著在它們上面。另一片膜就是另一個完全不同的宇宙，它們同時在一個更大範圍的空間中穿行。這個更高維度的空間我們稱之爲體宇宙，它總共有十個維度。」

「它們爲什麼會相撞呢？」

「任何物體都不能夠脫離膜在體宇宙中穿行，只有重力可以。因此，一個膜就會對另一個膜產生吸引力，當兩者相撞時就會扭曲，從而產生出無比巨大的能量。我自己就研究過這個問題，所以我才會立刻認出這些圖示，但是我的研究還相當落後，甚至連接近這個成果都談不上。愛因斯坦不僅成功的研究出了膜的準確方程式，而且闡明了膜的演變規律。他的統一理論解釋了宇宙萬物是如何起源的。」

「妳說的就是大爆炸嗎？」

「這些圖解所表現的就是大爆炸。兩個空無一物的膜撞在一起，撞擊產生的巨大能量便充滿了我們的宇宙，最終形成了原子、星球和銀河系，這一切都是從一個巨大的波瀾之中拋灑出來的。」她抓住大衛的衣袖，兩眼盯著他的眼睛說。「大衛，這就是我們要找的東西——對神祕的創世紀的解答。」

他仔細看看圖解，仍然感到不解。他說：「但是，證據在哪裡呢？我要說的是，這個觀點非常有趣，但——」

「證據就在這裡！」莫妮卡用手指戳著圖解下面的公式說。「天文學家在過去五十年裡觀察到的所有新發現，愛因斯坦在這裡都一一預測到了，包括宇宙膨脹比率、物質和能量的比例(注)，一切的一切全在這裡！」

大衛目瞪口呆的看著眼前的拓撲方程式，不知所措，他多麼希望自己也能像莫妮卡那樣輕易的看懂這些方程式。他又問她：「既然如此，那還有什麼問題呢？妳爲什麼說我不會喜歡呢？」

她深吸了一口氣，再次向下滾動頁面直到出現了另一頁寫滿了神祕符號的地方，說道：「還有別的東西可以脫離膜進入體宇宙的額外空間。你還記得什麼是微中子嗎？」

「記得。微中子就像電子的兄弟，是一個沒有電荷、幾乎沒有質量的粒子。」

「一些物理學家推測，很可能存在著一種叫做惰性微中子的粒子。之所以稱它爲惰性，是因爲在我們的宇宙中它與其他粒子通常不發生任何相互作用。惰性微中子飛過額外空間，像水分子穿過一個篩子一樣從我們這個膜中間一穿而過。」

「讓我猜猜，統一理論中也包括了這種粒子的方程式。」

她點點頭，「是的，就在這篇論文裡。而且這個方程式預言，現今宇宙的這個膜的時空一旦扭曲，就可以產生粒子的爆發性噴射。如果扭曲的程度足夠大，那麼惰性微中子就會從我們宇宙

注 the breakdown of matter and energy，此處breakdown意指宇宙的總能量分爲暗能量、暗物質以及一般物質，各有一定的比例，近年已經可由天文觀測決定這些比值。

的一個地方噴射而出，通過體宇宙中的一條捷徑到達我們宇宙的另一個地方。看看這裡。」

她指著另一個複製的愛因斯坦圖解：

他認識這個圖。「這就是蟲洞，對嗎？也就是把時空遙遠的兩個部分連接起來的橋樑？」

「沒錯。但是，只有惰性微中子才能通過這條捷徑。而且根據這個統一理論的原理，這種粒子在穿過額外空間的同時會獲得能量。如果把一個微中子束以適當的方式發射出去，其能量將大得可怕。」

大衛搖搖頭，事情開始變得不妙了。他問道：「那麼，當這些獲得巨大能量的粒子返回我們的宇宙時，又會發生什麼事？這個理論談到這個問題了嗎？」

莫妮卡關上筆記型電腦，並且關掉了電源開關，她不想讓大衛看到論文中最後的那些方程式。她告訴他說：「返回的粒子能夠在它們到達的時空區域引起強烈的扭曲，而其釋放出來的能量大小，取決於你如何設定這個實驗。在適當的條件下，你可以利用這個過程生產熱能或者電能；但是，你也可以利用它來做爲一件恐怖的武器。」

一陣微風從他們身邊吹過，地上松樹的針葉發出沙沙的聲響。儘管空氣仍然十分溫暖，但是大衛卻感到不寒而慄。他繼續說：「也就是說，你可以選擇這些粒子重新進入我們宇宙的某一個點？例如，從華盛頓發射出惰性微中子束，使它穿過額外空間再返回來，最後擊中德黑蘭的一個地下碉堡？」

她再次點了點頭：「你必須精確的控制目標的座標和爆炸的規模。一次惰性微中子爆炸就可以摧毀伊朗或北韓的一個核子試驗室，即使它建在八百公尺深的地底也在劫難逃。」

現在大衛終於明白，聯邦調查局爲什麼會跨越了半個美國，仍然對他們緊追不捨，這樣一件武器將成爲反恐戰爭中最完美的法寶。五角大廈既不需要部署突擊隊也無須發射巡曳飛彈，就可以輕而易舉消滅敵人。因爲粒子束是在額外空間中穿行，任何雷達、防空火力或其他防禦武器都無法阻擋它。他又問：「這樣的粒子束可以產生多大的能量？它的上限是多少？」

「這就是問題的關鍵所在，它的能量是無窮的。你可以使用這一技術把整個大陸全部炸掉。」

她伸直手臂把電腦舉到空中，彷彿那是一個隨時會爆炸的炸彈。「但是，最糟糕的問題是，製造這樣一件武器，比製造一顆原子彈要容易得多。你既不需要製造核彈的濃縮鈾，也不需要發射彈道導彈把它送到目標所在地，你只需要這些方程式和幾個工程師就夠了。伊朗人也好，北韓人也好，都可以輕易地做到這一點，更不用說蓋達組織了。」

大衛轉過頭去，呆呆的望著篝火，喃喃自語：「該死！難怪愛因斯坦不願意發表它。」

「是啊，顯然他很清楚這個理論對人類將意味著什麼。在論文的最後一部分裡，他還列出了製造額外空間粒子束的公式，你必須在一個完美的球形模型中，將一段十分微小的時空扭曲，也許可以透過使質子在對撞機中相撞來實現。」

大衛的心臟加速了跳動，他問：「妳是說，人們只要使用一台粒子加速器就可以製造出這種武器？」

篝火的火苗在微風的吹拂下搖曳不定，莫妮卡的臉在火光中若隱若現。她回答說：「凡是國家實驗室裡的加速器，其設計目的都是爲了使粒子相撞的數量最大化。你知道費米實驗室的那一台叫做Tevatron（注）的質子對撞機嗎？那裡的物理學家已經非常擅長縮小粒子束，從而使幾十億個質子聚集在一個鈾原子核大小的面積上。當然，你還必須使用正確的方法去調整對撞機，使時空扭曲並產生惰性微中子。不過，有了愛因斯坦的這些方程式，你就可以準確計算出調整的方法。」

她最後的那句話，在黑暗的叢林空地上空久久迴蕩，大衛敏感的回過頭向身後張望，看到格拉迪克把一個空罐頭扔進了篝火裡。接著，這個山民又從地上拿起一個還沒有吃過的罐頭，向停在灌木叢邊的車子走去。他要去叫醒伊莉莎白，看看她是否需要吃晚飯。

大衛回過頭對莫妮卡說：「好吧，我們面臨兩個選擇，一個是把這個隨身碟偷偷帶出邊境，然後與聯合國或者世界法庭聯繫，總之找一個可以信賴的組織把這個理論保護起來。另一個就是我們自己把它藏起來。也許我們可以找到一個比——」

「不行，我們不能把它藏起來。」莫妮卡把隨身碟從電腦的USB介面上拔下來，在火光的映襯下，她手中這個小小的銀色記憶體閃爍著迷人的光澤。「我們必須把它銷毀。」

大衛全身的肌肉立刻繃緊，恨不能一把從她手中將隨身碟搶過來。他叫著：「妳瘋了！這是統一理論啊！」

她皺著眉頭說：「我知道這是什麼。我已經花了二十年研究這個問題。」

「那麼妳應該知道我們不能扔掉它！我們必須保住它而不是銷毀它！」

莫妮卡收攏五指，把隨身碟捏在掌心裡說：「大衛，這太危險了。既然愛因斯坦都沒能永久的把它隱藏起來，你憑什麼認為你可以？」

他用力搖著頭，憤怒的脫口說：「克萊曼教授要我保證它的安全！『保證它的安全』，這就是他臨終的遺言。」

「相信我，我也不願意這麼做，但是我們必須為全人類的安全著想，我們必須毀了它。不光是美國政府想得到這個理論，恐怖分子也想得到它。你還記得『戰地勇士』遊戲裡那個頭盔上標著數字『3』的士兵嗎？他們幾乎已經得到了這個理論！」

說著，她攥緊了拳頭，緊緊握住隨身碟。大衛一面看著她，腦海中一面閃現出愛因斯坦的那些方程式，雖然對他而言那仍然是一堆看不懂的怪異符號，但是他畢竟已經記住了好幾個。於是他說：「已經太晚了，我們都看過這個理論，現在它早已留在我們的腦海裡了。」

莫妮卡回答：「我並沒有讓你看到全部的方程式，而且我的記憶力沒有你那麼好。等我們毀掉隨身碟以後，就主動向聯邦調查局投案自首。他們可以審問我們，但是他們無法逼著我們說出

注 此指萬億電子伏特正負質子對撞機。

我們並不知道的東西。我寧願與他們打交道，也不願意落到恐怖分子手裡。」

大衛想起了在自由街聯邦調查局的大樓裡被審訊的情景，臉上不禁流露出痛苦的表情。他警告她說：「那並不好受。聽著，我們爲什麼不可以……」

這時，遠處傳來格拉迪克的叫喊聲，打斷了大衛的話。這個山民臉上冒著冷汗、張著驚恐的眼睛飛快的跑回到空地中央，大聲叫道：「她不在車裡！伊莉莎白逃走了！」

貝絲正沿著一條泥土路跌跌撞撞的往前走，希望盡快找到一條路回到高速公路上。她在心裡咒罵道：該死的上帝啊，這鬼地方除了樹以外什麼也沒有！周圍的樹林密不透風，什麼鬼東西也看不到，而且她的腳趾還不斷的踩到樹根和石塊上。她剛才把皮鞋忘在了那個肥豬的車裡，結果現在腳底疼得要命，不過她並不在乎。她現在急需足量的注射一針，但是她清楚知道，儘管她的褲腰上帶著三百美元，但是在這片該死的森林裡，她是找不到毒販的。

終於，透過樹葉的空隙，她看到遠處閃現出一絲光亮。她跑上前去，來到了六十八號公路上，這條單線道的公路在月光下反射出淡淡的亮光。她覺得很好，總算又回到有生意可做的地方了。遲早總會有某個需要發洩的小夥子從路上經過的。她拍掉腳上的泥土，攏一攏遮住眼睛的頭髮，把T恤紮進褲子裡，凸顯出自己高聳的胸部。但是，公路上空無一人，連一輛汽車的影子都沒有。過了十分鐘，她開始沿著公路往下走，希望能夠遇到一個加油站。夜裡的氣溫並不寒冷，但是她的牙齒卻開始打哆嗦。「該死！」她衝著樹林哀嚎。「我要打一針！」然而，回答她的只有瘋狂的蟬鳴。

貝絲轉過一個彎道，就在她即將崩潰的時候，眼前出現了一長排低矮的建築。那是一排小店舖，有一家禮品店、一間郵局和一個丙烷換氣站。她覺得眞是上帝的保佑，終於又回到文明世界裡了！現在她只需要找到一個客車司機，讓她搭車到最近的一個城市裡。但是，當她跑向那排建築的時候，卻沮喪的發現所有的商店都關著門，停車場裡也空空如也。她一把抓住自己的腹部，一陣突如其來的噁心湧上。但緊接著，她看到了郵局前立著一個南方貝爾公司的公共電話亭。

一開始，她愣愣的在電話亭前站了好半天。她有一個電話號碼可以撥打，但是卻遲遲不願這麼做。在這個世界上的所有人之中，這個人正是她最不願意和他說話的人。但是很久以前他曾經對她說過，在任何緊急情況下，她都可以打電話給他，爲了以防萬一，她也確實記住了他的手機號碼。

貝絲終於走進電話亭，用哆嗦的手指撥通了接線員，要求打一個對方付費電話。等了不一會兒，話筒裡就傳出了那個混蛋的聲音。

「哈囉，伊莉莎白寶貝。眞是意外的驚喜啊！」

感謝上帝，約拿終於睡著了。在過去的三個小時裡，凱倫一直眼睜睜的看著他試圖掙脫綁住雙手雙腳的繩子，實在是讓人心痛。那個怪物布洛克還塞住了約拿的嘴，使孩子再也叫不出聲，同時也使他感到更加恐懼。凱倫也被捆綁著、堵住了嘴，母子倆一起躺在布洛克的貨車裡，她可以清楚感覺到躺在身邊的兒子不停的發抖。她最大的痛苦是自己無法安慰他，既不能把他摟進懷裡，也不能在他耳邊輕輕的說：「沒事了，一切都會好起來的。」她只能用自己的前額碰碰兒子的額頭，透過嘴裡那該死的布團發出嗯、嗯的聲音去寬慰他。

午夜時分，他們已經行駛了三百多公里，約拿慢慢停止了叫喊。疲倦戰勝了恐懼，他把滿是淚水和汗水的臉靠在母親的脖子上，漸漸睡著了。於是，凱倫側起身體，透過擋風玻璃向外看，不久看到了一塊路標，上面寫著：「溫徹斯特，三一五號出口。」他們已經進入維吉尼亞州境內，正沿著I 81號公路向南行駛。她不知道他們到底要往哪去，但是有一點她非常確定：他們絕不是前往聯邦調查局的總部。

布洛克坐在駕駛座上，一面從一個夠一大家吃的大份洋芋片紙袋裡拿洋芋片吃，一面聽著「羅許．林堡脫口秀」節目的重播。這個傢伙連後腦勺都十分醜陋，髮際線下和耳朵後面長著一些粉紅色的斑點。凱倫閉上眼睛，眼前又出現了布洛克槍殺葛洛莉亞．米歇爾後，拿槍對著她和約拿時臉上露出的冷酷微笑。接著她睜開眼睛，懷著滿腔怒火狠狠的斜視著這個醜陋的混蛋。她在嘴裡咕噥著：你死定了。不必等到事情結束，我就會殺了你！

國防部派來的一群電腦專家，把虛擬實境戰場室裡的伺服器和終端機統統拆開，花了十六個小時檢查所有的程式和檔案，最後宣布：曾經儲存在戰爭遊戲軟體中的資料已經徹底刪除，根本無法提取。露西爾厭惡的揮起拳頭，狠狠打在那個巨大的透明球體上。她感到怒不可遏，現在已經是早上八點鐘了，軍隊把搜查嫌犯的行動搞得一團糟，不僅讓他們成功的從本寧堡基地溜走，而且駐地司令官足足等了兩個小時，才通知喬治亞州和阿拉巴馬州的警察局。三角洲部隊在哥倫布市通往各地的一些主要公路上設立了檢查站，但是整個地區至少有一半的道路仍然無人把守。問題很明顯，陸軍把太多軍人派到伊拉克，他們已經沒有足夠的部隊可以部署，連自家後院也難以自保。

露西爾轉身從兩個球體旁走開，沮喪的癱坐在一張椅子上。現在五角大廈的電腦怪傑們已經開始收拾裝備，她伸手從褲袋裡掏出了一盒萬寶路香煙。還好，煙盒裡還剩下兩枝菸。她從中取出一枝，開始找她的芝寶打火機，但是摸遍了衣服和褲子的口袋都沒有找到。天哪，那玩意到哪裡去了？那是她最喜歡的一個打火機，上面還有德州的孤星標誌。她大吼一聲：「眞該死！」收拾行裝的電腦專家們都嚇了一跳。

她正想表示一下歉意，克勞福探員此時像往常一樣滿臉自信地走進了實驗室。他大步來到她坐的椅子前，彎下腰在她耳邊低聲說：「對不起，打擾了，長官。我剛剛收到了華盛頓發來的東西。」

露西爾皺眉問：「又怎麼了？難道國防部長又想把這個案子轉交給海軍陸戰隊嗎？」

克勞福伸出手，讓她看看手中一個巴掌大小的數位答錄機說：「有人在總部您的語音信箱裡留言。一個行政助理把它轉給了我。」

她坐直身體，問道：「又是一個目擊報告？有人認出了某個嫌犯？」

「不是，比那要好得多。」他滿臉笑容的回答，同時用手指了指與實驗室相連的一間私人辦公室。「我們還是到那房間裡去吧，我會放給您聽。」

每當幸運之神帶給露西爾意想不到的驚喜時，她疲憊的軀體就會立刻充滿新的活力。她從椅子上一躍而起，跟著克勞福走進了那間辦公室。隨後，他關上了辦公室的門。

「我想您記得這個人的聲音。」他說著按下了數位答錄機的播放鍵，幾秒鐘後，一個人的聲音傳了出來。

「露西爾，妳好。我是大衛．史威夫。我看過報紙了，知道妳在找我。我想，妳是想繼續我們在紐約沒有談完的話。這兩天我有點忙，不過，我想今天上午我還是可以為妳騰出一點時間。我已經打開手機，這樣妳就能找到我。我只有一個要求：不要帶任何軍人一起來。如果我看到一架直升機或者一輛悍馬吉普車，我就會把從本寧堡得到的東西徹底毀掉。我很願意合作，但是我可不喜歡某個動不動就開槍的突擊隊員用槍指著我的鼻子。明白了嗎？」

這是一片森林覆蓋的山嶺，因為有大量水蒸氣從山坡上的樹林中升騰而起，因此被稱做大煙山。當水蒸氣與松樹林散發出的碳氫化合物混合以後，通常會形成一種煙霧狀的淡藍色霧氣，籠罩在崎嶇不平的山坡上。但是今天早上，一股持續不斷的微風吹散了山間的霧氣，在大衛的眼前，陽光照耀下高高低低的山峰和大大小小的壑谷連綿不斷，像一條巨大而多皺褶的綠色毯子一般，延伸到天際。

他站在霍諾布山的山頂上，張望著大約二百公尺下，沿著陡峭的東坡蜿蜒而上的一條單線道公路。時間還早，現在路上還看不到黑色休旅車的影子。剛才他已經打開了自己的手機，他的留言已經透過離他最近的某個行動電話基地台傳送出去，聯邦調查局還需要一點時間才能取得他手機的準確全球座標定位。而且，探員們當然還要訂出進攻的計畫並組織突擊隊伍。從這個山頂上，大衛可以清楚看到南面將近一公里以外的那條公路，這條路從高速公路處開始，一直延伸到霍諾布，這探員們最有可能採用的路線。遠在他們到達之前，大衛就可以輕易地看到他們。

格拉迪克把車留在西邊幾公里外的一條路上，然後把他們帶到了霍諾布，準備在探員們進攻之前回到自己的車上。但是，隨著時間的逼近，他卻表現出不願離開他們的態度。他站在邁克面前，兩隻大手放在男孩的頭上，嘴裡咕噥著一些誰也聽不明白的話，大概是為孩子祝福。邁克的遊戲機幾個小時以前已經沒電了，但是他卻平靜的接受這個事實，而且現在表現得越來越好：他比平時更加敏銳，不時轉動著腦袋四處張望，母親的離開似乎並沒有讓他感到傷心。在此同時，莫妮卡正焦急的看著大衛，等待他發出那一道命令。雖然他們已經砸爛了筆記型電腦，並把碎片統統扔進了山澗的泰利庫河，但是她手中仍然緊握著那個隨身碟。

昨天晚上，大衛幾乎整晚都在為他們做出的選擇而痛苦不安。統一場論是科學界有史以來最偉大的成就之一，銷毀那些方程式就像對人類犯罪一樣，是一種極其荒唐的行為。但是，伊莉莎白的失蹤已經說明，他們絕不可能永遠隱藏下去，遲早他們會再次失誤，士兵們最終將找到他們。結果是，五角大廈仍然會得到統一理論，任何人或事都再也不可能阻止他們使用這個理論。幾年之內，陸軍就能研製出可以把惰性粒子發射到額外維度空間，一舉搗毀中東地區所有恐怖分子藏身之處的武器。將軍們會在一段時間裡獨自擁有這種新式祕密武器，但是任何新式武器都不可能長期保密，消息終將傳到莫斯科、伊斯蘭堡和北京，從此種下全世界彼此屠殺的種子。不！大衛絕不能讓這樣的事情發生。他不得不違背自己對克萊曼教授許下的諾言，必須毀掉統一理論，而且不能留下一絲一毫的痕跡。在此之前，他一直不願意邁出這再也無法收回的一步，但是現在，他再也不能繼續拖下去。

他向山頂上一塊突起的灰色半圓形岩石走去，這塊缺了一半的石頭，就像一個巨大的羅馬教皇三重冠。他把手伸到岩石的另一邊，撿起一塊可以握在手裡的錐形石英岩。他突然想到了史前時期的洞穴人，他們使用的石器大概也是這個樣子。他轉身對莫妮卡說：「我準備好了。」

她走到他身邊，一言不發的把隨身碟放到了還算平整的岩石面上。她的神色緊張，甚至有些僵硬，緊閉著雙唇，大衛覺得她這是在努力控制自己不要尖叫。要犧牲爲之奮鬥了一生的東西，她的心中無疑十分痛苦，而且這個決定又是她自己做的。五十年前，如果愛因斯坦能夠預見二十一世紀初的世界竟然會變得如此可怕，他也一定會這麼做。

大衛舉起那塊沉重的石頭，抬起頭再次眺望圍繞著他們的綿延無盡綠色山巒，它們縱橫交錯、此起彼伏，就像我們這個浩瀚宇宙的表皮上的皺紋。然後，他向下揮動手臂，用足了力朝銀色的隨身碟砸下去。

隨身碟的塑膠外殼瞬間崩裂，裡面的電路板被砸成了十幾塊碎片。大衛再次舉起石塊向已經暴露在外的記憶晶片敲下去，矽片立刻粉碎成爲數百個筆尖大小的細微顆粒。他繼續不斷的敲打，直到晶片顆粒都變成了粉末，連隨身碟上的晶片針腳、電路和轉接頭都被砸成了一片片細小的金屬碎屑。然後，他把這些粉末和碎屑收攏到手掌裡，一揮手，撒下了東坡的懸崖，隨著強勁的山風飄散到一望無際的松樹林中。

莫妮卡勉強笑了笑說：「好啦，就這樣了。一切又得從頭開始。」

大衛用力把手中的石塊扔下山崖，然後抓住莫妮卡的手。突然間，他心中充滿一種十分複雜的情感，悲哀、同情、感激和如釋重負交織在一起。他很想表達對莫妮卡所做一切的感激之情，感謝她伴隨自己奔波了一兩千公里的路程，感謝她一次又一次的挽救他的生命，但是他卻一個字也沒有說出口，而是衝動的把她的手舉到自己的嘴唇上，親吻著她指間的皮膚。她的眼睛裡流露出好奇和驚訝的神情，但卻絲毫沒有不悅。就在這時，她越過大衛的肩膀看見了什麼，臉色再次變得嚴肅。他轉身望去，看見東北方向沿著公路駛來了一隊黑色的休旅車。

他從懸崖邊退回來，把莫妮卡拉到岩石的後面，同時向格拉迪克喊：「快藏到這裡來！」格拉迪克拉著邁克也迅速躲到了岩石後面。他跪在泥地上，探出頭向山下看了一看，說道：「朱紅色的獸！遍體有褻瀆的名號！」（注）

汽車來到通往山上的小路起點後，慢慢的停了下來。探員們顯然仔細研究過地形圖，已經找到了通往山頂最便捷的路。大衛的計畫是，當突擊隊沿著山路向上爬的時候，他們必須躲起來，以免引起敏感的聯邦探員向他們射擊。當他們來到聽覺範圍之內時，他就向他們喊話，讓他們知道他所在的位置。然後，突擊隊的頭目一定會命令他們舉起雙手慢慢走出來。看來，這樣向他們投降最爲安全。當然，當他們發現統一理論已經不復存在的事實之後，肯定會勃然大怒，但是一

注 源自聖經中的預言故事。此處的「獸」指國家。

切都爲時已晚。

當休旅車一輛接一輛在路肩停下時，大衛轉向格拉迪克，卻突然意識到，到現在爲止他還不知道這個男人的名字，於是他對他說：「嘿，兄弟，你該走了。」

格拉迪克瞪著雙眼望著山下的汽車，兩個拳頭握得緊緊的。車門一扇接著一扇打開，身穿灰西裝的男人一個個下了車。他喃喃：「是啊。他們像大海裡的沙子一樣多，但是天堂之火將會降臨，將他們全部吞沒！」

大衛開始擔心，格拉迪克沒有充分的理由要留下來，聯邦調查局並不知道他的名字，如果他現在離開，完全可以輕易脫身。於是又對他說：「聽著，兄弟。屬於凱撒的東西，應該給凱撒（注）。你屬於這荒野山嶺，明白嗎？你必須離開。」

格拉迪克的表情變得十分嚴峻，也許他希望能再向這些探員丟幾條毒蛇。但過了一會兒，他抓住大衛的肩膀回答：「我走，但是不會走遠。如果你們遇到麻煩，我會立刻趕回來。」

離開前，他把手舉到大衛的額前，賜予他另一個誰也聽不懂的祝福。接著他轉過身，沿著霍諾布山的西坡跑下去，很快的消失在濃密的樹林中。

現在，聯邦探員正成一列縱隊，沿著山間小路爬上來。由於山路崎嶇並且到處是岩石，一行人不得不手腳並用，艱難的爬行。大衛推算他們還需要大約十分鐘才能到達山頂。他躲在岩石後面，回頭看看邁克，發現他對即將到來的危險毫不在意，正靜靜端詳著岩石上平行的裂縫。其實，大衛更擔心莫妮卡，因爲她是理論物理學家，探員們肯定會對她進行更爲嚴厲的審問。他再次抓住她的手，輕輕捏了捏說：「他們會把我們分開審問，所以我們會有一陣子無法再見面。」

她微微一笑，帶著詭譎的眼神看了他一眼，回答說：「噢，我還不知道他們會這樣。也許，我們會在關塔那摩灣不期而遇。我聽說那裡的海灘很不錯。」

「不要怕，莫妮卡，他們只是奉命行事。他們沒有……」

她俯身靠在他肩膀上，舉起食指輕輕按住他的嘴唇說：「噓、噓，別擔心，好嗎？他們不能傷害我，因爲我不知道任何他們想要的東西，所有的方程式我都忘記了。」

他並不相信這一點：「看妳說的。」

「這是眞的。我這個人很沒記性。」她的臉色變得嚴肅起來。「我是在美國最惡劣的環境之一長大的，在那種地方所受到的傷害是終生難忘的，但是我已經統統忘記了，現在我已經是一個普林斯頓大學的教授。遺忘是非常有用的技巧。」

「但是，昨天晚上妳還……」

「現在，我甚至連那篇論文的題目也想不起來了。是什麼來著？我只記得是德文的，僅此而已。」

就在這個時候，邁克把目光從岩石表面收回，轉過頭看著莫妮卡用標準的德語說：「*Neue Untersuchung über die Einheitliche Feldtheorie.*（《統一場論新解》）」

大衛瞪大雙眼驚訝的看著男孩，他怎麼會知道愛因斯坦理論的題目呢？他問道：「你說什麼？」

注 引自《聖經》，「屬於凱撒的東西，應該給凱撒；屬於上帝的東西，應該給上帝。」

「*Neue Untersuchung über die Einheitliche Feldtheorie.*」男孩重複。然後，他回過頭去，繼續研究岩石表面的裂紋。

莫妮卡用一隻手捂住嘴，怔怔的看著大衛。他們兩人都在想著同樣一個問題：昨天整個晚上，邁克自始至終都沒有朝筆記型電腦螢幕上看過一眼，那麼他一定是在別的地方看到過論文的題目。

大衛伸出雙手抓住男孩的肩膀，雖然想盡量表現得溫柔，但是雙手卻無法抑制、不停顫抖。他問：「邁克，你是在什麼地方看到這些文字的？」

男孩顯然聽出了大衛聲音中的恐懼，有意迴避大衛的目光，兩眼緊盯著左邊的某處。大衛想到了男孩非凡的大腦功能，以及他把好幾本電話簿完整記在腦子裡的非凡才能。他不禁聯想，天哪，這孩子到底知道多少？於是他急切的問：「邁克，拜託你，這件事情非常重要。你以前玩『戰地勇士』的時候，是不是看過那個檔案？」

邁克的臉漲得通紅，但是卻沒有回答他的問題。大衛抓住男孩的兩隻手捏得更緊了，繼續問：「聽我說，邁克！你有沒有把那個檔案從伺服器上下載過？也許那是很久以前了，當時你還和你媽媽在一起生活。」

邁克渾身發抖，拚命搖著頭說：「那是一個安全的地方！漢斯告訴過我，那是一個安全的地方！」

「你看過那個檔案嗎？看過多少，邁克？」

他尖叫說：「我根本沒有看過！是我把它寫下來的！我把全部都寫下來了，然後把它放到伺服器上！漢斯說過，那是一個安全的地方！」

「是嗎？我一直以爲是漢斯把它放到伺服器上的。」

「不是，是他強迫我把它背下來的！好啦，你放開我！」

男孩扭動著身體，試圖掙脫大衛的手，但是他仍然緊緊抓住他不放，追問：「你說什麼？你是說，你把整個理論全部記在你的腦子裡？」

「走開！除非你有密鑰，否則我什麼也不會告訴你！」說著，男孩卯足了力身體一扭，掙脫了大衛的雙手，並且狠狠的往大衛的腹部打了一拳。

這一拳打得準確而凶狠，大衛幾乎暈過去。他立刻失去平衡，仰面朝天倒在地上，遼闊的藍天在他眼前旋轉不停。當他躺在地上拚命呼吸時，一串數字悠悠的在他眼前飄過，那正是克萊曼教授臨終前在病床上耳語告訴他，並稱之爲「密鑰」的十六位元數字列。前十二位是卡內基美隆大學機器人學研究所的座標，最後四位是古普塔教授辦公室的分機號碼。現在他想起來了，那並不是古普塔本人的分機號碼，而是他辦公室接待區的分機號碼，邁克當時就是坐在接待區那張桌子前面。於是，當他艱難的吸進新鮮空氣的時候，一切都眞相大白了。

克萊曼的數字列指的並不是阿米爾．古普塔。

它指的是邁克。

大衛一動也不動的在地上躺了幾秒，莫妮卡探過身體向下看著他，用手搖搖他的手臂問著：

「嘿？你沒事吧？」

他點點頭，忍著眩暈重新爬到岩石上，探頭向山下看了看。現在，探員們離他們只有幾百公尺遠，並且正迅速縮短最後一段路程。他們很可能已經聽到邁克剛才的尖叫，正急著弄清楚到底發生了什麼事。

男孩弓著身體靠在岩石上，兩眼愣愣的盯著地面。大衛沒有再去碰他，而是借用了伊莉莎白從兒子那裡得到電話號碼的方法：他把手伸到邁克的鼻子底下打了一個響指，接著背出了克萊曼博士告訴他的密鑰：「4，0……2，6……3，6……7，9……5，6……4，4……7，8，0，0。」

邁克爾抬起頭，臉色依然通紅，但是眼神已經十分平靜。他背誦道：「《統一場論新解》：到目前為止，廣義相對論首先是一種關於重力和空間幾何特性的理論……」

那正是愛因斯坦那篇論文的正文，邁克的發音就像克萊曼教授一樣帶著純正的德國口音。這位精明的老物理學家確實找到了一個絕頂聰明的藏匿之處：邁克能夠輕易的把整個理論記下來，但是他又不是科學家，絕不可能把那些公式用於實際用途，也不會把它們告訴任何人，因為他連一個字甚至一個符號的意思都不明白。在正常的情況下，誰也不會想要去一個患有自閉症的青少年的大腦裡去尋找統一理論的方程式。眼前的這種情況實在是太詭異了。

大衛一把抓住莫妮卡的手臂說：「妳聽到了嗎？他把整個統一理論全部記在腦裡！一旦聯邦調查局抓住了我們，他們一定也會審問這個孩子的，而且毫無疑問也肯定會發現他隱藏著他們需要的東西！」

邁克仍然繼續往下背誦著統一理論，而大衛卻聽到了一個熟悉的聲音。他再次從岩石頂上向下望去，立刻看到了兩架黑鷹直升機在公路上空盤旋。絕望中，他迅速從口袋裡掏出自己的手機扔到地上，然後拉著莫妮卡和邁克站起身來。

他大聲喊道：「快走！我們趕快離開這個鬼地方！」

露西爾一面拚命沿著山路向上攀登，一面在心裡咒罵著該死的塔金頓上校。這個三角洲部隊的指揮官，已經事先承諾讓他的士兵留在後方做爲預備隊，可是現在他的兩架直升機卻明目張膽的懸停在空中，七、八公里範圍之內的任何人都可以清楚看到它們，而她的手下不得不使出吃奶的力氣衝上霍諾布山的山頂，爭取時間在嫌犯們被嚇得再次逃之夭夭之前抓住他們。最後一段山路陡峭而濕滑，但是露西爾並沒有扭傷腳踝，終於大步躍上了山頂。眼前是一小片長滿青草的平地，平地中間凸起一塊巨大的岩石。她手下的十多個探員左右四散開來，手中的手槍分別指向各個方位。露西爾雙手舉槍，側身向前來到了岩石邊上，發現岩石後面並沒有藏著任何人。她立刻向山頂的西坡望去，果然隱約看到了在松樹林中奔跑的三個人影。

「站住！」她大聲叫道，當然他們並不會停下腳步。她轉過身來，一手指著樹林向探員們命令：「追、追、追！他們就在前面！」

年輕的探員們向山坡衝了下去，比露西爾的速度至少快了一倍。她預感到如釋重負的欣喜，這次的任務無論如何很快就會結束了。但是，當她的人剛剛到達樹林邊緣的時候，賈沃斯基探員突然發出一聲慘叫，並一個跟斗栽倒在地上。其他人立刻停止腳步，不知所措的東張西望。接著，露西爾看到樹枝中飛出了一個拳頭大小的石頭，不偏不倚砸到了科勒探員的前額。

她大叫：「小心！樹林裡有人！」

探員們全都蹲伏在草叢裡，開始無目的的射擊，既沒有任何指揮也沒有任何目標；槍聲在山間迴蕩，打斷的松枝紛紛從樹上掉落。她覺得事情的發展簡直是荒唐透頂！就因爲有人扔出了一兩塊石頭，整個隊伍就被困在草叢中！她厲聲叫喊了一句：「停止射擊！」但是在一片槍聲中，沒有人聽得見她的聲音，於是她立刻朝山坡下跑去。但是她還沒有跑到他們的身邊，三角洲部隊的直升機已經來到了山頂。

黑鷹飛得很低，離地面只有六、七公尺的高度。兩架直升機迅速飛到蹲伏在草地上的探員們頭頂上，進入了攻擊位置，機身與樹林邊緣平行，機艙門口的M240機槍同時開了火。

一陣疾風驟雨般的掃射幾乎持續了整整一分鐘，粗壯的樹枝被打斷，整塊的樹皮被打掉。草叢中的探員們紛紛趴到地上，雙手捂著耳朵，抵擋震耳欲聾的槍聲。露西爾伸手去拿無線電通話器，但她知道這毫無意義，她根本無法阻止這群愚蠢的野獸。終於，她看見一個東西從一棵松樹上掉了下來，在樹枝上彈了一下，沉重地落到地上。機關槍終於停止射擊，探員們紛紛跑上前去，發現躺在地上的是一個身材魁梧、滿臉落腮鬍的山民，他的胸口已經被八釐米口徑的機關槍子彈炸裂了。

露西爾不解的搖了搖頭，她不知道這個被打死的男人，到底又是什麼人。

掃射一開始，莫妮卡就再也沒有看到大衛和邁克的身影。克拉克手槍射擊的聲音在她身後響

成一片，子彈從頭頂上呼嘯而過，她盲目的朝著濃蔭覆蓋的山坡往下狂奔，一路跳過地面上的樹根、石塊和土堆，腦子裡只有一個念頭，那就是盡量拉開她和聯邦探員之間的距離。她鑽過低垂的松樹枝，跌跌撞撞的在成堆的腐爛針葉中奔跑；她跑到坡底的一條淺溪旁，毫不猶豫的衝過溪水，接著爬上對岸的山坡。只要還聽得見槍聲，她就會一直跑下去，一種她以為早已忘記的本能在驅使著她，那是母親教她的。那時她還是阿納科斯蒂亞社區的一個小女孩：「只要妳聽到了槍聲，就要立刻跑得遠遠的。」

似乎沒完沒了的槍聲終於停止，莫妮卡這才發現自己已經是孤身一人；四周只剩下空寂而茂密的森林。她繼續爬上了另一道山嶺，朝她認為應該找得到大衛和邁克的方向前進。但是，當她終於到達山頂後，卻只見到一條向前延伸的泥土路，而身後的樹林上空仍然盤旋著兩架直升機。它們雖然離她幾乎有一、兩公里遠的距離，但是旋翼飛速轉動的聲音仍然歷歷在耳。她立刻跑到更濃密的樹下隱藏起來，然後腳步踉蹌的向山坡下跑去。就在這個時候，她聽到了右邊遠處傳來了一陣尖叫聲，那個聲音她已經十分熟悉，是邁克的叫聲。

莫妮卡朝叫聲傳來的方向跑去，希望男孩沒有受到任何傷害。她無法確定他離她到底有多遠，但是根據他們分開的時間長短來分析，她推測不會超過一公里。她跨過另一條小溪，接著又從一片繁茂的葛藤中間鑽過去。

突然，在沒有任何徵兆的情況下，她的後腦勺受到了狠狠的一擊，眼前頓時一片昏暗，重重的摔倒在地上。

就在失去知覺前的一瞬間，她看到了兩個男人低頭看著她：一個是禿頂的大個子，穿著迷彩褲，手裡拿著烏茲衝鋒槍。

而另一個人正是古普塔教授。

賽門一直相信，運氣是自己創造的。前一天晚上，當古普塔接到女兒打來的求助電話時，他和教授立刻驅車趕到大煙山，把伊莉莎白接到車上。爲了得到一小瓶毒品，她向他們報出了史威夫和雷納多當晚曾經待過的地方。遺憾的是，幾個逃犯顯然已經正確預料到伊莉莎白會出賣他們，所以及時放棄了先前的營地。但是，賽門懷疑他們仍然停留在附近不遠的地方。第二天早上，他與布洛克探員會合，並命令他監聽聯邦調查局無線通訊的緊急頻道。當他們截獲準備攻擊霍諾布山的消息時，便立刻直奔那裡而去。他們把兩輛車停在一條路上，當古普塔聽到外孫的尖叫後，便一起朝山上衝去。教授曾經宣稱這是命運之神在眷顧他們，但是賽門很清楚事實並非如此，是他一步步的策劃和安排才爲自己創造了運氣，而他如此巨大的付出，即將獲得獎勵了。

把莫妮卡打昏之後，賽門拖著她軟綿綿的身體來到路上，古普塔一拐一拐的跟在他們身後，仍然喋喋不休的談論著他對運氣的高見。布洛克在他們以北幾百公尺遠的地方，正追捕史威夫和那個不停尖叫的男孩。賽門來到載貨卡車前，用一條電線迅速的把莫妮卡的手腳綁好。在汽車的後座上，躺著雙手被綑綁、嘴巴被堵住，正在酣睡的伊莉莎白。當賽門把莫妮卡扔到她身邊以後，伊莉莎白開始掙扎，她扭動的身體使女物理學家逐漸甦醒。莫妮卡睜開眼睛看了看，接著也開始掙扎起來。

她吼叫道：「混蛋！讓我出去！」

賽門皺起眉頭。他必須盡快把車開到北邊去，幫助布洛克攔截住其他兩個人，沒有時間堵她的嘴。他爬進駕駛座，把車鑰匙插進了發動器。

古普塔坐在副駕駛的位置上。賽門發動汽車後，教授回過頭看著兩個扭動著身體的女人說：「我很抱歉，雷納多博士，這裡實在太擁擠了。不過等一下我們就會把妳們移到一輛小貨車裡，到時候妳就不用和我女兒擠在一起了。」

莫妮卡停止掙扎，瞪大眼睛看著他問：「我的老天，你在這裡幹什麼？我還以爲你被聯邦探員抓走了！」

「沒有，他們的動作太慢，而我的同伴先到了一步。」他用手指了指賽門。

「但是，他就是恐怖分子！就是那個開黃色法拉利的混蛋禿子！」

古普塔搖搖頭：「這是一個誤會。賽門不是恐怖分子，而是我的雇員。雷納多博士，他接受的任務與妳這兩天所做的事情是完全一樣的，就是幫助我找到統一場論。」

雷納多沒有馬上回答，車裡一片寂靜。賽門駕車沿路駛去，由於道路崎嶇而布滿深深的車輪痕跡，行駛速度不過每小時十幾公里。當她再次開口時，聲音已經開始顫抖：「你爲什麼要這麼做，教授？你知道後果嗎？一旦……」

「是的、是的，我已經知道許多年了。我只是不知道那些具體的公式，而這又是整個事情的關鍵所在。不過，現在我們已經得到了這個理論，就可以展開下一步的行動了。我們終於能夠打開博士先生留下的禮物，並利用它改造整個世界。」

「很可惜，我們已經沒有你要的理論了！我們已經徹底銷毀了那個隨身碟，而且那是唯一的一份。」

「不對，我們有。我們其實一直都擁有這個理論，只是我太愚蠢沒有發現眞相。邁克記得所有的方程式，不是嗎？」

雷納多閉口不言，但是她的表情已經說明了一切。古普塔微笑說：「幾年前，我曾經問過漢斯，當他即將離開這個世界的時候，他會如何處理這個理論。當然，他並不願意告訴我，但是在我一再的追問下，他說：『你不用擔心，阿米爾，它仍然會留在家族之中。』當時我認爲，這個『家族』指的是物理學的大家庭，是科學界。直到昨天，當我看到『戰地勇士』的程式中藏有這個理論的副本時，才意識到眞相。」他把身體向後靠在椅背上，抬起受傷的那條腿，放到儀表板上，接著說：「我很清楚，漢斯是不可能把它放到那個遊戲裡的，因爲他是一個頑固的反戰分子。把博士先生的理論放到一個戰爭遊戲裡，無疑是對他最大的詛咒。但邁克就不同了，他喜歡『戰地勇士』，他還喜歡把他背下來的所有東西保存一個副本在電腦裡，所以他才把那麼多電話號碼簿存進了電腦。妳都看到了，記得嗎？而更重要的是，他也是那個所謂的家族其中的一員，不僅僅是博士先生的家族，而且也是我的家族。」

雷納多緘口不語，她似乎已經陷入深深的絕望之中。但是賽門卻顧不得前方危險的道路，回頭驚訝的盯著教授問：「您說什麼？那個猶太老頭是您的父親？」

古普塔咯咯笑說：「拜託，沒那麼荒謬可笑，好嗎。我長得像博士先生嗎？不，是我妻子那一方的血緣關係。」

賽門沒有時間深究，不一會兒他轉了一個急彎，看見停在前面不遠處布洛克的車，也就是曾經屬於米羅．詹金斯醫師的那輛老舊的「道奇」小貨車。賽門開到小貨車旁並排停下，發現小貨車的駕駛座上並沒有人。顯然布洛克剛剛從這裡下車，徒步追趕史威夫和那個男孩去了。賽門搖下車窗，立刻清楚聽見了男孩發出的叫喊聲，那聲音是從東面的一個山谷中傳出來的。

大衛沒有辦法阻止邁克的尖叫，從聯邦探員開火的那一刻起，他就開始號叫。兩人一路奔跑穿過森林的時候，他仍然在號叫。那是一種持續而痛苦的哀嚎，每叫一聲他就拚命吸進一大口氣。他像一顆飛出槍口的子彈一樣，筆直而不顧一切的從灌木叢中穿過，大衛在他身後緊緊追趕，肺裡像著火一樣難受。幾分鐘後，槍聲停了下來，邁克稍稍放慢了腳步，但是尖叫聲仍然持續不斷的從他的喉嚨中傳出來，並且持續長久和鏗鏘有力。

大衛從太陽的位置研判，他們正向西北方向移動。他已經看不見莫妮卡在哪裡，但是又不能停下來去找她。他最擔心的是邁克的叫聲會幫助聯邦探員們輕鬆找到他們。雖然探員們剛才在樹林邊停止了追擊，但是他們遲早會追上來。大衛使出最大的力氣趕上男孩，一把抓住了他的手臂。

他上氣不接下氣喊道：「邁克，你必……必須停止叫喊。所有人……都聽見了你的聲音。」

男孩用力一甩，掙脫了大衛的手，同時又發出一聲撕心裂肺的尖叫。大衛伸出手捂住邁克的嘴，但是男孩用力把他推到一旁，迅速跑過了一道山脊。他沿著山坡往下跑，來到了一個兩邊矗立著岩石峭壁的狹小山谷裡，一條清澈的小溪從谷底涓涓流過。邁克的叫喊聲在岩壁間迴蕩，音量也變得更大了。大衛的體能已經達到極限，但是他仍然鼓足最後的力氣，從山坡上一躍而起，由邁克身後抓住了他，接著用手捂住他的嘴，掩蓋他的叫聲。但是，男孩隨即用手肘向後猛擊，擊中了大衛的肋骨，使得他踉蹌的向後退，最後一屁股摔倒在小溪邊的爛泥裡。他痛苦的想，上帝啊，我到底該如何是好？他無奈的搖了搖頭，抬眼向小溪下游望去，不遠處，一個身穿灰色西裝的男人出現。

大衛立刻覺得全身冰涼。這個人並不是突擊隊的探員之一，儘管他站在一百公尺以外，大衛還是立刻認出那張青一塊紫一塊的腫脹臉孔。他就是那個變節投敵的探員，兩天前在西維吉尼亞州，他們差一點被他劫持。唯一不同的是，他現在手中拿的不是一把克拉克手槍，而是一把烏茲衝鋒槍。

大衛抓起邁克的手向上游跑去，邁克一開始仍想掙脫他，但一聽到烏茲衝鋒槍射擊的聲音，馬上順從的向前跑。他們鑽進一片灌木叢，得到暫時的隱蔽，但是大衛很快就意識到他犯下一個嚴重的錯誤：當他們向北逃跑時，山谷兩旁的峭壁變得越來越高，而幾百公尺以外竟然就是小溪的盡頭！他們進入了一個盒子狀的峽谷，三面環山，正前方是一道布滿裂縫的峭壁，十分陡峭，根本無法攀爬。

慌亂之中，大衛迅速掃視了一下眼前的石壁，石壁上有一道橫向的寬大裂縫，看上去就像一張巨大的嘴巴。這個裂縫大約有汽車擋風玻璃那樣寬，縫中漆黑一片，顯然一直延伸到岩石裡面。他知道這是一個石灰岩洞穴，格拉迪克曾經說過這個地區有許多這樣的岩洞。大衛以最快的速度爬到岩縫上，然後把邁克拉上去。男孩一溜煙躲進岩洞深處，大衛則立刻趴到地上，向谷底的空地看去。他把手伸進褲子後的口袋裡掏出手槍，這把槍正是從追捕他們的這位探員手中奪來的。

邁克還在不停的號叫，雖然岩洞擋住了他一部分的聲音，但是仍然有聲音從洞中不斷傳出來。過了大約一分鐘，大衛見到探員已經接近了岩壁，正東張西望、判斷著喊聲傳來的方向。他就在他們下方大約七、八公尺的地方，所以無法看到這個裂縫有多深，但是他已經離他們越來越近了。大衛把手槍架在裂縫的邊緣上，瞄準探員前面的路面，扣下扳機。

探員慌忙躲進灌木叢裡。幾秒鐘後，他開始用烏茲衝鋒槍向岩壁上掃射，但是子彈都打到岩石上，並沒有造成任何傷害。大衛的身體處在一個天然的掩護體中，這是一個絕佳的防守位置，他可以據守在這裡長達幾個小時，真正的聯邦探員最後將會包圍這個地方，甚至可能還有幾個團的軍隊會形成更大的包圍圈。當他們接近時，大衛將再次鳴槍引起他們的注意，接下來他和邁克將向政府投降。雖然這樣的未來同樣十分嚴峻，但是比起向恐怖分子投降，卻又要好上一百倍。

慢慢的，邁克的尖叫聲開始減弱。大衛向裂縫外探望，發現那個探員仍然蹲伏在灌木叢裡。就在這個時候，他發現了另一個人的身影，一個禿頭的男人站在山谷中的小溪旁。他身上穿著迷彩褲和一件黑色的T恤，右手揮舞著一把「博伊」刀（注），左手抓著一個拚命掙扎的男孩的脖子。這個場面讓大衛感到十分驚訝，以至於過了好幾秒鐘，他才認出那個孩子是誰。他的心裡一緊，立刻一陣劇痛，手槍從他手中滑落，他用雙手緊緊抓住自己的胸口。

禿頭大聲喊道：「史威夫博士？你兒子想見見你。」

注　美國著名刀具品牌，誕生於十九世紀。「博伊」刀以其極富攻擊性的特徵而享有盛譽。

第十二章

在露西爾看來，副總統簡直是個怪胎，他看起來就像一個蘇聯共產黨的政治委員——寬闊的胸膛、光禿的腦袋和一套不合身的藍色西裝。以前在電視上看到他時，她並沒有注意到這一點，但現在她坐在白宮西翼副總統辦公室裡，立刻發現了這些相似之處。他翻閱著擺在辦公桌上的檔案，緊閉著嘴，不對稱的臉上流露出譏諷的神情。他開口說：「派克探員，我聽說今天早上妳遇到麻煩了。」

露西爾坦然的點了點頭。事到如今，她已經寫好了辭職報告，沒有顧忌了。她回答：「由我承擔全部責任，長官。由於忙著抓捕嫌犯，我們和國防部的行動沒有協調好。」

「問題到底出在哪裡？他們是怎麼逃脫的？」

「他們很可能是沿著一條向西的道路逃走的。周邊地區應該是軍方掌控的範圍，但是他們沒有及時到位。」

「那麼，我們目前是什麼狀況？」

「很遺憾，一切又得從頭開始。我們人手不夠，先生，需要有更多的人手參與地面搜捕。我們必須在這群混蛋把手上的情報告訴其他人之前抓住他們。」

副總統皺眉，抿著毫無血色的嘴唇說：「三角洲部隊將全面接手整個行動。我和國防部長已經決定了，這項任務不再需要聯邦調查局的支援，從現在起，這個行動將成爲嚴密的軍事行動。」

她雖然已經充分預料到這種結局，但是被人一腳踢開的感覺仍然刺痛她的心。她問：「那麼，爲何還要把我叫到這裡來？就是爲了讓您一腳把我踢到一邊去嗎？」

他極力保持微笑，卻沒有成功，變形的笑容停留在右半邊臉上。他回答：「不，完全沒有這個意思。是因爲我要交給妳一項新的任務。」他從桌上拿起一份《紐約時報》，指著頭版上的大字標題「記者在布魯克林遭槍殺」，接著說：「我們遇到了輿論控制方面的問題。《紐約時報》指控聯邦調查局殺害了他們的一位記者，而史威夫的太太當時正在這位記者的保護之下。很顯然的，他們找到了一些目擊證人，這些人說行凶的人看起來很像一個探員。這種說法當然很荒唐，但是確實正在引起社會輿論的關注。」

「恐怕這裡面確實有部分事實。我們有一位探員失蹤了，證據顯示他現在正爲敵方賣命。槍殺那位記者、擄走史威夫太太的人很可能就是他。」

露西爾以爲，副總統聽到她的話後，肯定會勃然大怒，但是他卻毫不在乎的說：「這根本不相干。我已經安排了一個記者會，我要妳用最強硬的措辭否認這件事，仍然堅持毒品買賣的說法。妳可以說，妳的團隊正在調查這個案件，很有可能是史威夫毒品生意上的同夥，綁架了他的妻子並且殺害那位記者。」

露西爾對這種胡說八道的作法厭惡透頂，她堅定的搖了搖頭回答：「對不起，長官，我不能那麼做。」

副總統的臉上又恢復了他典型的嘲諷神情，他從辦公桌上俯過身說：「派克，這與找到嫌犯是一樣重要的事。我們需要獲得打擊恐怖分子的有力工具，而目前國會正企圖剝奪我們急需的這些工具。我們最重要的任務，就是要防止這個重大事件洩露出去。」

她沉重的歎了一口氣，站起身來，是時候該回自己的老家德州去了。於是她說：「我得走了。我必須把我的辦公桌收拾乾淨。」

副總統也同時站起身來說道：「那好吧，我必須承認我很失望。聯邦調查局局長曾經向我保證，妳是一位非常有膽識的女人。」

露西爾瞪大眼睛看著他，回答：「請相信我，我們雙方都很失望。」

小貨車終於停了下來。由於雙手被綁在身後，凱倫看不到手上的手錶，但她推測從他們離開松樹林到現在，已經過了大約六個小時。她戰慄著把自己挪到約拿身邊，嘴裡喃喃著：上帝呀，求求你，千萬不要再讓這些混蛋把他從我身邊帶走。上一次他們帶走約拿後，凱倫害怕得幾乎發瘋。雖然僅僅二十分鐘後，布洛克就把他重新帶回小貨車上，但孩子卻哭泣了好幾個小時。

布洛克離開駕駛座下了車，走到小貨車後，打開了後車廂門。凱倫立刻呼吸到一股潮濕的空氣，眼前是一個寬大而黑暗的車庫，牆壁剝落、窗戶破損。看起來，這幢破舊的建築已經多年被棄用。不遠處停著三輛白色的送貨車，旁邊站著十多個年輕男人。從他們瘦削的身體、蒼白的臉色和寒酸的衣著來看，無疑是一群大學裡的研究生。當他們看到被綑著手腳、堵著嘴，躺在車廂地板上的約拿、凱倫和其他兩個女人時，都紛紛驚訝得瞪大了眼睛。這時，布洛克向他們大吼一聲：「你們他媽的還等什麼？」學生們這才回過神，一起跑上前來。

兩位學生爬進小貨車，一前一後把約拿抬了起來，孩子害怕的用力扭動身體。凱倫尖叫了一聲「不許碰他」，聲音卻被口中的布團堵在喉嚨裡。另外兩名學生來到她身邊，她拚命掙扎卻仍然被他們緊緊抓住，抬出車外向前走去。

他們被抬到一輛送貨車後面。車廂上赫然印著「費米國家加速器實驗室」幾個大字。一位T恤上印有元素週期表、外表邋遢的高個子學生拉起貨艙的卷門，兩位抬著約拿的學生把孩子放到車上，接著，另外兩位學生也把凱倫放了進去。當她再次躺到兒子身邊後，懸著的心才放了下來，忍不住開始抽泣。就目前而言，他們母子兩人至少還在一起。

從他們所在的貨車車廂裡，她看見剛才同車的兩個女人，被轉移到另外一輛送貨車上。這兩個人之中，一位是黑人，神態自若，而另一位是白人，有些神經質。凱倫猜想，這裡一定是這群混蛋會合的地方，他們在這裡換乘其他車輛，同時得到補給。她環顧四周，希望能發現一些標誌性的東西，使她能夠判斷出他們現在到底在什麼地方，但是她什麼也沒發現。就在這個時候，車庫另一頭的一陣聲響引起了她的注意，她看到站在另一輛送貨車旁的兩個學生，正費力的抬著一個被綑住手腳的男人。凱倫的心一下子跳到了喉嚨裡——那個男人是大衛！他拚命扭動身體，兩個學生抓不住他，結果一起摔到地上。凱倫又發出一聲尖叫，但嘴裡的布團同樣擋住了她的聲音。這時，另一個學生走上前，三個人一起抓住大衛，把他抬到了第三輛送貨車裡。

現在早已過了午夜時分，幾輛送貨車沿著一條蜿蜒曲折的道路慢慢行駛。莫妮卡雖然無法看到車外的情景，但是她可以清楚聽到車輪與地面磨擦的聲音，胃裡也不斷感受到汽車轉彎時帶來的不適。她猜測，為了避開州界上設置的檢查站，他們很可能正在僻靜的鄉間小路上穿行。

在她左手邊的貨艙盡頭角落裡擺著一台電腦，古普塔教授和他的幾個學生正圍在電腦旁。邁克坐在離她幾呎遠的車廂地板上，還是在玩他的「戰地勇士」——有人已經為遊戲機重新充好了電。在過去的幾個小時裡，古普塔一直蹲在外孫身邊，悄聲細語的詢問有關統一場論的各種問題，他的學生則不停把邁克的回答輸入電腦裡。現在，教授顯然已經得到了他需要的全部資訊，看著電腦螢幕得意的笑起來，然後離開他的學生們，走到躺在地上的莫妮卡身邊，俯看著她。莫妮卡恨不得撲上去掐住這個混蛋的脖子，但遺憾的是，她的手腳都被緊緊綁在一起，嘴也被堵得嚴嚴實實。

他對她說：「雷納多博士，我想讓妳看一個東西。對一位物理學家來說，這就是美夢成真的一刻。」他轉身向兩位臉色蒼白、身體單薄，還戴著厚重眼鏡的學生說：「斯科特、理查，請你們協助雷納多博士到終端機前看看，好嗎？」

兩位學生分別抓住她的肩膀和腳踝，抬著她來到貨艙的另一頭，把她放到電腦螢幕前的一張折疊椅上。古普塔從她身後略微彎下腰，在她耳邊說：「我們已經開發出一個程式，用以模擬創造額外維度的微中子束。我們從雅克．布歐和阿拉斯泰爾．麥唐納那裡得到的資訊已經告訴我們，利用Tevatron就可以產生出微中子束。所以，等邁克把那些場方程式說出來之後，我們就可以計算出調整質子加速器的準確資料。現在，我們可以先在電腦上做一次模擬實驗，這麼一來，等我們到達費米實驗室以後，就能夠清楚知道應該如何進行實際的操作。」他伸出手在鍵盤上按下了輸入鍵，然後看著電腦螢幕說：「請看仔細了。首先妳將看到的是粒子在質子加速器中對撞時的模擬情景。」

她無法抗拒，只能目不轉睛的看著電腦螢幕。螢幕上顯示出一個微微晃動的三維點陣圖形，一個用細微的白色線條構成的直線網格。顯然，它所顯示的是一個眞空地帶，也就是僅帶有微小量子漲落、空無一物的時空區域。但是，這個網格很快就不再是空空如也的了，幾秒鐘後她便看到大量粒子從螢幕左右兩側流入網格之中。

古普塔解釋：「這是模擬的質子束和反質子束在加速器中通過的情景。我們將爲它們施加凸形波脈衝，而使這些粒子在完美的球形模式中相撞。看著！」

莫妮卡略微歪著頭，看著螢幕上的粒子，發現它們實際上是一些非常細小的皺褶，像在繩子上滑動的活結從時空網格中滑過。它們相互撞擊的時候發出的光芒在螢幕中心閃耀，所有的活結紛紛同時解開，猛烈的扭曲包圍著它們的網格，並導致網格破裂，一連串新粒子通過裂口噴射而出——惰性微中子誕生了。

古普塔用手指著這些新的粒子，興奮的說：「妳看到它們是如何逃逸的吧？撞擊將造成時空的極度扭曲，從而把一束惰性微中子從我們這個膜上噴射出去，進入額外維度空間。看這裡，我把它轉換到一個更大範圍的模擬顯示。」

他再次敲打鍵盤，螢幕黑色的背景上出現了一個布滿皺褶、波浪起伏的片狀圖形，這就是鑲嵌在更爲廣大的十維度宇宙體之中、現在這個宇宙的宇宙膜，一團團微中子正從片狀圖形中一個嚴重扭曲的地方噴射出來。他接著說：「我們必須非常精確的進行這個實驗，使粒子束能夠準確的回到我們這個膜上來。最理想的地點就是回到北美洲上空大約五千公里的地方，如此一來，這個大陸上所有人，都可以清楚的看到爆炸發生時的輝煌景象。」

惰性微中子在體宇宙中留下了一道筆直而明亮的運行路線，並在穿越額外維度的同時不斷地加速前進。粒子束跨越了膜上兩個皺褶之間的空間，然後重新進入時空膜，在進入點引起劇烈震盪並散發出耀眼的白色光芒。這顯然就是古普塔說的輝煌的爆炸。他又伸出手用一根手指上的長指甲敲打著電腦螢幕說：「只要我們在操作中不出現任何失誤，粒子重新進入的時候就會在我們這個膜中釋放出數千兆焦耳的能量，大約相當於一個一百萬噸的原子彈爆炸的當量。由於我們會把粒子束瞄準地球大氣層以外相當遙遠的太空之中，所以不會對地球表面造成任何破壞。不過，爆炸將帶給人們從未見過的壯麗景象，在幾分鐘的時間內，它就像一個新的太陽一樣在空中放射出耀眼的光芒！」

莫妮卡緊緊盯著膜上發出亮光的區域，隨著能量在時空中的消散，其亮度正慢慢減弱。她一直在思考一個問題：上帝啊，古普塔到底爲什麼要這麼做？由於無法開口，她只能轉過臉，眯起眼睛，帶著詢問的眼光看著他。

他立刻明白她的意思，點點頭說：「我們需要向全世界做一次公開的展示，雷納多博士。如果我們僅是準備發表統一理論，當局肯定會不顧一切封鎖消息的傳播，因爲政府本身就迫不及待想得到這個理論，從而祕密製造出世界上最爲強大的武器。但是，統一場論並不是屬於某個政府的，而且它的偉大意義也絕不僅只是一張製造新式武器的藍圖。」

古普塔埋首敲了一陣鍵盤，螢幕上出現了一個發電站的結構圖。他繼續說：「透過利用額外維度所產生的巨大能量，我們可以得到無窮無盡的電力，不再需要火力發電廠或者核電廠。但是，這不過是一個微不足道的開始，我們還可以把這項技術應用到醫學領域，應用微中子束精確的殺死癌細胞。我們也可以用粒子束發射火箭，它用之不竭的動力足以推動火箭在整個太陽系中隨意翱翔。我們甚至可以用它把太空船的速度提高到幾乎相當於光速的速度！」他從螢幕上轉過臉，眼眶含著熱淚，看著莫妮卡的眼睛。「妳難道不明白這一切嗎，雷納多博士？當人類明天早上從睡夢中醒來，他們將欣喜的看到統一理論無與倫比的價值，到那個時候，誰也不可能再把它掩藏起來了！」

莫妮卡已經聽煩了。她並不懷疑古普塔所說的事實，統一理論的用途可以說是包羅萬象，無疑的將導致無法計算的精彩發明與創造。但是，這一切是要付出代價的，而且是十分可怕的代價。教授剛才聲稱這將是一次公開的展示，應該說，這將是書寫在地球之外的廣袤太空中，一場無比盛大的公告。不過，莫妮卡卻很懷疑世人從這個公告將會得到什麼樣的感受。別忘了，原子彈在廣島上空爆炸也曾經是一次公開的展示。

當然，她被堵住了嘴，無法親口表達她心中的想法，於是她看著古普塔的眼睛遺憾的搖搖頭。

教授揚起一邊的眉毛問：「怎麼？妳害怕了？」

她用力點了點頭。

古普塔向她走近一步，一隻手放在她肩頭說：「親愛的，恐懼是一種讓人身心憔悴的情感。博士先生當時也很恐懼，可是妳也看到了最後的結局。克萊曼和其他那些人把統一場論隱藏了半個世紀之久，他們的恐懼解決任何問題了嗎？沒有，那都是枉然，是可恥的徒勞無益。我們必須首先克服恐懼心理，然後大踏步邁進一個全新的時代。雷納多博士，這就是我所做的工作。我已經不再害怕世間任何東西了。」

老人說著用力捏了捏莫妮卡的肩膀，而她心中卻突然充滿了無比厭惡的情緒，雖然被堵著嘴，她仍然奮力吼叫，並且站起身來向古普塔的電腦撲過去。教授及時抓住了她的身體，把她重新按回椅子上。他感到很開心，臉上再次露出了微笑，並且說：「我知道妳會有疑慮，但是很快的，妳就會看到我是對的。當我們把這個理論展現在世人面前以後，我們將成爲救世主，全世界都會向我們歡呼。一旦他們看清了事實眞相，無論我們做過什麼壞事，他們都會原諒……」

一陣靜電發出的唧吱聲打斷了他的話，他從腰帶上取下無線通話器，咕噥了一聲：「失陪一下」，大步走到了貨艙的另一頭。二十秒鐘後，他回到學生們身邊，舉起一隻手祈福似的說：「男士們，前往費米實驗室之前我們要先到另一個地點，裝上調整Tevatron所需要的設備。」

大衛背靠著貨車車廂的艙壁坐在地板上。十五分鐘以前，貨車停了下來，學生們往車子裡裝進了十多個木箱。由於這些箱子幾乎占據了貨艙中全部的空間，學生們後來換乘另一輛汽車，所以現在車廂裡只剩下大衛和那個穿著迷彩褲的禿頭瘋子。他一面擦拭著他那枝烏茲衝鋒槍，一面拿起身邊一瓶紅牌伏特加酒，大口大口喝下去。

大衛已經無數次試圖掙脫把他的雙手縛在身後的電線，雖然手指已經全部麻木，但他仍然鍥而不捨的繼續努力，不斷的扭動手臂，直到肌肉酸痛，手腕的皮膚也磨破。汗水沿著他的臉流下來，浸濕了塞在口中的布團。他一面掙扎一面緊盯著禿頭傭兵，這個混蛋不久前居然把獵刀架在約拿的脖子上。一想到此，仇恨的怒火就立刻爲他精疲力竭的身體注入新的力量，但緊接著他又悔恨的閉上了眼睛。這一切都是自己的錯，他本來有機會向聯邦探員們投降的。

當他再次睜開眼睛時，發現禿子正站在他面前低頭看他。他伸出手，把伏特加酒瓶遞到他面前說：「放鬆一下吧，朋友。掙扎了這麼久，也該喘口氣了。」

大衛往後一縮，想躲開這個傢伙，但禿子卻在他身邊蹲下來，舉起酒瓶在他鼻子底下來回晃動說：「來吧，喝一口！看你那樣子，很需要來一口。」

大衛用力搖搖頭，伏特加的氣味讓他感到噁心。他隔著嘴裡的布團叫著：「去你媽的！」但他的叫罵聲聽起來就像是絕望的哀鳴。

傭兵聳聳肩，道：「那好吧。可惜啊，我們有一整箱紅牌伏特加，卻沒時間喝了。」他咧嘴笑笑，舉起酒瓶深深喝了一大口，然後用手背擦去嘴上的酒。「順便告訴你，我的名字叫賽門。史威夫博士，我要謝謝你。自從接下這份工作以來，我一直不斷查閱你寫的那本有關愛因斯坦幾位助手的書，它對我幫助很大。」

大衛努力克制住憤怒的情緒，透過惡臭的布團深深吸了一口氣，把注意力集中到這個殺手的聲音上。這個傢伙雖然帶著明顯的俄國口音，但他的英語卻非常好；雖然相貌醜陋，但卻不是一個沒腦子的莽漢。

賽門又喝下一大口酒，把手伸進褲子口袋裡，接著說：「剛才在路途中的幾個小時裡，我特別覺得無聊。我和教授在同一輛車裡，就是現在我們前面的那一輛。在到達最後一站之前，他一直忙著審問他的外孫以及向他的學生下指示。爲了打發時間，我只好和古普塔的女兒閒聊，結果我發現了一樣東西，你肯定會感興趣的。」

他從口袋裡拿出一樣圓形的東西遞給他看，大衛立刻認出那是伊莉莎白·古普塔掛在脖子上的那個小金盒。賽門打開盒子，盯著裡面的照片說：「我想，在你的研究領域裡，這將成爲一個有力的證據，一個遲到的新證據。它肯定能夠說明不少的事情，對嗎？」

他把小金盒轉了一個圈，讓大衛看到盒子裡的照片。由於年代久遠，照片已經變成了棕褐色，畫面中是一對母女。母親留著長長的黑髮，相當漂亮，女兒看上去只有六歲左右，兩個人的臉上都沒有任何表情。賽門解釋說：「這張照片是戰前在貝爾格萊德拍的，可能在一九三〇年代末期。伊莉莎白自己也不知道確切的日期。」他用手指指著照片上的女兒說：「這是漢娜，伊莉莎白的母親。戰後她來到美國，後來嫁給了古普塔。眞是一個不幸的選擇。」然後，他的手指滑向黑頭髮的母親：「這是伊莉莎白的外祖母，後來死在集中營裡。她是半個猶太人，看出什麼了嗎？我再讓你看看這個。」

他把照片從小金盒裡拿出來，翻過來讓大衛看照片的背面，上面寫著這樣幾個字：「漢娜和麗瑟爾。」

賽門又咧嘴笑道：「想起這個名字了吧？我可以向你保證，這絕對不是巧合。伊莉莎白已經把整個故事告訴了我，她的外祖母就是博士先生的私生女。」

要是在任何其他的情況下，大衛都會感到驚訝而欣喜，因爲這對於一個研究愛因斯坦的歷史學家來說，就相當於一個天文學家發現了一顆新的行星。過去，大衛與其他絕大多數的研究者一樣，都以爲麗瑟爾在嬰兒時期就已經夭折了。現在他知道，她不僅沒有夭折，而且還留下了自己的後代。但是，目前的處境使他對這一項新發現感受不到任何興奮之情，他只是再次覺得自己竟然如此的愚蠢。

賽門把照片放回小金盒裡，又說：「戰後，博士先生終於得知發生在自己女兒身上的一切，於是他派人把躲在一個塞爾維亞人家庭裡的孫女漢娜接到了美國，但卻一直沒有承認過他與這個女人的關係。你也知道，這個猶太老頭是個不怎麼戀家的人。」他把小金盒蓋好，重新放回褲子口袋裡，繼續說：「不過，漢娜把這一切都告訴了古普塔，而且還告訴了克萊曼。這就是爲什麼他們會爲她爭風吃醋，因爲他們都希望娶到博士先生的孫女。」

他高舉起酒瓶，再次喝下一大口伏特加，差不多已經乾掉了大半瓶，然後說：「你可能不明白我爲什麼要告訴你這些事。因爲你是一位歷史學家，應該知道這次行動背後的歷史淵源。古普塔與漢娜結婚之後，自然就成了博士先生的寵兒，同時也成爲他最親密的一個助手。後來，當博士先生向古普塔透露他已經發現統一場論時，古普塔自信的認爲老猶太人會與他分享這個祕密，但是早在那時，博士先生就已經感覺到古普塔有問題，所以他把這個理論傳給了克萊曼和其他兩個助手。這麼一來，滿心以爲這個理論應該歸自己所有的古普塔完全被氣瘋了。」

大衛發現賽門說起話來已經有些口齒不清，於是坐直身體仔細觀察他，希望找到一些弱點，機會也許會出現，這個混蛋說不定會糊裡糊塗做出什麼傻事來。

這時，傭兵轉頭向汽車前方看去，接著又環顧車廂四周，沉默了大約半分鐘。然後，他回過頭對大衛說：「古普塔策劃這個展示行動已經有好幾年了，而且爲了組成他那支小小的學生部隊，也已經投入了幾百萬美元。他讓他們相信自己在挽救整個世界的命運，當微中子束在天空中發出耀眼的光芒時，人們就會湧上大街載歌載舞。」他做出一副十分厭惡的表情，並往地板上啐了一口口水。「你認爲會有人相信這一套鬼話嗎？但是古普塔自己卻深信不疑，現在甚至連他的學生也相信了。你很清楚，他是個徹頭徹尾的瘋子。而瘋子有時候非常具有說服力。」

賽門又喝下一口伏特加，並再次把酒瓶塞到大衛面前說：「看看你，你得喝一口。你要是不喝，我可不准。我們一起慶賀吧，祝明天的公開展示成功，也祝古普塔的新啓蒙時代來到。」

他開始爲大衛解開綁在口中的布團上的繩子，在伏特加的作用下，他的手指有些不聽使喚，但一會過後還是終於解開了繩子。這正是大衛一直等待的機會，他立刻感到腎上腺素大量分泌所引起的衝動。一旦口中無障礙物，他就可以大聲呼救。但是轉念一想，他們很可能正行駛在肯塔基州或印第安那州的鄉間，這都是人跡罕至的森林和荒野，呼救又有什麼用呢？大聲叫喊必然是徒勞無功的，他必須好好和賽門談一談，說服這個傭兵把自己放了。這才是他們唯一的機會。

塞在嘴裡的布團拿掉以後，大衛感到頜骨的酸痛，他深吸了一口新鮮空氣，看著賽門的眼睛問：「那麼，你爲古普塔工作，他給你多少錢？」

賽門皺眉。大衛一時之間有點膽怯，以爲這個傭兵會因此改變主意，重新堵住他的嘴。不料賽門回說：「史威夫博士，這個問題太不禮貌了吧。我可沒有問過你，寫那本書你賺了多少錢，是嗎？」

「這不一樣。你應該知道，一旦所有人都看到天空中出現的巨大爆炸，會發生什麼樣的事。五角大廈肯定會立刻展開研究，並且——」

「是的、是的，這些我都知道。世界上的每一支軍隊都會拚命製造一件這樣的武器，不過唯獨五角大廈不會有任何研究，除了華盛頓特區及其附近區域，別的地方都會研製這個武器。」

賽門的話讓大衛感到吃驚，他瞪大眼睛看著傭兵問：「你說什麼？這是什麼意思？」

賽門仍然皺著眉頭，但眼神裡卻開始流露得意的神情：「其實，古普塔教授的公開展示會比他預料的還要更引人矚目，因爲我會改變微中子束的運動方向，使它在重新進入我們這個宇宙時，直接抵達傑弗遜紀念館。」他舉起手中的酒瓶指著汽車的後方，瞇起一隻眼睛順著酒瓶的瓶頸做出瞄準的姿勢。「這並不是因爲我對湯瑪斯．傑弗遜有什麼惡意，我之所以選擇它做爲目標，只因爲它正好處於一個十分理想的中心位置，從那裡無論到五角大廈、白宮或是國會大廈，幾乎都是相同的距離。爆炸會將把它們統統燒成灰燼，方圓十公里範圍之內的一切事物都無法倖免。」

一開始，大衛以爲傭兵是在開玩笑，還覺得這個傢伙有一點幽默感。但他接著發現，當賽門舉著伏特加酒瓶開始做出瞄準動作時，他的表情變得越來越凝重，上唇收起，露出了牙齒。看著這個男人邪惡的表情，大衛覺得自己已經因恐懼而口乾舌燥了。他連忙問：「是誰出錢要你這麼做的？蓋達組織嗎？」

賽門搖搖頭道：「不，這是為我自己。實際上，是為了我的家庭。」

「你的家庭？」

賽門慢慢把酒瓶放到地板上，再次把手伸進了口袋裡。這次他拿出了一支手機，說道：「沒錯，為了我的全家人。史威夫博士，其實我的家庭跟你的家庭沒什麼不同。」他打開手機，然後把它遞到大衛眼前，讓他看看手機上的螢幕。一兩秒鐘過後，一張照片出現在了螢幕上：一個小男孩和一個小女孩笑容可掬的看著他。賽門說：「那是謝爾蓋和拉麗莎，我的孩子。五年前他們在車臣南部的阿爾貢峽谷被炸死了。我想，你應該聽說過這個地方。」

「是的，但是……」

「閉嘴！你給我好好的看著這張照片！」他向大衛彎下腰，把手機螢幕舉到他的眼前。「我兒子名叫謝爾蓋，當時他才六歲。他看上去和你的兒子有點像，對吧？而我的拉麗莎卻只有四歲。一枚導彈把他們和他們的母親一起殺害了，而那一枚『地獄火』導彈，就是從在車臣邊境一帶活動的三角洲部隊裡一架直升機上發射的。」

「一架美國的直升機？它在那裡做什麼？」

「我可以向你保證，它沒幹過任何有用的事情。那一次反恐行動同樣又失敗了，他們殺死的婦女和兒童比恐怖分子還要多。」賽門又向地板上啐了一口。「但是，我不管他們又有什麼藉口為自己開脫，我決心要把指揮和部署那支部隊的所有人全部消滅乾淨。所以，五角大廈和所有政府領導人才是我的目標，包括你們的總統、副總統和國防部長。」他啪的一聲關上手機。「因為我只有一次攻擊機會，所以爆炸的範圍必須相當大，才能確保他們不會漏網。」

大衛覺得反胃，因爲這正是愛因斯坦當年最害怕發生的事，而幾個小時之後這樣的事情卻要眞實發生了。他對傭兵說：「但是，聽起來你家人不幸的遭遇很可能是一起意外，你怎麼能……」

「我告訴過你，我不管那一套！」他一把抓起伏特加酒瓶，像要一根棍子似的揮舞著酒瓶。

「那是不能忍受也不可饒恕的罪行！」

「可是，你會殺死幾百萬人……」

賽門揮起酒瓶，狠狠的打在大衛的臉上，大衛向一旁倒下去，前額重重撞到地板上。他幾乎昏迷，這時賽門又抓住他的衣領把他拎了起來，吼叫說：「你說得沒錯，他們都得死！我的孩子們都死了，他們爲什麼還要活著？他們也必須死！我要把他們殺光！」

大衛的耳朵裡嗡嗡作響，鮮血從顴骨上的裂口處流下來，眼前出現了一片淡綠色的光點；他只看見傭兵那張憤怒的臉在眼前晃動，在紅色、粉紅色和黑色的流動線條中，變得越來越模糊不清。賽門一隻手拉著大衛的衣領，另一隻手舉起了酒瓶。眞奇怪，酒瓶居然沒有被打破，而且裡面還剩下幾盎司伏特加酒。賽門把酒瓶硬塞進大衛嘴裡，把剩下的伏特加灌進了他的喉嚨，並大聲叫喊：「這就是世界的末日！剩下的只有死亡般的寂靜！」

伏特加刺痛了大衛的喉嚨，像火一樣灼燒著他的胃。酒瓶已經空了，賽門手一甩把它扔到一邊，同時放開了大衛。大衛軟綿綿的倒在地板上，眼前一黑，終於昏了過去。

星期一的一大早，露西爾就來到了聯邦調查局總部，她希望這樣可以避免遇見自己的同事

們。但是，當她走進辦公室時，卻發現國防情報局已經派人把她的辦公桌清理得乾乾淨淨，有關克萊曼、史威夫、雷納多和古普塔的卷宗已經全部被拿走了，甚至連她自己的那本《站在巨人的肩膀上》也沒有留下。桌子上只剩下一些個人物品：幾張薪資單、一些獎勵證書、一個德州六發式左輪手槍形狀的玻璃紙鎮，以及一張裝在相框裡，她與雷根總統握手的照片。

她自嘲的想，也好，他們幫了我個大忙，現在很快就可以打包走人了。

她找出一個紙箱，不到半分鐘就把所有個人物品裝了進去。這些東西加在一起不超過三公斤，這使她自己感到很驚訝。在過去整整三十四年裡，她嘔心瀝血爲聯邦調查局工作，但現在看起來，卻沒有任何東西可以證明這一點。她看了看桌上那台老舊的電腦和一個廉價的塑膠內部收件匣，心中充滿了怨恨，心情低落到極點。

這時，她發現內部收件匣中，還擺放著一個檔案夾，一定是值夜班的人員在國防情報局來過之後才送到她桌上的。露西爾兩眼盯著檔案夾看了好幾秒鐘，心裡告誡自己，就讓它放在那兒吧，但是強烈的好奇心還是佔了上風，她最終拿起了檔案夾。

那是一份古普塔教授最近一段時間的通話紀錄清單，是露西爾三天前向他的手機門號廠商要來的，但是電話公司的那幫白癡竟然現在才送來。古普塔的通話紀錄並不多——顯然他很少使用行動電話，每天也只有兩三次。但是，當她翻看紀錄時，卻注意到一個不尋常的現象：在過去兩週的時間裡，他每天都撥打過同一個手機號碼，而這個號碼既不是史威夫，也不是雷納多或者克萊曼的。更讓人懷疑的是，他每次都準時在早上九點三十分撥打這個號碼，沒有早一分也沒有晚一分。

露西爾再次提醒自己，她已經不再負責這個案子了，而且實際上她連申請退休的表格都已經填好了。

不過，她還沒有交上去。

賽門駕駛著一輛貨車行駛在整個車隊的最前面，他們正加速往費米實驗室的東大門前進。現在是早上五點鐘，黎明剛剛來到，巴塔維亞路兩旁的房屋絕大多數還是漆黑一片。一個身穿紅色短褲和白色T恤的女人獨自在路邊跑步，穿過一條條私人車道和一片片草坪。賽門盯著她看了一會，欣賞她身後飄逸的紅褐色長髮。昨晚的狂飲之後，直到現在他仍然感到睏倦，於是他捏了捏自己的鼻梁，張大嘴巴打了一個呵欠。爲了使自己徹底清醒過來，他把手伸進風衣裡，握住烏茲衝鋒槍的槍托，同時在心裡告誡自己：復仇的日子已經到了，很快一切都將結束。

汽車穿過大陸大道的十字路口，接著又顛簸著跨過一道鐵路，道路兩旁立刻豁然開朗起來，沒有了郊區的住宅和草坪，代之以廣闊的綠色原野，這裡是伊利諾州的原始大草原。他們現在進入了屬於聯邦財產的土地，來到費米實驗室東部的地界。前方有一個警衛的小房子，裡面坐著一位相當肥胖的女警衛，身著藍色制服。賽門難以置信的搖搖頭，他簡直不敢相信，費米實驗室居然會僱用這樣一位體態臃腫的女人，來負責安全保衛工作，很明顯，這裡的人根本沒想過危險會來臨。

賽門開始減速，然後在門崗處停了下來。胖女人擠出門外，賽門一面微笑看著她，一面把古普塔教授準備好的一疊文件遞給她，裡面包括一些僞造的發票和訂貨單。他盡量模仿著美國卡車司機的口吻說：「給妳，甜心。我們今天送貨來得早。」

胖女人並沒有還以微笑，而是仔細檢查那些文件，並與手中紀錄板上的清單一一比對，然後說：「我這裡沒有紀錄。」

「是沒有，不過我們是得到你們的同意才送過來的。」

於是，她接著繼續檢查賽門遞給她的文件，似乎怎麼也檢查不完。她要不是一個閱讀能力極低的人，就是刻意讓人等候、以此爲樂的傢伙。最後，她終於抬起肥碩的腦袋對賽門說：「好吧，下車，打開汽車的後門。告訴後面的司機都照樣做。」

賽門皺起了眉說：「我說過了，這是經過允許的。妳沒有看見那些訂貨單嗎？」

「看到了，但是我必須檢查所有進入實驗室的東西。關掉引擎然後——」

她的話還沒有說完，賽門已經把兩顆子彈射進了她的大腦袋。接著，他下車走到卡車後面，在門上敲了三下並大聲叫道：「教授，開門。我們還要裝一點東西。」

一個學生拉開了卷門，然後攙扶著古普塔下車。教授看到躺在地上的警衛，立刻顯得緊張起來。他喝斥：「這是怎麼回事？我不是告訴過你，要避免造成新的傷亡嗎？」

賽門根本不理會他，轉過頭對學生們命令：「快下來，把屍體裝上車！」

不到半分鐘，幾個學生已經把屍體裝到車上，並且擦乾淨柏油路面上的血跡。如果再有人經過這裡，只會以爲看門的警衛擅離職守了。賽門回到駕駛座上，古普塔來到前面坐在副駕駛的位置上。教授用嚴厲的眼光看了賽門一眼，說道：「請你不要再開殺戒。一九八〇年代建造這台

Tevatron的時候，我曾經與這裡的一些物理學家一起工作過。」

賽門排了檔，車隊繼續前進。他沒有心情說話，所以根本沒有理睬古普塔。

古普塔繼續說：「實際上，這部機器的名字是我取的。『teva』就是『一兆伏特』的簡寫（注）。這是質子在這台加速器中所能獲得的最高能量，在這樣的能量裡，質子運動的速度達到了光速的99.9999%。」教授得意的揮起一個拳頭在空中畫了一個圈，然後打在另一個拳頭上，表達質子對撞時的情景。他激動得難以自持，雙手竟然不停顫抖起來。「不過，現在瑞典的大型強子對撞機可以達到更高的能量，但是我們的Tevatron在把質子壓縮成一個密集的質子束方面非常出色。也正因爲這個原因，它非常適合用做我們的目的。」

賽門緊咬著牙關，簡直難以忍受這個神經質的話題。他毫不客氣的吼：「我才不在乎你這些鬼玩意!你只要把控制室的情況告訴我就可以。那裡會有多少人?」

「不用擔心，那裡只有極少的幾個工作人員，最多就是五六位操作員。」他滿不在乎的揮揮手。「這都是削減預算的結果。政府已經不願意再爲物理學研究買單了。現在，幾個國家實驗室，都不得不靠私人捐款以維持加速器的正常運作。」老人再次遺憾的搖搖頭。「去年，我的機器人學研究所就捐贈費米實驗室二千五百萬美元。你現在知道了吧，我就是要確保Tevatron不至於停機。我當時就有預感，我的捐贈一定會發揮作用的。」

道路向左轉去，賽門看見遠處出現了一幢外形奇特的建築，看上去就像兩個碩大無比的床

注 「teva」即萬億，又稱太拉或垓，即10^{12}次方，「a trillion electron volts（一兆伏特）」。

墊，彼此倚靠在一起。在它周邊，有一道路堤似的環形建築，穿過開闊的草地形成一個巨大的圓圈。

古普塔首先指著那幢奇特的建築介紹說：「那是威爾遜大樓，實驗室的指揮中心。我的辦公室原來就在十六樓，景色非常迷人。」接著，他手臂向下指著那一道路堤似的建築說：「在那隆起的圓圈底下，就是Tevatron的束流隧道，我們過去把它叫做粒子跑道，是一個全長六點四公里的圓環，由一千個超導磁鐵引導粒子束運行。質子和反質子分別沿著順時針和逆時針方向運行，每個質子束都強大到足以在一堵磚牆上燒出一個洞。」然後，他又指指靠近路邊的另一座建築，一座難以描述的倉庫似的建築物，上面連一扇窗戶都沒有，整座建築直接建造在束流隧道的其中一段之上。「那是對撞樓，質子和反質子在那裡彼此相撞，我們也將從那裡把微中子發射到額外維度之中。」

教授沉默下來，他的目光透過擋風玻璃，凝聚在大樓上。賽門對教授片刻的安靜十分感激，駕車駛過一排圓柱形的儲藏罐，每個儲藏罐上都寫著「壓縮氦氣：危險」的字樣。接著，他們來到威爾遜大樓前一個狹長的水塘前，波光粼粼的水面映襯出大樓奇異的倒影。

古普塔指揮著：「在這裡轉彎，開到大樓後面去。控制室就在質子推進器的旁邊。」

車隊沿著威爾遜大樓旁的車道魚貫而行，很快便來到一個U形建築物前的停車場裡。古普塔對此處工作人員數量的估計看來是正確的，因爲停車場裡停著不到六輛車。三個小時之後就是正常的上班時間，到時人數肯定會大量增加，但是如果一切順利的話，在上班時間之前他們應該已經完成他們的使命了。

賽門停下車，開始下達命令。一組學生負責把木箱裡裝著的電子儀器卸到車下，另一組把所有人質轉移到布洛克探員駕駛的卡車上。賽門決定把布洛克安排在遠離控制室的地方，以免他發現那裡即將發生的事件。他告訴過他，他們此行的目的是從實驗室裡盜取放射性物質。他大步走到布洛克的卡車前揮揮手說：「把人質帶到安全的地方去，我不想讓他們在這裡礙事。從這裡往西大約一點六公里有一些空房屋，你們就在那裡找一幢房子安安靜靜的等待兩個小時。」

布洛克看了他一眼，不服氣的回說：「這件事完成之後我們得談一談。你付的那一點錢不夠我幹這些齷齪事的價碼。」

「你不用擔心，我會給你適當的補償。」

「再說，我們留著這些人質要做什麼？反正遲早必須殺了他們，不如現在動手。除了教授的女兒，其他人統統幹掉。」

賽門向他靠近一步，壓低聲音說：「教授會喜歡讓他們活著，但我不在乎。只要你走出我們的視線之外，你想做什麼就做什麼。」

學生們抬著大衛來到布洛克駕駛的卡車後車廂，然後把他扔到莫妮卡和伊莉莎白的旁邊。卡車剛剛啓動，他立刻挪動身體向凱倫和約拿身邊移動。當他掙扎著一點一點向他們靠近的時候，他的兒子驚訝得瞪大了雙眼，而他的前妻卻開始哭了起來。大衛的嘴早就被再次堵住了，因此他無法說話，只能默默與自己的家人依偎在一起。伏特加的作用和賽門的毆打，仍然使他感到作嘔，但是在親人身邊待了一會兒之後，他感到胸口中已經舒緩多了。

幾分鐘後，汽車再次停了下來。大衛仔細注意車外的動靜，聽到一種金屬被擰斷所發出的粗糙聲音。接著，布洛克打開了後車門，他們看見了一個長滿荒草的圓頂狀土堆，大約三十公尺高、三十公尺寬，土堆下是一個地下建築。這個土堆顯然是人工堆起來的，是爲了掩蔽它下面的某種大型地下室或地下倉庫。土堆上挖了一個出入口，卡車就停在出入口前。布洛克已經把出入口的卷門拉起來，門上方寫著：「費米國家加速器實驗室粒子加速器微中子實驗。」

布洛克爬進貨車車廂，同時把手伸進上衣裡拔出了一把「博伊」刀，這把刀與賽門曾經架在約拿脖子上的那把一模一樣。這位前探員獰笑著走到史威夫一家前，大衛從堵著嘴的嗓子裡叫了一聲「不」，迅速挪動到兒子前面用自己的身體保護他，但是由於手腳都被綑著，他很難坐直身體，更談不上抵擋布洛克的攻擊。布洛克不停轉動手中的鋼刀，刀刃上反射出的寒光，帶給他們更加恐怖的印象。幾秒鐘後，他彎下腰割斷綁在大衛腳踝上的電線，對他說：「你乖乖的照我說的話去做，否則，我就宰了你兒子，明白嗎？」

布洛克接著一個個割斷了約拿、凱倫和莫妮卡踝上的電線，但並沒有理睬已經在一旁昏睡不醒的伊莉莎白。他一隻手拿著烏茲衝鋒槍，另一隻手揮舞著「博伊」刀，讓他們全部站起來，命令道：「下車，都到那個地下室去。」

他們的雙手仍然被綁在身後，一個個搖晃的跳下卡車，排成一行向打開的卷門走去。大衛忽然明白，這個傢伙是要把他們統統趕進一個隱蔽的地方，然後慢慢一個個殺掉他們。他的心臟緊張得狂跳不已，心想，他們必須立刻採取行動！但是布洛克緊緊跟在約拿身後，他的槍口一直對著孩子的頭，大衛根本不敢跨出行列半步。

他們走進了黑暗的屋子裡，裡面只有幾盞指示燈發出微弱的光亮。布洛克關上門，命令他們繼續往前走。在這個屋子的盡頭，是一個螺旋形樓梯，下方就是地下室。他們在黑暗中摸索著走下樓梯，大衛默默數著台階，一共三十級。接著，布洛克打開牆上的電燈開關，他們發現自己正站在一個平台上，下面有一個大型坑洞，中間放著一個巨大的球形儲藏槽，看上去就像放在杯子裡的一個高爾夫球。只不過，這個球的直徑約十二公尺大。鋼球的頂部是一個平面，正好與他們所在的平台一樣高。頂部中間有一個圓形的蓋板，看起來像一個巨大的蓋子。大衛看著眼前的儲藏槽，突然意識到他在《美國科學人》雜誌上讀到過關於這裡的介紹，這是爲了研究微中子而進行的實驗的一部分。由於微中子是一種非常難以捉摸的粒子，所以研究人員需要一個非常巨大的探測器才能發現它們。這個儲藏槽裡面裝有二十五萬加侖（注）的礦物油。

布洛克對他們吼叫：「都給我坐下！背靠在牆上！」

他們戰戰兢兢的坐在地上，大衛想：這個混蛋馬上就要開槍射擊了。布洛克向他們靠近，端起槍開始仔細瞄準。莫妮卡緊緊倚靠在大衛身上，約拿把頭埋進母親的懷裡，凱倫則閉上眼睛，彎著上身護著兒子。但是布洛克並沒有扣動扳機，他放下槍，走到大衛面前，一把扯掉堵在大衛嘴裡的布團，然後一揚手把它扔到了地下室的另一頭，他對他說：「好啦，可以開始了。我們還有一些正事沒做。」

注 25萬加侖約合113.65萬公升。

布洛克又一次露出猙獰的笑容，顯然十分享受這個恐怖的時刻。他不打算立刻就把他們幹掉，他要把這個過程盡量延長。他對大衛說：「開始吧，史威夫，開始喊叫啊。想用多大的聲音都可以，反正我們在地下很深的地方，外面沒有人聽得見你的叫喊。」

大衛把嘴張開，接著又閉上，活動一下已經僵直的下顎肌肉。他推測布洛克恐怕不會容忍他長篇大論講下去，所以他的話必須簡短而迅速。他深深吸了幾口氣，然後直視著探員的眼睛說道：「你知道那台Tevatron那裡會發生什麼事嗎？你知道他們要做什麼嗎？」

「老實告訴你，我完全不在乎他們想幹什麼。」

「你在華盛頓特區有朋友、有親屬，所以你應該要在乎。你那位俄國同伴正準備炸掉整個城市。」

布洛克冷笑：「是眞的嗎？就像電影裡看到過的大爆炸那樣，一個巨大的蕈狀雲從地上慢慢升起？」

「不，他得到了最新的物理學理論。他要改變古普塔設定的微中子束的目標，爆炸的能量絲毫沒有改變，但結果卻完全不同。一旦爆炸發生，什麼白宮、五角大廈或聯邦調查局總部，將全部被毀滅。」

莫妮卡聽到這裡，大吃了一驚，她張大雙眼緊盯著大衛看，但是布洛克卻仍然得意的嘲笑著說：「等等，讓我猜猜看，你是唯一能夠阻止他的人，所以我必須放你走。這是你想說的嗎？」

「我想說的是，一旦你的同伴得逞，你也活不了多久。如果政府被消滅，很可能軍隊就會立刻控制整個國家，然後，他們下的第一道命令就是找到摧毀華盛頓的那些混蛋。你是不是計劃逃過邊界，然後消失得無影無蹤？死心吧。他們會對你們窮追不捨，直到把你們全部繩之以法。」

大衛竭盡全力表達嚴肅認真的語調，但是這個探員根本不買帳，反而表現出一副無比開心的樣子。他問：「這麼說，爆炸是由那個……你剛才叫它什麼？中粒子束？」

「微中子束。聽著，如果你不相信我的話，可以馬上去找古普塔教授，問他那是什麼——」

「好啊，我一定會去請教他。」布洛克哈哈笑出聲來，轉過頭去好奇的看著那個巨大的球形儲藏槽。他從容地走到儲藏槽的頂端，抬起腳在鋼製的蓋板上跺了幾腳。跺腳的聲音在地下室裡不斷迴響起來。他接著說：「這裡面裝的是什麼？是不是大量的微中子啊？」

大衛無可奈何的搖了搖頭。布洛克完全是一個木頭，他聽不懂，這樣下去是不會有結果的。他回答說：「那是礦物油。用來尋找粒子用的。」

「礦物油，是嗎？他們用這玩意到底要做什麼？」

「探測器利用含碳的透明液體尋找粒子，當微中子碰上碳原子時，它們會釋放閃光。但是你已經說了，誰會在乎呢？」

「礦物油是個好東西，還有其他用途，例如潤滑劑。這個你知道。」

布洛克一面說一面開始扳動蓋板四周的卡扣，很快便弄明白並且一一打開所有卡扣。接著，他用一隻腳在一個紅色按鈕上踩了一下，地下室裡立刻傳出電動馬達轉動的聲音，蓋板像一扇貝殼似的徐徐打開，露出一個按摩浴缸大小的口，下面裝滿清亮的液體。他低頭看著油槽說：「哇，看看這裡，這麼多油可以使用很久、很久一段時間哪。」

布洛克在開口邊上跪下來，把一根手指伸進礦物油裡沾了沾，然後站起來，把油光閃亮的手指舉在空中。他用眼睛盯著大衛，併攏手指搓了搓指上的礦物油說：「史威夫，我們倆還有一筆帳沒算到。在西維吉尼亞州的那間小木屋裡，你撞倒了我，把我的臉揍得不成人形。現在，我要回報你。」

大衛的喉部開始痙攣，呼吸變得十分困難。他努力吞嚥了幾次，勉強回答說：「衝著我來，不要傷害其他人。」

布洛克看看凱倫，接著又看看莫妮卡，礦物油順著他的手指滴下來。「不，我要連他們也一起對付。」

占據Tevatron的控制室簡直是輕而易舉，當賽門端著烏茲衝鋒槍，走進控制室的門口以後，那些坐在操作台前臉色憔悴的操作員們，全部從電腦螢幕上轉過頭，乖乖的把雙手舉過頭頂。古普塔教授的學生們立刻坐到操作台前，賽門則押著費米實驗室的員工們，來到不遠處的一個儲藏室裡，把他們全部反鎖在裡面。他召集來四個學生，每人發給一部無線通話器和一把烏茲衝鋒槍，讓他們充當哨兵。兩個人站在停車場上，另外兩個人則在通往對撞機束流隧道的入口處巡邏。按照賽門的計畫，如果發現其他員工到來，就埋伏起來再把他們制伏，同樣送進儲藏室裡關起來。這麼一來，至少有兩、三個小時的時間裡，當局都不可能知道這裡出了問題，讓古普塔和他的學生有足夠的準備時間，調整好Tevatron，開始他們的實驗。

教授站在控制室的正中央，像一位管弦樂隊的指揮一樣，不斷對學生們下達各種指令。他的雙眼掃視著密密麻麻的開關、電纜和螢幕，時刻注視著螢幕上出現的各式各樣的數據。每當他發現任何異常情況，就會立刻衝到對應的控制台前，命令台前的學生報告情況。他是如此神情專注，以至於眼角和額頭上的皺紋都繃緊，平滑的皮膚上也看不到老年人的皺褶和疲憊的痕跡。賽門不得不承認，古普塔的表現讓他印象十分深刻。到目前爲止，一切正按照計畫順利進行。

過了一會，一位學生高聲喊：「開始注入質子。」教授興奮的回應道：「做得好！」同時臉上的表情也稍微舒緩了一些。他回過頭微笑著看了看他那位呆頭呆腦的外孫，男孩正坐在控制室的一個角落裡，全神貫注的玩著「GameBoy」。接著，古普塔向後仰起頭，仍然微笑著盯著頭頂上的天花板。

賽門走到他跟前問：「我們有進展了嗎？」

古普塔點點頭說：「是的，相當快。我們的運氣不錯，到達這裡時，操作員們已經開始準備新的實驗所需要的粒子。」他重新掃視了一遍所有的電腦螢幕，繼續說：「現在，我們已經完成全部的調試準備，正開始從主注入器上把質子輸送到環形束流隧道之中（注）。我們必須輸入三十六個粒子束，每個粒子束包含二千億個質子。」

「還需要多久？」

「大約十分鐘。操作人員會把質子束均勻的注入環形束流隧道中，但是我們必須改變設置，

注 大型加速器一般需要分爲幾個階段來加速質子，此處「主注入器」，「環形束流隧道」，以及先前提到的「質子推進器」等，爲不同階段的設備。質子最後在環形束流隧道中達到最高的能量，而進行碰撞。

才能形成球面對撞模式。我們已經對環形束流隧道上的部分磁鐵進行了修改，為質子束團創造出合適的幾何環境。我們帶來的木箱裡的設備就是為了這個目的。」

「這麼說，十分鐘後對撞就可以開始了？」

「還不行。質子輸送完畢後，還要注入反質子，這才是整個程式中最困難的步驟，所以需要更多的時間，也許要二十分鐘吧。我們必須十分仔細，否者會導致失超。」

「失超？什麼是失超？」

「失超是我們必須不惜一切代價加以避免的情況。引導粒子運行的磁鐵具有超導性，也就是說它們必須被冷卻到華氏零下四百五十度時才能正常工作。這台Tevatron的低溫裝置，透過向磁鐵線圈四周泵入液態氦，使磁鐵保持低溫。」

聽到這裡，賽門開始感到不安。他想起了汽車駛過束流隧道時，他曾經看到過的那些壓縮氦儲藏槽。他擔心的問道：「那麼，可能會出現什麼問題？」

「每個粒子束攜帶著一千萬焦耳的能量，如果我們設定的目標出現偏差，那麼粒子束就會直接穿透束流管。即使是一個十分微小的錯誤，也會導致粒子噴射到某個磁鐵上，使磁鐵中液態氦的溫度急劇升高。一旦溫度過高，液態氦就會轉變成氣態，使管道爆裂。這麼一來，磁鐵就會失去超導性能，電阻就會立刻使線圈融化。」

賽門皺起眉頭：「如果出現這種情況，還能夠修復它嗎？」

「有可能。但至少需要幾個小時的時間，而且重新校準束流線又需要好幾個小時。」

賽門想，眞該死，他早就該意識到這次行動的危險性，比起教授先前所說的要大上許多。他對古普塔說：「你早該告訴我這些問題。一旦政府發現我們在這裡，就會立刻派出突擊隊向我們發起攻擊，我可以抵擋他們一陣子，但是無法抵擋幾個小時！」

幾位學生聽到了他的話，轉過頭來緊張的看著他。古普塔信心十足的拍拍賽門的肩膀說：「我跟你說過，我們會非常小心的。我的學生都有操作粒子加速器的經驗，而且我們已經在電腦上模擬操過幾十次了。」

「那麼鎖定微中子標靶的問題呢？你什麼時候輸入爆炸點的座標位置？」

「注入反質子束的時候再輸入座標。微中子的運行軌跡將取決於發射的準確時間——」他突然停止說話，微微抬起頭，張著嘴巴，兩眼盲目看著空中。賽門擔心老頭是不是突然中風了，不過很快又看到他的臉上露出了微笑並且輕聲說：「你聽見了嗎？聽見了嗎？」

賽門側耳傾聽，果然聽到了一種低沉而急促的蜂鳴聲。

古普塔大聲說：「這說明質子正在束流管中循環運行！剛開始這種信號聲很低，隨著質子束變得越來越密集，聲音就會變得越來越尖銳！」教授的眼角流出了激動的淚水。「多麼榮耀的聲音！真是美妙啊，對吧？」

賽門點點頭。他覺得這就像心跳過快發出的不正常聲音，是心臟肌肉在臨死前最後的瘋狂抽搐。

布洛克向凱倫和約拿走去，大衛立刻做出最後的努力，用盡全力扭動雙手，企圖掙開電線的束縛，結果電線只是更深的勒進了手腕的皮肉裡。儘管昨天晚上在貨車車廂裡，他一直在努力掙扎，電線也確實已經鬆了幾公分，但他的手還是無法掙脫出來。當布洛克步步逼近時，凱倫彎下腰把約拿緊緊壓在自己身下，整個身體就像球一樣蜷縮在一起。見此情景，大衛絕望的大叫起來。布洛克來到凱倫面前，彎下腰從後面一把抓住她的脖子，準備把她從孩子身邊拖走。就在此時大衛站了起來，不顧一切的向他們撞了過去。

他唯一的武器就是他身體的衝擊力。他壓低右肩，身體像一把攻城錘一樣，以幾乎與地面平行的姿勢向探員衝過去。但是，布洛克早就看見他的行動，閃身退到一旁，並抬起一隻腳橫在大衛的腳前。大衛失去平衡，整個身體向前撲出去。由於手被綁在身後，無法撐住自己的身體，他臉朝下重重的摔到地上，額頭撞上水泥地面，鼻血湧出來流進嘴裡。

布洛克得意的笑道：「很漂亮的一跳嘛，你這個白癡！」

整個房間在大衛眼前旋轉起來，接著變成一片黑暗。幾秒鐘後他睜開眼睛，正好看到莫妮卡也向探員衝去，結果同樣悲慘。布洛克在她衝到面前時一揮拳，狠狠打在她的胸前，她跌跌撞撞的退幾步倒在地上。布洛克又一次狂笑起來，臉上瘀青處以外的皮膚都漲得通紅，眼睛裡流露出洋洋得意的光芒。他低頭看著莫妮卡，把烏茲衝鋒槍交到左手裡，右手伸進褲子口袋。大衛以爲他會拿出另外一件武器，例如一把彈簧刀、一根絞繩或者指節銅環，但是布洛克的手並沒有馬上抽出來，而是在口袋裡慢慢上下移動。這個混蛋竟然在自慰！

突然，布洛克轉身走到礦物油儲藏槽上。他把烏茲衝鋒槍背在肩上，然後蹲下來把雙手伸進礦物油裡，一邊高聲叫：「史威夫，再來啊！你還能繼續打嗎？還是你寧願坐在那兒袖手旁觀？」

大衛咬緊牙關，告訴自己站起來，一定要站起來！他掙扎著站了起來，搖搖晃晃向布洛克走去，感覺就像電影裡的慢動作一樣。布洛克再次側身，順勢抓住了大衛的手腕，然後用力一甩，讓他面對自己並把他按到地上跪著。布洛克的手油滑而冰涼，他對大衛悄聲說：「那個黑鬼會很開心的，不過你老婆更過癮。我會拿掉她嘴裡的布，讓你聽聽她的叫聲。」

布洛克一掌把他推倒，大衛的頭又一次撞到地上，腦袋一陣劇痛。但是他並沒有昏迷，他以最頑強的意志力保持大腦的清醒，同時指甲用力刺入手心，牙齒緊緊咬住下唇，直到嘴唇咬破，流出了血。

大衛頭暈目眩的坐在地上，既想嘔吐又感到無比恐懼。他看著布洛克抓住凱倫，強行把她從約拿身邊拖開，一直把她拖到了鋼製的儲藏槽上。接著，布洛克扯下堵在凱倫口中的布團，大衛聽見了她發出微弱的抽泣聲，這比任何尖叫都更讓他感到撕心裂肺的痛苦，使他變得幾近瘋狂。他用手撐著地面，試圖讓自己站起來。綑著他雙手的電線剛才被布洛克無意中抹上了礦物油，這次的掙扎竟使他的右手突然從束縛中掙脫。

大衛一下子愣住，但他仍然把手背在身後，坐在原地靜待了幾秒。就在這一瞬間，他頭中的眩暈突然消失，大腦異常清醒，又可以思考了。他清楚意識到自己虛弱的身體無法和布洛克硬拚，如果去搶奪烏茲衝鋒槍，布洛克只需一手就能把他推到一邊，然後便會朝他開槍射擊。這次，他一出手就必須使布洛克喪失行動能力。突然間，他急中生智，想到一個可行的方法。他悄悄把手伸進褲子後面的口袋裡，抓住放在裡面的打火機。這是他從派克探員橘紅色的外套裡拿到的那個打火機。

大衛假裝雙手仍被綑在身後，搖搖晃晃的站起身來。布洛克獰笑著放開凱倫，一步跨過她的身體，舒展一下肩膀，做好打鬥的準備。他叫道：「來啊，大個子！讓我看看你還有什麼能耐！」

這次大衛沒有衝過去，而是步履蹣跚的往前移動，最後站在探員的面前。布洛克搖搖頭露出失望的表情，接著說：「知道嗎？你看上去很糟糕，就像……」

大衛撥動點火器，同時迅速把點燃的打火機伸到布洛克的眼前。布洛克慌忙舉起雙手招架，企圖擋住大衛的拳頭，頃刻間，他那沾滿礦物油的雙手便點燃了。

大衛雙手立刻抓住布洛克的腰，使出最後的力氣把他向後推。布洛克瘋狂的揮舞著雙手，但結果卻是更加劇了火的燃燒。大衛推著他默默數著：兩步、三步、四步，最後一把將布洛克推進了礦物油儲藏槽中。

布洛克的手一接觸到油體的表面，整個儲藏槽頓時燃起熊熊的火焰。即使沒有燃燒的火焰，布洛克也必死無疑。他像塊石頭一樣立刻沉了下去，從大衛的視線中消失。礦物油不僅極易燃燒，而且密度和浮力皆比水小；人體的絕大部分是由水構成的，因此不可能在任何密度比水小的液體中浮起。大衛雖然早就把在學校學的物理知識忘得差不多了，但幸運的是，關於這件事他卻剛好一直記得很清楚。

控制室裡的聲音已經不再像心臟跳動的聲音，束流管中傳來的聲音不斷升高，每一次蜂鳴聲都是尖銳的嘶鳴，像是警報器發出的急促音頻，彷彿在警告著機器就要崩潰了。然而，古普塔看來並不在乎，他再次仰起頭看著天花板，然後再低下頭轉身面對賽門，張著嘴、滿臉洋溢著難以抑制的狂喜笑容。他宣布：「我只要聽加速器發出的聲音就知道，質子已經全部進入迴圈隧道了。」

賽門覺得這眞是太好了，那麼，現在就讓我們把該做的事情做完吧。他問：「這麼說，我們可以輸入目標的座標資料了？」

「是的，那就是下一步要做的。然後，我們就把反質子輸入對撞機。」

教授向一個控制台走去，台前坐著來自橡樹嶺國家實驗室的兩位蒼白、戴著眼鏡的物理學家——理查．陳和斯科特．柯林斯基。就在古普塔正準備向他們發布指令的時候，賽門抓住了教授的手臂，同時用槍對準了他的前額。他對教授命令說：「等等！我們要做一點小小的調整。我這裡有爆炸目標的新座標。」

古普塔被搞糊塗了，張大嘴看了他一會，然後問：「你在做什麼？把你的手從我身上拿開！」

理查、斯科特和其他所有學生都驚訝的回過頭看著他們，當他們看到賽門的舉動後，其中幾個人立刻站了起來。但是賽門並不擔心，控制室裡除了自己之外，誰也沒有武器。他鎭定的警告他們說：「如果你們在乎教授的生命，那麼，我建議你們全部坐下。」爲了強調他說的話，他同時把槍口頂上了古普塔的太陽穴。

學生們紛紛順從的坐回自己的椅子上。

「妳已經不為我工作了，為什麼還要打電話給我？」

露西爾發現她幾乎聽不出聯邦調查局局長那熟悉的音調，電話耳機裡傳來的聲音模糊不清。

她重複道：「長官，我得到了一些新的——」

「別說了，我不想聽！妳現在已經退休了，把妳的佩槍和徽章繳回，然後離開這座大樓吧。」

「長官，求求您聽我說！我剛剛發現了一個手機號碼，很可能屬於我們中間的一個——」

「不，妳聽我說！派克，就是因為妳，我剛剛丟掉了我的工作！副總統已經選好接替我的人，而且已經把這個人的名字透露給福克斯新聞頻道！」

她深吸了一口氣，現在要讓他認真聽自己說話，就只有迅速把一切都和盤托出。於是她說：

「這個嫌疑犯可能正與阿米爾．古普塔勾結在一起，他的電話號碼是以喬治．奧斯蒙德這個外國人的名字註冊的。所用的身分證件都是偽造，住家地址也是假的。根據蜂窩電話公司的紀錄，過去兩個星期裡他每天開機一次，接收古普塔打來的電話，通話後立刻關機。但是，我認為奧斯蒙德先生犯了一個錯誤，那就是今天凌晨一點他打開手機後就一直沒有關機，因此一直為我們留下了他的行蹤。」

「妳知道嗎？露西，這已經不再是我該煩惱的問題了。從今天下午開始，我已經完全脫離國家公共事務的領域。」

「我從電話公司得到了這個手機位置移動的全部紀錄，看來嫌疑犯沿著次要公路移動到了伊利諾州的巴塔維亞，而他現在仍然在那裡，就在費米國家——」

「聽著，妳幹嘛跟我說這些？妳應該告訴國防部。現在是他們在負責這個案子。」

「我試過了，長官，但是他們不願意聽！國防情報局的那群傻瓜反覆跟我說，他們不需要任何人的幫助！」

「那麼，就讓他們把電話掛斷吧！讓他們統統下地獄！」

「長官，您只要——」

「不！我已經玩完了。去他的五角大廈，去他的白宮，也去他的美國政府！」

「但是，您只需要——」

話筒中傳來咔的一聲，聯邦調查局局長掛斷了她的電話。

大衛帶著凱倫、約拿和莫妮卡走出地下實驗室，回到了卡車旁。雖然實驗室裡安裝的自動噴水滅火系統已經迅速撲滅了儲藏槽中的大火，但是他們仍然迫不及待離開地下室。出來後，大衛立刻幫他們解開了手上的電線，凱倫和約拿立刻投入他的懷抱，三個人擁抱在一起，放聲哭泣，莫妮卡卻轉身重新跑進地下實驗室。

大衛大聲喊道：「等等，妳要去哪？」

「我們必須找到電話！他們搶走了我們的手機！」

大衛輕輕的從前妻和兒子的手中掙脫出來，轉身走進實驗室的入口。實驗室裡，莫妮卡從一台電腦跑向另一台電腦，尋找一部有線電話。她焦急地叫喊道：「天啊！這裡的電話在哪裡？他們在這裡安裝了上百萬美元的設備，卻沒有安裝一部電話！」

大衛仍然站在入口，不願意再踏進實驗室一步。他催促莫妮卡說：「我們走吧。那個俄國混蛋隨時都可能搬救兵來。」

莫妮卡搖搖頭，回答說：「我們首先必須打電話求救。古普塔已經做好了時空爆炸的一切準備，如果他們現在把華盛頓當作目標，就會……哇，這是什麼？」她用手指著離入口處不遠牆上的一塊金屬嵌板問道。「是內部通話系統嗎？」

大衛極不情願的走進房間裡，就近看看牆上的東西。它看起來確實很像一個內部通話裝置，在一個擴音器的護柵下面，有一排彩色的按鈕，上面分別寫著「控制室」、「推進器」、「注入器」、「Tevatron」和「對撞大樓」。大衛立刻警告：「千萬別碰『控制室』的按鈕，古普塔很可能就在那裡。」

莫妮卡回答：「也許，我們可以接通他們還沒有搶占的某個辦公室。只要能找到一個對撞機的工程師，還有可能說服他切斷整個對撞機的電源。」她仔細研究了那一排按鈕，然後按下那個標有「Tevatron」的按鈕，對著擴音器喊：「喂、喂？」

沒有人答覆。但是，大衛豎起耳朵傾聽從嵌板上傳出的聲音，那是一種快速而尖銳的蜂鳴聲。

莫妮卡也聽到那種聲音，低聲說：「該死！我知道這是什麼聲音。」她一把抓住大衛的手臂穩住自己。「質子束已經初步準備完畢了。」

「什麼？妳是說——」

「沒時間了，來不及了！」她拉著他向出口處跑去。「我們還有十分鐘，最多十五分鐘。」

她跑到卡車前，伸手抓住駕駛座側的車門把手。但糟糕的是，車門已經鎖上，車鑰匙很可能還在布洛克的口袋裡，現在正和他躺在礦物油儲藏罐的底部。她絕望的叫著：「該死！我們只好跑過去了！」

「哪裡？我們要跑去哪裡？」

「去束流隧道！這邊！」

莫妮卡說著拔腿就跑，直奔南邊的Tevatron束流隧道而去，大衛轉身幾步跑到凱倫面前，她正跪在約拿身邊摟著孩子。要把他們母子丟在一邊，大衛心裡感到十分不安，然而對撞機那邊正在發生的事情卻更讓人不寒而慄。他向凱倫解釋：「我們必須暫時分開一下，妳和約拿要立刻以最快的速度離開這裡。」他指指通向北邊一條大約二百公尺長的行人步道。「你們只要看到任何警衛或者警察，立刻告訴他們束流隧道著火了，要他們馬上切斷電源，明白嗎？」

凱倫點點頭。大衛驚訝的發現，她表現得十分鎮定。她抓起他的手捏了捏，然後把他朝束流隧道的方向一推，催促著說：「快去，大衛，不然就來不及了。」

賽門拿起對講機呼叫布洛克，叫了半天始終沒有回答，他感到不解。於是，他又呼叫了三

次，但是除了靜電發出的雜音之外，仍然沒有答覆。他心想，一個拿著烏茲衝鋒槍的男人，難道會被幾個綁住雙手、堵著嘴巴的人質制服嗎？這是很難想像的事。然而，情況似乎正是如此。

他手中的槍始終指著古普塔教授，控制室裡的學生們一面監視著對撞機的運轉情況，一面根據賽門的新座標調整著質子和反質子束的運行軌跡，使其與新目標一致。大約十分鐘後，粒子束即將準備就緒，再經過兩分鐘的加速，質子和反質子將開始對撞。如果史威夫和雷納多真的逃脫了布洛克的控制，他們極有可能直奔束流隧道而去，設法中止整個實驗。現在，他必須做出一個十分艱難的選擇：出去解決他們還是繼續守在控制室裡？

經過幾秒鐘的考慮，他用烏茲衝鋒槍抵著古普塔的腦袋，命令他向前走。老教授嚇壞了，根本無法自行站起。賽門抓住他的衣領把他拎起來，然後對學生們警告說：「我和古普塔教授要去另一個地方檢查實驗的進展，沒有多遠。我希望所有人都要嚴格遵照我的命令執行，一旦我發現這次的展示失敗，就會以你們難以想像的方式立刻殺掉你們的教授，然後再回到這裡把你們一個個全殺光。」

學生們紛紛點頭，接著轉過頭去繼續監視著各自的電腦螢幕。他們都是些軟弱的書生，早已嚇得魂飛魄散、畏縮不前，賽門很有把握他們一定會照他的命令去做。他走到控制室後方，打開裝著束流管入口處鑰匙的櫥櫃。教授愚蠢的外孫瞪著他們看了一會兒，根本不懂發生什麼事。當賽門拉著教授走出控制室的門口之後，男孩再次低下頭，注意力重新回到了「GameBoy」上。

從地下實驗室到Tevatron有八百公尺遠。大衛和莫妮卡沿著一條柏油路奔跑了幾百公尺，接著又衝過一片泥濘的空地。然後，他們就看見了那條束流隧道上方的屋脊，上頭長滿了野草，同時還看到了一幢以煤灰磚修建的低矮建築，入口處不是普通的木門，而是一個用鐵絲網做成的大門。建築附近沒有停放任何車輛，也看不到任何人。

莫妮卡指著那座建築說：「那就是隧道的入口之一，叫『F2號』入口。」

大衛看了一眼，上氣不接下氣的說：「該死！大門可能鎖上了，我們怎麼進得去？」

她回答說：「用消防斧頭把它砸開。每個入口都有這些工具，是爲了防止隧道中出現緊急情況而準備的。我記得，上一次在這裡做實驗時曾經看到過那些工具。」

「那麼，關閉質子束運行的控制板又在哪裡？妳還記得具體的位置嗎？」

「在隧道裡面，都是手動開關。但古普塔可能已經切斷了它們與整個對撞機的聯繫。我敢打賭，這肯定是他首先做的事情之一。」

他們跑過最後一段路，終於來到煤灰磚建築的前面，並很快找到固定在外牆上的防火箱。莫妮卡取下斧頭衝到大門前。透過鐵絲網，大衛看到一條通向隧道內的樓梯，他抓住莫妮卡的手肘說：「等等！如果開關已經被切斷了，妳要怎麼讓加速器停止運轉呢？」

莫妮卡舉起手中的斧頭說：「就用這個。只要在束流管上劈開一道裂縫，加速器就毀了。」

「但是，如果質子束正在隧道裡高速運行，就會立刻從切口處噴射出來，濺得到處都是！妳全身都會沾滿放射性物質！」

她沉著臉點點頭說：「所以你必須留在地面上，待在這裡守住入口。兩個人都被放射物質灼傷是毫無意義的。」

大衛緊緊抓著她的手肘，焦急的說：「那就讓我來；我下去，妳留下。」她的眉毛擰在一起，兩眼緊瞪著他，彷彿他的話愚蠢透頂：「眞是胡說八道。你有孩子，有一個家庭，而我是孤身一人。這個計算很簡單。」她一揚手掙脫了大衛，穩穩站到了大門前。

「不，等等！也許我們可以——」

她把斧頭舉過頭頂，就在她正要向門上的鎖砍下去的時候，只聽到一聲槍響，莫妮卡被子彈擊中。他看見鮮血從她的腰部噴出來，就在腰帶的上方。她噢的叫了一聲，斧頭從手中滑落，身體向下跌倒。大衛趕緊伸出雙手抱住她的肩膀，並迅速把她拖到建築物的一個角落裡。他大聲叫著：「天啊！莫妮卡！」

她的臉因疼痛而變形，一隻手緊緊抓住大衛的衣袖。大衛把她放到地上，掀起襯衣下擺，發現子彈從她的左腹部射入，穿過腹腔從右邊射出，兩個彈孔都在流血。她喘息問：「該死！怎麼回事？」

大衛探出頭向外窺視，發現大約五十公尺之外有另外一座煤灰磚建築物，牆邊站著古普塔的兩位學生。雖然他們手裡都拿著烏茲衝鋒槍，但是都傻傻的站著，顯然因爲第一次向人開槍而嚇壞了。這時，其中一人拿起通話器開始講話。

大衛回頭對莫妮卡說：「有兩個人，應該還會有更多的人來。」他在她身邊跪下，一隻手放到她的後背下方，另一隻手放到她的膝關節下面，試著把她抱起來。他對她說：「我馬上帶妳離開這裡。」但是，莫妮卡立刻發出痛苦的尖叫，一道鮮血從子彈出口湧出，浸濕了大衛的褲子。

她呻吟著說：「把我放下來，放下來！現在只好由你來完成這件事了。從這裡往南八百公尺，還有另外一個入口。」

「不，我不能——」

「沒有時間爭論了！拿起斧頭快走！」

賽門曾經想過，只要離開控制室，到了人們聽不見聲音的地方，他就可以神不知鬼不覺的殺死這個老頭，但是轉念一想，又覺得不妨留他一命，讓他親眼看看這次實驗的結果，豈不是更有意思。於是，他把古普塔教授關進了對撞大樓的一間小儲藏室裡。

賽門剛剛離開，就收到負責巡邏束流隧道的兩個學生的呼叫。三分鐘後，他到達「F2號」隧道入口，看見兩個學生站在離雷納多十公尺之外，手中的衝鋒槍仍然顫抖對著顯然已經沒有還手之力的她。她仰面躺在血泊裡，雖然還活著，但已經奄奄一息。

賽門問：「只有她一個人在這裡嗎？有沒有看見其他人？」

兩人中的胖子搖搖頭，而瘦子顯得有些沒有把握，他用手擦去額頭上的汗水，把眼鏡朝鼻梁上推推說：「蓋瑞把她打倒後，我看到有人把她拖進了這個牆角，但是我沒看清他是誰。」

賽門立刻走到這個近視的傻瓜面前再問：「他往哪裡去了？」

「我不知道，後來再也沒有看到他。我當時正忙著向你報告，等我——」

賽門扣動扳機，讓這個傻瓜永遠安靜下來。緊接著他轉過身，又殺死了胖子蓋瑞。這些學生都是廢物，現在史威夫跑掉了，很可能正在接近另一個隧道入口，而賽門根本不知道在這個六點四公里長的環形隧道上，史威夫的目標到底是哪一個入口。他氣急敗壞的抬起腳，狠狠踏在他第一個射殺的瘦學生臉上，踩爛了屍體的眼鏡。

這時，受傷的女人發出痛苦的呻吟，斷斷續續的喊：「大……大……大衛。」她緊閉著雙眼，但是仍然神志清醒。賽門猜想，也許她知道史威夫在哪裡。

他從刀鞘中抽出他的戰鬥刀，心裡想著，要讓一個人遭受巨大的痛苦，最好先從手指開始。

凱倫帶著約拿沿著大衛指引的路一路狂奔，突然間，她看到三輛消防車和一輛紅白相間的吉普車向他們迎面駛來，她簡直不敢相信自己的好運氣。她用力揮動雙臂想讓他們停下，但是三輛消防車卻鳴著警笛從她身邊呼嘯而過。幸好那一輛車身上寫著「費米實驗室消防隊長」的吉普車終於停了下來，一個圓臉的禿頂男人微笑著從車窗裡探出頭來問：「女士，需要幫忙嗎？」

她喘了一口氣，說道：「失火了！束流隧道裡面失火了！你必須立刻切斷電源！」

消防隊長笑了笑，不慌不忙的說：「好、好，慢慢說。我們剛才已經接到了自動警報，知道微中子探測器那裡的自動噴水滅火系統啟動了。那些消防車正趕往那裡。」

「不！不！那裡的火已經撲滅了！你們必須趕到束流隧道裡去！你們必須趕在他們炸掉隧道之前切斷電源！」

隊長臉上的笑容略收，他打量凱倫一番，然後又看看仍在哭泣的約拿，再說：「抱歉，女士，妳有費米實驗室的訪客通行證嗎？」

「我沒有！我們是被他們用卡車帶到這裡來的！」

「那麼，妳沒有通行證就不能進入實驗室的範圍。妳必須……」

「天啊！一群恐怖分子已經控制了整個實驗室，而你還在擔心該死的通行證！」

消防隊長徹底收起臉上的笑容，把吉普車停好，然後打開車門，他對凱倫說：「女士，妳已經犯法了。我認爲，妳最好跟我到……」

凱倫一把抓住約拿的手，拔腿快速逃跑。

大衛沿著束流隧道地面上的弧形建築穿過一片橡樹林，樹林爲他提供了良好的掩護。他已經不停的奔跑了數百公尺，一直沒有回頭看在「F2」入口處的莫妮卡。在這個距離之外，他大概也看不見她了，但是他仍然不回頭，因爲他必須排除一切雜念，一心一意直奔束流管。

他拿著斧頭跑到了「E0」入口處，這裡與他剛剛離開的「F2」入口一樣，也是一模一樣用煤灰磚修建的矮房。入口處旁邊停著一輛寬大的黃色電動車，大概是用來運送維修工人，或者把設備從一個入口運送到另一個入口。由於現在是清晨時分，四周還看不到任何工人的身影。大衛的耳朵裡只聽得見天堂鳥歡快的鳴叫，以及從入口處樓梯下的束流隧道中傳出的輕微蜂鳴聲。

他迅速觀察一下樓梯口的這扇大門，門上拴著鐵鏈，鐵鏈上鎖著一把安全鎖。不過，看來那條鐵鏈是便宜貨，並不粗壯。大衛像握球棒那樣雙手抓住斧頭的手柄，試著揮舞了兩下，然後盡量把它舉過頭頂，用斧頭的利刃狠狠向鐵鏈砍下去。巨大的衝擊力震得他雙手疼痛，差點掉了斧頭。但是，當他看向鐵鏈時，卻驚喜的發現它已經斷成兩截。

他立刻打開大門，衝下樓梯。但是在樓梯的盡頭，他不得不再次停下腳步——另一扇鎖著的門擋住了進入隧道的入口。透過門上的鐵柵欄，他已經清楚看到隧道裡的束流管，長長的弧形管道呈銀灰色，鋪設在離地面大約三十公分高的地方。他在《美國科學人》雜誌上讀過有關束流管的介紹。絕大部分的束流管上都包裹著超導磁鐵，它們像一條巨大項鍊上的珠子一樣，布滿整個管道，只不過這些磁鐵每個長達六公尺，形狀酷似一口碩大的棺材。磁鐵的作用是約束質子和反質子，使它們緊緊擠在一起，以束團的方式在鋼製的束流管中運行。只需要撥動一個小小的開關，這些磁鐵就會把質子束和反質子束拉近，從而實現創世紀時的情景。

和第一道門比起來，第二道門顯然是一個更加難以跨越的障礙。門柱上的兩根門栓把大門牢牢鎖住。他揮起斧頭向門栓砍去，結果連一個凹洞都沒砍出來。於是，他轉向門中間的柵欄再砍，一陣金屬碰撞的聲音過後，柵欄同樣沒有任何損壞。他知道，門洞過於狹小，他無法充分舉起斧頭，使出全部的力氣，這也是劈不開這道門的原因之一。絕望之下，大衛再次向門栓砍去，結果斧頭的手柄卻斷了。他罵了一聲「該死」，氣急敗壞的用木頭手柄用力敲打鐵門。眼睜睜的看著離他一步之遙的束流管，卻再也無法靠近它。

大衛已經無計可施，只好跑上樓梯回到入口處。雖然他很有可能可以在大門附近再找到另一把斧頭，但是他知道那已經沒有任何幫助。也許再用斧頭不斷的砍半小時或一小時，有可能在門上鑿出一個裂口，但是他最多只有幾分鐘的時間。他來到大門外，焦急的環顧四周，尋找可以擺脫困境的工具，希望能夠發現一把鑰匙、一把鋼鋸或者一管炸藥。這時，他的眼光落在了那輛黃色電動車上。

幸運的是，大衛只按下了啓動鈕，電動車就發動了。他立刻坐到駕駛員的位置上，電動車對準隧道入口處駛去，據他估計，門洞的寬度剛好可以容得下這輛電動車。他一腳把電力踏板踩到底，使它迅速加速到約每小時三十多公里的速度。接著，他迅速跳下動車，看著它傾斜著衝下了樓梯。

巨大的撞擊聲爲大衛帶來了希望，他衝下樓梯，發現黃色電動車已經衝破鐵門，卡在一堆扭曲的柵欄中間，車頭已經伸入隧道裡，而車尾剛好露在鐵門外。由於電力踏板被卡住了，所以電動車的引擎仍然在轟鳴，兩個後輪不停瘋狂轉動。大衛費力的從電動車的底盤下擠過去，終於爬過了柵欄的裂口。

他一直爬到隧道內的水泥地上，電動車車燈上破碎的玻璃散落得到處都是。不過，束流管看來並沒有受到損壞，大衛在離它不遠的地方發現了控制板。他迅速念了一句祈禱文，打開蓋板，然後拉下了手動電閘。但是，機器並沒有任何反應，超導磁鐵包裹下的束流管仍然發出穩定的蜂鳴聲。莫妮卡的推測是對的，古普塔早就切斷了這些開關與主機的聯繫。

大衛已經別無選擇，他從地上撿起一塊殘片，那是一根從柵欄上撞下來的鋼條。他發現，超導磁鐵的線圈外面都裝有由粗鋼條做成的防護罩，根本不可能破壞，而對撞機的所有電源線都安裝在隧道高高的拱頂上，也接觸不到。沒有別的辦法了，要讓Tevatron停下來，只能設法砸破束流管。他不得不持續敲打束流管，希望打破它來擾亂質子束的運行方向。這樣一來，他全身上下就會遭到上百萬億個微小粒子的撞擊。大衛的眼睛開始刺痛，心想：就這樣吧，至少痛苦不會太久。

他揉揉眼睛，默念著：「約拿，再見了。」接著，他把鋼條高高的舉起。他走到兩個超導磁鐵中間的那段束流管前時，發現束流管上方還有另外一根管子，管子上印著黑色的大寫字母「HE」（注），是用來向磁鐵輸送超低溫液態氦的。液態氦使磁鐵上的鈦線圈保持足夠的低溫，使電流能夠在沒有任何阻力的情況下通過，使磁鐵實現超導性能。大衛盯著管子看了看，突然想到可以用另一種辦法讓質子束停下來。

他要在這根氦管上砸出一條裂縫，液態氦一旦遇到空氣就會立刻蒸發逃逸，磁鐵就會因過熱而失去超導性，整個Tevatron便會自動停止。於是，他調整握住鋼條的雙手，以最大幅度舉起鋼條，瞄準氦管上的黑色字母直接砸了下去。響亮的敲擊聲在隧道中迴蕩著，這一擊在管子上砸出了一道大約三公分寬的凹槽，但是管子並沒有破裂。他在同一個地方又砸了一次，凹槽變得更寬、更深了。他第三次舉起鋼條，心裡想著：再敲它一次就會破裂了。就在這個時候，有人突然從他手中一把奪走了鋼條，同時一巴掌狠狠的把他從束流管前推到一旁。

大衛一頭撞上隧道的水泥牆。他並沒有看到攻擊他的人是誰，當他扭著身體躺在地上時，耳邊傳來那個他已經十分熟悉的聲音。

「史威夫博士，再次見面了。你的同事雷納多博士真是個熱心的人，多虧她告訴我你在這裡。而我只不過是切掉了她的兩根手指而已。」

「沒有，女士，這裡什麼事也沒有發生。實驗室這邊是個晴朗的好天氣，華氏七十五度，而且天空中沒有一絲雲彩。」

說話的人叫亞當．榮卡，是費米實驗室安全部的部長，一口歡樂的芝加哥口音。露西爾一面聽著亞當在電話中喋喋不休介紹天氣，一面想像這個人的長相會是什麼樣子：矮壯的身材，紅潤的臉色，中年人；一個性情溫和的傢伙，找到一份不需要艱苦奮鬥的工作。她問：「今天有沒有事故報告？在過去的幾個小時裡，有沒有出現過任何異常情況？」

「嗯，讓我看看。」他停頓了一下，露西爾聽見他翻動紙頁的聲音。他接著說：「凌晨四點十二分，西大門的門衛看見樹林裡有動靜，後來發現那是一隻狐狸。六點二十八分，消防部收到微中子探測器房裡發出的火警，已出動前往現場。」

「你是說有一次警報嗎？」

「很有可能沒發生任何問題，因爲最近一段時間裡，那裡的自動噴水滅火系統總是出毛病。那該死的玩意不斷發出……」一陣靜電干擾的聲音打斷了他的話，然後他接著說：「呃，對不起，派克探員，消防隊隊長在呼叫我。」

注 英文「helium」的簡寫，即「氦」。

露西爾大聲叫：「等等！」但是，他已經放下了話筒，讓她在線上等著。她無可奈何的坐著，指甲敲打著桌面，兩眼緊盯著喬治．奥斯蒙德的追蹤紀錄，幾乎一分鐘之久。費米實驗室不像一般恐怖分子的目標，因爲那裡的實驗室並沒有參與任何武器的設計，而且連放射性物質也非常少。不過，讓奥斯蒙德先生感興趣的，也許是別的什麼東西。

榮卡終於拿起了話筒，說：「很抱歉，女士，消防隊長剛才需要我提供一點幫助。那麼，妳說……」

「他爲什麼需要你的幫助？」

「哦，他發現了兩個私自闖入實驗室管轄區的人，一個瘋女人和她的兒子。這種事情現在發生的頻率比我們想像的要多。」

露西爾的手緊緊握住電話聽筒，腦子裡立刻想到了兩天前突然失蹤的史威夫前妻和他們的兒子，於是問：「這個女人大約三十四、五歲，金髮碧眼，身高大約一百七十公分；那位男孩約七歲大，對嗎？」

「嘿，妳怎麼知道？」

「榮卡，你仔細聽好了。這是一次恐怖分子策劃的襲擊行動。你必須立刻把整個實驗室封鎖起來。」

「喂，妳等等，我不能……」

「聽著，我認識聯邦調查局芝加哥分局的局長，我馬上就打電話給他，讓他派一些探員過去。你只需要確保不讓任何人離開實驗室區域。」

古普塔教授清楚知道他現在所在的位置，這一間儲藏室離費米實驗室「皇冠上的寶石」——對撞機探測器（注）不遠。當他背靠牆壁坐在地上之後，可以清楚聽見監測儀發出輕微的轟鳴聲，並感覺到地面的微微震動。

這台探測器的外型就像一個巨大的輪盤，高度超過十公尺，束流管道像一根車軸一樣從輪盤中心穿過。這個輪盤的中心點，就是質子和反質子相互撞擊的地方。在這個點以外的同心圓上，安裝著漂移室、量能器、粒子計數器等各種各樣的儀器。當Tevatron進行正常的科學實驗時，這些儀器將監測到在高能撞擊下噴射出的各種不同的夸克、介子和光子的軌跡。但是，今天的實驗不會有任何粒子從這個輪盤的中心撞擊點噴射出來，因爲撞擊將在這個宇宙中撕開一個洞，讓惰性微中子逃入額外維度空間之中，而在它們呼嘯著重新回到這個時空中前，地球上的任何儀器都無法探測到它們的存在。古普塔剛才已經偷聽到賽門交給學生的新目標座標資料，所以他可以推測出惰性微中子重新進入這個時空中的具體位置，大約是在往東一千公里的地方，也就是東海岸的某一個點上。

教授低下頭呆呆望著地面，心想這不能怪他，他從來沒有想過要傷害任何一個人。當然，從

注 Collider Detector，簡稱CDF，CDF是Tevatron上的兩個主要的探測器之一。CDF是一九九〇年以來世界上最重要的粒子物理探測器之一，一九九五年頂夸克就是在CDF被發現。

一開始他就知道，有些人必須爲此做出犧牲；他也承認，爲了得到統一場論，賽門會對克萊曼、布歇和麥唐納施加一點壓力。但是，這些都是不可避免的犧牲。當那些方程式到了他的手裡以後，他一直在努力避免任何形式的暴力行爲，因爲這些行爲會爲他公開展示統一理論時留下難看的污點。他發出的命令不能得到正確的執行，這同樣不能歸罪於他本人。問題之所以會發生，完全是因爲人性的乖僻所造成的。那個俄國傭兵一直都在欺騙他。

古普塔坐在黑暗中爲自己辯護著，突然聽到一種新的聲音，一種來自遠處的搏動。這種聲音是由超導射頻系統發出的，表示它正在生成一個震盪射頻場，以加速質子和反質子的運行速度(注)。粒子每秒鐘沿環形隧道運行五萬圈，每運行一圈，射頻系統都會再次增加對它們的推動力。如此一來，在不到兩分鐘的時間裡，質子和反質子束團就能達到其需求的高能量，而超導磁鐵就會把反向運動的正反質子束彼此瞄準。教授抬起頭仔細地聆聽，雖然他不可能聽到時空被撕裂的聲音，但實驗是否成功，他很快就能知道。

大衛仰面躺在束流隧道的地上，賽門站在他身邊，一隻腳用力踩在他的胸口，使他感到呼吸困難卻又無法起身。大衛頭暈目眩、呼吸急促，費力抓住賽門的皮靴，想把它從自己身上扳開。但是這個傭兵反而更用力往下踩，皮靴的後跟無情戳刺著他的胸骨。爲了保險起見，賽門同時把槍對準了他的前額，但似乎並不準備立刻開槍，大概是擔心反彈的子彈可能擊中束流管，或者他希望慢慢把他折磨致死。當他轉動腳跟使勁壓迫大衛的胸腔時，超導磁鐵發出的蜂鳴聲開始增大，隧道的地面也震動起來。

賽門汗水淋漓的臉上頓時露出了得意的笑容，他對大衛說：「聽到了嗎？這是在爲粒子加速了，最後的一步。只剩下兩分鐘了。」

大衛扭動身體、踢打雙腳，同時揮舞拳頭向賽門的腿上狂打，但是這個混蛋根本不爲所動，他極度亢奮又紋風不動的站在那裡，嘴巴半開，兩眼緊緊盯著被他踩在腳下的受害者。很快，大衛的掙扎開始變得軟弱無力，腦袋裡脈衝似的疼痛，鮮血不斷的從臉上的傷口流出來。他開始哭泣，這是痛苦和絕望的哭喊。這是他的錯，從頭到尾都是他該死的錯，是他自以爲可以不顧後果而一睹統一理論的眞貌，現在，他要爲自己的狂妄自大而受到懲罰，他不該如此輕率，企圖窺視上帝的意念。

賽門得意的點頭說：「痛苦啊，是嗎？但是你的痛苦才幾秒鐘，而我卻痛苦的活了好幾年。」

大衛胸上的壓力使他困難的呼吸著。他告訴自己，即使他已經沒有任何希望，他也要與這個人渣戰鬥到底。他喘息著罵著：「你這個畜生！你是不要臉的懦夫！」

傭兵哈哈大笑起來，回說：「史威夫博士，你不可能破壞我的好心情的。五年了，這是我第一次這麼開心。我完成了我的孩子們的心願。」他回頭看了一眼束流管。「沒錯，這正是他們想

注 粒子加速器利用射頻電波中的電磁場來加速帶電粒子。「射頻」泛指頻率爲3kHz至3GHz間的電磁波，一般加速器用的射頻電磁波頻率爲數百MHz。

做的事情。」

大衛搖搖頭說：「你是個徹底的瘋子！」

「也許吧，也許吧。」他張開嘴，舌頭慢慢舔著下唇。「但是，無論如何我做到了。就像《聖經》中的大力士參孫獨戰非利士人（注），我要推倒他們房子的立柱，讓房子坍塌下來，砸到他們的頭上。」

賽門說著，把空著的一隻手緊緊握成拳頭，眼光從大衛身上移開，盯著隧道的牆壁看了一會兒，然後低語：「在我的墳前，沒有人會嘲笑我；既沒有笑聲也沒有憐憫，只有……」他的聲音越來越小，最後消失了。他眨了幾下眼睛，又用手捏捏自己的鼻梁，然後回到剛才的思緒上，低頭狠狠的看著大衛，同時再次用力狠踩大衛的胸口怒吼：「除了一片寂靜之外，什麼也沒有！只有寂靜！」

大衛感到胸口越來越難受，這顯然並不完全是因爲賽門的靴子造成的。他仔細看了看，賽門臉上明顯昏昏欲睡，下巴鬆弛，眼皮半張。於是，他轉頭向他剛才砸過的液態氦輸送管看去，標著字母「HE」的那一段顯然完好無缺，但是在它左邊幾公尺遠的接頭處，管子已經輕微彎曲。看來，介面出現了細小的裂縫，液態氦一直在慢慢洩漏，雖然還不足以造成超導磁鐵過熱，但已經減少隧道中氧氣的含量。由於氦是元素中第二輕的物質，因此它在隧道上部的擴散比在地面上要迅速得多。

賽門又眨了眨眼睛一次，問道：「你在幹什麼？看到什麼了？」他伸出右臂，把槍的槍口抵到離大衛的眉心不到三十公分的地方。「我應該一槍殺了你！應該立刻把你送進地獄！」

傭兵的呼吸開始加快，這是缺氧的症狀之一，而另一個症狀就是喪失肌肉的協調性。大衛感到自己可能還有機會，於是立刻舉起雙手做出投降的姿勢，大叫：「不、別開槍！求求你，不要開槍！」

賽門咧嘴道：「你這個可憐蟲！你——」

大衛等待的機會來了，當賽門再次眨眼時，他迅速揮起右臂，打掉賽門手中的烏茲衝鋒槍。衝鋒槍鏗鏘的滑過水泥地面，賽門身體的重心往後，踩在大衛身上的腳也失去了力量。大衛抓準時機，用雙手抓住他的靴子，像轉動開瓶器一樣猛然一擰，賽門頓時側身倒地。

這時，大衛想到的第一個問題是槍，他必須拿到那把衝鋒槍。時間已經剩下不到一分鐘了。他迅速爬起來，壓低身體以避免吸入過多的氮氣。他環顧四周，花了兩秒鐘才看到了烏茲衝鋒槍所在位置，它從束流管下滑過，停在六公尺之外的地方。他拔腿向衝鋒槍跑去，但是卻已經耽誤太多時間，還沒有跑幾步就被賽門攔腰抱住。傭兵用力把他往牆上一推，然後直奔烏茲衝鋒槍而去。

注 參孫是《聖經》中的大力士，上帝透過參孫的頭髮賜予他無比巨大的力量，去拯救被非利士人奴役的以色列人。後來參孫被美色所惑，睡夢中被人剃掉頭髮，失去了神力。非利士人抓住了他，將他綑縛在一座大殿的兩根柱子之間，挖去了他的雙眼，並對他百般戲弄。參孫悔恨交加，向上帝做出了一生中最爲虔誠的祈禱，希望上帝再次賜予他神力。上帝被感動，讓他重新長出了頭髮，並再次賜予他神力。參孫一聲怒吼，掙斷鎖鏈，推倒了立柱，將七、八千個非利士人壓死在廢墟之下。

一瞬間，大衛恐懼得不知所措，呆呆的看著賽門的背影。然後他迅速回過神，轉身朝著與賽門相反的方向狂奔，來到隧道的入口處。這是本能的驅動，他一心只想逃命，但是如果他不能讓對撞機停下來，實際上也是在劫難逃。這時，賽門已經跪到地上，伸手去拿束流管下的衝鋒槍，大衛慌亂的掃視著散落在門前的各種殘片，希望能夠找到一件重物，向束流管扔過去。他一抬頭，看到了那輛仍然卡在柵欄門上的電動車，車子的底盤架在門的破口上，車身仍然在繼續搖晃，兩個後輪在引擎的推動下依然不停空轉。

他剛伸出手抓住電動車，就聽到身後傳來腳步聲，轉頭一看，賽門正拿著烏茲衝鋒槍向他跑來。因爲距離較遠，他並沒有瞄準開槍射擊，子彈的反彈會導致危險。這給了大衛十分寶貴的一秒鐘。他從前面抓住電動車使勁一拉，電動車卻紋風不動。這輛車約兩百公斤重，車架又卡在一堆扭曲的金屬上。大衛再拉了一下，仍然無效，這輛該死的電動車居然緊緊卡在那裡。

賽門跑到了離大衛僅有三公尺遠的地方，拿起烏茲衝鋒槍向大衛瞄準。大衛聲嘶力竭、大吼一聲，像頭發狂的野獸。傭兵開了一槍，而大衛正好彎下腰準備再次用力把電動車拉下來，子彈呼嘯著從他頭頂飛過。就在此時，大衛最後一搏成功了，電動車立刻掉落到隧道裡。

電動車的後輪剛剛著地，整部車就像一頭瘋狂的公牛一樣衝了出去。賽門趕忙扔掉烏茲衝鋒槍，迎著電動車衝上去，伸出雙手準備抓住電動車的方向盤。但是，就在他即將抓到方向盤的最後一刻，一隻腳卻踩到了一塊碎玻璃，腳下一滑，身體倒在電動車前，車子就從他身上碾過，對著束流管直衝過去。

大衛跳過破爛的大門，縱身撲向一旁，全身躲在一堵水泥牆的後面。緊接著，隨著一道耀眼的閃光，隧道中傳出了震耳欲聾的碰撞聲響。

古普塔教授聽見遠處傳來砰的聲音，不一會兒，超導磁鐵發出的蜂鳴聲迅速消失了，幾秒鐘之後，整個對撞大樓陷入了一片寂靜，Tevatron停止了。

古普塔蜷縮在儲藏室的角落裡，耳朵裡只聽見自己心跳的聲音。他絕望的閉上眼睛，腦海裡出現了一個布滿褶皺、波浪般起伏的片狀圖形，這個圖形與那個電腦虛擬程式中創造的圖形一模一樣。他看到了一個惰性微中子束團，從這個片狀物上飛出來，在兩個凸起之間劃過，好像億萬個白色而熾熱的火山灰燼。接著，他身體一歪倒在地上，眼前一片黑暗。

不知過了多久，他被學生的呼喊聲驚醒。他們就在附近，著急的大喊著：「教授！教授！」古普塔強迫自己起身，艱難的爬到儲藏室的門口，舉起拳頭在門上敲打。

呼喊聲立刻更接近：「教授？是您嗎？」

有人找到鑰匙，很快打開了門。古普塔首先看到的是理查·陳和斯科特·柯林斯基，兩人同時衝進儲藏室，跪在他的身旁。其他人緊隨其後，一一擠進了儲藏室狹小的空間裡。古普塔感到口乾舌燥，幾乎已經無法言語。他用粗糙的嗓音問：「理查，發生什麼事了？」

理查淚流滿面，抽泣說：「教授！我們還以爲您已經死了！」他一面說，一面像個被人拋棄的孩子見到親人一樣，展開雙臂緊緊摟住古普塔。

教授把他推開，更大聲的重複問：「發生什麼事了？」

斯科特上前一步，鼻梁上的眼鏡歪斜著，肩上還背著一把烏茲衝鋒槍。他對教授說：「我們一直按照賽門的命令操作對撞機，但是，就在對撞發生前的幾秒鐘，束流隧道『E0』段突然爆炸。」

「這麼說，粒子根本沒有對撞？時空也沒有被撕裂？」

「都沒有。爆炸扯破了束流管，所以Tevatron立刻停機了。」

古普塔感到一股暖流湧上心頭，懸著的心終於放了下來。感謝上帝！

斯科特繼續說：「停機後我們就開始找您。我們一直擔心賽門殺害了您，他這樣威脅過我們。」他咬了咬下唇。「他殺了蓋瑞和傑瑞米。我們在『F2』號隧道入口外面發現他們的屍體。這枝槍就是從他們身上拿來的。」

古普塔看了看那把醜陋的黑色衝鋒槍，問道：「邁克在哪裡？」他看看斯科特又看看理查，在人群中尋找外孫的臉。「他沒有跟你們一起來嗎？」

學生們緊張的面面相覷，斯科特回答：「嗯，沒有。我們離開控制室以後，就再也沒有見過他。」

教授失望的搖了搖頭，他的學生們就像一群無助的孩子圍繞在他的身旁。他們辜負了他的信任，等待著他的寬恕和下一步行動的指令。憤怒的心情爲古普塔打了一劑強心針，他向斯科特伸出一隻手說：「拉我起來。把那枝槍給我。」

斯科特毫不猶豫的攙扶著教授起身，並把烏茲衝鋒槍交給他。古普塔把槍上的背帶背到肩上，一隻手拿著槍走出了儲藏室。他宣布：「好了，我們現在馬上回到控制室，找到邁克，然後重新啓動實驗。」

理查驚愕地看著他說：「但是，束流管已經被嚴重破壞，數據顯示有五、六個磁鐵已經失效！」

古普塔毫不在乎的揮揮手說：「我們可以修復損壞的部位，其他必要的儀器一樣也不少。」他大步穿過對撞大樓大廳向出口走去，學生們一個個懷著忐忑不安的心情跟在他身後。現在重新開始實驗還不算太晚，修理束流管雖然需要幾個小時，但如果運氣好，到傍晚時，他們就可以重新收集到足夠的粒子。這一次，他們的目標將回到最初的座標位置上，也就是北美上空五千公里遠的太空中。等到夜幕降臨時，爆炸將會在浩瀚的天空中放射出絢麗奪目的光芒。

來到室外後，斯科特趕上教授，輕輕的拉了他的衣袖說：「教授，還有另外一個問題。實驗室的安全人員已經知道我們在這裡。我們離開控制室後，我看到三位警衛向那裡跑去了。」

古普塔繼續大步向前走，穿過停車場，向東流隧道地面上的環形建築走去。他告訴斯科特：「沒有關係，我們照樣要實現我們的目標，要改造整個世界。」

「但是，警衛人員都帶著槍！而且還有更多的警衛即將到達！」

「我說過了，這根本沒有關係。人類已經等待了半個多世紀，統一場論再也不能藏在陰暗的角落裡了。」

斯科特緊抓住古普塔的手肘說：「教授，請您聽我的！我們必須馬上離開這裡，否則我們都會被抓起來的。」

教授手一甩掙脫了斯科特，接著端起烏茲衝鋒槍，把槍口頂在這個白癡的胸膛上。其他學生見狀，紛紛驚慌失措，站在原地不敢動彈。都是一些低能兒！難道他們就不明白什麼是我們非做不可的事情嗎？他大聲吼著：「誰要是阻攔我，我就殺了他！現在，誰也別想擋在我的面前！」

斯科特舉起雙手，但是他並沒有後退。這個傻瓜反而盯著槍口向前邁進了一步，說道：「教授，請您理智一些。也許，我們以後仍然可以再努力，但是目前必須——」

古普塔扣下扳機，子彈射進斯科特的胸膛。接著，古普塔轉向理查又開了一槍，這位學生立刻向後倒在柏油路上。其他學生都瞪大了恐懼的眼睛，呆站在原地，甚至忘記要逃跑。他們愚蠢的行爲讓古普塔更加憤怒，他舉槍朝著他們的腦袋一陣掃射，學生們一個個像木偶似的扭動著身軀倒地而亡。古普塔接著朝屍體上又開了幾槍，他不想留下活口。他們都是些廢物，活著只會浪費空氣。他要獨自一人回到控制室裡去，實現自己的最終目標。

他沿著低矮的環形建築向威爾遜大樓走去，但就在這個時候，一輛黑色休旅車沿著車道疾馳而來，在路旁緊急剎住車，三位身穿灰色西裝的男人從車上跳下，迅速跑到車後俯身，舉起各自的手槍瞄準了他，同時還高聲喊叫著一些毫無意義的廢話。教授想，又是一群愚不可及的白癡，爲什麼今天他總是遇到這樣的貨色！

古普塔怒髮衝冠，轉身向他們走去，同時舉起了手中的烏茲衝鋒槍，但是他還來不及開火，就看見某一枝手槍的槍口噴出了一團黃色的火光，一顆直徑九釐米的子彈像一粒高能質子那樣筆直的穿過空氣，雖然它的速度遠遠比不上質子運行的速度，但當它撞擊到古普塔的頭上時，仍然擊碎了他的頭骨，頭皮、血液和骨頭碎片像新生的粒子一樣噴射而出。接下來，教授的思想徹底掙脫了現在這個宇宙的束縛，融化在萬里無雲的茫茫天空之中。

在「F2」號隧道入口外停著一輛救護車和一輛消防車，兩輛車都沒有熄火。大衛加快步伐，一拐一拐的向那幢煤渣磚建築跑去。東流隧道發生爆炸後，他昏了過去，等他甦醒過來時，已經不知道自己離開莫妮卡有多久的時間，二十分鐘還是三十分鐘？他只是清楚記得她腹部的傷口很可怕，鮮血不斷的從左右兩個彈孔湧出。他祈求上帝，一定要讓醫護人員及時趕到她的身旁。

突然間，他看到了二十公尺以外的地上躺著一具屍體，屍體上蓋著一塊白布。兩個穿戴著全套消防服裝的消防員站在屍體旁，低頭默默看著屍體。大衛跌跌撞撞的停下腳步，兩腿開始發抖。接著，他又看到了另一具蓋著白布的屍體，躺在第一具屍體左邊幾十公分遠的地方，他的心緊緊揪在一起。然而，在兩具屍體左邊更遠的地方，他又看到了兩位身穿藍色連身衣的醫護人員，兩人正把一副擔架送進救護車的後門裡。一張戴著氧氣面罩的棕色臉龐在他的視線裡一晃而過，他大叫：「莫妮卡！」立刻向擔架跑過去。感謝上帝，她還活著！

當他即將跑到救護車前的時候，第三位醫護人員突然擋住他的去路。這是一位高個的小夥子，唇上留著烏黑的鬍鬚，他一把抓住大衛、上下打量了他一番，問道：「你發生什麼事啦？」

莫妮卡的腰腹部纏著一層厚厚的紗布，一隻手也被包紮起來。大衛用手指著擔架焦急的問：「她怎麼樣？會好起來嗎？」

「你別擔心，我們已經使她穩定下來了。雖然她流了很多血，但是會好起來的。而且，我們的外科醫師還可以把她被割掉的手指重新再植回去。」他用關切的眼光看了看大衛額頭上的傷口，再說：「看來，你也需要我們的幫助。」

大衛一下子緊張起來，揮手甩開醫護人員的手，並向後退去。他剛才滿腦子爲莫妮卡擔心，已經完全忘記自己剛剛經歷了什麼。現在他想起來了，儘管在束流管被電動車撞裂前他已經及時躲到一堵水泥牆後面，但是他很清楚，高能質子可以產生出各種危險的二次粒子。他警告說：「不要碰我。爆炸發生時我就在隧道裡，所以很可能已經受到放射性沾染。」

小夥子立刻倒退幾步，嘴上的鬍鬚也緊張的扭成一團。他轉頭向站在屍體旁的消防隊員喊道：「亞力克斯！我需要爲這位先生做放射性檢測，快！」

亞力克斯立刻拿著蓋格計數器跑過來，這是一個帶有手握式探測頭的儀器，就像一根厚厚的金屬管，如果大衛在束流管道破裂時受到簇射粒子的沾染，蓋格計數器就會在他的衣服或皮膚上探測到放射性物質。消防員拿著計數器在他身體前面掃描，從頭到腳仔細的檢查了一遍，大衛緊張得停止呼吸。

消防員終於抬起頭宣布說：「沒有發現放射性物質，你身上很乾淨。」

大衛吹了一聲口哨，如釋重負。也許，他確實受到了微量的輻射，但是不足以傷害他的性命。感謝上帝給了他一道水泥盾牌。他對消防員說：「你們應該派一個小組到『E0』號入口去，那一段隧道必須保證安全。隧道裡還有一個死人，不過他恐怕已經所剩無幾了。」

亞力克斯難以置信的搖搖頭：「我的天哪！今天早上到底是怎麼回事？一會兒有人拿著烏茲衝鋒槍互相掃射，一會兒一個瘋癲的少年大發雷霆，現在你又告訴我們隧道裡還躺著一具死……」

「等等，什麼樣的少年？」

「呃，那小子在控制室外的停車場裡大喊大叫，還把卡車裡的設備統統砸個稀巴爛，而且——嘿！你跑去哪裡？」

大衛拔腿就跑，兩位消防員一面朝他叫喊，一面趕緊拿出無線電通話器開始呼叫。大衛從煤灰磚建築旁一溜煙的跑了過去，這是他今天最後的衝刺，至少要跑五百公尺。現在，他不僅孤身一人，而且已經精疲力竭到了崩潰的邊緣，但是他拿出最後的力氣，沿著環形建築物跌跌撞撞的向前跑，經過了主注入器、反質子源、加速器和記憶體，一直跑到Tevatron控制室所在的那一大群建築裡。

他以最快的速度衝進了古普塔的停車之處，首先看到了停在出口處的兩輛黑色雪弗蘭「巨無霸」汽車，顯然是爲了防止任何車輛離開停車場。接著，他驚喜的發現凱倫和約拿正坐在一輛休旅車的引擎蓋上，旁邊站著兩位聯邦探員，一位正把一盒早餐遞給約拿，另一位則把一杯水送到凱倫手上。當大衛向他們跑過去的時候，探員們都顯得非常友善，沒有人拔槍對著他。當約拿溜下汽車引擎蓋跳進大衛懷抱中的時候，其中一位甚至愉快的微笑起來。

探員們等父子倆擁抱完以後，把他帶到一旁，從上到下拍拍他的身體，檢查他身上是否還帶有武器。然後，他們的長官走上前來握了握他的手。這是位性格開朗、長著一頭灰色頭髮的紳士，衣服領子上戴著一枚美國聖母大學的徽章。他自我介紹說：「我是考利探員。你還好嗎，史威夫博士？」

大衛警惕的看了看他，心裡想著，他爲什麼表現得如此友善？口中卻說：「啊，很好。」

「你的前妻已經把你們經歷的一切都告訴我們了。你眞是一個幸運的人。」考利探員收起笑容，壓低聲音接著說：「其他人，包括古普塔和他的學生們，全部都死了。眞是一場大屠殺啊。」

「這麼說，你知道古普塔是誰？也知道他想幹什麼？」

「呃，是的，大致知道。在來的路上，我收到了一份派克探員傳來的情報。不過，我們還有一些疑問。如果你能跟我們一起回到我的辦公室，協助我們把剩下的疑點弄清楚，我們將不勝感激。當然啦，是在我們爲你包紮好傷口以後。」

探員臉上露出祖父一樣慈祥的微笑，同時伸出手捏了捏大衛的肩膀。其實，這些把戲已經愚弄不了大衛；聯邦調查局仍然沒有放棄他們追蹤的目標，這個新手段只不過是一種不同的戰術而已。他們開始時使用的是武力攻勢，結果失敗了，所以現在又採取了僞善的友好攻勢。

大衛同樣報以微笑，並說：「好啊，這我能做到。但是，我要先見見邁克。」

「邁克？你是說古普塔的外孫邁克嗎？」

「是的，我要看看他現在怎麼了。這孩子有自閉症。」

考利探員想了想，回答說：「沒問題，你可以見他。不過，那孩子不太說話。我們找到他的時候，他正在不停的號叫，而現在又一個字也不肯說。」

探員一隻手放在大衛的後背上，帶著他向古普塔的一輛送貨卡車走去。走近卡車時，大衛看到一堆已經摔壞的電腦設備，看起來都是被人從車廂裡扔出來的。聯邦探員們已經用黃色的犯罪現場警戒帶把整個區域圍了起來。但是，他們也很難再從這一堆殘片中提取任何有用的資料，古普塔用於模擬撕裂時空的電腦全部都已砸成碎片，硬碟也統統被人拿走，停車場的地上散落著玻璃記憶體的碎粒。

邁克就站在黃色警戒帶以外，雙手銬在背後，左右兩邊各站著一個探員。不過他好像並不在乎，兩眼看著地上那堆破爛的儀器設備，開心的傻笑著，好像那是他拿到最好的生日禮物。大衛還是第一次看到這個男孩如此高興。

考利向看守邁克的兩位探員比了一個手勢，他們立刻退到一旁。他對大衛說：「史威夫博士，他就在這兒。小心，剛才他可是個大麻煩，現在已經平靜下來了。」

大衛盯著那些砸爛的線路板、晶片和磁片，心中仍然感到驚訝不已。這些東西曾經存有著統一場論神聖的祕密。他現在終於明白，自己完全低估了邁克。雖然這個少年一度落入他外公的陷阱，但是大衛可以肯定，無論聯邦調查局如何審問，他也絕不會把統一理論洩露出來。他畢竟是愛因斯坦的曾孫！漢斯．克萊曼信守了他對博士先生許下的諾言，邁克也一定會信守他對漢斯的承諾。

大衛指著地上的電腦殘骸，微笑著問邁克：「邁克，這是你做的嗎？」

少年俯過身來，嘴巴湊到大衛耳邊，悄悄的說：「我一定要這麼做。那裡不安全。」

尾聲

十月，一個溫暖的星期六下午，紐約西區七十七街一所學校的操場，再也沒有比這裡更令人開心的地方。在這個長五十公尺的矩形運動場上，二十多個孩子正在快樂玩耍，有的踢足球和打籃球，也有的練習長曲棍球和曲棍球傳球。孩子們的父母大多數都坐在運動場四周的長凳上，有些人讀報紙，另一些人一面吃著從對街的外賣店裡買來的烤雞，一面看著自己孩子。大衛卻站在運動場中央，處於整個喧鬧的中心，與約拿和邁克練習棒球的傳接。

大衛向後揚起手臂，然後用力把球扔到了至少十五公尺的空中。約拿伸出手，用手套穩穩的把球接住，再一揮手傳一個滾地球給邁克。邁克迅速把球從地上抄起來，轉身向大衛傳回去。只聽啪的一聲，球已經穩穩落在大衛的手套裡。他心中歎道：眞是不錯。自從八月份以來，孩子們每個週末都在練習棒球，現在效果已經十分顯著。無論什麼運動項目，只要持續練習，就一定能成爲箇中好手。無論是西洋棋、鋼琴或是物理學，都是同理可證。

凱倫與她的新男朋友坐在不遠處的凳子上。他叫李嘉多，是一個爵士樂團裡的貝斯手，他們常在曼哈頓區的一些小俱樂部裡演出。這個傢伙留著一頭耶穌基督似的長頭髮，從來不穿襪子，而且窮得捉襟見肘。但是，凱倫卻對他十分著迷。老實說，與之前那位叫亞摩利什麼的老律師比起來，李嘉多討人喜歡得多了。現在，大衛甚至已經不記得以前那個老混蛋的名字。

莫妮卡坐在他們旁邊的長凳上，專心的讀著一份《紐約時報》。自從她得到邁克的監護權後，兩人便一直定期頻繁的到紐約來。在芝加哥大學醫學中心治療槍傷和斷指的兩個星期裡，聯邦調查局允許大衛和邁克每天到醫院裡探望她，於是她與邁克建立起了深厚的感情。當時，探員還在玩弄友好的老把戲，仍然希望從他們口中套得一些重要資訊。不過，後來聯邦調查局終於放棄，他們準備把邁克交回給他母親，但是貝絲．古普塔就是不肯接納這個孩子。他們關了她兩個星期，她仍然一心只想回到哥倫布市勝利大道上的「夜襲宮」裡去。於是，那個曾經審訊過大衛的女人露西爾．派克——也是現在聯邦調查局特遣部隊的長官——出人意料的建議讓邁克和莫妮卡一起生活在普林斯頓。

大衛又向約拿擲出了一個高飛球。他思前想後，越來越深刻意識到他們是多麼幸運。派克探員本來可以把他們關上幾個月每天審訊，讓他們耗盡銳氣而不得不招供，但是她沒有這麼做，反而自始至終對他們以禮相待，表現得十分寬容。大衛漸漸感覺到，她心裡對自己在整個事件中的行為感到很後悔，現在只想盡快了結它。她可能也看到了對這件事情深究下去所具有的危險性；也很可能從費米實驗室的事件中得出了自己的結論，那就是愛因斯坦的理論曾經落入一個狂人手中，差一點造成災難性的後果。大衛和莫妮卡對這個理論守口如瓶，也清楚說明了它可能具有的可怕危險性。因此，派克探員也許最終下了一個愛因斯坦五十多年前就已經得出的結論：統一場論必須繼續隱藏，甚至連美國政府也不能輕信。

棒球再次回到大衛手中，他轉頭朝長凳所在的位置看去，發現凱倫和李嘉多正準備離開，去參加他在城裡的一次演出，約拿今晚將在大衛的公寓裡過夜。凱倫向他們揮揮手，然後給了約拿一個飛吻，同時還比劃著要他不要忘記刷牙。離開前，她還彎腰親吻一下莫妮卡。對大衛來說，最讓他驚訝的是他前妻與他的新女友現在成了十分要好的朋友，兩個女人在費米實驗室共同的痛苦經歷把她們緊緊聯繫在一起。現在，凱倫居然向莫妮卡傳授自己的經驗，如何整治大衛身上的各種壞毛病。宇宙確實是一個奇怪而又美妙的地方。

「嘿，爸爸！」約拿喊道。「快丟球！」

大衛這才發現自己恍神了，一直用手指撫摸著棒球上的球線。他扔給約拿一個低飛球，脫掉棒球手套對他說：「你和邁克玩吧，我要休息一下，好嗎？」

他走到莫妮卡面前，她正讀著《紐約時報》國際版上的某篇文章，眉毛又緊緊擰在一起。大衛在她身旁坐下來，轉頭看了看文章上的大標題：「國防部長辭職。」標題下面寫著一行小字：「副總統讚揚國防部長任內政績。」

大衛問道：「原來妳在看關於國防部長的報導啊？還記得嗎，我們在本寧堡趕上了他演講的結尾？」

莫妮卡搖搖頭，展開報紙，指著第十四頁下方的一則報導給他看，標題是「物理學家發現新粒子」。她對他說：「我認識這幾個研究人員，他們是日內瓦大型強子對撞機的科學家。他們發現了一種靜止品質爲二千三百六十億伏特的玻色子。」

「那麼，這意味著什麼呢？」

「按照標準理論的原理，這種新粒子是不應該存在的。但統一場論卻預言了它的存在；愛因斯坦早就預言了它。」

「我還是不——」

「大衛，這就是線索之一。每當物理學家發現一些線索之後，就會圍繞著這些線索研究出新的理論。」她把報紙疊起來扔到一邊，額頭上的紋路又爬滿了憂慮。「當類似的線索一個個被發現以後，他們就會把它們整合在一起，拼出一幅完整的圖。總有人遲早會發現這個奧祕。」

「妳指的是統一理論嗎？有人會重新發現這個理論？」

她肯定的點點頭說：「他們離眞理已經很近了。就我們所知，普林斯頓大學或哈佛大學的研究生們，目前很可能正在研究這些方程式。」

大衛握住她的手，除此之外他還無法做什麼。就目前而言，博士先生的祕密還安全的保存在邁克的大腦裡，但是，一旦另一位物理學家發現了這個理論並把它公諸於世，那麼他們採取的一切防範措施就都是徒勞無功。等到那一天，他們除了希望將一無所有。坐在莫妮卡身邊的大衛，凝視著運動場上盡情歡樂的孩子們。他心想，這一切竟是如此的脆弱，眨眼之間可能就不復存在。

過了一會兒，大衛伸出手摸摸莫妮卡的肚子，手指在她柔軟的襯衣上輕輕的來回。她轉頭看著他微笑說：「還早呢，現在什麼也摸不到。要等到四、五個月大時，『她』才會開始踢腳。」

大衛微笑回說：「為什麼妳總是說『她』而不是『他』？妳能肯定是女兒嗎？」

莫妮卡聳聳肩回答：「只是一種直覺。有天晚上我做了個夢，我們一起帶著她從醫院出來。當我把她放到車上的嬰兒座裡，為她繫上安全帶時，她突然開口說話了。她對我自我介紹說，她的名字叫麗瑟爾。」

「哇，眞是奇怪。」他溫柔的撫摸著她肚子的上方。「這麼說，妳想幫她取這個名字？就叫麗瑟爾？那麼，如果是個男孩，就該叫阿伯特了？」

她扮了個鬼臉說：「你瘋了嗎？這個世界最不需要的就是第二個愛因斯坦。」

大衛大笑。他當然知道，這個孩子絕不可能是另一個愛因斯坦，但是他很肯定，自己的手心下，確實的感覺到一個跳動的生命。

（全書完）

後記

當《最後理論》的寫作進行到一半時，我才意識到這部小說對我而言是多麼的完美。身爲《美國科學人》的編輯，我的工作就是把諸如弦論、額外維度和平行宇宙等深奧的理論用通俗易懂的文字表達出來。二〇〇四年，我在編輯愛因斯坦特刊中的一篇文章時，對這位偉大科學家長期尋找一種統一理論的過程產生了極大的興趣。從一九二〇年代開始，一直到一九五五年去世爲止，他一直在努力追尋，試圖用一組方程式把相對論和量子力學融爲一體，把關於星球和銀河系的物理學與亞原子領域的定律結合在一起。但是，他希望找到一個公式化的統一理論的所有努力都失敗了。當我透過閱讀，對於愛因斯坦人生中這部分的故事有所瞭解時，我不禁開始幻想：如果當初愛因斯坦成功了，會發生什麼事？這個統一理論的發現必將成爲科學史上最偉大的成就之一，但同時，它也可能帶來一些我們並不希望得到的後果。愛因斯坦本人十分清楚知道，他的相對論客觀上爲原子彈的發明奠定了基礎。那麼，如果他知道統一理論將替發明和製造更可怕的武器而鋪路時，他還會發表這個新理論嗎？也許，他會把它當成一個永久的祕密，深深的隱藏起來？

我對愛因斯坦的著迷是從大學時期開始的，當時我還是普林斯頓大學專攻天體物理學的學生，我的導師正是著名的理論物理學家約翰．理查．戈特三世，就是《在愛因斯坦的時空中旅行》(注)一書的作者。當我準備大學畢業論文時，戈特博士建議我研究相對論中的一個問題——愛因斯坦的場方程式在「平面國」裡的運用。所謂「平面國」是一個只有二維空間的宇宙模型，就像一張無比寬大的紙。我在筆記本上潦草的寫滿了在研究中得出的一大堆方程式，然後把這些解答交給了戈特博士。看完以後，博士給了我一個理論物理學家所能給予的最高的評價：「這個解答確實不同凡響！」於是，我們共同寫出了一篇題爲「(二加一)維度時空中的廣義相對論」的研究論文。一九八四年，一個名爲《廣義相對論與引力》的科學期刊，發表了這篇論文。

然而，當論文發表時，我已經決定不當物理學家，而是要成爲一名詩人，於是進入哥倫比亞大學攻讀寫作碩士學位。兩年後，我意識到寫詩根本無法維持生計，所以又當上一名新聞記者。我先後爲賓州、新罕布夏州和阿拉巴馬州的許多報社工作過，後來回到紐約，開始爲《財富》、《大眾機械》和美國有線新聞網寫文章。一九九八年，在兜了一大圈之後，我最後落腳在《美國科學人》雜誌。我驚訝的發現，自從我離開天文學和物理學以後，這些領域都已經發生了巨大的變化。而且，我很快就發現了一個自己萬萬沒有想到的情況：我和戈特教授共同完成的那篇晦澀的論文，竟然已經成爲繼愛因斯坦之後，仍在努力尋找統一理論的物理學家們的重要參考文獻之一。在過去的將近二十年裡，這篇論文先後被不同的物理學期刊是引用過至少一百次。事實證明，理論物理學家們之所以熱衷於使用二維模型檢驗他們自己的推測，正因爲它所涉及的數學運算方式簡單得多。

於是，這篇文章最終成爲我創作《最後理論》的靈感。小說中的主人翁大衛．史威夫和他的導師克萊曼教授共同寫作的那篇研究論文，也就自然而然的談論起二維空間中的相對論來。大衛和我一樣，曾經是一位物理專業的學生，靠撰寫大眾科普文章謀生，只不過他是一位教授而我是一名雜誌編輯。再說，與我相比，他不僅勇敢得多而且也英俊得多。

關於小說中涉及的科學原理和諸多高技術玩意，我盡量確保它們的眞實性。例如，「高地人」機器人汽車，確實是卡內基美隆大學的機器人學研究的研發成果；「龍行者」監視器，不僅也是機器人學研究所開發的，而且還被美國海軍陸戰隊帶到伊拉克進行過測試；第十章中出現的虛擬戰場模擬器與「虛擬球」十分相似，在參觀美國海軍研究實驗室時，我自己曾經親身進去體驗過；還有關於惰性中微子可以抄捷徑在額外維度中穿行的想法，也是一個眞實的科學假設，而且已經有人建議，用它來解釋二〇〇七年費米國家加速器實驗室所報告的一些非凡的實驗結果。

我從動筆之初就想好了，要讓故事的高潮發生在費米實驗室裡。爲此，我特地安排去那裡參觀萬億伏特正負質子對撞機（Tevatron），和那一條六點四公里長的環形隧道，就是在這個隧道裡，質子和反質子被不斷的加速，最後以接近光速的高速彼此撞擊。在那次參觀的行程裡，最精彩的內容就是「安全須知」，實驗室的工作人員向我詳細的解釋，進入隧道後可能遇到的各式各樣危險，例如雜散質子對撞遺留的放射性危害，或超導磁鐵中蒸發出來的氦氣造成窒息的可能性。我一面記錄一面想：「這些都是絕佳的寫作素材！這本書已經自行形成！」

最後，因爲仰賴許多人的幫助，我才得以完成這部小說。《美國科學人》雜誌社的同事們給

注 J. Richard Cott III，著作爲《*Time Travel in Einstein's Universe*》。

了我莫大的支持。寫作小組的全體成員——李克・愛森柏格、約漢娜・費德勒、史蒂夫・哥德史東、大衛・金、梅麗莎・諾克斯和伊娃・梅克勒，都給了我彌足珍貴的批評和鼓勵（特別是李克，他讀了原稿的每一頁，而且提出了許多建設性的意見，彌補了我的不足）。我也非常幸運，得到了「作者之家」的丹・拉札爾擔任我的超級經紀人，也得到了出版社Touchstone公司傑出的蘇雷・赫南德茲擔任這本書的編輯。不過，我最感謝的是我的家人：我的父母培養了我對科學的摯愛；我的妻子麗莎，在任何一個有理智的人早就不抱希望很久之後，仍然鍥而不捨的支持我去實現成爲一名小說家的夢想。這本書就是獻給她的。

【專文】

愛因斯坦與「超級炸彈」

◎王道還（生物人類學者）

在世人心中，愛因斯坦不只是偉大的科學家，而是個傳奇。愛因斯坦與二十世紀問世的兩種「超級炸彈」——原子彈與氫彈——都有密切關係，是愛因斯坦傳奇裡的有機成分。《最後理論》的故事核心是「超級炸彈」的威脅，作者利用愛因斯坦做爲推展虛構情節的線索，是適才適所的選擇。

其實在科學史上，「超級炸彈」是個曲折的故事，它引發的倫理議題，至今仍然鮮活，沒有簡單的方案。

話說一八九五年，德國物理學家倫琴無意中發現了「X光」，報告於一八九六年一月發表，引起了廣泛注意。已擱下研究好幾年的法國物理學家貝克勒爾（Henri Becquerel, 1852-1908），因而以X光做實驗，卻意外發現了「鈾光」——鈾鹽結晶會釋出「肉眼看不見的螢光」。不過，直到一八九七年底，居禮夫人選擇「鈾光」作爲博士論文的題材，才爲「鈾光」研究開闢了新境界。

一八九八年中，居禮夫婦已確定「鈾光」是一種更普遍的元素性質，他們叫做「放射性」。一九〇三年，居禮夫人得到了博士學位。同時，居禮先生以妻子提煉出來的鐳做實驗，證明放射線是一種巨大的能源。至於那些能量打哪兒來的，他就無法回答了。這時，加拿大麥基爾大學的另一個研究團隊，也以實驗發現：放射性是元素蛻變的結果。在蛻變過程中，較重的原子會分裂成較輕的原子，同時釋出放射線。換言之，居禮先生測量到的巨大能量，來自原子內部，現在我們叫做核能或原子能。一九〇五年，愛因斯坦發表了質能互換公式$E=mc^2$，終於使科學家能夠對原子能做定量的計算。

不過，科學界的菁英都相信，想利用原子能，無異癡人說夢，例如核子科學的奠基人拉塞福（E. Rutherford, 1871-1937; 1908年諾貝爾化學獎得主）。第一位想像利用原子能製造超級炸彈的人，不是科學家，而是英國作家威爾斯（H. G. Wells, 1866-1946）。一九一四年，第一次世界大戰前夕，他發表了《世界大同》（The World Set Free）。在這本小說中，歐洲出現了兩個聯盟，爭奪霸權，不可避免地走向戰爭。雙方都動用「原子彈」摧毀敵方的城市。

有趣的是，一九三三年九月拉塞福發表的「癡人說夢」評論，卻刺激了猶太裔的匈牙利物理怪才吉拉德（Leo Szilard, 1898-1964），使他想到以中子撞擊原子核，製造「鏈鎖反應」，釋出核能的點子。當時希特勒已掌權，他從柏林出走，正流寓倫敦。

到了一九三九年初，第二次世界大戰爆發前夕，歐洲科學界已經知道，在實驗室以中子分裂原子核是可行的。只要核子分裂的速度夠快，分裂的核子數量夠多，就是超級炸彈了。

在戰爭的陰影中，吉拉德與愛因斯坦這一對老友分別落戶美國。他們合作起草了一封致美國總統羅斯福的信，指出德國可能製造出「一種威力極爲強大的炸彈」。八月，愛因斯坦在信上簽了名。十月十一日，他們委託的友人才有機會將信與相關資料面交羅斯福。那時德國已入侵波蘭，第二次世界大戰正式爆發。

美國研發原子彈的曼哈頓計畫，根本是戰爭的產物。然而，原子彈試爆成功後，參與的科學家開始感到不安。美國在廣島、長崎投下原子彈，結束了戰爭，卻引起了更爲複雜的問題。

原來戰後美蘇對峙、競爭的態勢，在戰爭結束前就很明朗了。因此科學家與國家，究竟應該維持什麼樣的關係？就不容易討論了。一方面，原子彈的原理是核分裂，以核分裂釋出的能量進行核融合，可以釋出更大能量。研發原子彈的經驗，使得研發利用核融合的超級炸彈，即氫彈，成爲可以想像的目標。另一方面，製造出威力越來越大的超級炸彈，究竟是福是禍？那是科學的目的嗎？

一九四九年八月廿九日，蘇聯在哈薩克試爆第一顆原子彈，代號「第一道閃電」。一九五〇年一月三十一日，美國總統杜魯門宣佈繼續研發「所謂的氫彈或超級炸彈」。二月十二日星期日，愛因斯坦立即利用新興的電視媒體，向美國人民提出禁絕核武的呼籲。他警告，要是氫彈問世，人類可能會走上難以回頭的絕路，地球上的所有生靈都要陪葬。在美國，他成爲以人道、人權、公民不服從理論，對抗右派與國家機器的主要人物。一九五五年，英國哲學家羅素發起世界性的反核武運動，警告核子戰爭一旦爆發，絕不會有贏家，只有全面毀滅。四月十一日，愛因斯坦在聯名信上簽字。一星期後，他就過世了。

愛因斯坦在世的最後十年，除了介入公共事務，並沒有放棄科學。他仍然繼續研究「統一場論」，企圖結合量子論與相對論。愛因斯坦對這個問題的思考，到了殫精竭慮的地步，他甚至願意相信：眞相與他過去所想像的完全不同。一九五四年暑假，愛因斯坦寫信給瑞士的老友，就坦白地說，他的相對論也許與宇宙的根本結構毫不相干。

愛因斯坦的思路反映了西方科學傳統的哲學性格。他不僅想理解造物者的意圖，更想知道造物者有沒有自由；「邏輯的簡潔」說不定綁住了祂的手腳，也未可知。難怪愛因斯坦晚年的娛樂之一，是閱讀蘇格蘭啓蒙時代哲學家休謨的《論人類理解力》。

一九五二年，以色列第一位總統魏茲曼（Chaim Weizmann, 1874-1952）過世。一位報人呼籲邀請愛因斯坦繼任，輿論沸騰。總理本古里昂訓令駐美大使赴愛因斯坦住所轉達以色列人民的期盼。但是，總理卻坐立不安，對朋友說：

告訴我，要是他答應了，怎麼辦？我非邀請他不可，不得不邀請。但是，萬一他答應了，我們就麻煩了。

幸好十一月十六日愛因斯坦聞訊後，立即主動打電話到華府告訴大使：他深感榮寵，但是歉難同意。他的解釋是，政治現實可能會逼著他「昧著良心」行事，他不願讓自己陷入那種境地。看來只有在柏拉圖的理想國中，愛因斯坦才會欣然同意吧。不過，將人分等級，治人或治於人，也違反他的政治理想：

讓每個人都受尊重，沒有人成爲偶像。

那麼，當年他向羅斯福提出德國可能研發原子彈的警告，是迫於政治現實呢？還是出自良心呢？

中英名詞對照表

112 Mercer Street
默謝爾街一一二號

575 Maranello
法拉利575馬拉內羅

A

Abdul　阿布杜拉

Adam Ronca　亞當・榮卡

Al Qaeda　蓋達組織

Alastair MacDonald
阿拉斯泰爾・麥唐納

Albert Einstein
阿伯特・愛因斯坦

Alex　亞力克斯

Alexi Colonel Latypov
阿列克塞・拉蒂波夫上校

Altair　牛郎星

Amazing Grace　《奇異恩典》

Amber　安珀

Amil Gupta　阿米爾・古普塔

Amory Van Cleve　亞摩利・範・克利夫

Anacostia　阿納科斯蒂亞社區

Andrews Air Force Base
安德魯斯空軍機場

anti-particles　反粒子

Apache helicopter
阿帕奇直升機

Appalachi　阿帕拉契

Argun Gorge　阿爾貢峽谷

Argun River　阿爾貢河

Army Mule Motel
軍騾汽車旅館

Astrophysical Journal
《天體物理學》雜誌

ATF　美國煙酒火器爆破物品局

B

Baghdad　巴格達

Baskhoi　巴斯科伊鎮

Batavia, Illinois
伊利諾州的巴塔維亞

Bavaria　巴伐利亞

Belgrade　貝爾格萊德

Bellows Falls　貝洛佛斯鎮

BellSouth　南方貝爾公司

Bern　伯恩

Big Dipper　北斗七星

biometric database
生物識別資料庫

BlackBerry　「黑莓」機

Blackhawks　黑鷹

Blountville　布隆特維爾市

Boolean logic　布林邏輯研討會

boson　玻色子

Bowie knife　「博伊」刀

Britney　布蘭妮

Brock　布洛克

Brooklyn　布魯克林

Brownsville　布朗斯維爾

bulk　體宇宙

Burger King　漢堡王

C

Calabi-Yau manifolds
　卡拉比－丘流形

Caleb　卡萊布

Carnegie Mellon University
　卡內基美隆大學

Carnegie's Retreat
　卡內基休養所

Cassiopeia　昴宿星團

Caucasus Mountains
　高加索山脈

charge-parity violation
　電荷－宇稱不守恆

charges　帶電粒子

Chattahoochie River
　查特胡奇河

Chechnya　車臣

Cherokee National Forest
　切諾基國家森林公園

Chevrolet Suburban
　雪弗蘭「巨無霸」

CMOS sensor
　互補金屬氧化物半導體
　　感應器

CNN　美國有線新聞網

cocaine　古柯鹼

Coker Creek　寇克溪

Collision Hall　對撞樓

Colonel Tarkington　塔金頓上校

Columbia University
　哥倫比亞大學

Combat Zone Chicken
　「戰地雞」餐廳

Compton　康普頓

convex waves　凸形波

corporate lawyer　企業律師

Corvette　雪弗蘭輕型巡洋艦

Cowley　考利

Crawford　克勞福

CTC　封閉類時間曲線

D

Dallas　達拉斯

Darth Vader　達斯・維德

David Swift　大衛・史威夫

Delaware River　特拉瓦河
Delta Force　三角洲特種部隊
Deneb　天津四
dimension　維度
Dinty Moore stew
「丁蒂．莫爾」牌燉肉
Doc Martens　馬丁靴
Dodge van　「道奇」小貨車
Donna Karan　唐娜．凱倫
Down syndrome　唐氏症
Dr. Milo Jenkins
米羅．詹金斯醫師
Dragon Runner　龍行者
Dunkin' Donuts　唐肯甜甜圈

E

Eddy bridge　埃迪橋
Einheitliche Feldtheorie
統一場論
Elizabeth Gupta (Beth)
伊莉莎白．古普塔（貝絲）
Elsa　艾爾莎

F

Faraday　法拉第
Fermi National Accelerator Laboratory　費米國家加速器實驗室
Fermilab　費米實驗室
Ferrari　法拉利
field equation　場方程式
Flatland　平面國
Forbes Avenue　福布斯大道
Forest Hills High School
森林之丘中學
Fort Benning　本寧堡
Fortune　《財富》雜誌
Fourier series　傅立葉級數

G

GameBoy　遊戲機名
Gary　蓋瑞
Geiger counter　蓋格計數器
General Garner　加納將軍
General Relativity and Gravitation
《廣義相對論與引力》
General Relativity in a Two-Dimensional Spacetime
《二維時空的廣義相對論》
Geons　重力電磁子
George Osmond　喬治．奧斯蒙
Gladwell　格拉德維爾

Glasgow Herald
《格拉斯哥快報》
Glock　克拉克手槍
Gloria Mitchell
葛洛莉亞・米歇爾
Graddick　格拉迪克
Great Smokies　大煙山
Greyhound bus　「灰狗」巴士
Guantanamo Bay　關塔那摩灣

H

Hannah　漢娜
Hans Walther Kleinman
漢斯・瓦爾特・克萊曼
Harlan Woods　哈蘭・伍茲
Harlem　哈林區
Hatfield　哈特菲爾德
Haw Knob　霍諾布
Hawley　霍雷
Hellfire　「地獄火」導彈
Henry Cobb　亨利・科布
Herr Doktor　博士先生
Hector Rodriquez
赫克托・羅佐奎
high-intensity proton beams
強流質子束
Highlander robotic vehicle
「高地人」機器人汽車
Hitless Historians
無安打歷史學家隊
Hodges　霍吉斯
holographic principle　全息原理
Holyrood Mental Institution
霍利魯德精神病醫院
Hudson River　哈德遜河
Humvees　悍馬
hydrocarbon　碳氫化合物
Hyundai Accent　現代雅紳特

I

Ike's Inks
「艾克紋身」刺青店
Irish setters　愛爾蘭賽特犬
Isaac Newton　艾薩克・牛頓

J

J. Richard Gott III
約翰・理查・戈特三世
J. Robert Oppenheimer
J ・羅伯特・歐本海默
Jack Daniel's　「捷克丹尼」酒
Jacob Sun　雅各・孫
Jacques Bouchet　雅克・布歇
Jadwin Hall　賈德溫廳
Jagermeister　野格酒

Jaworsky　賈沃斯基
Jefferson Memorial
　傑弗遜紀念館
Jeremy　傑瑞米
John Deere cap
　「約翰．迪爾」棒球帽
John Swift　約翰．史威夫
Jolo　霍洛
Jonah　約拿
Joshua　約書亞
Juilliard School
　茱麗亞音樂學院

K

Kahlúa　卡魯瓦咖啡酒
Kaluza　卡魯查
Karachi　卡拉奇
Karen　凱倫
Karen Atwood　凱倫．亞伍德
Keith　凱斯
Keller　科勒
Kente cloth　肯特布
Kepler　克卜勒
Knoxville　諾克斯維爾

L

Lada sedan　「拉達」轎車
Large Hadron Collider
　大型強子對撞機
Larissa　拉麗莎
Larry Nelson　拉里．納爾遜
Learjet　利爾噴射機
Lieserl　麗瑟爾
Lone Star of Texas
　德州孤星標誌
Lubbock　樂波市
Lucille Parker (Lucy)
　露西爾．派克（露西）

M

Macon　梅肯市
manifolds　流形
Marlboros　萬寶路，香菸品牌
Maxwell　麥克威爾
McCoy　麥考伊
Meadowview　梅德弗鎮
Measurements of the Flux of Rho Mesons　《ρ介子量的測量》
methamphetamine　甲基苯丙胺
Metropolitan Transit Authority
　紐約市運輸局
Metuchen　美特辰鎮
Michael　邁克
Mid-South Robotics
　中南機器人公司

Mileva　米列娃
Miller　米勒
Mingo County Social Service
　明戈郡社會局
Monique Reynolds
　莫妮卡・雷納多
Monongahela River
　莫農加希拉河
Morton McIntyre
　莫頓・麥金泰爾
Muhammad　穆罕默德
Murph　墨菲
Murray Avenue　默里大道

N

NASA　美國太空總署
Nathan's　南森
Neil Davison　大衛森，尼爾
New Brunswick　紐布朗斯威克
New Stanton　新斯坦頓
New York Times　《紐約時報》
Newell-Simon Hall
　紐厄爾－賽門大廳
Night Maneuvers Lounge
　「夜襲宮」酒吧
night-vision scopes　夜視鏡
Nixon　尼克森
Northeast Corridor Line
　東北走廊線
NSA　國家安全委員會
nuclear engineering　核子工程

O

Oak Ridge National Laboratory
　橡樹嶺國家實驗室
Olenka Ivanovna
　奧倫卡・伊萬諾夫娜
omega meson　ω介子
On the Shoulders of Giants
　《站在巨人的肩膀上》
Operation Shortcut　快捷行動
oscillating radio-frequency field
　震盪射頻場
Ossining　奧辛寧鎮

P

particle　粒子
particle physics　粒子物理學
Patriot Act　《愛國者法案》
penumbra　半影
Pete　皮特
phi meson　ϕ介子
Phil　菲爾
philistines　非利士人

Physical Review
《物理學評論》
Pittsburgh Post-Gazette
《匹茲堡郵報》
plexiglas　樹脂玻璃
Pluto　冥王星
plutonium　鈽元素
Pokémon　神奇寶貝
Popular Mechanics
《大眾機械》
Posse Comitatus Act
《地方警衛隊法》
post-Riemannian geometry
後黎曼幾何學
Princeton　普林斯頓
Probabilistic Subspaces in Visual Representation
《視覺表徵中的概率子空間》
propane supplier　丙烷換氣站
Provence　普羅旺斯
Purnell Arts Center
普奈爾美術中心

Q

Quantico　匡提科
quantum gravity　量子重力
quantum vacuum　量子眞空

R

Ranger Rags　「騎警服裝店」
Reagan　雷根
rem　雷姆
Republic of Georgia
喬治亞共和國
rho meson　ρ介子
Ricardo　李嘉多
Richard Chan　理察・陳
Rush Limbaugh Show
羅許・林堡脫口秀
Rusty Scupper
拉斯蒂－斯卡帕餐廳

S

Samson　參孫
Sand Mountain　桑德山
Scientific American
《美國科學人》雜誌
Scott Krinsky
斯科特・柯林斯基
Serbia　塞爾維亞
Sergeant Mannheimer
曼海姆中士
Sergei　謝爾蓋
Sheila　希拉

Shell Ultra Premium
殼牌高級汽油
Show-and-tell　展示與解說
Simon　賽門
Smithfield Road
史密斯菲爾德路
SnackWell's　司奈維
South Bronx　南布朗克斯區
Spetsnaz　俄羅斯特種部隊
spins　自旋粒子
St. Luke's Hospital　聖盧克醫院
Starbucks　星巴克
Staten Island　史坦頓島
sterile neutrino　惰性中微子
Stolichnaya　紅牌伏特加
string theory　弦論
Stryker vehicles
『史崔克』裝甲車
subatomic particles　亞原子粒子
Super Soaker　超級噴水槍
superconducting magnets
超導磁鐵
Sweeney Todd　史文尼・陶德

T

Tallahassee　達拉哈西
tau lepton　輕子
Tehran　德黑蘭
Tellico River　泰利庫河
Tetris　俄羅斯方塊
Tevatron
萬億伏特正負質子對撞機
The Star-Spangled Banner
〈星條旗永不落〉，美國國歌
The theory of everything
萬有理論
thermal infrared goggles
紅外線熱感應鏡
Tiffany　蒂芬妮
Time Travel in Einstein's Universe
《在愛因斯坦的時空中旅行》
Tony Santullo　湯尼・桑圖羅
top quark　頂夸克
topology　拓撲學
Totes　托茨
Trenton　特倫頓
Tupperware container
「特百惠」保鮮盒

U

Uchee Creek Campground
烏契溪露營地
Uranium enrichment　濃縮鈾
Uzi　烏茲衝鋒槍

V

Vega　織女星
Vermont　佛蒙特州
vibrating particles　震盪粒子
Vinnie　維尼
Virtual Combat Simulation
　虛擬戰場模擬
virtual particle　虛粒子

W

Waldorf-Astoria
　沃爾多－亞托尼旅館
Walsh　沃爾什
Warfighter　戰地勇士
Washington Crossing State Park
　華盛頓渡河村州立公園
wave function　波函數
Welch　韋爾奇
Wilson Hall　威爾遜大樓
Winchester　溫徹斯特
wormhole　蟲洞

Y

Yiddish　意第緒語

Z

Zippo　芝寶，打火機品牌
Zur Elektrodynamik bewegter Körper　相對論

BEST 嚴選 009

最後理論

原著書名／The Final Theory
作　　者／馬克・艾伯特（Mark Alpert）
譯　　者／張兵一
審　　定／張元翰
總 編 輯／楊秀真
責任編輯／王雪莉
文字校對／陳明明
業務主任／李振東
行銷企劃／吳孟儒
發 行 人／何飛鵬
法律顧問／台英國際商務法律事務所　羅明通律師
出版／奇幻基地出版
　　城邦文化事業股份有限公司
　　台北市 104 民生東路二段 141 號 5 樓
　　電話：(02)25007008　傳真：(02)25027676
　　網址：www.ffoundation.com.tw
　　e-mail：ffoundation@cite.com.tw
發行／英屬蓋曼群島商家庭傳媒股份有限公司城邦分公司
　　台北市 104 民生東路二段 141 號 2 樓
　　書虫客服服務專線：(02)25007718・(02)25007719
　　24 小時傳真服務：(02)25170999・(02)25001991
　　服務時間：週一至週五09:30-12:00・13:30-17:00
　　郵撥帳號：19863813　戶名：書虫股份有限公司
　　讀者服務信箱 E-mail：service@readingclub.com.tw
　　歡迎光臨城邦讀書花園　網址：www.cite.com.tw
香港發行所／城邦（香港）出版集團有限公司
　　香港灣仔軒尼詩道 235 號 3 樓
　　電話：(852)25086231　傳真：(852)25789337
　　e-mail：hkcite@biznetvigator.com
馬新發行所／城邦（馬新）出版集團
　　【Cite(M)Sdn. Bhd.(458372U)】
　　11, Jalan 30D/146, Desa Tasik, Sungai Besi, 57000 Kuala Lumpur, Malaysia.
　　電話：603-9056 3833　傳真：603-9056 2833

封面設計／黃聖文
排　　版／浩瀚電腦排版股份有限公司
印　　刷／鴻霖印刷傳媒事業有限公司
■2008 年（民 97）9 月 8 日初版二十七刷

售價／320元

國家圖書館出版品預行編目資料

最後理論／Mark Alpert作; 張兵一譯 - 初版 - 台北市：奇幻基地, 城邦文化出版：家庭傳媒城邦分公司發行；2008（民97）
面：公分. -（BEST嚴選：009）
譯自：The Final Theory
ISBN 978-986-6712-33-3（平裝）

874.57　　97012681

BN　978-986-6712-33-3

nted in Taiwan.

幻基地部落格：
p://blog.pixnet.net/ffoundation

廣　告　回　函
北區郵政管理登記證
台北廣字第000791號
郵資已付，免貼郵票

104台北市民生東路二段141號2樓

英屬蓋曼群島商家庭傳媒股份有限公司城邦分公司 收

請沿虛線對摺，謝謝

每個人都有一本奇幻文學的啓蒙書

網站：http://www.ffoundation.com.tw

部落格：http://blog.pixnet.net/ffoundation

書號： 1HB009　　書名：最後理論

請於此處用膠水黏貼

讀者回函卡

謝謝您購買我們出版的書籍！請費心填寫此回函卡，我們將不定期寄上城邦集團最新的出版訊息。

《最後理論》讀者有獎活動— SCIENTIFIC AMERICAN 科學人雜誌 http://sa.ylib.com 免費讓你看半年！

即日起至**97**年**9**月**5**日止（以郵戳為憑），填妥回函卡資料，寄回奇幻基地，就可以參加由奇幻基地主辦，**《科學人》雜誌贊助的免費半年期雜誌贈閱抽獎活動**，名額只有二十名，行動要快哦！抽獎名單將於**97**年**9**月**15**日公布於奇幻基地部落格，敬請鎖定最新的資訊更新。

奇幻基地部落格 http://blog.pixnet.net/ffoundation

註：得獎讀者名單將提供給《科學人》負責寄送雜誌，贈閱期數爲2008年10月號至2009年3月號共半年期雜誌。

姓名：　　　　性別：□女　□男　　E-mail：

生日：西元　　　年　　　月　　　日

收件地址：

聯絡電話：　　　　手機號碼：　　　　傳真號碼：

學歷：□1.小學　□2.國中　□3.高中　□4.大專　□5.研究所以上

職業：□1.學生　□2.軍公教□3.服務業□4.大傳業　□5.製造業　□6.金融業　□7.自由業　□8.農漁牧□9.資訊業□10.家管　□11.退休　□12.其他

您從何種方式得知本書消息？

□1.書店　□2.網路　□3.報紙　□4.雜誌　□5.親友推薦　□6.其他

您通常以何種方式購書？

□1.書店　□2.網路　□3.傳真訂購　□4.郵局劃撥　□5.超商　□6.其他

您購買本書的原因是？（單選）

□1.封面吸引人　□2.內容好看　□3.價格合理　□4.抽獎活動　□5.其他

對我們的建議：

請於此處用膠水黏貼